CW00860281

ACADEMIC CURVEBALL

ES TRIFFT EINEN IMMER ANDERS, ALS MAN DENKT (BRAXTON CAMPUS MYSTERIES, TEIL 1)

JAMES J. CUDNEY

Übersetzt von
ROBERT ENSKAT

DANKSAGUNG

Ein Buch zu schreiben, ist keine Leistung, die eine einzelne Person allein erbringen kann. Es gibt immer Menschen, die auf vielfältige Weise, manchmal unbeabsichtigt, auf dem gesamten Weg von der Entdeckung der Idee bis zum letzten Wort, ihren Beitrag leisten. Academic Curveball: Ein Braxton Campus Mystery hat seit seiner Entstehung im Juni 2018 viele Unterstützer gehabt, aber bevor das Konzept in meinem Kopf überhaupt entfacht wurde, wurde meine Leidenschaft für das Schreiben von anderen genährt.

Mein erster Dank geht an meine Eltern, Jim und Pat, die immer an mich als Schriftsteller geglaubt haben und mir beigebracht haben, wie ich zu der Person werden konnte, die ich heute bin. Ihre bedingungslose Liebe und Unterstützung war der Hauptgrund dafür, dass ich meine Ziele erreicht habe. Durch die Anleitung meiner erweiterten Familie und Freunde, die mich immer wieder ermutigt haben, meiner Leidenschaft nachzugehen, habe ich die Zuversicht gefunden, im Leben Chancen zu ergreifen. Mit Winston und Baxter an meiner Seite wurde mir die Möglichkeit gegeben, meine Träume durch die Veröffentlichung dieses Romans zu verwirklichen. Ich bin allen dankbar, dass sie mich jeden Tag gedrängt haben, dieses dritte Buch zu vollenden.

Academic Curveball wurde durch die Interaktion, das Feedback und den Input mehrerer Beta-Leser kultiviert. Ich möchte Shalini G, Lisa M. Berman, Didi Oviatt, Misty Swafford, Tyler Colins, Nina D. Silva und Noriko dafür danken, dass sie während der Entwicklung der Geschichte, des Schauplatzes und der Charakterbögen Einblicke und Perspektiven geboten haben. Ein spezieller Dank geht an Shalini für unzählige Gespräche, die mir dabei geholfen haben, jeden Aspekt des Schauplatzes, der Charaktere und der Handlung zu verfeinern. Sie hat jede Version gelesen und mir über mehrere Monate hinweg einen großen Teil ihrer Zeit zur Verfügung gestellt, um mich bei diesem Buch zu beraten.

Ich möchte auch meiner Verlegerin Nicki Kuzn von Booktique Editing danken, die mir geholfen hat, all die Dinge zu korrigieren, die ich auf dem Weg dorthin verpasst habe. Sie war eine wunderbare Ergänzung für das Team und hat sich sehr darauf konzentriert, dieses Buch zu einem Erfolg zu machen. Zwischen dem Coaching und den Verbesserungsvorschlägen hat sie mich in alle richtigen Richtungen geführt.

Vielen Dank an Creativia für die Veröffentlichung von Academic Curveball und die Hilfe bei der Vorbereitung weiterer Bücher. Ich freue mich auf unsere weitere Partnerschaft.

WER IST WER IN BRAXTON?

Familie Ayrwick

Kellan: Hauptfigur, Braxton-Professor, Amateurdetektiv
Wesley: Kellans Vater, Braxtons zurücktretender Präsident
Violett: Kellans Mutter, Braxtons Aufnahmeleiter
Emma: Kellans Tochter mit Francesca
Eleanor: Kellans jüngere Schwester, leitet das Pick-Me-Up Diner
Nana D: Kellans Großmutter, auch bekannt als Seraphina Danby
Francesca Castigliano: Kellans verstorbene Frau
Vincenzo & Cecilia Castigliano: Francescas Eltern

Braxton Campus

Myriam Castle: Professorin
Fern Terry: Dekan für studentische Angelegenheiten
Connor Hawkins: Leiter der Sicherheit, Kellans ehemaliger bester Freund
Maggie Roarke: Leitende Bibliothekarin, Kellans Ex-Freundin
Jordan Ballantine: Student

Carla Grey: Studentin
Craig 'Striker' Magee: Student
Bridget Colton: Studentin
Coach Oliver: Leiter der Leichtathletik
Abby Monroe: Professorin
Lorraine Candito: Wesley Ayrwicks Assistentin
Siobhan Walsh: Assistentin der Kommunikationsabteilung

Bewohner von Wharton County

Ursula Power: Freundin von Myriam
Eustacia Paddington: Nana D's »Frenemy«
Alton Monroe: Abbys Bruder
April Montague: Wharton County Sheriff
Marcus Stanton: Stadtrat von Braxton Town
Officer Flatman: Officer
Mrs. Ackerton: Abbys Nachbarin

Andere

Derek: Kellans Boss in Los Angeles

1

Ich habe mich noch nie beim Fliegen wohlgefühlt. Meine misstrauische Natur ging davon aus, dass die magischen schwebenden Flugzeuge am Himmel nach einer Laune eines Meisterplaners aufhören würden zu existieren. Wenn man das Surren eines Düsenpropellers hört, der die Geschwindigkeit verändert, oder wenn man die *mysteriösen Turbulenzen* erlebt, die einen auf und ab schleudern, ist das gleichbedeutend mit dem bevorstehenden Tod in einem Aluminiumgerät, das für Schwierigkeiten vorgesehen ist. Ich verbrachte den ganzen Flug mit zusammengepressten Kiefern, die Hände an den Armlehnen und mit an die Rückenlehne geklebten Augen vor mir in der ungeduldigen Hoffnung, dass der eifrige Gruftwächter nicht noch ein Opfer fordert. Trotz meiner unheimlichen Begabung, alles Mechanische zu erfassen, und obwohl Nana D mich immer als brillant bezeichnete, hatte ich an dieser Art der Fortbewegung allzu große Zweifel. Mein Bauchgefühl sagte mir, dass ich sicherer wäre, wenn ich mich nackt und in einem Fass von den Niagarafällen stürzen würde.

Nachdem ich an diesem elenden Nachmittag Mitte Februar auf dem Buffalo Niagara International Airport gelandet war, mietete ich einen Jeep, um weitere neunzig Meilen nach Süden nach Pennsylvania zu fahren. Mehrere Zentimeter dicht gepackter Schnee und verborgenes Glatteis bedeckten den einzigen Highway, der in meine abgeschiedene Heimatstadt meiner Kindheit hinein oder herausführte. Braxton, eines von vier bezaubernden Dörfern, die vollständig von den Wharton Mountains und dem Saddlebrooke National Forest umgeben waren, war von äußeren Einflüssen nahezu uneinnehmbar.

Als ich die Spur wechselte, um eine rutschige Stelle zu vermeiden, leuchtete die Nummer meiner Schwester auf dem Bildschirm meines Mobiltelefons auf. Ich hielt *Maroon 5* auf meiner Spotify-Wiedergabeliste an, klickte auf Akzeptieren und stöhnte: »Erinnerst du mich daran, warum ich wieder hier bin?«

»Schuld? Liebe? Langeweile?«, sagte Eleanor, gefolgt von einem lauten Glucksen.

»Dummheit?« In meinem Verlangen nach etwas Substanz, um die wütenden Geräusche zu unterdrücken, die von meinem Magen ausgingen, griff ich mir einen Schokoladenkeks aus einer Tasche auf dem Beifahrersitz. Der extra große, gesalzene Karamell-Mokka-Keks, den ich von einer hübschen rothaarigen Barista geschenkt bekommen hatte, die schamlos mit mir geflirtet hatte, würde allein nicht ausreichen. »Bitte erspare mir diese Folter!«

»Das wird nicht passieren, Kellan. Du hättest Mom hören sollen, als ich ihr nahelegte, dass du es vielleicht nicht schaffst. *'Er lässt sich immer Ausreden einfallen, um nicht öfter nach Hause zu kommen. Diese Familie braucht ihn hier!'* Aber keine Sorge, ich habe sie beruhigt«, rief Eleanor über mehrere Teller und Gläser, die im Hintergrund klapperten.

»Hat sie schon vergessen, dass ich an Weihnachten hier war?« Ein weiterer Keks hat den Weg in meinen Mund gefunden. Ich muss gestehen, dass ich gegenüber Desserts – auch bekannt als mein Kryptonit – machtlos bin, weshalb ich immer der Meinung war, dass sie eine wichtige Nahrungsmittelgruppe sein sollten. »Zwei Reisen innerhalb von sechs Wochen sind nach meiner Rechnung eine zu viel.«

»Wie konntest du es dann zulassen, dass unsere lieben Geschwister akzeptable Ausreden finden, um das *größte gesellschaftliche Ereignis* der Saison zu überspringen?«, sagte Eleanor.

»Ich? Ich habe schon vor Jahren aufgegeben, mit ihnen zu konkurrieren. Es ist leicht, mit Dingen davonzukommen, wenn sie unsere Eltern nicht enttäuschen, wie wir alle.«

»Hey! Mach mich nicht fertig, weil du dem unangenehmen Mittelkind-Syndrom nicht entkommen kannst.« Eleanor stellte mich in die Warteschleife, um eine Kundenbeschwerde zu bearbeiten.

Meine jüngere Schwester wurde letzten Monat dreißig und ist darüber unglücklich, da sie *immer noch nicht den richtigen Mann getroffen hat.* Sie bestand auch darauf, dass sie sich nicht in unsere Mutter verwandeln würde, obwohl sie mit jeder Stunde des Tages diese Fantasievorstellungen in Vergessenheit geraten lassen würde. Um die Wahrheit zu sagen, Eleanor war Violet Ayrwick wie aus dem Gesicht geschnitten, und zwar auf eine Art und Weise, die jeder außer den beiden sah. *Twinsies,* wie Nana D immer mit einem süßen Lächeln auf ihre Stimme sagte. Eleanor wird auf jeden Fall bei der Pensionierungsparty unseres Vaters dabei sein, denn es gab nicht die geringste Chance, dass ich allein zu diesem Fest gehen würde. Der Mann der Stunde war in den letzten acht Jahren Präsident des Braxton College gewesen, aber als er 65 Jahre alt wurde, trat Wesley Ayrwick von der begehrten Funktion zurück.

Eleanor kehrte wieder zurück auf die Leitung. »War Emma damit einverstanden, dass du sie diesmal allein besuchst?«

»Ja, sie bleibt bei Francescas Eltern. Ich konnte sie nicht

schon wieder aus der Schule nehmen, aber wir werden jeden Tag, an dem ich weg bin, auf Facetime sein.«

»Du bist ein erstaunlicher Vater. Ich weiß nicht, wie du das alles alleine schaffst«, antwortete Eleanor. »Also, wer ist die Frau, die du treffen willst, während du uns an diesem Wochenende mit deiner Anwesenheit beehrst?«

»Abby Monroe. Sie hat eine ganze Reihe von Recherchen für meinen Chef, Derek, durchgeführt«, sagte ich und verfluchte den schleimigen, partyfreudigen Executive Producer unserer preisgekrönten Fernsehshow *'Dark Reality'*. Nachdem ich Derek darüber informiert hatte, dass ich wegen einer familiären Verpflichtung nach Hause zurückkehren müsse, schlug er großzügig vor, zusätzliche Tage zur Entspannung hinzuzufügen, bevor im Sender alles explodierte, und beauftragte mich dann mit einem Interview mit seiner neuesten Quelle. »Hast du den Namen schon mal gehört?«

»Das klingt vertraut, aber ich kann ihn im Moment nicht einordnen«, sagte Eleanor zwischen dem Schreien von Befehlen an den Koch und dem Drängen, sich zu beeilen. »Was ist deine nächste Story?«

'Dark Reality', eine Show im Exposé-Stil, die den Verbrechen im wirklichen Leben ein spritziges Drama hinzufügt, strahlte wöchentliche Episoden voller Cliffhanger nach dem Vorbild des Reality-Fernsehens und Seifenopern am Tag aus. In der ersten Staffel wurden die Serienmörder Jack the Ripper und The Human Vampire hervorgehoben, was dazu führte, dass sie als Seriendebüt die Charts anführte. »Ich muss an diesem Wochenende die große Showbibel der zweiten Staffel lesen... Geisterjagd und Hexenverbrennung in der amerikanischen Kultur des 17. Jahrhunderts. Ich muss mir wirklich einen neuen Job suchen. Oder meinen Boss töten.«

»Gefängnisstreifen würden an dir nicht gut aussehen«, sagte Eleanor.

»Vergiss nicht, ich bin zu gut aussehend.«

»Ich werde das nicht weiter kommentieren. Lass besser Nana D sich einmischen, bevor ich dich wegen dieser erbärmlichen Aussage zermalme. Vielleicht wird Abby normal sein?«

»Mit meinem Glück wird sie ein weiteres verbittertes, verschmähtes Opfer sein, das zu Recht auf Gerechtigkeit bedacht ist, egal welches kolossale Trauma Derek verursacht hat«, antwortete ich mit einem Seufzer. »Ich glaube, sie ist eine weitere tickende Zeitbombe.«

»Wann wirst du sie interviewen?«, fragte Eleanor.

Ich wollte eigentlich ein Mittagessen einplanen, um mich kurz mit Abby vertraut zu machen, aber ich war spät dran. »Hoffentlich morgen, wenn sie nicht zu weit weg ist. Derek sagte nur, dass sie im Zentrum von Pennsylvania lebt. Er hat keine Vorstellung von Raum oder Entfernung.«

»Es wird hier gerade ziemlich voll, ich muss los. Ich schaffe es heute Abend nicht zum Essen, aber wir sehen uns morgen. Begehe keine Morde, bis wir uns wieder unterhalten. Umarmungen und Küsse.«

»Nur, wenn du keine Gäste vergiftest.« Ich trennte die Telefonverbindung und flehte die Götter an, mich nach Los Angeles zurückzubringen. Ich konnte den Stress nicht mehr ertragen und verschlang die letzten beiden verbliebenen Kekse. Angesichts meiner Besessenheit mit den Desserts war das Fitnessstudio für mich nie keine Option gewesen. Es gab täglich irgendeine Form von Bewegung, es sei denn, ich war krank oder im Urlaub – was diese Reise sicherlich nicht als solche zählte. Es würde keine Strände, Cabanas oder Mojitos geben. Daher würde ich die bevorstehende Zeit sicher nicht genießen.

Ich navigierte durch die kurvenreiche Autobahnfahrt, wobei die Heizung auf 'Tod durch Sauna' eingestellt war und die Wischerblätter auf wahnsinnig passiv-aggressiven Betriebszustand, um die Windschutzscheibe von schwerem

Graupel und Schnee freizuhalten. Es war mitten im Winter, und mein ganzer Körper zitterte – was nicht gut war, wenn meine Füße bereit sein mussten, für Rehe oder Elche zu bremsen. Ja, das war in dieser Gegend üblich. Nein, ich hatte keine getroffen. Noch nicht.

Kein besserer Zeitpunkt als der jetzige, um Abby anzurufen und ein Treffen vorzuschlagen. Als sie antwortete, war ich nicht überrascht über ihre Naivität bezüglich der hinterhältigen Vorgehensweise meines Chefs.

»Derek sagte nie etwas über ein Treffen mit jemand anderem. Haben Sie einen Nachnamen, Kellan?« Abby wimmerte, nachdem ich bereits in der ersten Minute des Anrufs erklärt hatte, wer ich bin.

»Ayrwick. Ich bin Kellan Ayrwick, ein Regieassistent der zweiten Staffel von 'Dark Reality'. Ich dachte, wir könnten die Recherche, die Sie für Derek vorbereitet haben, noch einmal durchgehen und über Ihre Erfahrungen in der Fernsehbranche sprechen.«

Es gab einige Sekunden der Stille am Telefon. »Ayrwick, sagten Sie? Wie in... na ja... arbeiten nicht ein paar von ihnen drüben bei Braxton?«

Ich war einen Moment lang fassungslos, dass ein Groupie-Mädchen überhaupt etwas über Braxton wissen würde, aber dann spekulierte ich, dass sie derzeit das College besucht oder zuvor mit einem meiner Geschwister zur Schule gegangen war. »Lassen Sie uns morgen zu Mittag essen, um darüber zu sprechen. Wäre ein Uhr in Ordnung?«

»Nicht wirklich. Ich war nicht bereit, an diesem Wochenende zu plaudern. Ich dachte, ich würde in den nächsten Tagen zu Derek fliegen, um ihn zu treffen. Der Zeitpunkt ist schlecht gewählt.«

»Können wir uns nicht zu einem kurzen Kennenlernen treffen?« Derek wusste, wie man sich die dramatischen Themen herauspickt. Ich konnte mir vorstellen, wie sie mit den Haaren wirbelte und mit den Augen zwinkerte, obwohl ich nicht wusste, wie sie aussah.

»Ich bin mitten in einem exklusiven Exposé über ein Verbrechen, das sich hier in Wharton County abspielt. Vielleicht ist es zu früh, um Derek etwas vorzuschlagen... Nun, es ist noch zu früh, um etwas zu sagen.« Ihre Stimme wurde plötzlich kalt und schlaff. Sie hatte wahrscheinlich vergessen, wie man das Telefon benutzt, oder mich versehentlich stumm geschaltet.

»Ist es das, was Sie ihm gegenüber über Themen für eine zukünftige Staffel von *'Dark Reality'* erwähnt haben? Ich interessiere mich mehr für wahre Verbrechen und investigative Berichterstattung. Vielleicht könnte ich bei diesem Thema helfen.« Als mir klar wurde, dass sie im selben Bezirk wie ich lebte, probierte ich alle Möglichkeiten aus, um ein Treffen zu arrangieren.

»Sind Sie Wesley Ayrwicks Sohn? Ich hörte, er hat eine ganze Reihe von Kindern.«

Mein Mund klappte fünf Zentimeter auseinander. Nana D hätte die Fliegen gezählt, als sie hereinschwärmten, wenn man bedenkt, wie lange er offen blieb. Wer war dieses Mädchen, das etwas über meine Familie wusste? »Ich verstehe nicht, warum das relevant ist, aber ja, er ist mein Vater. Gehen Sie nach Braxton, Abby?«

»Braxton besuchen? Nein, Sie müssen noch ein paar Dinge lernen, wenn wir zusammenarbeiten wollen.« Sie lachte hysterisch und schnaubte bis zum Anschlag.

»Toll, also können wir uns morgen treffen?« Der Tonfall der Frau ärgerte mich, aber vielleicht hatte ich sie aufgrund von Dereks normalem Frauengeschmack falsch eingeschätzt. »Nur dreißig Minuten, um eine Zusammenarbeit aufzubauen. Kennen Sie das Pick-Me-Up Diner?« Eleanor leitete den Laden, so dass ich eine Ausrede hätte, wegzugehen, wenn mir Abby zu viel zumuten würde. Meine Schwester konnte dafür sorgen, dass einer der Kellner eine Schüssel Suppe auf

Abby kippte und sie dann in der Toilette einschloss, während ich fliehen konnte. Nichts mochte ich mehr als törichte, ahnungslose oder schlampige Menschen. Ich hatte genug davon, als ich mich vor Jahren durch die Schwesternschaft einer Verbindung verabredete. Wenn ich noch ein Mädchen aus dem L.A.-Valley treffen würde, würde ich erwägen, Francescas Familie, den Castiglianos, die Kontrolle über die Situation zu überlassen. Streichen Sie das, ich habe diese Worte nie laut ausgesprochen.

»Nein, tut mir leid. Ich werde ein paar Stunden damit beschäftigt sein, den ganzen Unsinn, der hier vor sich geht, zu untersuchen. Aber ich sehe Sie morgen Abend auf dem Campus.«

Ich schüttelte frustriert und verwirrt den Kopf. Ich hörte deutlich, wie sie wieder ein unausstehliches Lachen unterdrückte. Wenn sie keine Studentin wäre, warum sollte sie dann auf dem Campus sein? »Was meinen Sie mit morgen Abend?«

»Die Party zur Feier der Pensionierung Ihres Vaters. Nichts ist jemals so, wie es scheint, hm? Sie können sich angemessen vorstellen und eine Zeit für ein Gespräch vereinbaren. Ich hoffe, das wird klappen.«

Derek war mir für diese Tortur viel schuldig. Wenn er nicht aufpassen würde, würde ich ihr seine echte Handynummer geben und nicht die gefälschte, die er den Leuten bei ihrem ersten Treffen gibt.

»Woher wissen Sie eigentlich, dass ich...« Das nächste, was ich hörte, war ein Klicken, als sie den Anruf beendete.

Ich fuhr auf der Hauptstraße direkt in das Herz von Braxton und hupte, als ich an Danby Landing, Nana D's biologischem Obstgarten und Bauernhof, vorbeikam. Ich stand Nana D, auch bekannt als meine Großmutter Seraphina, die später in diesem Jahr fünfundsiebzig Jahre alt werden würde, besonders nahe. Sie drohte immer wieder damit, den Stadtrat unserer Stadt, Marcus Stanton, über ihren

Schoß zu beugen, seinen Hintern zu versohlen und dem Trottel beizubringen, wie man in einer modernen Welt vorgehen sollte. Es ist meine zweite Aufgabe, sie nach dem Vorfall, bei dem sie angeblich über Nacht im Gefängnis eingesperrt war, in Schach zu halten. Ohne offizielle Unterlagen konnte sie es weiterhin leugnen, aber ich wusste es besser, da ich derjenige war, der Sheriff Montague davon überzeugen musste, Nana D freizulassen. Ich hoffte, nie wieder mit dem so charmanten obersten Gesetzeshüter unseres Bezirks auf Konfrontationskurs gehen zu müssen, selbst wenn es notwendig ist, Nana D vor dem Gefängnis zu retten. Ich war mir sicher, dass dies eine einmalige Karte war, die ich ausspielen konnte.

Die Sonne verschwand, als ich zum Haus meiner Eltern fuhr, den Jeep parkte und zum Kofferraum ging, um meine Taschen zu holen. Da die Temperatur auf weit unter den Gefrierpunkt gesunken war und der eisige Schnee wild auf meinen Körper prasselte, versuchte ich mein Bestes, zur Haustür zu eilen. Unglücklicherweise entschied sich das Schicksal für Rache für eine vergangene Indiskretion und kam mit der Vergeltung von tausend Plagen zurück. Bald schon lief ich wie eine unbeholfene Ballerina in Clownschuhen über eine Eisfläche und fiel auf den Rücken.

Ich machte ein Selfie, während ich auf dem frostigen Boden lachte, um Nana D wissen zu lassen, dass ich in Braxton angekommen war. Sie liebte es, Fotos zu bekommen und zu sehen, wie ich mich zum Narren machte. Ich konnte ihre Antwort nicht entziffern, da meine Brille beschlagen war, und meine Sicht war schlechter als die eines heimlichen Liebeskindes von Mr. Magoo. Ich suchte nach einem Stück meines Flanellhemds, das weder vom herabfallenden Graupel noch vom peinlichen Aufprall auf den Boden betroffen war, und wischte es trocken. Ein Blick auf das Bild, das ich geschickt hatte, ließ das lauteste und absurdeste Gelächter aus meiner Kehle hervorbrechen. Mein normalerweise sauber geschnittenes dunkelblondes Haar war mit Blättern übersät, und die vier Tage Stoppeln auf meinen Wangen und meinem Kinn waren von weißem Schnee bedeckt. Ich klopfte mich ab und eilte unter den Schutz einer überdachten Veranda, um ihren Text zu lesen.

Nana D: Ist das ein schmutziger, nasser Wischmopp auf deinem Kopf? Du bist angezogen wie ein Raufbold. Zieh einen Mantel an, es ist kalt draußen.

Ich: Danke, Captain Obvious. Ich bin auf dem Gehweg gefallen. Meinst du, ich bin normalerweise eine so große Katastrophe?

Nana D: Und du sollst der Brillante sein? Hast du das Leben aufgegeben oder hat es dich aufgegeben?

Ich: Mach weiter so, und ich werde dieses Wochenende nicht mehr kommen. Du solltest eine süße und liebevolle Nana sein.

Nana D: Wenn es das ist, was du willst, dann geh runter ins Altersheim und miete dir eine kleine Mieze. Vielleicht könnt ihr euch ein paar passierte Erbsen, grüne Götterspeise und ein leckeres Glas Ovomaltine teilen. Ich werde sogar bezahlen.

Nachdem ich Nana D's Frechheit ignoriert hatte, fuhr ich mir ein Paar gekühlte Hände durch die Haare, um etwas vorzeigbarer auszusehen, und betrat das Foyer. Obwohl der ursprüngliche Rohbau des Hauses eindeutig eine Holzhütte war, hatten meine Eltern im Laufe der Jahre viele Räume hinzugefügt, darunter einen West- und einen Ostflügel, die die massive Struktur buchstäblich umrahmen. Die Decken des Foyers waren mindestens zwei Meter hoch gewölbt und mit endlosen Zedernholzbohlen bedeckt, die an den richtigen Stellen verknotet waren. Eine hübsche jagdgrüne Farbe überzog drei der Wände, wo sich der Eingang in ein riesiges Wohnzimmer öffnete. Es war durch einen Kamin aus Steinplatten verankert und mit handgefertigten antiken Möbeln verziert, für deren Beschaffung meine Eltern durch den ganzen Staat gereist waren. Mein Vater war leidenschaftlich darum bemüht, die Authentizität eines traditionellen Blockhauses zu erhalten, während meine Mutter alle modernen Annehmlichkeiten benötigte. Wenn nur die *Property Brothers* die Ergebnisse ihrer kombinierten Stile sehen könnten. Eleanor und ich nannten es den *Royal Chic-Schuppen*.

Ich ließ meine Taschen auf den Boden fallen und rief: »Ist jemand zu Hause?« Mein Körper hüpfte herum, als die Tür zum Arbeitszimmer meines Vaters knarrte, und sein Kopf herauspoppte. Vielleicht hatte ich das Paranormale und Okkulte im Kopf, weil ich wusste, dass die nächste Staffel von 'Dark Reality' leider in absehbarer Zeit stattfinden würde.

»Ich bin's nur. Willkommen zurück«, antwortete mein Vater und wartete darauf, dass ich mich dem Arbeitszimmer nähere. »Deine Mutter ist immer noch in Braxton und macht die endgültige Zulassungsliste für den zukünftigen Kurs zu Ende.«

»Wie geht es dem fröhlichen Rentner?«, fragte ich, als ich den Flur auf ihn zuging.

»Ich bin noch nicht im Ruhestand«, sagte mein Vater spöttisch. »Ich habe meine Rede für die Party morgen Abend fertig geschrieben. Bist du an einer frühen Vorschau interessiert?«

Nein zu sagen, würde mich zu einem schlechten Sohn machen. Eleanor und ich hatten uns an Weihnachten versprochen, uns mehr anzustrengen. Ich möchte heute wirklich ein böser Sohn sein. »Sicher, es muss aufregend sein. Du hattest eine glänzende Karriere, Dad. Es ist zweifellos das perfekte Beispiel für rednerische Exzellenz.« Er liebte es immer, wenn ich meine Vokabularfähigkeiten an seine eigenen anpasste. Ich schauderte bei dem Gedanken an die Buchstabierwettbewerbe von vor langer Zeit.

»Ja, ich glaube, das ist es.« Mein Vater blinzelte mit den Augen und kratzte sich am Kinn. Zweifelsohne beurteilte er mein grenzwertig ungepflegtes Aussehen. Ich hatte vergessen, mich zu rasieren, und hatte den klassischen Nasentauchgang auf dem Boden gemacht. Verklagen Sie mich. Manchmal zog ich den schmutzigen Look vor. Offenbar tat das auch dieser Flughafen-Barista!

Ich ging zu seinem Schreibtisch und studierte die zusätzlichen Zornesfalten, die sich um seine Lippen bildeten. »Alles in Ordnung, Dad? Du siehst ein wenig angeschlagen aus.«

»Ja... ich habe ein paar Dinge im Kopf. Nichts, was dich belasten sollte, Kellan.« Er nickte und schüttelte meinen handüblichen Ayrwick-Gruß. Mit 1,83 Meter war mein Vater nur drei Zentimeter größer als ich, aber die dominanten Ayrwick-Gene ließen ihn im Vergleich dazu gigantisch aussehen. Schlaksig und drahtig hatte er noch keinen einzigen Tag in seinem Leben trainiert, aber das war auch nie nötig. Sein Stoffwechsel war aktiver als bei einem Vollblut, und er aß nur die gesündeste aller Nahrungsmittel. Ich hatte das *Glück*, die rezessiven Danby-Gene zu erben, aber ein anderes Mal mehr über diese grausamen Hinterlassenschaften.

»Ich bin ein guter Zuhörer, Dad. Sag mir, was los ist.« Ich fühlte, wie sich seine knochige Hand wegzog und sah zu, wie sich sein Körper in den abgenutzten, senfgelben Ledersessel vor dem Bücherregal senkte. Es war wahrscheinlich das Einzige, was meine Mutter noch nicht ersetzt hatte, und das nur, weil er mit der Scheidung drohen würde, wenn sie es versuchen würde. »Es ist schon eine Weile her, dass wir miteinander geredet haben.«

Mein Vater starrte aus dem Fenster. Ich wartete darauf, dass seine rechte Augenbraue zuckte, um den Beginn einer Schlacht zu signalisieren, aber das passierte nicht. »Wir haben in Braxton einige Probleme mit einem Blogger, der versucht, Ärger zu machen. Ein Haufen Artikel oder Post-its, wie auch immer man sie heutzutage nennt... Müll ist das, wie ich das gerne nennen würde.« Er schloss die Augen und lehnte sich in den Sessel zurück. »So habe ich mir meine letzten Wochen vor der Pensionierung nicht vorgestellt.«

Ich habe mir das Lachen verkneift, in der Hoffnung, nicht noch einen entscheidenden Keil zwischen uns zu treiben. Er hatte sich ein wenig mehr als gewöhnlich geöffnet, und es war egal, ob er die falschen Begriffe benutzte, als er versuchte, die falsche Nachrichtenpropaganda zu erklären, die sich in Braxton entwickelte. »Was sagt der Blogger?«

»Jemand hat ein Hühnchen zu rupfen mit der Art und Weise, wie ich bestimmte Teile des Kollegiums unterstützt habe. Er behauptet, dass ich die Leichtathletikabteilung bevorzuge, indem ich ihnen in diesem Semester mehr Geld gebe«, antwortete er.

Mein Vater schlug die Beine übereinander und presste die Hände zusammen. Seine marineblaue Kordhose und die braunen Slipper schienen unpassend zu sein, aber vielleicht nahm er den Ruhestand ernst. Normalerweise hatte ich ihn in Anzügen oder gelegentlich mit einem Paar Dockers und einem kurzärmeligen Polo gesehen, wenn er sich mit Freunden im Country Club zu einer Runde Golf traf. Ich hoffte aufrichtig, dass das nicht bedeutete, dass er in nächster Zeit Jeans tragen würde. Der Schock der plötzlich eingetretenen Normalität könnte mich vor diesen verdammten Flugzeugen in ein frühes Grab bringen.

»Ist der Blogger speziell hinter dir her oder hinter der Administration von Braxton im Allgemeinen?«

Mein Vater tippte schnell ein paar Worte auf die Tastatur seines iPads und reichte mir das Gerät. »Das ist der dritte Beitrag innerhalb von zwei Wochen. Die Links für den Rest befinden sich unten.«

Es sieht meinem Vater nicht ähnlich, sich über diese Art von Unsinn Gedanken zu machen, aber vielleicht ist er mit zunehmendem Alter sensibler für die Meinungen der Menschen geworden. Es schien das Gegenteil von dem zu sein, was ich normalerweise im Alter erwartet hätte. Nana D war die Erste, die alles, was sie auf dem Herzen hatte, ausspuckte oder lachte, wenn andere etwas Negatives über sie sagten. Sie freute sich fast über deren Kritik an ihrem Verhalten. Ich kann es kaum erwarten, alt zu werden und so zu reden, wie sie es tut!

Ich habe den letzten Beitrag durchgeblättert. Was mich am meisten beunruhigte, war der Grund, warum er sich ausdrücklich an meinen Vater zu richten schien.

»Wesley Ayrwick hat in seiner archaischen und egoistischen Art einen weiteren Schlag ausgeführt, um den wahren Zweck von Braxtons Existenz in dieser Welt auszulöschen. Seine anhaltende Unterstützung für eine gescheiterte Leichtathletikabteilung bei gleichzeitiger Vernachlässigung der richtigen Ausbildung der Studenten unseres geliebten Colleges hat es mir unmöglich gemacht, mich zurückzuziehen. Vor kurzem wurde dem Grey Sports Complex eine sechsstellige Spende leichtsinnig übergeben, um die technische Infrastruktur der Sportanlage zu verbessern, das Baseballfeld zu sanieren und einen moderneren Bus für die Spieler zu beschaffen, wenn sie zu gegnerischen Mannschaften reisen. Gleichzeitig leiden die Kommunikations-, Geistes- und Musikabteilungen unter minimalen Softwareprogrammen, sich verschlechternder Ausrüstung und dem Mangel an modernen Räumlichkeiten für Live-Aufführungen. Auf die Frage nach der Entscheidung, die anonyme Spende zu neunzig Prozent zugunsten der Leichtathletikmannschaften aufzuteilen, erklärte Präsident Ayrwick, dass wenn sie länger gewartet hätten, Gefahr liefen, in der kommenden Sportsaison nicht mehr antreten zu können. Dies ist der dritte Vorfall seiner Günstlingswirtschaft in den letzten zwei Monaten, was klar erklärt, warum der Antrag, Ayrwick früher als zum Ende dieses Semesters aus dem Amt zu entfernen, an Dynamik gewinnt. Hoffen wir, dass wir uns von diesem krummen Aushängeschild verabschieden können, bevor Braxtons Schiff zu weit von seinem eigentlichen Kurs abgekommen ist. Der Ruhestand muss dem alten Kauz schon im Kopf herumgehen, oder vielleicht ist

*er einfach einer der schlechtesten Präsidenten, die wir je hatten.
Mein größter Wunsch ist es, dass das Andenken an Wesley Ayrwick
bis zum Ende der Amtszeit begraben und längst vergessen ist.«*

»Was hältst du davon?«, fragte mein Vater. Das Zögern in
seiner Stimme ließ mich fast ersticken.

Ein kurzer Blick auf die früheren Beiträge zeigte, dass
mein Vater ähnlich dargestellt wurde, weil er ein ungerechtes
Verhältnis zu den großzügigen Spenden an Braxton zeigte.
Die letzte Zeile las sich wie eine Todesdrohung, aber das
könnte meine Fantasie gewesen sein, seit ich die alarmierende
Wahrheit über die Castigliano-Seite meiner Familie erfahren
habe. »Wer ist der anonyme Spender? Bist du dafür
verantwortlich, wohin die Gelder verteilt werden sollen?«

Mein Vater hatte die Nase gerunzelt und die Augenbraue
hochgezogen. »Nein, du weißt es besser. Wenn es anonym ist,
soll nicht einmal ich es wissen. Manchmal hat der Wohltäter
eine konkrete Bitte, wo das Geld verteilt werden soll. Ich
kann meine Überlegungen und Vorschläge einbringen, aber
der Stiftungsrat und sein Haushaltsausschuss haben letztlich
die Entscheidung, wohin die Gelder gehen.«

»Ich meinte nur, dass du wahrscheinlich einen gewissen
Einfluss hast«, antwortete ich. Mein Vater sah verärgert aus,
weil er nicht sofort meine bedingungslose Unterstützung
hatte. »Sollte es an die Leichtathletikabteilung gehen?« Ich
ging in den Flur, um meine Schlüssel und meine Brieftasche
auf einer Bank in der Nähe abzugeben.

»Ja, ich stimme zu, dass der Zweck einer
Hochschulausbildung darin besteht, dich auf das Leben in
der realen Welt vorzubereiten, einen Beruf oder eine
Fertigkeit zu studieren und zu lernen, aber es geht auch
darum, zwischenmenschliche Beziehungen zu entwickeln
und deine Augen und deinen Geist für mehr als nur die
Sammlung von Fakten zu öffnen.« Er ging zum Fenster und
schüttelte den Kopf hin und her, eindeutig durch etwas
abgelenkt. »Sport baut Kameradschaft, Teamarbeit und

Freundschaften auf. Er bietet der Hochschule und der Stadt die Möglichkeit, sich zur Unterstützung ihrer Studenten zusammenzuschließen. Schließlich führt er zu einer stärkeren Grundlage und Zukunft für alle Beteiligten.«

Ich konnte seiner Logik nicht widersprechen und ertappte mich beim Nachdenken über die Vergangenheit, als ich meine Schuhe im Saal auszog. »Du hast das ziemlich gut ausgedrückt. Ich glaube dir, Dad. Ich will nicht das Thema wechseln, aber ich habe eine Frage zu Abby Monroe an dich. Sie erwähnte die Teilnahme...«

Ich glaube nicht, dass er mich gehört hat, als die Tür zu seinem Arbeitszimmer zugeschlagen wurde, bevor ich zu Ende gesprochen hatte. Ich war zehn Minuten zu Hause gewesen und bin schon ins Fettnäpfchen getreten. Zwischen unserer ungewöhnlichen Intelligenz und unseren arroganten, hartnäckigen Tendenzen konnte keiner von uns genug nachgeben, um eine normale Beziehung zu entwickeln. Ich glaube nicht, dass ich jemals lernen würde, wie ich mich mit dem unbezähmbaren Wesley Ayrwick anfreunden könnte. Zumindest könnte ich mich auf meinen schnellen Witz und mein teuflisch schönes Gesicht verlassen, um die Dinge besser erscheinen zu lassen!

Ich schleppte das Gepäck in mein altes Schlafzimmer, das meine Mutter sich geweigert hatte, es zu ändern, weil sie dachte, ich würde eines Tages wieder nach Hause ziehen. Glaubte sie wirklich, dass ein Zweiunddreißigjähriger in einem noch mit *Jurassic Park* und *Terminator*-Utensilien tapezierten Raum schlafen wollte? Bevor ich mich für die Nacht einrichtete, um einige der von Derek gesandten Showmaterialien zu verdauen, ging ich nach unten, um mir eine leichte Mahlzeit zu besorgen. Der Vorfall im Arbeitszimmer hinterließ bei mir wenig Lust, an diesem Abend mit meinen Eltern zu essen. Ich war gerade um die Ecke gegangen, als ich die Stimme meines Vaters am Haustelefon hörte.

»Ja, ich habe den letzten Beitrag gelesen. Ich bin mir unserer misslichen Lage bewusst, aber wir haben das bereits besprochen. Die Kündigung eines Mitarbeiters ist im Moment keine Option«, sagte mein Vater.

Es schien, dass die Beiträge alle möglichen Probleme verursachten, aber mein Vater tat zuvor so, als wüsste er nicht, wer hinter dem Blog steckt.

»Ich verstehe, aber ich habe nicht die Absicht, dieses Geheimnis zu verraten. Ich schweige nur wegen des Nutzens, den es für Braxton hatte. Wenn die Wahrheit entdeckt wird, werden wir die beste Lösung finden. Im Moment kann ich mit etwas heißem Wasser umgehen. Sie müssen sich beruhigen«, sagte mein Vater.

Es klang eindeutig so, als ob der Blogger die Wahrheit über hinterhältige Schikanen sagte. War mein Vater in eine potenziell illegale oder unethische Situation bei Braxton verwickelt?

»Sie hätten darüber nachdenken sollen, bevor Sie sich so töricht verhalten haben... jetzt warten Sie mal... nein, hören Sie mir zu... drohen Sie mir nicht, sonst ist es das Letzte, was Sie tun«, sagte mein Vater verärgert.

Als er den Hörer auflegte, schlich ich in die Küche. Zwischen den schwer fassbaren Verbindungen von Abby Monroe zu Braxton, dem skrupellosen Blogger, der meinen Vater öffentlich anprangert, und dem feindseligen Anruf, den ich gerade gehört hatte, könnte dieses Wochenende ereignisreicher werden als erwartet.

2

Als ich mich am Samstagmorgen rührte, war mein Mund teigig, der Raum war dunkel, und aus der hinteren Ecke drang ein leises Klappergeräusch. Ich saß aufrecht im Bett, schlug mit dem Kopf gegen einen Holzbalken und flippte aus, dass ich über Nacht blind geworden war und sich ein Opossum in die Wände geschlichen hatte. Ich stellte bald fest, dass das unangenehme Geräusch das Zischen der Heizkörper war, die die dringend benötigte Wärme in den Raum brachten.

Als der anfängliche Schock meiner Umgebung nachließ, streckte ich meinen Rücken auf der festesten Matratze, die der Menschheit bekannt war, und grunzte beim Knirschen meiner unteren Wirbelsäule. Zwischen dem Jetlag des Nachtflugs, auf dem man nicht schlafen kann, und der Zeitverschiebung war ich früh eingeschlafen, wachte aber im Laufe der Nacht mehrmals auf. Ich überprüfte mein Telefon, um zu erfahren, dass es schon fast Mittag war. Da sah ich auch eine Nachricht meines Vaters, der mich dafür scharf kritisierte, dass ich Emma nicht nach Hause gebracht hatte. Dem Zeitpunkt zufolge kam sie in der Nacht davor, kurz nachdem ich sein

Telefongespräch gehört hatte. Wusste er, dass ich vor seinem Büro gelauscht hatte?

Wesley Ayrwick beschwerte sich nicht oft, und wenn er sich entschied, sich zu äußern, dann nur bei wichtigen Themen. Das letzte Mal, als ich ihn zu Gedanken über etwas Wichtiges drängte, verriet er, wie sehr er meine Frau Francesca nicht mochte. Dies geschah, als ich ihn um Hilfe bei der Planung ihrer Beerdigung bat, nachdem sie vor etwas mehr als zwei Jahren in West Hollywood von einem betrunkenen Fahrer angefahren worden war. Francesca und ich hatten das Haus ihrer Eltern an Thanksgiving in getrennten Autos verlassen, da sie bei ihnen gewohnt hatte, während ich an einem auswärtigen Filmprojekt arbeitete. Ich werde immer dankbar sein, dass Francescas Mutter, Cecilia Castigliano, Emma an diesem Abend in den Sicherheitssitz meines Autos geschnallt hat. Der Gedanke an das alternative Szenario brachte mich immer wieder zu Tränen. Ich bin noch nicht ansatzweise bereit, darüber zu reden, dass ich meine Frau in so jungem Alter verloren habe und auch nicht, dass ich alleinerziehend bin, also lassen wir das noch ein bisschen länger ruhen.

Nachdem ich mir die Zähne geputzt hatte, rief ich an, um nach Emma zu fragen, aber sie schwamm im Pool des Nachbarn. Ihre Großeltern würden sich mit mir in Verbindung setzen, sobald sie nach Hause zurückkehrte. Ich war erst vierundzwanzig Stunden weg gewesen, aber es fühlte sich an, als ob ein Teil von mir verloren gegangen wäre, wenn wir getrennt waren. Die Verbindung fühlte sich verschwommen an, fast so, als ob die Entfernung mich daran hinderte, wirklich zu wissen, ob es meiner sechsjährigen Tochter gut geht. Ich wusste nicht, was ich ohne sie tun würde. Ich würde auch auf viele Nachspeisen verzichten, um sie jetzt in meinen Armen zu schwingen. Oder ihr zuzusehen, wie sie zu irgendeinem dummen Cartoon auf ihrem iPad tanzt. Mein Herz schmolz, wenn ich die natürliche, reine Unschuld ihres Lächelns sah.

Bevor ich den Mut aufbrachte, den Tag zu beginnen, warf ich mir ein paar Kleider über, um eine Kanne Kaffee zu kochen. Nur in meinem bequemen schwarzen Boxer-Slip durchs Haus zu gehen, kam nicht in Frage. Obwohl, wenn es Nachbarn gegeben hätte, wäre es eine ganz schöne Show gewesen. Ich stieg zwei Stufen nacheinander die Treppe hinunter, trabte in die Küche und fand meine Mutter, die das Mittagessen zubereitete. Ich musste noch die detaillierte Tagesordnung für die heutige Pensionierungsparty herausfinden.

»Wie geht's der besten Mutter der Welt?« Ich umarmte sie ganz fest, so wie nur ein Sohn seine Mutter daran erinnern kann, dass sie geliebt wird. Ihr schulterlanges, rotbraunes Haar wurde mit der Jade-Schmetterlingsklammer, die Eleanor ihr zu Weihnachten geschenkt hatte, zurückgesteckt, und ihr Gesicht sah aus, als hätte sie auf einer Seite mit dem Schminken begonnen, aber die andere Hälfte vergessen. Ich würde Geld darauf wetten, dass das heutige schlampig aussehende Aussehen das Ergebnis von etwas ist, das Nana D getan hatte.

»Oh, Kellan! Ich wollte gestern Abend früh nach Hause kommen, aber... die Probe für die Party... das Gespräch mit dem Planer über die Sitzordnung... eine Beinahe-Katastrophe. Wusstest du, dass Nana D neben Stadtrat Stanton an einem Tisch in der hinteren Reihe sitzen sollte? Ich habe der Planerin zehnmal gesagt, dass Marcus eine wichtige Rede halten würde und mit deinem Vater am Haupttisch sitzen müsse. Nana D kann nicht in seiner Nähe sein, nicht nach ihrem letzten öffentlichen Streit, als sie ihn einen...«

Ich musste unterbrechen, bevor meine Mutter stundenlang weiter plapperte. »Ich hab's kapiert. Das macht absolut Sinn. Du hast das Richtige getan, aber ich dachte, Nana D hätte deine Einladung zu der Party abgelehnt?« Ich erinnerte mich plötzlich daran, dass ich vor dem Einschlafen einen Text las, in dem Nana D angab, sie würde lieber einen Nachmittag mit einem Mund voller Zitronenscheiben verbringen, ihre Finger von tausend kleinen Nadeln durchbohrt und ihre Füße in ein Hummelnest geklebt, als eine weitere Braxton-Veranstaltung für meinen Vater zu besuchen. »Und was hat es mit dem verrückten Porträt einer Dame mit zwei Gesichtern auf sich?« Ich neigte den Kopf zur Seite, griff nach der Obstschale am Ende der Kücheninsel und ging ein paar Zentimeter weg, weil ich sicher war, dass sie mich für diesen Kommentar schlagen würde.

Meine Mutter, irgendwo in ihren Mittfünfzigern, war fieberhaft besessen von ihrem Aussehen, solange ich mich erinnern konnte. Obwohl mein Vater ihr sagte, sie sei wunderschön oder er müsse verhindern, dass alle seine Freunde versuchen, sie anzumachen, fand sie Wege, sich selbst zu erniedrigen, wann immer es möglich war. Selbst als mein Vater ihr erklärte, dass ihn alle seine Golfkameraden wegen des Altersunterschiedes meiner Eltern von zehn Jahren als Wiegenräuber bezeichneten, ging sie immer noch auf eine zweiwöchige Jagd um die Welt, um die neuesten Produkte zur Faltenvorbeugung und Anti-Aging-Wundermittel zu finden.

»Waaas? Diese Frau wird mein Tod sein. Sie rief an, während ich mein Make-up auflegte, und wollte wissen, ob dein Vater seine Meinung über den Ruhestand geändert hat. Sie hatte ein Gerücht darüber gehört, was er wirklich vorhatte, und fragte dann, wer den vernichtenden Blog-Beitrag geschrieben hat. Irgendeine Ahnung, wovon sie spricht?« Sie bückte sich in das Waschbecken und trug einen farbigen Puder auf ihr rechtes Augenlid auf.

»Wir werden uns unterhalten, wenn du fertig bist. Schönheit zuerst«, antwortete ich, um das Thema zu wechseln und begann, ein Sandwich zu machen. »Also, Nana

D kommt nicht? Das wird die Party viel uninteressanter machen.«

Das mangelnde Bewusstsein meiner Mutter in Bezug auf die Blogeinträge hatte mich überrascht. Sie hatte alles über Braxton gelesen, was sie in die Hände bekommen konnte – es war wichtig zu wissen, was über ihr College geschrieben wird, um auf alle Fragen vorbereitet zu sein, die zukünftige oder aktuelle Studenten stellen könnten. Andererseits konnte sie mich auch listig testen, um zu sehen, was ich wusste und ihr nicht sagte. Oft wurde die kleine Scharade von Tricks, die wir alle in der Ayrwick-Familie gespielt haben, ziemlich kompliziert – irgendwo zwischen einer Partie Who's on First? und Russischem Roulette.

Meine Mutter klappte die Lippen zusammen wie ein Kugelfisch. »Was hast du gesagt, Kellan?«

»Nichts, ich bin froh, zu Hause zu sein.« Eleanor müsste zustimmen, dass ich ein so guter Sohn bin.

Sie lächelte und zog sich ins Badezimmer zurück, während ich das Sandwich verschlang. Als sie wieder auftauchte, war ihr Gesicht völlig in Ordnung. Eleanor sollte besser aufpassen, sonst könnten die Leute auf der Party Fragen stellen, wie beispielsweise wer die ältere Schwester von den beiden ist. Vielleicht werde ich dieses Gerücht sogar in die Welt setzen. Es ist schon eine Weile her, dass ich Eleanor mit einem guten Spruch erwischt hatte.

»Was ist der Plan für heute Abend?«, brabbelte ich, während ich das letzte Stückchen meines Sandwiches herunterschluckte.

»Wir werden ab fünf Uhr zur Cocktailstunde da sein, um die Frühankommer zu begrüßen. Dein Vater wird eine Auszeichnung für seine Verdienste erhalten, und einige wenige Leute werden zwischen sechs und sieben Uhr eine Rede halten. Das Abendessen wird zwischen sieben und acht Uhr serviert. Danach können sich alle eine Stunde lang unter die Gäste mischen, bevor die Cocktailstunde endet.« Sie machte eine Pause, um Luft zu holen, und steckte sich dann eine Erdbeere in den Mund. »Ich muss dieses Sandwich zu deinem Vater bringen. Bitte versuche, früh zu kommen, da ich weiß, dass er dich den Leuten vorstellen will.«

»Eleanor und ich planen, genau um fünf Uhr anzukommen.« Streiche eine Sorge von deiner Liste.« Ich musste sie manchmal anweisen, oder sie machte sich über die kleinsten Dinge Sorgen. »Wir werden uns von unserer besten Seite zeigen.«

Meine Mutter küsste mich auf die Wange, bevor sie die Treppe hinaufstieg, um das Mittagessen meines Vaters zu überbringen. »Ich werde mich immer um meine Kinder sorgen. Sogar Gabriel, obwohl er seit über sieben Jahren nichts von sich hat hören lassen. Umarmungen und Küsse!«

Als sie hinausging, fing ich mein Spiegelbild im Fenster ein und rollte mit den Augen über die hinterlassenen Lippenstiftspuren. Wenn ich die Nacht überleben würde, würde ich mich an Nana D rächen, weil sie dem Ganzen ausgewichen ist. Ich schickte ihr eine SMS, um sie daran zu erinnern, dass sie versprochen hatte, mir für den morgigen Brunch einen Kirschkuchen zu backen. Es gab kein besseres Dessert, besonders die Art und Weise, wie Nana D sie mit den Kirschen oben und der Kruste nur unten zubereitet hat. Sie brachte kleine Gebäck-Donuts an der Seite an, damit wir sie abziehen und in die Kirschfüllung tauchen konnten. Es war köstlich. Lassen Sie mich nicht mit Kuchen anfangen.

Nana D: *Komme um 10 Uhr. Viel Spaß heute Abend ohne mich. Bitte piss deinen Vater für mich an.*

Wow, sie hatte es auf ihn abgesehen. Ich kehrte in mein Schlafzimmer zurück und tauchte wieder in die Showbibel ein, die auf dem Nachttisch lag. Die nächste Seite war Abbys E-Mail an Derek von einer Woche zuvor. Sie lautete:

Ich bin so froh, dass Sie mich ausgewählt haben, um die Recherchen zur nächsten Staffel von 'Dark Reality' durchzuführen. Ich habe den Vertrag erhalten und werde nächste Woche ein unterschriebenes Exemplar zurückschicken. Wann sehen wir uns wieder? Ich hatte letzten Monat so viel Spaß bei einem Cocktail mit Ihnen. Sie sind bezaubernd auf dem Bild, das Sie kürzlich aus Tahiti geschickt haben.

Ich habe tonnenweise über die Geburt von Hexenzirkeln in Pennsylvania und den Bettelfluch von 1689 zu berichten, bei dem Hunderte von Menschen bei der Besiedlung des Landes getötet wurden. Soll ich bald einen Flug nach Hollywood buchen? Wird der Sender die erste Klasse bezahlen? Ich kann sagen, dass dies der Beginn einer dauerhaften Partnerschaft ist. Ich bin auch über etwas Kontroverses in meiner Heimatstadt gestolpert, das einer zukünftigen Staffel unserer Fernsehshow würdig ist, aber ich muss noch weitere Nachforschungen anstellen. Ich werde Sie auf dem Laufenden halten.

Übrigens, ich bekomme immer wieder Ihre Mailbox, wenn ich anrufe. Können Sie bitte versuchen, mich heute Abend zu erreichen? Ich werde zu Hause auf Ihre Antwort warten. Falls Sie meine Handynummer brauchen, sie lautet...

Jap, Derek hatte sich erneut in Schwierigkeiten gebracht. Als talentierter Gauner war Derek dafür bekannt, dass er seine verrückten Groupies bei Kollegen abladen und alle anderen dazu bringen konnte, seine Arbeit für ihn zu erledigen. Das letzte Mädchen, dem er zugesichert hatte, dass es eine Statistenrolle am Set von *'Dark Reality'* haben würde, hüpfte während einer Vorführparty der ersten Staffel auf roten Teppichen und behauptete, Derek habe ihr einen Platz in der ersten Reihe versprochen. Als der Sicherheitsdienst ihn schließlich zu sich rief, sah mein Chef ihr direkt in die Augen und sagte »*Ich habe diese Frau nie getroffen. Schmeißen Sie sie raus.*« Ich war dort. Ich sah die Verwirrung, die auf ihr Gesicht gepflastert war. Ich bemerkte auch, dass er zweimal blinzelte, dann zitterte seine Lippe. Derek hatte einen *Tick*, den ich vom ersten Tag an erkannt hatte.

Zwischen dem gestrigen Anruf und dieser E-Mail schoss mir ein klareres Bild von Abby Monroe in den Kopf –

sechsundzwanzig, blond, sanduhrförmig, keck und temperamentvoll. Sie hatte nicht einmal gewusst, dass Derek sie abgeschossen und mich in die Mitte dieser Atombombe gesteckt hatte, die darauf wartete, zu explodieren. Ich blätterte durch die Anrufliste für Dereks Nummer und wartete geduldig auf die Verbindung. Ich musste herausfinden, worauf ich mich einlassen würde, bevor ich Abby Monroe treffen konnte. Obwohl ich den größten Teil der Arbeit an der ersten Staffel geleistet hatte, war mein Name nirgendwo im Abspann aufgeführt, und meine Beiträge wurden von niemandem im Sender anerkannt. Da ich viel erfahrener und intelligenter war – oder vielleicht war das bessere Wort *talentiert* – als Derek, würde ich alles lernen, was ich brauchte, um meine eigene Auszeichnung zu verdienen und seinem Drama zu entgehen.

»Was geht? Du solltest die Wellen zu dieser Stunde sehen. Erste Sahne!«, rief Derek am Telefon.

Ich hatte vergessen, dass er auf Hawaii war, und rechnete schnell die Zeit um, bevor ich merkte, dass die Sonne gerade über unzähligen atemberaubenden Stränden aufging. Aus irgendeinem Grund war ich mit der Fähigkeit begabt, viel zu viel nutzloses Wissen zu behalten. »Oh, ich hoffe, ich wecke dich nicht auf.«

»Ich bin noch nicht ins Bett gegangen, Kel-Baby. Wir sind dabei, Surfbretter auszuleihen. Du solltest hier sein, Mann.«

Alle Spuren von Schuldgefühlen, die ich hatte, weil ich ihn aus einem seligen Schlaf erweckt hatte, verschwanden in dem Wissen, dass er derjenige war, der mich auf diese törichte Ablenkung geschickt hatte. »Das geht nicht, Derek. Der Versuch, deine Quelle zu ermitteln, erweist sich als schwierig. Wie ist Abby Monroe mit Braxton verbunden?«

Es vergingen einige Sekunden, in denen die Wellen heftig gegen den Sand schlugen, als er über die Bezahlung von Leih-Surfbrettern murmelte. Irgendwann würde ich lernen, wie ich mich aus diesen Situationen herausholen könnte, aber bis dahin war es am besten, sich nicht auf seine schlechte Seite zu begeben. Als wir das letzte Mal kreative Differenzen hatten, stellte er meine Vertretung ein, die mich den ganzen Tag verfolgte, und drohte, mich zu entlassen, wenn ich mich nicht an die Art und Weise gewöhne, wie die Dinge funktionieren.

»Ich weiß nur, dass sie ein Stück Arbeit ist, nicht wahr? Ich hätte nie gedacht, dass Abby so aussieht. Hast du sie schon getroffen? Danke, dass du dich um sie gekümmert hast, Kel-Baby.« Er ignorierte die Frage nach Braxton.

»Es ist Kellan.« Ich hatte ihm zuvor gesagt, er solle mich nicht Kel-Baby nennen. Es erinnerte mich an eine Highschool-Freundin, die mich gezwungen hatte, einen Sommer lang jede Folge von *'Saved by the Bell'* zu sehen, um ihre schauspielerischen Fähigkeiten zu perfektionieren. Ich hatte genug von dem *Kelly-Kelly-Duo* und würde nie wieder fälschlicherweise Kel oder Kelly als Spitznamen genannt werden. »Wie sieht Abby aus? Ist das ein weiteres schreckliches Tinder-Date, von dem ich wissen sollte?«

»Alter, ich bin unschuldig, ich schwöre. Sie ist scharf für ein älteres Babe. Und es wird Zeit, dass du etwas...«

»Sofort aufhören. Mein Privatleben ist tabu.« Er konnte auch die geduldigsten Menschen irritieren. »Wie viel weißt du über Abby?«

»Ich wollte Aufmerksamkeit sagen. Du verhältst dich in letzter Zeit heiliger als sonst, und es wird Zeit, dass du deinen fehlerhaften Heiligenschein ablegst und dich amüsierst. Im Ernst, Mann. Lass dich fallen und geh ein paar Risiken ein, während der Sender deine Reise bezahlt. Ich muss jetzt los. Meine Verabredung wird unruhig, und diese Wellen sind heftig.«

»Warte, beantworte meine Frage über Abby.«

»Ich kenne sie kaum. Wir trafen uns, als ich letzten Monat auf einer Konferenz in New York City war. Ich gab ihr meine Telefonnummer und meine E-Mail-Adresse. Hast du nicht die Showbibel mit all den offenen Fragen am Ende gelesen? Abby muss diese Lücken ausfüllen. Ich zähle auf dich, Kel-Baby. Bis später.«

»Du meinst, du hast ihr deine falsche Nummer gegeben, oder?« Verschiedene Methoden der Rache wurden in meinem Kopf formuliert. Ich wollte *Derek-Baby* daran erinnern, was die Leute über Rache sagten, aber nach der Hälfte meines witzigen Comebacks hatte er aufgelegt.

Derek war die zweite Person seit meiner Ankunft in Braxton, die das getan hatte. Habe ich etwas falsch gemacht? Was ist mit den guten Manieren passiert? Es gab Regeln. Eine Person leitete eine Abschiedssequenz ein, und die andere Person ging darauf ein, um die verbleibenden Gedanken mitzuteilen. Es gibt einen unangenehmen Moment, in dem es darum geht, wie man das Gespräch beenden kann, und dann verabschiedeten sich beide zur gleichen Zeit, bevor die eigentliche Verbindung unterbrochen wurde. Entweder wurde ich alt, oder andere Leute wurden verrückt. Ich fügte es gedanklich der Liste der Dinge hinzu, die ich Nana D fragen sollte, wenn ich sie das nächste Mal sah. Trotz ihres Alters hatte sie immer alle Antworten über das neue Etikette-System der Menschen meiner Generation.

In der Hoffnung, das Gespräch mit Derek abzuschütteln und die Knoten in meinem Rücken zu lindern, machte ich einen einstündigen Lauf an der frischen Bergluft von Braxton. Viele Teile der Stadt – mit etwa dreitausend Einwohnern – boten natürliche, unberührte Schönheit, die jeder seit etwa dreihundert Jahren geschützt hatte. Kurz bevor Pennsylvania offiziell ein Staat wurde, erschlossen meine Vorfahren das geschützte Land, wo der Finnulia River am Fuße der Wharton Mountains in den Crilly Lake mündete. Obwohl die Landschaft berauschend war, hatte ich nur noch wenig Zeit, bevor die Party begann. Ich kehrte nach Hause zurück, duschte und zog mich für die Veranstaltung an.

Um vier Uhr dreißig stand ich vor der Memorial Library und nahm an, dass Eleanor sich verspäten würde.

Unvermeidlich würde es eine Krise im Diner geben, einen verlorenen Autoschlüssel oder einen Garderobenwechsel in letzter Minute. Zum Glück war die rettende Gnade meiner Schwester immer die intelligenteste, loyalste und fürsorglichste Person in meinem Leben gewesen, sonst hätte ihre ständige Verspätung und Unentschlossenheit mich in die entgegengesetzte Richtung laufen lassen. Wir kamen einmal fünfundvierzig Minuten zu spät zur Ostermesse, weil sie sich nicht sicher sein konnte, ob sie einen Regenschirm mitnehmen würde. Als wir endlich ankamen, stellte sie sich in die Schlange, um die Kommunion zu empfangen, und tat so, als wäre sie schon die ganze Zeit dabei gewesen. Es hatte keine Rolle gespielt, dass an diesem Tag kein Regen in der Vorhersage vorkam.

Die Memorial Library wurde ursprünglich von der Familie Paddington errichtet, bevor Ende der 1960er Jahre bei einem Protest im Vietnamkrieg, der irgendwie aus dem Ruder gelaufen war, ein Feuer den ersten Stock beschädigte. Aus irgendeinem Grund hatten sich die damaligen Verantwortlichen für den Campus gegen den Charme der alten Welt und die Bewahrung der Geschichte gewehrt. Das Ergebnis war eine billige Reparatur der antiquierten Struktur und eine institutionelle, utilitaristisch anmutende Ergänzung, die an eine schiefgegangene High School-Kantine erinnerte. Sie musste abgerissen und neu gestaltet werden, mehr als die Regierung unserer Stadt.

Während ich auf Eleanor wartete, lief eine Frau an mir vorbei und erklärte jemandem auf ihrem Handy, dass sie die Prüfung bereits abgeschlossen hatte und auf dem Weg war, die Ergebnisse in ihr Notenbuch einzutragen. Es klang, als ob ein unglücklicher Student versuchte, die Meinung der Professorin über seine Note zu ändern. Die letzte Zeile, die ich hörte, bevor sie außer Reichweite war, brachte mich zum Lachen, als ich darüber nachdachte, wie weit jemand gehen würde, um eine bessere Note zu verlangen. »*Ja, kommen Sie um acht Uhr dreißig in mein Büro, um ein letztes Mal darüber zu sprechen. Aber glauben Sie mir, es gibt nichts, was Sie tun können, um meine Meinung zu ändern. Nada. Nada. Sie bringen mich schlichtweg um, mit diesem anhaltenden Druck und den vielfältigen Ablenkungstaktiken«,* züchtigte sie den oder die Anruferin.

Mein Blick wechselte zu mehreren Studenten, die in der Memorial Library ein und aus gingen und mich überraschte, wie beliebt sie an einem Samstagabend war. Obwohl ich während meiner Zeit in Braxton ein anständiger Student gewesen war, waren die Wochenenden für Verbindungspartys, Ausflüge außerhalb des Campus und anstrengende Besuche mit meiner Familie reserviert. Die Samstagabende in einer Bibliothek waren vor einem Jahrzehnt uncool. Es schien sich viel geändert zu haben.

Ich überlegte, ob ich einem der Studenten folgen sollte, um einen Blick auf die triste Inneneinrichtung zu werfen, aber ich blieb stehen, als mir ein paar Schneebälle in die Schulter schlugen. Ich beugte mich schnell zu Boden, um eine Handvoll Schnee aufzusammeln, und beruhigte mich, um einen kräftigen Curveball zu werfen. Hatte eine unreifere Studentin meine Ablenkung ausgenutzt, oder benutzte die Professorin mich, um ihre Frustration über den Anrufer rauszulassen? Ich drehte mich um und bereitete mich auf eine Schneeballschlacht vor.

»So, er kann sich also für die richtige Gelegenheit rausputzen«, spottete meine Schwester, die sich darauf vorbereitete, einen weiteren Schneeball zu werfen. »Ich hätte gewettet, dass du heute Abend die üblichen Jeans und ein graues T-Shirt trägst.«

Nein, mein teurer schwarzer Anzug und mein Mantel mit Fischgrätenmuster sahen recht adrett aus. Ich rollte mehrere Male mit genügend Nachdruck beide Augen in ihre Richtung, sie blieben in der letzten Runde fast stecken. »Lustig! Ich hätte gewettet, dass du nicht vor fünf Uhr dreißig hier sein würdest, damit du Mom sagen kannst, dass es meine Schuld war, dass wir zu spät kamen.«

Eleanor schlängelte sich herüber und gab mir die größte Umarmung, die ich seit meinem letzten Besuch in der Stadt bekommen hatte. »Ich vermisse dich so sehr. Warum musst du mich hier in dieser langweiligen arktischen Tundra allein mit unseren Eltern lassen? Kannst du nicht einen Weg finden, teilweise von Braxton aus zu arbeiten... oh, gut, ich höre auf. Die Sterne sagen mir, dass ich dich heute Nacht nicht mehr belästigen soll.«

Ich war einverstanden mit dem arktischen Teil. Ich würde mich nie wieder daran gewöhnen, besonders nachdem ich in Los Angeles Palmen betrachtet und den Wellen des Ozeans zugehört habe. Als wir uns voneinander lösten, schaute ich sie schockiert auf und ab an. Eleanor hatte eine große Veränderung durchgemacht. Ihr lockiges, schmutzig-blondes Haar war seitlich an ihren Kopf geklebt, mit einer leuchtend karmesinroten Schleife, die zur Farbe ihres Kleides passte. Sie trug Absätze, in denen ich sie aus zwei Gründen kaum sah – erstens war sie ein wenig ungeschickt, und zweitens behauptete sie, dass sie damit alle potenziellen Männer, die sich für sie interessieren könnten, überragt hätte. Wir waren gleich groß, aber in den funkelnden Christian-Louboutin-Stilettos, die sie sich ausgesucht hatte, konnte ich sie nicht einmal auf den Zehenspitzen erreichen.

Die Marke und den Typ der Schuhe kenne ich nur, weil Francesca mich gut trainiert hatte. Viele Sonntagnachmittage verbrachte sie mit Schaufensterbummeln auf dem Rodeo Drive, wobei sie die Preise für alles erraten hat, was sie liebte, aber nicht den vollen Preis bezahlen wollte. Obwohl sie mit Geld aufgewachsen war, liebte sie ein gutes Geschäft.

»Du könntest jederzeit an die Westküste ziehen, wenn du es hier nicht mehr aushältst.« Ich lächelte darüber, wie erwachsen meine kleine Schwester in ihrem roten, mit Pailletten besetzten Kleid aussah. Sie besaß ein einzigartiges

Gespür für Mode, das jedem Outfit ihre eigene Note verlieh. Heute war es die dunkelgraue Schärpe, die sie über ihre Hüften trug. Eleanor war schon immer sensibel, was die Vererbung der Danby-Knochenstruktur betraf, und sie fand Wege, diese entweder zu betonen oder zu verbergen – je nach Gewand und Mondstellung an diesem Tag sah sie dadurch besser aus. Sie war ein Fanatiker von Horoskopen, Astrologie und Numerologie. »Oder befrage deine Kristallkugel, um zu sehen, was dich in Zukunft erwartet.«

»Oh, halt deinen Mund. Eines Tages werden wir näher zusammenleben, die Karten haben das bereits beschlossen. Sag mir, was glaubst du, wer heute Abend außer den üblichen spießigen Kollegen und Freunden dort sein wird? Ich hatte eine Vorahnung, dass etwas Dunkles passiert. Ich weiß nicht, wer in Schwierigkeiten ist, aber die Aura von jemandem ist Staub!«

Als sie ihre letzte Zeile sagte, schlug der Donner in den nahe gelegenen Wharton Mountains ein. Wir zuckten beide. Unsere Augen wölbten sich vor zunehmendem Schock. »Ja, lass uns zur Party gehen, bevor du einen alten Fluch auf uns lädst. Du warst in letzter Zeit ein ziemlicher Pechvogel.«

3

E leanor nahm meine Hand und führte uns zum Haupteingangstor von Braxton. Als wir gingen, fasste ich die brandstiftenden Blog-Einträge über unseren Vater und sein mysteriöses Telefongespräch zusammen.

»Ich hoffe, dass der Blogger nicht auftaucht oder irgendetwas tut, um Dad heute Abend in Verlegenheit zu bringen«, sagte Eleanor.

»Er kann auf sich selbst aufpassen.« Wir waren uns einig, ihn nicht mit dem Anruf zu konfrontieren, da es uns nicht wirklich etwas anging.

Der Campus von Braxton war über zwei Stadtteile verteilt und durch eine charmante, antike Kabelbahn verbunden, die die Strecke von einer Meile zurücklegte. Das stilvolle Transportsystem funktionierte wie ein Flughafen-Trolley, der alle dreißig Minuten von Terminal zu Terminal fuhr und den Nordcampus verließ, um die Rückfahrt zum Südcampus zu machen. Wenn das Wetter mitspielte, war es ein zügiger fünfzehnminütiger Fußmarsch, um beide Enden zu erreichen. Die Straßen waren gesäumt von malerischen Geschäften, vereinzelten College-Bars und Mietwohnungen für Studenten.

»Obwohl die meisten akademischen Hauptgebäude und Studentenwohnheime auf dem Nordcampus liegen, fand ich den Südcampus schon immer idyllischer«, sagte ich. Neben den Büros der Direktion und dem Kaffeehaus auf dem Campus, The Big Beanery, war der Südcampus auch der Ort, an dem die Musik-, Geistes- und Kommunikationsabteilung zu Hause waren. Paddingtons Play House und die Stanton Concert Hall waren die großen Unterhaltungsattraktionen, die mich als Student vor Langeweile bewahrten.

Eleanor nickte. »Ich freue mich darauf, Moms künstlerische Arbeit heute Abend persönlich zu sehen. Sie dachte, es wäre eine lustige Abwechslung, alle Tische in der Stanton Concert Hall so anzuordnen, dass sie zur Mitte des Raumes hin ausgerichtet sind. Sie hat sogar eine provisorische Tanzfläche und eine erhöhte Plattform für die Reden eingebaut.

Eleanor erzählte mir von ihrem aufregenden Tag im Pick-Me-Up Diner. Braxtons Baseballteam hatte bei ihrem improvisierten Mittagessen für großen Krawall gesorgt.

»Es war seltsam, als auch die Cheerleader-Mannschaft auftauchte. Sie hätten über Strategien zum Sieg im Eröffnungsspiel diskutieren sollen«, sagte Eleanor.

»Ach, warst du eifersüchtig? Hielt es dich davon ab, mit den Spielern zu flirten?« Ich stand heute in Flammen.

»Leck mich, Kellan. Selbst Coach Oliver konnte sie nicht kontrollieren, als er die neuesten College-Jacken der Mannschaft verteilte. Die burgunderfarbenen und marineblauen Farben sahen nach einem coolen Design aus«, sagte Eleanor, als die Kabelbahn ankam.

Ich nahm an, der wahre Grund für die Ankunft des Teams sei, dass die Studenten, deren Bargeldbestand begrenzt ist, dafür berüchtigt sind, kein Trinkgeld zu hinterlassen. Als alle

Fahrgäste ausstiegen, stiegen einige von uns durch die Vordertür ein. Eleanor und ich zwängten uns in einen Zweisitzer in der Nähe der Rückseite, der mit Figuren aus Marvel-Comics beklebt war. Jedes Jahr überreichte die Abschlussklasse dem College ein Geschenk, um die Kabelbahn neu zu gestalten, als ihr Abschiedsgeschenk an Braxton.

»Bringen sie irgendwelche Erinnerungen zurück, *Gladiator-Mann*?«, fragte Eleanor.

Ich schäme mich, zuzugeben, dass mein Jahrgang ein spartanisches Thema gewählt hatte, da der Film 300 gerade in die Kinos gekommen war. Bei der Enthüllungszeremonie war ich gezwungen, eine extrem kurze, körperbetonte Tunika zu tragen, während ich ein Plastikschild und einen Speer schwang. Ich wäre fast vor Verlegenheit gestorben, als der Stoff aufriss, während ich mich für ein Foto niederkniete. Damals sah ich nicht annähernd so gut aus wie heute.

Wir kamen in der Stanton Concert Hall an, deren Name passenderweise Lavinia Stanton lautet, einer älteren unverheirateten Vorfahrin von Marcus Stanton, die Anfang des zwanzigsten Jahrhunderts ihre gesamten Lebensersparnisse Braxton hinterlassen hatte. Ich wurde von einem frechen Sicherheitsbeamten begrüßt, der meinen Führerschein einscannte, ein Bild von mir machte und einige Befehle auf einer Tastatur eingab. Dreißig Sekunden später gab er mir meinen Führerschein und einen zweiten Ausweis mit einem Haufen von Codes und Symbolen zurück.

»Können Sie die Maschine explodieren lassen, wenn Sie Eleanors Ausweis erstellen?«, sagte ich zum Sicherheitsbeamten. Leider fand er mich nicht sehr lustig, und der Prozess wurde einwandfrei abgeschlossen.

Die Gästeliste umfasste zweihundert Kollegen, Familienmitglieder und Freunde. Da ich Dereks Typus kannte, wäre Abby in der Menge ziemlich leicht zu finden. Ich überflog die Weite des Raumes mit dem flüchtigen

Gedanken, sie ausfindig zu machen, aber niemand passte zu der imaginären Beschreibung.

Meine Mutter hatte sich diesmal selbst übertroffen. Der Saal verwandelte sich in eine vollendete Partyatmosphäre, komplett mit authentischen, altmodischen Laternenpfählen, die als Konversationstische nachgerüstet wurden, an denen wir unzählige Hors d'oeuvres essen konnten, mit verzierten Getränkewagen, die von pinguinbekleideten Kellnern herumgerollt wurden, die eine Art sprudelnden blauen Cocktail servierten, und mit einem feinen Nebel, der Jasmin von der Decke sprühte. Eleanor machte sich auf die Suche nach unseren Eltern, während ich das Wassergemisch testete, das anscheinend alle anderen genossen. Für mich war es etwas sauer, aber ich konnte den Reiz erkennen.

Während ich mich unter die Leute mischte, holte ich meinen ehemaligen Kunstprofessor ein und schüttelte dem Stadtrat Marcus Stanton die Hand – seine Handfläche war so klamm, dass ich die beißende Schweißlache niemals abwischen werden könnte. Der Handschlag war auch zu schwach für einen echten Politiker. Kein Wunder, dass Nana D es auf ihn abgesehen hatte.

Als eine eingehende Nachricht vibrierte, hoffte ich, dass es Abby war, die sagte, sie sei bereit, sich zu treffen, aber sie war von meiner Tochter Emma. Sie war von den Nachbarn zurück und wollte mir sagen, dass sie mich vermisst und liebt. Ich schickte ein Video von einem Papa-Bär, der mit seinem Baby-Bär kuschelte. Das war unsere Art, eine Umarmung zu teilen, wenn wir nicht am selben Ort waren. Sie war für ihr Alter intelligent und intuitiv und liebte unsere schrullige Beziehung. Sechs und sechzehn Jahre alt war die beste Art, sie zu beschreiben.

Bevor ich das Telefon weglegte, schickte ich der Assistentin meines Vaters eine SMS und fragte sie, wo sie sich versteckte. Lorraine Candito war zwanzig Jahre lang die rechte Hand meines Vaters gewesen und folgte ihm von seiner früheren Position am Woodland College auf der anderen Seite des Flusses. Ich war mir sicher, dass sie der einzige Grund dafür war, dass ich von meinem Vater Geburtstagskarten in der Post oder häufige Pakete bekam. Meine Mutter war zu beschäftigt und hatte ihre eigene Art, zu zeigen, wie sehr sie sich um mich kümmerte, aber Lorraine war wie eine Lieblingstante, auf die man sich immer verlassen konnte. Mein Telefon surrte mit ihrer Antwort:

Lorraine: *Lass uns nach dem Abendessen zusammenkommen. Du musst dein Geschenk bekommen. Ich habe es auf meinem Schreibtisch gelassen.*

Die Neugier auf das, was sie meinte, braute sich zusammen, und dann erinnerte ich mich an ein Geschenk, als ich zu Weihnachten hier war. Sie hatte mir wahrscheinlich etwas mit dem neuen Braxton-Logo gekauft, das Eleanor erwähnt hatte. Ich schickte ihr eine Bestätigung zurück und sah, wie sich mein Vater von der Tanzfläche näherte.

»Lass mich dir jemanden vorstellen, Kellan«, begann er, während eine Frau mit kurzen, stacheligen, teilweise grauen Haaren in der Nähe folgte. Ihr natürliches, dunkles Schwarz hatte begonnen zu verblassen, und anstatt es zu färben, hatte sie den anmutigen Alterungsprozess akzeptiert. Ich bewunderte sie, denn ich wusste, wenn sich meine Haarfarbe jemals ändern würde, wäre ich der erste in der Schlange im Salon. Ich konnte manchmal etwas eitel sein, wenn es um diese Dinge ging. Obwohl ihr Haar auffällig war, waren es ihre geschwungenen Lippen und ihr kalter Blick, die mir die Aufmerksamkeit raubten.

»Hallo«, sagte ich und streckte ihr meine Hand entgegen. Hoffentlich hatte sich der Schweiß des Stadtrats verflüchtigt, sonst hätte sie ihren eigenen unangenehmen Schock bekommen. »Erfreut, Sie kennenzulernen... Mrs... Miss...«

Mein Vater sprach weiter, als sie sich nicht äußerte. »Das ist Dr. Myriam Castle. Sie ist Professorin in unserer

Kommunikationsabteilung und arbeitet seit... wie viel, drei Jahren in Braxton?«

Als sie nickte, spürte ich einen deutlichen Temperaturabfall in der Luft zwischen uns. Es war nicht nur der knackige, krasse Power-Anzug, der sich an ihr dünnes Gebilde schmiegte. Der tief ausgeschnittene Kragen des rosa Hemdes bedeckte ihren gesamten Hals und hatte eine kleine opale und silberne Brosche, die über dem oberen Knopf befestigt war. Die Linien auf den Schultern, Ärmeln und Hosenbeinen waren so scharf wie eine Messerklinge, aber die vernünftigen schwarzen Pumps überzeugten mich davon, dass sie ein bodenständiges Wesen war.

»Ja, drei zu Beginn dieses letzten Semesters. Wie gefällt Ihnen die Party, die das College für Sie veranstaltet hat? Es muss ein kleines Vermögen gekostet haben, diese Show auf die Beine zu stellen, aber Sie werden hier ja wegen Ihrer... *Großzügigkeit* geliebt«, antwortete sie mit einer Säure, die man nur erlebt, wenn man etwas exorbitant sauer schmeckt. »*Die bösen Manieren der Menschen leben in Messing, ihre Tugenden schreiben wir in Wasser.'*

Ich schaute von ihr zu meinem Vater und erwartete eine aufschlussreiche und bestrafende Erwiderung. Ich glaubte, sie hätte in ihrer launischen Ausgrabung über Tugenden Shakespeares *Heinrich VIII.* zitiert. Könnte sie die Bloggerin sein, um die er sich Sorgen macht? Der scharfe Ton ihrer Worte entsprach dem Profil des anonymen Schurken.

»Oh, Myriam, immer die Kluge. Ich würde gerne plaudern, aber ich muss mich auf meine Rede vorbereiten. Ich hoffe, dass Sie eine schöne Zeit haben werden, obwohl sie so unnatürlich für Sie kommt«, antwortete mein Vater.

Als er wegging, bemerkte ich, dass sich ein Kichern auf seinen Lippen bildete. Vielleicht *würde* ich auf dieser Party etwas Spaß haben. »Wie ich sehe, haben Sie eine ziemliche Neckerei am Laufen. Ich hoffe, es ist alles in bester Stimmung.«

»Wesley Ayrwick und ich haben eine Vereinbarung. Er ist sich meiner Beiträge zum Kollegium bewusst. Mir ist bewusst, dass er bald ersetzt wird.« Als ein Kellner vorbeikam, ließ Dr. Castle ihr leeres Glas auf ein Tablett fallen und nahm ein neues. »Also, woher kennen Sie unseren guten Präsidenten? Arbeiten Sie am College?«

In diesem Moment wurde mir klar, dass sie nicht wusste, dass ich sein Sohn war. Ich dachte, ich lasse diese Tatsache für die unmittelbare Zukunft weg, um zu sehen, was ich noch von ihr lernen könnte. »Wissen Sie, ich kann mich nicht erinnern, wann wir uns das erste Mal trafen. Vor Jahren, aber es ist alles aus irgendeinem Grund ein wenig verschwommen. Um Ihre letzte Frage zu beantworten, nein, ich lebe in Los Angeles und bin für ein paar Tage wieder in Braxton.« Ich überlegte mir, wie ich das Gespräch über ihre Meinung zu meinem Vater ausweiten könnte, und erkannte dann, dass ich die sich mir bietenden Möglichkeiten nutzen sollte. Ich hatte nur noch wenig Zeit, bevor die Reden begannen. »Dr. Castle, ist Ihnen Abby Monroe bekannt?«

Meine neue Freundin räusperte sich und schob ihre Brille den Nasenrücken hinunter. »Meine Nacht wird immer besser. Sind Sie deshalb heute Abend auf der Party dabei? Sind Sie ein Gast von Monroe?«

»Im Gegenteil. Ich habe die Frau nie getroffen. Könnten Sie sie mir zeigen?« Ich konnte feststellen, dass Dr. Myriam Castle eine ausdrucksstarke Frau war. Alle ihre Gesten waren übertrieben, und ihre Worte boten zwei, vielleicht sogar drei Facetten. »Wenn Sie zufällig wissen, wie sie aussieht, meine ich.«

»Ich hatte das unwillkommene Privileg, Monroe viele Male zu treffen. Ich bin nicht diejenige, die anderen ihre Meinung aufdrängt, Mr....«, platzte sie heraus, bevor sie kurzerhand aufhörte.

Sie hoffte, ich würde meinen Nachnamen einfügen, aber es hatte mehr Spaß gemacht, sie im Unklaren zu lassen. »Oh, aber ich würde gerne Ihre Gedanken hören. Bitte, fühlen Sie sich willkommen, wenn Sie mir sagen, was Sie auf dem Herzen haben.« Ich bemerkte einen kurzen Moment, in dem Dr. Castle meine Worte überdachte und dann meinen Vater auf das Podium treten sah.

»Monroe macht sich die Welt zu eigen und hat jedem in Braxton klargemacht, wie sie ihren Job bekommen hat. Ich würde denken, dass ein junger Mann wie Sie, der intelligent und versiert zu sein scheint, leicht erkennen kann, dass der Aufzug im Kopf dieser Frau nicht bis zum obersten Stockwerk fährt.« Als sie sich zum Abschied umdrehte, dröhnte das Mikrophon.

Ich fand es komisch, wie sie die Frau *Monroe* nannte. »Es war ein Vergnügen, Sie kennenzulernen, Dr. Castle. Ich freue mich darauf, bald wieder mit Ihnen zu plaudern, aber wir müssen uns um die mittlere Etage versammeln.« Ich streckte meine Hand in Richtung der Hauptbühne aus und sah, wie sich ihr Kopf einige Zentimeter höher hob und ihre Nase runzelte, als ob etwas Geruchsstoff vorbeiging.

»Vertrauen Sie mir und halten Sie sich von ihr fern. Wenn Sie in der Stadt sind, achten Sie auch darauf, nicht zu eng mit den Ayrwicks zu verkehren. Sie mögen jetzt oben sein, aber es wird nicht für lange sein, da bin ich mir sicher.«

Ich zuckte mit den Schultern und schritt in die entgegengesetzte Richtung. Abwarten, bis ich Eleanor und Nana D alles über Dr. Myriam Castle erzählt habe. Sie müssen einige Gerüchte über die Frau gehört haben. Ich musste herausfinden, was es mit dieser Fehde auf sich hatte. Ich schickte Abby eine SMS mit der Frage, wann wir uns treffen könnten.

Die Rede meines Vaters war besser, als ich erwartet hatte, ebenso wie die kurzen, aber bemerkenswerten Worte von Stadtrat Stanton. Vielleicht könnte ich über den schwachen Händedruck hinwegsehen, wenn seine verbalen Fähigkeiten ein starkes Gegengewicht wären. Das Abendessen war relativ ruhig. Und schmackhaft. Hähnchen Cordon Bleu, Reis-Pilaf und gedünsteter Spargel. An einigen Tischen sah ich auch ein vegetarisches Gericht. Hut ab vor meiner Mutter, die sich an die Bedürfnisse und Vorlieben anderer Menschen erinnert hat. Seitdem sie eine Schalentierallergie entwickelt hatte, war sie viel aufmerksamer bei der Auswahl der Speisen. Abby antwortete, dass wir uns um neun Uhr im Foyer treffen könnten, wenn die Party zu Ende sei.

Ich hatte bereits zuvor ein sprudelndes blaues Getränk und ein Glas Champagner getrunken und stand nun neben einem mobilen Barwagen und dachte über ein drittes nach, als sich meine Schwester von hinten näherte.

»Rate mal, wen ich getroffen habe«, sang sie in einem unbehaglichen, heiteren Ton. »Dreh dich nicht um. Ich gebe dir drei Chancen.«

Ich dachte, ich hätte jeden auf der Party getroffen, wenn man bedenkt, wie oft ich mich in den letzten Stunden vorstellen musste, außer natürlich für Abby, die einzige Person, der ich begegnen wollte. Könnte sich mein Glück endlich ändern? »Ähm... Die Königin von England? Meryl Streep?« Sie ist meine Lieblingsschauspielerin. Ein Mann kann doch träumen, oder? »Pink?« Ich war jahrelang in sie verknallt, aber es war höchst unwahrscheinlich, dass sie zu einer Pensionierungsparty kommen würde. Nun, da meine drei Vermutungen erschöpft waren, konnte ich das dumme Spiel beenden und mich umdrehen.

»Falsch! Es ist Maggie Roarke. Du erinnerst dich doch an sie, oder?« sagte Eleanor, während sie wie ein übereifriger Osterhase auf und ab hüpfte.

Für einen Moment dachte ich, der Raum stünde still, und ich wurde fast ein Jahrzehnt zurückversetzt. Sogar das Lied, das im Hintergrund lief, fühlte sich an, als ob ich durch die Zeit gesprungen wäre und mit Maggie auf einer riesigen, bequemen Couch in The Big Beanery saß und Michael Bublé zuhörte, während wir Cappuccinos tranken und Biscotti aßen. Meine beste Freundin und ehemalige Freundin hatte ich seit der Woche vor unserem College-Abschluss, als wir uns getrennt hatten, nicht mehr gesehen. »Maggie, ich kann nicht glauben, dass ich dich nicht früher bemerkt habe. Du siehst... du siehst...« Ich wollte sagen, fantastisch und wunderschön, aber nach zehn Jahren schien es mir nicht angemessen.

»Ich sehe gut aus, Kellan. Es ist okay, du kannst es sagen.« Ihr üppiges, glattes, braunes Haar wurde über eine Schulter zurückgezogen. Ihr strahlender Glanz machte sie heute attraktiver als zu der Zeit, als wir Anfang zwanzig waren. Sie sah selbstbewusst und stark aus, Eigenschaften, die sie schon immer in sich selbst finden wollte, über die sie sich in der Vergangenheit aber allzu oft geplagt hatte. »Du bist so hübsch wie eh und je.«

Ich beugte mich vor, um sie zu umarmen, aber unsere Gesichter trafen sich und der Instinkt übernahm die Oberhand. Ehe ich mich versah, hatte ich ihre Wange geküsst und fühlte, wie mein Körper von einer ungewöhnlichen, aber doch vertrauten Wärme überflutet wurde. Alabasterhaut glänzte, und dunkelbraune Augen blickten zurück und ließen sie fast wie eine gefrorene Statue oder ein elegantes Stück Porzellan aussehen. »Es tut mir leid, es war eine Überraschung, dich zu sehen. Eine willkommene Überraschung.«

Eleanor schlug vor, dass sie uns vielleicht einen Moment allein lassen sollte. »Oh, da ist Mom. Ich habe nach ihr gesucht. Ich komme gleich wieder.« Als sie wegtrat, spürte ich den schnellen Zwick an meiner Taille und wusste, dass sie den ganzen Ablauf geplant hatte. Wahrscheinlich eine Vergeltung für meine früheren Kommentare über ihre Kristallkugel-Suche für die Zukunft. Ein Punkt für Eleanor heute Abend, zumindest war sie auf dem Spielfeld.

»Ich stimme zu«, antwortete Maggie. »Du musst so aufgeregt sein, dass dein Vater sich zurückzieht. Wird deine Mutter als Nächste gehen? Sie sollten die Welt bereisen, nachdem sie so hart für Braxton gearbeitet haben. Ich werde sie vermissen.«

Maggie und ich hatten uns getrennt, als wir uns beide entschieden, verschiedene weiterführende Hochschulen zu besuchen. Wir versuchten, eine Freundschaft aufrechtzuerhalten, aber ich glaube, wir waren beide insgeheim verärgert über den anderen, weil wir nicht versucht hatten, eine Fernbeziehung zu führen. Wir hatten in diesem Sommer ein paar Mal gemailt, doch als sie nach Boston aufbrach, war die Kommunikation abgebrochen. Plötzlich fiel mir ein, was sie über das Vermissen meiner Eltern gesagt hatte. »Versteh mich nicht falsch, es ist schön, dich zu sehen, aber was bringt dich zu der Party, Maggie?«

»Oh, du weißt es nicht? Ich habe dieses Semester bei Braxton angefangen zu arbeiten. Ich bin die neue Chefbibliothekarin. Ich bin vor kurzem aus Boston zurückgezogen, nachdem mir der Job in den Schoß gefallen ist. Erinnerst du dich an Mrs. O'Malley?« Maggie deutete an, dass es in der Nähe der restlichen Menge zu laut war. Wir gingen in die hintere Ecke.

Mrs. O'Malley war über dreißig Jahre lang die Chefbibliothekarin gewesen, als wir Braxton besucht hatten – eine Institution, die alles und jeden auf dem Campus kannte. Sie hatte Maggie und mich einmal beim Knutschen hinter der alten Mikrofiche-Maschine erwischt, und anstatt uns zu schelten, weil wir an einem öffentlichen Ort intim geworden waren, brachte sie uns in Verlegenheit, weil wir das älteste Gerät im Gebäude als unser romantisches Versteck ausgewählt hatten. Ich erinnere mich, wie sie uns erzählte, dass sie sogar die Intelligenz besaß, Mr. Nickels, den Ingenieur der Kabelbahn, in den unteren Referenzbereich zu bringen, in den noch nie jemand gegangen war. Stellen Sie sich vor, eine über sechzigjährige liebeskranke Frau schüttelte bei zwei College-Absolventen mit dem Finger darüber.

»Ich habe schon ewig nicht mehr an sie gedacht. Ich

schätze, sie muss sich zurückgezogen haben«, sagte ich. Ich bin kein Oma-Jäger, aber ich fühlte mich seltsam zu Mrs. O'Malley hingezogen, nachdem sie uns von ihrer unerlaubten Affäre erzählt hatte.

»Letzten Herbst. Ich hatte den seltsamsten Anruf von ihr bekommen. Wir waren über die Jahre in Kontakt geblieben, und sie wollte, dass ich von ihren Plänen, Braxton zu verlassen, erfuhr. Mrs. O'Malley war der Hauptgrund dafür, dass ich meinen Abschluss in Bibliothekswissenschaften gemacht habe und in diesen Beruf eingestiegen bin. Sie lud mich für ein Wochenende ein, um über die Veränderungen in der Memorial Library zu sprechen, und bat mich dann, mich mit deinem Vater zu treffen, um die Position zu besprechen. Drei Wochen später kündigte ich meinen Job in Boston und zog wieder nach Hause.«

Ich konnte nicht glauben, wie sehr sich Maggie verändert hatte. Die kleine Maus, die ich früher kannte, war verschwunden, und wenn ich ehrlich bin, habe ich sie verehrt. Ich habe mich immer gefragt, was passiert wäre, wenn Maggie und ich an diesem Tag eine andere Entscheidung getroffen hätten.

»Das ist großartig. Ich bin begeistert und auch ein wenig schockiert, dass mein Vater es mir gegenüber nie erwähnt hat.«

»Oder deine Mutter. Sie und ich treffen uns ein paar Mal pro Woche zum Kaffee, wenn ich eine Pause von der Bibliothek machen kann oder sie Abstand davon nehmen muss, dass angehende Studenten sie zu einer Aufnahmeentscheidung drängen.« Maggie strich mehrere Haarteile von ihren weichen und atemberaubenden Zügen ab. »Du weißt nichts über unseren wöchentlichen Spaziergang vom Süd- zum Nordcampus entlang der Millionaire's Mile?«

Hinter der Hauptstraße zwischen den Campussen befanden sich größere Anwesen, in denen Familien wie die

Stantons, Greys und Paddingtons lebten. Sie hatte vor langer Zeit den Spitznamen Millionärsmeile erhalten und war eine Hauptattraktion in Braxton für Besucher und neue Studenten, die etwas über die Geschichte des Reichtums der Stadt erfahren wollten.

Ich schüttelte den Kopf. »Das werde ich heute Abend herausfinden. Jetzt, wo ich weiß, dass du wieder in Braxton bist, könnten wir vielleicht einen Kaffee trinken gehen. Ich werde eine Woche in der Stadt sein, vielleicht länger.« Wir unterhielten uns darüber, was uns beiden im letzten Jahrzehnt widerfahren war, und ich entdeckte, dass sie verwitwet war, als ihr Mann vor einigen Jahren tragisch an einem Hirn-Aneurysma starb. Es brach mir das Herz, dass sie den verheerenden Verlust eines Ehepartners miterleben musste, aber es war auch ein Moment, in dem unsere Verbindung so aufblühte, wie damals, als wir im College zusammen waren. In diesem Moment fühlte ich wieder ein Gefühl der Sicherheit über die Zukunft, fast so, als ob die Wiederherstellung einer Freundschaft mit Maggie mir helfen könnte, einen Weg nach vorne zu finden.

Ich blickte zum Eingang der Halle, wo die Assistentin meines Vaters den Raum betrat. Selbst aus dieser Entfernung schien sie etwas verloren zu haben. Lorraines blaues Kleid war leicht schief, und ihre Augen wölbten sich ringsum. Sie war eindeutig aufgeregt und suchte nach jemandem. Bei der Ablenkung versäumte ich es, Maggies Antwort zu hören.

»Kellan, bist du noch da?«, fragte sie, während sie mir auf die Schulter klopfte. »Sicher, ich würde mich gerne in der Big Beanery treffen, um mehr Zeit über das Leben nach dem College zu erfahren. Emma klingt reizend.«

Mein Blick kehrte zu Maggie zurück, und ich lächelte. »Wir sollten es tun. Auf jeden Fall«, erwiderte ich und gab ihr meine Handynummer. »Kennst du die Assistentin meines Vaters, Lorraine?«

Maggie nickte. »Ja, so eine süße Frau. Ich frage mich, ob

sie vorhat, sich zur Ruhe zu setzen, jetzt wo dein Vater Braxton am Ende des Semesters verlassen wird.«

Daran hatte ich nicht gedacht, und ich konnte mich auch nicht erinnern, dass mein Vater etwas über ihre Zukunftspläne gesagt hätte. »Sie kommt hierher und sieht ziemlich durcheinander aus. Ich hoffe, das Essen macht die Leute nicht krank.«

Maggie und ich drehten uns beide zum Eingang und warteten auf die Ankunft von Lorraine. Ich sprach zuerst. »Lorraine, es ist so wunderbar, dich zu sehen. Ist alles in Ordnung?«

»Dein Vater... Leiche...« Lorraine rang um eine Antwort und fiel dann zu Boden.

4

Während ich nach Lorraines linkem Arm griff, half Maggie, sie gegen den Tisch zu lehnen. »Was ist los? Bist du krank?« Ich machte mir Sorgen, dass sie einen Schlaganfall oder einen Herzinfarkt hatte. Sie sah praktisch katatonisch aus.

»Ich fürchte, dein Vater... hast duuu ihhhn geseeehen?« Das Atmen fiel ihr schwer, und ihr Gesicht war von einem Blick des Terrors geprägt. Obwohl ihre Haut normalerweise recht blass war, sah sie fast durchsichtig aus.

Was meinte sie mit einer *Leiche*? Sie war in diesen Momenten fast zehn Jahre gealtert. Ich zog mein Telefon heraus und drückte den Knopf, um sein Handy anzuwählen. »Was geht hier vor, Lorraine?« Maggie war mit einem Glas Wasser zurückgekehrt. Die Leute hatten begonnen, die Partei zu verlassen. Mein Telefon bestätigte, dass es genau neun Uhr war. Der Anruf ging auf die Mailbox. Ich hinterließ keine Nachricht, da ich nicht wusste, was ich sagen sollte.

»Ich sah... ähm... jemand muss... nachsehen...« Sie zeigte aus dem Fenster und bedeckte ihren Mund. Übertriebener Gesichtsausdruck verursachte viele Falten auf ihrer Stirn. »Es tut mir leid... so ein Schock.«

»Was?« Ich wurde ängstlich wegen dessen, was sie vielleicht gesehen haben könnte. »Ist meinem Vater etwas zugestoßen?«

Maggie rieb Lorraine den Rücken und versuchte, die in Panik geratene Frau zu trösten. »Sprechen Sie mit uns.«

Lorraine hat das restliche Wasser ausgetrunken. »Ich ging zurück ins Büro, um dein Weihnachtsgeschenk zu holen. Es war so schön, und... aber dann habe ich...«

Ich nickte. »Das war sehr aufmerksam, danke. Aber das ist es sicher nicht, was dich so aufgebracht hat.« Ich hatte keine Ahnung, was sie dazu veranlasste, sich dem Hyperventilationsmodus zu nähern. »Was ist mit meinem Vater?«

»Ich konnte ihn nicht finden, deshalb bin ich zu dir gekommen. Ging zur Hintertür... näher an meinem Schreibtisch... arbeitete dort vorübergehend... beendete den ganzen Bau.« Lorraine hielt inne und atmete tief durch. Ihre haselnussbraunen Augen sahen wild und panisch aus. »Ich holte den Schlüssel, um sie aufzuschließen... sah, dass sie teilweise geöffnet war.«

Ich war mir nicht sicher, was sie damit meinte, vorübergehend anderswo zu arbeiten, aber ich wollte ihren verwirrenden Gedankengang nicht unterbrechen. »Okay. Bist du reingegangen?«

»Nein, das konnte ich nicht. Ich versuchte, die Tür aufzudrücken... wollte sich nicht bewegen. Sie bewegte sich nur einen Zentimeter... der Spalt war nicht breit genug, um meinen Kopf durchzustecken. Dann rannte ich zur Vorderseite des Gebäudes... benutzte den Haupteingang.«

»Reden Sie weiter, erzählen Sie uns alles«, sagte Maggie und schaute mich dann mit verwirrten Augen an.

Lorraine begann, sich zu beruhigen. »Ich ging durch den Flur zur Rückseite des Gebäudes. Ich dachte, ich könnte vielleicht die andere Tür öffnen, die von innen in das Treppenhaus führt, aber sie bewegte sich auch nicht. Etwas saß auf dem Boden und verhinderte, dass beide Türen geöffnet werden konnten.«

»Richtig. Es ist ein so enger Raum, dass zwei Personen die Türen nicht gleichzeitig öffnen können, da sie sich beide nach innen öffnen«, antwortete Maggie. »Und was dann?«

Lorraine erklärte, sie sei in den zweiten Stock gegangen, um das Treppenhaus hinunterzusehen, um zu sehen, was sich auf der anderen Seite der Türen befand. Während sie uns schmerzhaft alles im Detail erzählte – wahrscheinlich litt sie unter Angst oder Schock wegen dessen, was sie gesehen hatte – konnte ich nicht umhin, mich zu fragen, warum mein Vater die Party verlassen hatte. Hatte er sich mit jemandem getroffen? Warum nahm er meine Anrufe nicht entgegen? Gab es wirklich eine Leiche?

»Jemand ist die Treppe hinuntergefallen. Ich konnte Blut sehen. Ich g-g-glaube, er schlug sich den Kopf an. Könnte t-t-tot sein«, sagte Lorraine mit einem Schauer.

Maggie erstickte einen Schrei. Ihr Körper zuckte vor der Spannung. Sie hatte sich an mich gelehnt, als wir versuchten, Lorraine zu trösten. »Wer war das?«, fragte sie.

Lorraines Augen öffneten sich weiter. »Ich hatte zu viel Angst, hinunterzugehen und nachzusehen. Würdest du im Gebäude nebenan nachsehen?«

Maggie sagte, sie würde bleiben und sich um Lorraine kümmern, während ich in das andere Gebäude gehe. Mein Magen sank in Angst, dass meinem Vater etwas Schreckliches passiert war.

»Nein, ich muss mit dir kommen«, flüsterte Lorraine. »Ich schloss die Haustür ab, nachdem ich gegangen war. Ich wusste nicht, was ich tun sollte, und kam einfach hierher gerannt.«

Ich hoffte, dass Lorraine entweder zu viele blaue Sprudelmischungen getrunken hatte oder sich im Dunkeln Dinge einbildete, aber die Intuition sagte mir, dass sie wirklich Angst vor etwas Realem hatte. Wir drei verließen die

Party und machten uns auf den Weg zu den provisorischen Büroräumen. Ein Treffen mit Abby würde noch eine Weile warten müssen. Ich drängte die Damen, schneller zu laufen, um zu sehen, ob meinem Vater oder jemand anderem etwas passiert war.

»Ich laufe so schnell, wie ich kann«, fügte Lorraine hinzu. Ich spürte die Schwere in meiner Brust und einen stechenden Schmerz in meinem Bauch. Bitte lass es nicht mein Vater sein. Ich war noch nicht bereit, dass er krank wird oder stirbt.

Als Maggie, Lorraine und ich am Gebäude ankamen, wurde klar, dass sie sich auf die Diamond Hall bezog, wo ich viele Stunden mit Literatur-, Kunst- und Medienvorträgen verbracht hatte. Es war mir nicht in den Sinn gekommen, als Lorraine sagte, dass sie mit dem *Gebäude nebenan buchstäblich* die Stanton Concert Hall gemeint hatte. Das normale Bürogebäude meines Vaters war weiter entfernt in der Nähe der Kabelbahnstation. Hatte er sich verletzt? Würde er wieder gesund werden? War der Anruf, den ich am Abend zuvor gehört hatte, wirklich so ernst?

Die Diamond Hall war ein altes Herrenhaus im Kolonialstil, das einige Jahrzehnte zuvor in eine Reihe von Klassenzimmern und Abteilungsbüros umgebaut worden war. Eine Kalksteinfassade, die in den 1870er Jahren in den örtlichen Betscha-Steinbrüchen abgebaut wurde, bedeckte alle drei Stockwerke des beeindruckenden Gebäudes. Der Haupteingang war gut gepflegt mit einem gewundenen Schieferweg, burgunderfarbenen Fensterläden, die große, sich kreuzende Gitterfenster zierten, und riesigen Rhododendronbüschen, die in den Vorgärten wuchsen. Im ersten Stockwerk befanden sich vier große Klassenzimmer, die jeweils mindestens dreißig Studenten Platz boten, zwei einzelne Toiletten und eine kleine Vorratskammer. Am vorderen Eingang befand sich eine Treppe zwischen zwei mittleren Wänden, die die Besucher in die oberen Stockwerke führte, und im hinteren Teil war eine weitere kleine Treppe, die früher einem Diener als Zugang diente und den Professoren direkten Zugang zu ihren Büros ermöglichte, ohne durch den Hauptklassenbereich gehen zu müssen.

»Zeig mir genau, wo du glaubst, eine Leiche gesehen zu haben, Lorraine«, bat ich mit wachsender Beklommenheit in meiner Stimme. »Wir sollten den Notruf wählen, aber ich möchte überprüfen, was du gesehen hast, bevor wir...«

»Es ist ein Körper. Ich weiß, was ich gesehen habe, Kellan«, antwortete Lorraine. Ihre Stimme war viel ruhiger als zu dem Zeitpunkt, als sie uns zum ersten Mal informierte, was sie gesehen hatte. »Folgt mir.«

Wir rannten alle in den zweiten Stock, wo zehn oder zwölf seltsam geformte Büros – typischerweise das Zentrum vieler Professoren, die vehement darüber streiten, wer den größten Raum verdient hat – untergebracht waren. Während von der Rückseite des Gebäudes keine Treppe zum dritten Stockwerk führte, gab es vorne eine schmale, die zu einer gemütlichen Bibliothek und einem offenen Bereich für Studenten, die an einem Gruppenprojekt arbeiteten, oder für einen Professor, der von Zeit zu Zeit eine spezielle Vorlesung hielt, führte. Aufgrund dessen, was Lorraine mir auf dem Weg hierher erzählt hatte, hat mein Vater kürzlich den dritten Stock während der Renovierung seines Büros beschlagnahmt. Da das oberste Stockwerk angesichts der Spitzen des schrägen Daches und der eingebauten Bibliotheksregale nur für seine Möbel ausreichte, saß Lorraine in einem zentralen offenen Bereich im zweiten Stock zwischen den beiden Treppenhäusern.

Mein Magen krümmte sich vor Schmerzen. Es bestand eine reelle Chance, dass es mein Vater unten im Treppenhaus sein konnte. Wir gingen alle drei durch den zweiten Stock an Lorraines Schreibtisch vorbei und schauten auf die Schwingtür zum hinteren Treppenhaus. »Hast du sie offen gelassen?«, fragte ich.

Sie schüttelte den Kopf. »Ich dachte, ich hätte sie

zugemacht, vielleicht bin ich rausgerannt und habe nicht aufgepasst. Der Körper ist im Inneren. Du musst in die Vorhalle treten und nach rechts hinunterblicken.«

Ich hatte schon ein paar Leichen gesehen. Es hatte mich nie gestört, bis ich an diesem Thanksgiving in die Leichenhalle gerufen wurde, um Francescas Identität zu überprüfen. Ich erinnere mich noch an die Angst, die ich hatte, bevor sie das Laken hochhoben. Schließlich konnte ich es nicht tun und trat aus dem kalten und eisigen Raum heraus, dankbar dafür, dass mein Schwiegervater die Verantwortung für die Identifizierung ihrer Leiche übernommen hatte. Ich musste tapfer sein und feststellen, ob Lorraine den Verstand verlor oder ob an dem, was sie gesehen hatte, etwas Wahres dran war. Ich schlich auf Zehenspitzen in die Vorhalle, drehte mich nach rechts und fühlte, wie meine Gelassenheit nachließ. Ich neigte meinen Kopf in dem Winkel, von dem ich dachte, er würde sich mit der unteren Plattform decken, und öffnete die Augen.

Die Art und Weise, wie der Körper ganz verdreht auf dem Boden lag, war der schrecklichste Teil. Zwei Beine waren unter der oberen Hälfte der Person gefaltet, und der Kopf war zwischen scheinbar verdrehten Händen und Armen gefangen. Da atmete ich erleichtert auf. Es war nicht mein Vater. Es war die Frau, die ich vor der Bibliothek am Telefon gesehen hatte, als ich auf meine Schwester wartete.

Ich schätze, ich war zu lange still gewesen. Maggie kreischte: »Was ist los, Kellan?«

Ich spähte mit dem Kopf um die Ecke der Mauer und sah eine zitternde Maggie und Lorraine, die sich an den Händen hielten. »Ja, da unten ist jemand. Ich kann nicht sagen, ob sie atmet.«

»Bitte schau nach, Kellan. Sie könnte verletzt sein«, bettelte Lorraine mit mehreren Modeschmuckstücken an ihrem Handgelenk.

Ich nickte in ihre Richtung und ging die Treppe hinunter.

Etwas sagte mir, dass derjenige, der da unten war, bereits tot war. Als ich die untere Plattform erreichte, gab es nicht viel Platz, um mich zu bewegen, aber ich streckte meine nervöse Hand zum Hals der Frau aus.

»Ist sie am Leben? Soll ich den Notarzt rufen?« fragte Maggie.

»Nein, ich glaube, sie ist tot. Es gibt keinen Puls, aber wir müssen trotzdem 911 anrufen«, antwortete ich.

Lorraine schrie mich an. »Ich bin auf dem Weg nach unten. Es geht mir gut genug, um zu assistieren.«

Ich konnte hören, wie Maggie die Notrufnummer wählte und die Situation über die Freisprecheinrichtung schilderte. Als Lorraine die letzte Stufe erreichte und ein paar Zentimeter von mir entfernt stand, packte sie meinen Ellbogen. »Kannst du ihren Kopf drehen? Ich glaube, ich weiß, wer es ist.«

»Ich glaube nicht, dass das eine gute Idee ist, Lorraine. Wenn sie noch am Leben ist, könnten wir die Wirbelsäule schädigen.« Dies war nicht die Nacht, die ich erwartet hatte. Ich wollte etwas Besseres als eine langweilige Pensionierungsparty, auf der ich dumpfe Reden hörte und die faden Freunde und Kollegen meines Vaters traf – nicht den Umgang mit einer Leiche.

Lorraine beugte sich über meine Schultern vor. Ich ermahnte sie, den Blutfleck auf der Treppe zu vermeiden. Die Frau muss sich beim Sturz den Schädel hart geschlagen haben, um ihn so bluten zu lassen. Gerade als ich dachte, Lorraine würde sich zurückziehen, keuchte sie. »Ach, du meine Güte! Ich kenne sie doch.«

Ich war gerade nicht in der Stimmung, jemand anderen über den Tod zu trösten, vor allem, wenn er freundlich zu der Person war. Ich wollte lediglich eine Erklärung abgeben und von dort aus Eleanor finden. »Ähm, was glaubst du, wer es ist, Lorraine?«

»Es ist Abby Monroe«, verriet Lorraine mit einer Reihe von »Es kann nicht sein, es kann nicht sein.«

Maggie rief uns vom oberen Ende des Treppenhauses zu. »Der Krankenwagen ist auf dem Weg. Ich glaube, die Cops kommen auch. Ich sollte Connor anrufen.«

Als ich sie zum ersten Mal Connor sagen hörte, dachte ich sofort an meinen anderen ehemaligen besten Freund und Verbindungsbruder, Connor Hawkins. Er und ich hatten zu der Zeit, als wir alle vor zehn Jahren unseren Abschluss machten, aufgehört, in Kontakt zu bleiben. »Warte mal, Maggie. Lorraine glaubt, sie weiß, wer das ist.« Der heutige Abend wurde mir mit all den Zufällen viel zu unheimlich.

»Ja, ich bin mir sicher. Ich konnte es von ganz oben nicht sagen, aber ich habe sie vorhin auf der Party in diesem Outfit gesehen. Dekan Terry bemerkte, wie gut die saphirblaue Bluse im Empire-Schnitt zu ihren Augen passte. Und dieser Rock, Abby trägt immer Bleistiftröcke«, sagte Lorraine und zog nervös an ihren blonden Locken.

»Bist du sicher? Ich habe den ganzen Abend nach Abby Monroe gesucht«, sagte ich.

Lorraine stand auf und schüttelte den Kopf. Aufgrund des seltsamen Ausdrucks auf ihrem blassen Gesicht hatte sie meine Nachricht verwirrt. »Warum wolltest du dich mit ihr treffen? Vielleicht sollten wir oben auf die Polizei warten. Ich fühle mich etwas seltsam, wenn ich so nahe bei... du weißt schon... ähm...«

»Die Leiche?« Ich antwortete, während ich die Achseln zuckte. Die Dinge liefen nicht gut, seit ich nach Braxton zurückgekehrt war. »Ich werde ein anderes Mal erklären, warum ich sie treffen wollte.« Als wir beide die Treppe zum zweiten Stockwerk hinaufstiegen, lächelte Lorraine mich unbeholfen an.

Als wir ankamen, warf Maggie ihre Hand über die Stirn. »Connor wird jeden Moment hier sein. Er war gerade auf der Party, um deinem Vater alles Gute zu wünschen.«

»Ähm, Connor wer?« Angesichts der vielen Male, die ich bereits an diesem Abend überrascht wurde, mit Maggie, die nach Braxton zurückkehrte, Abby am Fuße eines Treppenhauses und das seltsame Treffen mit Myriam Castle, hatte ich eine Ahnung, dass Maggies Connor sich als unsere Connor von vor Jahren herausstellen würde.

»Connor Hawkins«. Erinnerst du dich an niemanden, Kellan?«, schoss ihre etwas freche Antwort. Das Drama, eine Leiche zu finden, hatte zur Folge, dass alle gereizt und ungeduldig waren.

»Habe ich meinen Namen gehört?« dröhnte eine tiefe Stimme von der anderen Seite des Saals. Ein dunkelhäutiger Mann, der ein paar Zentimeter größer als ich war, ging am zentralen Administrationsbereich vorbei und umarmte Maggie. Sie flüsterten etwas und schienen sich sehr nahe zu stehen.

Ja, es war derselbe Connor. Aber es war auch ein außergewöhnlich anderer Connor. Dieser Connor verbrachte offensichtlich seinen Tag damit, im Fitnessstudio zu trainieren oder sich Steroide zu spritzen. »Bist du das wirklich?«, fragte ich verwirrt und schaute von ihm auf das Treppenhaus, wo sich Abbys lebloser Körper versteckte.

»Kellan, was machst du hier?«, antwortete er, die Stirn in Falten legend und mit dem Kopf zur Seite ruckelnd.

»Nun, ja, es scheint ziemlich offensichtlich zu sein, da es die Pensionierungsparty meines Vaters ist.« Ich wollte nicht wie ein Idiot klingen, aber ich war ein wenig aus dem Konzept geraten, angesichts der Ereignisse an diesem Abend.

»Das weiß ich, Kellan. Ich meinte in der Diamond Hall«, sagte Connor mit einem autoritären Ton.

Alles, woran ich denken konnte, war ein verzweifeltes Gefühl des Verlusts, das mich umgab. Connor, Maggie und ich waren während des gesamten Studiums unzertrennlich gewesen. Als Maggie und ich uns getrennt hatten, schlug er sich auf ihre Seite und sagte mir, wie dumm ich damals war, sie gehen zu lassen. Wir hatten in diesem Sommer auch den Kontakt verloren. Ich konnte mich nicht erinnern, jemals gehört zu haben, was nach Braxton mit ihm geschehen war.

Ich antwortete: »Lorraine fand die Leiche und kam, um Hilfe zu suchen. Ich schätze, ich war die nächstliegende Person, die sie finden konnte.« Visionen von Francescas letzten Momenten haben mich geplagt. Ich konnte nicht mehr klar denken.

Connor stand nun ein paar Zentimeter von Maggie und Lorraine entfernt. Er sah in seinem leicht hellbraunen Anzug und der gestreiften Braxton-Krawatte unbehaglich aus, aber es war ein starker Ausgleich zu seiner Haut. Seine Mutter stammte aus der Karibik, und sein Vater war ein südafrikanischer Matrose auf Urlaub von der Marine, als sie sich kennenlernten. Connor hatte die besten Eigenschaften von beiden geerbt und wurde von den Mädchen immer als charmant und hinreißend angesehen, die jedes Mal, wenn sie seinen Akzent hörten, zerflossen. Damals im College war er in einer anständigen Verfassung, aber er konnte nun als Zwilling von Adonis durchgehen. »Ich kann nicht glauben, dass du hier bist. Und Abby ist da. Wie konnte...«

Maggie tappte mit dem Fuß auf und schaltete sich in das Gespräch ein. »Obwohl ich mir sicher bin, dass ihr Jungs es kaum erwarten könnt, euch zu unterhalten, könnte Braxtons Crack-Security-Team vielleicht eine schnelle Überprüfung der Leiche durchführen, die zufällig am Fuße der Treppe rumhängt?«

»Es ist Abby Monroe, die Vorsitzende der Kommunikationsabteilung«, sagte Lorraine.

»Ich werde nachsehen. Bist du sicher, dass sie schon tot ist?« Connor fügte einen stechenden Blick hinzu.

Ich nickte. »Ziemlich sicher. Bist du jetzt ein Wachmann?«

»Nein, er ist der Sicherheitschef deines Vaters für das College. Weißt du das auch nicht?«, schnippte Maggie. Der Schock begann, uns alle zu überwältigen.

Ich verschluckte meine Zunge und meinen Stolz gleichzeitig. Meine Eltern hatten einiges zu erklären. »Lass uns das jetzt nicht vertiefen. Ist sie über etwas gestolpert und hat sich den Kopf gestoßen?« Niemand antwortete. Als Connor die Stufen hinunterging, wandte ich mich an Lorraine. »Geht es dir gut? Kanntest du Abby gut?«

Bevor sie antworten konnte, gingen zwei weitere Personen durch die Büroräume im zweiten Stock. »Hey, ich bin Maggie Roarke. Sie sind schnell gekommen.«

Eine vertraute blonde Frau Mitte dreißig in einer dunklen Jeans, einem schlecht sitzenden Tweedmantel und gewöhnlichen Schuhen, antwortete: »Ich bin Sheriff Montague. Es wurde berichtet, dass jemand eine Treppe hinuntergefallen ist?« Sie wandte sich an ihren Kollegen, einen männlichen Polizisten mit einem Bürstenschnitt, einer riesigen Nase, die schon mehrmals gebrochen gewesen sein muss, und einem Paar pelziger Ohrenschützer. »Das ist Officer Flatman.«

»Ich bin unten im Treppenhaus, Sheriff Montague«, rief Connor.

Während die beiden Neuankömmlinge Connors Stimme zu der Leiche folgten, um die Situation zu analysieren, dachte ich darüber nach, was Abbys Tod für Dereks Pläne für die zweite Staffel von 'Dark Reality' bedeuten würde. Ich hätte ihn sofort anrufen sollen, aber ich hatte keine anderen Informationen, als dass sie gestorben war. Dann versuchte ich, meinen Vater auf seinem Handy zu erreichen, aber er ging wieder nicht ran. Ich rief meine Mutter an.

»Kellan, ich suche dich seit fast einer Stunde. Bitte sag mir nicht, dass du schon weg bist«, sagte meine Mutter mit schriller Stimme. Sie hätte Schauspielerin werden sollen, anstatt Braxtons Aufnahmeleiterin zu sein.

»Nein, ich bin... draußen. Ist Dad da? Ich muss mit ihm über etwas... Wichtiges reden.« Ich wollte meine Mutter nicht beunruhigen, da sie sich so leicht aufregt, seit ich zu Hause angekommen war.

»Ich habe ihn selbst gesucht, aber er wurde in eine dringende Sitzung hineingezogen und sagte, er würde mich heute Abend irgendwann finden. Du weißt, dass sich dein Vater selbst im fast schon pensionierten Alter noch immer verpflichtet fühlt, ein Workaholic zu bleiben.«

Ich murmelte meiner Mutter etwas vor, das sich so anhörte, als wäre ich mit ihr einverstanden und sagte ihr, dass ich so bald wie möglich zur Party zurückkehren würde. Ich wandte mich an Maggie und Lorraine, um zu sehen, was sie taten. Lorraine unterhielt sich am Telefon mit jemandem, aber ich konnte von ihrer Seite des Gesprächs nicht feststellen, wer es war. Irgendwas über einen dringenden Rückruf an diesem Abend, um zu besprechen, was sie gefunden hatte.

Maggie saß auf einem Gästestuhl gegenüber Lorraines Schreibtisch und fummelte an ihren Ohrläppchen herum. Sie hatte immer mit ihnen gespielt, wenn sie nervös war oder sich über etwas Sorgen machte, das ihr Leben verändern könnte. »Es ist schrecklich zu wissen, dass sie die Treppe hinuntergefallen ist, und niemand war hier, um ihr zu helfen. Ich hoffe, sie hat keine Schmerzen gespürt.«

Ich hatte mir das Gleiche gewünscht. Ich wollte gerade die Hand ausstrecken und meine Arme um Maggie legen, als Connor in den Raum sprang. »Okay, Sheriff Montague bat mich, euch drei zu sagen, dass ihr so bald nicht gehen sollt. Sie hat einige Fragen zum Ablauf des heutigen Abends, aber sie beendet noch immer eine oberflächliche Untersuchung der Leiche. Es ist definitiv Abby Monroe. Ich sah sie heute Abend gegen Viertel nach acht die Stanton Concert Hall verlassen, als ich meinen nächtlichen Spaziergang über den Campus machte.«

Lorraine gab sich am Ende ihres Anrufs Mühe, gefasst zu wirken. »Ist sie wirklich... tot?« Eine Spur von Wimperntusche befleckte ihre Wange.

Connor nickte. »Ja, Mrs. Candito. Der Gerichtsmediziner wird in wenigen Minuten hier sein, aber ich würde sagen, sie ist seit knapp einer Stunde tot. Ich habe so etwas schon oft gesehen.«

Connors Antwort machte mich neugierig, was er in den letzten zehn Jahren gemacht hat. Was ging zwischen ihm und Maggie vor sich? Meine Konzentration wurde unterbrochen, als Lorraine in Tränen ausbrach. Maggie trat herüber, um sie zu trösten.

Connor kam auf mich zu. Ich wusste nicht, ob ich seine Finger mit unserem geheimen Verbindungsgruß greifen oder schweigend dastehen sollte. Ich war dankbar, als er den ersten Schritt machte – ein typischer Händedruck, kein doppelter Schlag und keine doppelten Faustschläge wie in den alten Tagen. »Was für eine Art, sich heute Abend wiederzutreffen, was?«

»Ja, fühlt sich wie ein Alptraum an. Wegen einer Professorin, die eine Treppe herunterfällt und stirbt«, sagte ich.

Connor rieb sich die Schläfe. »Tragisch, aber es ist schlimmer als das. Sie ist nicht nur die Treppe hinuntergefallen.«

Ich dachte, ich hätte mich bei meinem ehemals besten Freund verhört, aber sein panischer Gesichtsausdruck verriet, dass ich das nicht getan hatte. »Was meinst du? Wie kann es noch schlimmer als der Tod sein?«

»Es war kein Unfall.« Connor starrte mich an und überlegte, was er verraten sollte und was nicht.

Meine Augen sprangen auf wie ein Hirsch im Scheinwerferlicht. »Glaubst du, sie wollte sich umbringen?« Ich fragte und fühlte mich dabei sowohl dumm als auch albern, aber ich wusste kaum etwas über die Frau. Hätte sie sich mit Derek zusammengetan, wäre sie wahrscheinlich etwas verrückt geworden.

»Nein, das meine ich nicht. Sheriff Montague würde nicht

wollen, dass ich das sage, aber das Blut auf dem Boden stammte von einer tiefen Wunde hinter Abbys Ohr. In der Mitte der Wunde waren einige Metallsplitter in ihr Haar eingemischt.«

»Wäre das nicht von dem Punkt, an dem sie die Treppe berührt hat?« Ich fragte, während ich mich im Raum umschaute, mit keiner anderen Absicht als der Nervosität, in der Nähe einer anderen Leiche zu sein.

»Nein. Sie hat ein riesiges Ei auf der Vorderseite ihres Kopfes, wo sie die Stufen traf. Die Wunde an der Rückseite ihrer Kopfhaut war ein viel härterer Schlag. Außerdem gibt es nichts auf der Treppe oder auf dem Boden, das Metall enthält. Es ist alles aus massivem Marmor. Ich bin mir ziemlich sicher, dass wir heute Abend einen Mord vor uns haben, Kellan.«

5

———

»Vielleicht hat dein alter Herr die Augen zugedrückt und diese bösartige Frau getötet?«, sagte Nana D, als ich mir eine Portion Kirschkuchen zwischen meine sabbernden Lippen schob. Da die Polizei mich bis zwei Uhr morgens auf dem Campus festgehalten hatte, hatte ich nur wenig Schlaf bekommen. Ich war überrascht, dass ich es rechtzeitig zur Danby Landing geschafft hatte.

»Mein Vater, Braxtons Präsidenten-Killer! Wharton County News um elf Uhr«, spuckte ich zwischen den Bissen mit einem ausgelassenen Glucksen aus. Nana D hatte es schon immer auf meinen Vater abgesehen, aber sie ist genauso frei mit den Spitzen gegen meine Mutter, ihre eigene Tochter. »Aber du sollst nicht wissen, dass es Mord war. Ich glaube nicht, dass Sheriff Montague will, dass das veröffentlicht wird.«

»Hör zu, ich habe meinen Finger am Puls dieser Stadt. Ich wusste vor *dir*, dass es Mord war«, spottete meine ein Meter fünfzig große Oma, während sie mir ein weiteres Stück Kuchen auf den Teller fallen ließ. »Iss auf.«

»Wie ist das möglich?« Wollte sie mir sagen, dass sie ein Medium wie Eleanor ist? Alles, was wir brauchten, waren zwei von ihnen in der Familie. Vielleicht könnten sie ihre eigene Show bekommen, wie das *Long Island Medium*!

»Ich habe meine Wege. Alles Teil meines Masterplans. Immer auf dem Laufenden bleiben, in Verbindung bleiben, um den ganzen Klatsch zu hören, oder um herauszufinden, was in der Stadt passiert.« Nana D schlürfte ihren Kaffee, während sie ihren fast einen Meter langen Zopf auf dem Oberkopf befestigte. Sie wankte zwischen dem lockeren Tragen ihrer roten Kleider und dem Binden eines Zopfes um ihre Kopfkrone – wie sie es nannte – je nach ihren Aktivitäten an diesem Tag. Es musste gefärbt werden, Eleanor vermutete dafür am ehesten eine Henna-Spülung.

»Warum hast du sie eine *bösartige Frau* genannt?« Ich fragte und erinnerte mich an das Gespräch, das ich über die Noten eines Schülers belauscht hatte, als Abby am Abend zuvor nur wenige Zentimeter von mir entfernt gewesen war.

»Dieses Flittchen hat mir nie viel bedeutet. Hinterhältiger Typ. Sie stritt mit mir über den Preis für einen Scheffel Äpfel. Ich bin mir sicher, dass sie sich am letzten Wochenende auf dem Bauernmarkt mit drei zusätzlichen Äpfeln die Taschen gefüllt hat.«

»Was kannst du mir noch über sie sagen?« Ich fragte, nachdem ich Nana D über meine Gründe für den Versuch, die verstorbene Professorin zu treffen, informiert hatte. »Gibt es etwas, das schlimm genug ist, dass jemand sie ermorden will?«

Nana D liebte ihren Klatsch und gab ihr Bestes, um die Geheimnisse der anderen aufzudecken. Ich wusste nicht, wie sie es tat oder wen sie bestach, aber wenn es Informationen zu finden gab, war Nana D die erste in der Reihe. Sie ist wie die Mata Hari Amerikas, und ich war sogar sicher, dass sie den Tanz kennt. Nana D war an ihre Grenzen gestoßen, seit meine Mutter sie unter Druck gesetzt hatte, Danby Landing nicht mehr alleine zu leiten. In ihrer Blütezeit war die Farm das produktivste, einkommensstärkste Unternehmen im ganzen

Landkreis, aber als sich die Branche veränderte und die Unterhaltskosten wuchsen, verkaufte sie Teile an eine Immobiliengesellschaft, die Willow Trees, einen Senioren-Wohnkomplex, baute. Mit der neuen Freiheit in ihren Händen übernahm sie die Rolle eines Wachhundes der Gemeinde und sorgte dafür, dass alle in der Reihe blieben. Ich schwöre, sie trug einen Elektroschocker, nur um die Leute manchmal zu ihrem eigenen Vergnügen tanzen zu sehen.

»Mord ist eine lustige Sache, Kellan. Manchmal ist es vorsätzlich, aber dann wieder gibt es das spontane Töten, wenn man seine Emotionen nicht kontrollieren kann. Ich habe ein paar Mal darüber nachgedacht, deinen Großpapa zu töten. Ihn mit dem Traktor zu überfahren oder ihn mit der Heugabel zu erstechen, während er Heuballen bindet. Am Ende war es immer zu viel Chaos zum Aufräumen, also ließ ich ihn am Leben.« Sie schnappte ein Stück Kruste von der Torte und tauchte es in die Kirschfüllung. »Mmm, ich habe mich wieder selbst übertroffen.«

Sie hatte nie wirklich darüber nachgedacht, meinen Großvater zu töten. Sie waren ein Paar, seit sie sich mit dreizehn Jahren in einem Autokino verliebt hatten. »Das war nett von dir, ihn nicht umzubringen. Ich hätte es vermisst, die ganzen Sommer mit Großpapa zu verbringen, wenn du ihn getötet hättest, bevor er an dem Herzinfarkt starb.«

»Ich vermisse diesen köstlichen Mann jeden Tag. Die Dinge, die er meinem Körper antun konnte, indem er mir einfach zuzwinkerte. Habe ich dir je erzählt, wie er...«

»Hör auf, Nana D Ich will nichts davon hören«, sagte ich, während ich die Gabel fallen ließ, um mir die Ohren zuzuhalten, bevor sie unkontrolliert bluteten. »Was ist mit Abby?«

»Das ist es, was mit euch Kindern heutzutage nicht stimmt... immer so politisch korrekt und sensibel, wenn es um Liebe geht. Ihr habt eure Gefühle verloren.« Nana D begann, unsere Teller in der Eckspüle ihrer malerischen und charmanten Küche zu waschen. Sie hatte ihre Gardinen genäht, ihre Schränke gefärbt und ihre Rohrleitungen installiert. Es gab nichts, was sie nicht tun konnte, wenn sie sich darauf stürzte.

»Konzentriere dich, Nana D. Ich bin neugierig, was du über Abby weißt oder wer ihren Tod vielleicht gewünscht hat.«

Nana D hatte die Nase gerunzelt und die Augen zusammengekniffen. »Sie war der Typ, der die gefährlichen Menschen auf dieser Welt durch zu viele Fragen verärgert hat. Jemand hat sie die Treppe hinuntergestoßen, um sie zum Schweigen zu bringen, da bin ich mir sicher.«

»Ich weiß nicht, woher du diese Dinge weißt, aber ich vertraue inzwischen deinen Instinkten«, stimmte ich zu, nahm dann ein Geschirrtuch und begann abzutrocknen.

Ich informierte sie über die Ereignisse auf der Party, bevor ich im Treppenhaus über Abby Monroe stolperte. Nana D plante, eine Petition zu starten, um den Stadtrat wegen seiner verschwitzten Hände aus dem Amt zu entfernen. Sie würde alles versuchen, um Marcus Stanton aus dem Amt zu bekommen, seit er ihr eine Vorladung wegen unsachgemäßer Müllabfuhr auf der Farm zugestellt hatte. Nana D hatte vielleicht im vergangenen Jahr einen mit Dung gefüllten Eimer vom Frontlader ihres Traktors über den Zaun in seinen Hinterhof gekippt und behauptet, die Maschine habe nicht richtig funktioniert. Leider war es während des Grillfestes seiner Familie am Tag der Arbeit, und sie hatten auf der anderen Seite des Zaunes gestanden, als es passierte. Ich weiß immer noch nicht, wie oder warum ihr Krieg überhaupt begann. »Ich muss in die Innenstadt zum Wharton County Sheriff-Büro fahren, um einige Erklärungen zu unterzeichnen. Was hast du heute vor, Nana D? Stadtrat Stanton belästigen? Anrufstreiche bei Ms. Paddington?«

Nana D streckte mir die Zunge heraus und machte kindliche Geräusche. »Habe ich dir nicht gesagt, dass ich wieder Musikunterricht gebe? Ich muss meine alte Klarinette holen, bevor sie hierherkommt.« Nana D wickelte Folie um den Kuchen und legte ihn in den Kühlschrank. »So bleibe ich jung und verbringe Zeit mit den College-Kindern.«

»Wirklich? Nein, das hattest du nicht erwähnt. Ich habe darüber nachgedacht, Emma Klarinette beizubringen. Sie liebt die Musik und scheint ziemlich beweglich mit ihren Fingern zu sein. Vielleicht tritt sie in deine Fußstapfen.«

»Nun, du konntest noch nie richtig spielen, oder?« Nana D eilte herbei und schlug mir auf die Wange, bis es wehtat. »Das Talent hat vielleicht ein paar Generationen übersprungen, aber du hast das gute Aussehen deines Großvaters. Du machst wahrscheinlich auch alle Mädchen verrückt.« Nana D und mein Großvater hatten in Danby Landing jedes Wochenende Konzerte zur Unterhaltung der Besucher und Angestellten veranstaltet. Großpapa spielte Klavier und Gitarre, während Nana D sang und Klarinette spielte. Sie hatte das alles aufgegeben, als er starb und allen erzählte, dass es *ihre Sache sei, gemeinsam etwas zu tun, und dass alle guten Dinge irgendwann ein Ende hätten.*

»Vielleicht«, antwortete ich, als es an der Tür klingelte. »Soll ich aufmachen?«

»Ja, bitte, das müsste Bridget sein. Dann stell dich vor, während ich die Klarinette hole, und wegen eines Treffens telefoniere, das ich später am Tag habe«, antwortete Nana D. Gleichzeitig zwinkerte und lächelte sie.

»Was hast du jetzt schon wieder vor?« Ich schloss meine Augen und lehnte meinen Kopf in ihre Richtung. »Noch mehr Ärger?« Ich stellte mir vor, wie Nachrichtenreporter an der Tür meines Vaters auftauchten und fragten, warum er eine seiner Professorinnen getötet habe, oder wie ein falscher Student meine Mutter zu Hause anrief, um ihr zu sagen, dass er sich in sie verliebt habe und alles tun würde, um nach Braxton zu kommen. Nana D hat in der Vergangenheit viel zu viele Witze über sie gemacht. Ich war sicher, dass sie bald wieder für etwas überfällig war.

»Geh an die Tür, Kellan. Mach dich nützlich und hör auf, ein Spielverderber zu sein, Liebes.« Nana D verschwand den Flur hinunter, während ich durch das Wohnzimmer ging und die Eingangstür öffnete.

Auf der Veranda stand ein Mädchen mit einem seltsamen Gesichtsausdruck – eine Kreuzung aus stumpfsinniger Verwirrung und einer schmollenden, wütenden Elfe. Nicht, dass ich jemals eine Elfe aus dem wirklichen Leben gesehen hätte, aber ihre Ohren waren spitz, und sie hatte diese großen, hellen Augen, die zu leuchten schienen. Ich hatte Angst, dass sie vor mir ihre Gestalt verändern könnte. »Hallo«, sagte ich kurz und vorsichtig.

»Du bist nicht Seraphina,« fragte die Elfe, »bin ich wieder zu früh dran?«

Ich zuckte die Achseln, da ich nicht wusste, wann sie hier sein sollte. Sie trug rot-weiß gestreifte Leggings und einen übergroßen grünen Parka. Zugegeben, es war eiskalt draußen, aber das Outfit erinnerte mich wirklich an die Regal-Elf, die jedes Jahr zu Weihnachten in der Villa von Castigliano für meine Tochter Emma auftaucht. Ich wollte fragen, warum die Elfe ihre eigene Frage nicht mit Magie beantworten konnte, aber da ich sie nicht kannte, könnte es ein bisschen unausstehlich von mir klingen. Ich war mir auch nicht sicher, ob sie eine gute oder schlechte Elfe war. Ich hatte schon genug verrücktes Juju und brauchte nicht die Rache einer bösen Elfe. Wenn man bedenkt, dass Nana D jemanden für den Musikunterricht erwartete, war die Chance ziemlich groß, dass es sich um Bridget handelte. »Nicht, dass ich das wüsste. Komm rein.«

Die Elfe trat durch den Eingang und wartete darauf, dass ich etwas anderes sagte. »Ähm, also...«

»Bist du wegen der Vespa-Fahrstunden hier?«, fragte ich. Vielleicht hatte ich zu viel vom Humor von Nana D geerbt.

»Wir verbinden den letzten Schüler, aber keine Sorge... wir haben den Rotluchs wieder in seinen Käfig gesperrt.«

»Wenn das Humor sein soll, tust du mir leid.« Die Elfe zog ihren Mantel aus. »Ich bin Bridget. Wer bist du?«

Bridget war ein zierliches Mädchen, das in der Lage zu sein schien, sich zu behaupten. Neben ihrem Elfenkostüm hatte sie kastanienbraunes Haar mit einem Pferdeschwanz, smaragdgrüne Augen und trug wenig bis gar kein Make-up. Mir dämmerte, dass dies möglicherweise ein weiterer romantischer Versuch war, mich zu verkuppeln. Nana D hatte versucht, mich in den Weihnachtsferien mit einer reisenden Pferdepflegerin zu verkuppeln, bis wir erfuhren, dass die Frau nicht nur bereits verheiratet war, sondern auch in zwei anderen Staaten wegen Bigamie gesucht wurde.

»Ist das dein Ernst oder ist das ein Teil von Nana D's Streich?« Ich musste wissen, ob ich von meiner klugen Großmutter ausgetrickst werden würde. Es wäre vielleicht früh genug gewesen, um Bridget, die Elfe, davon zu überzeugen, meinem Team beizutreten.

Bridget hängte ihren Mantel an den Ständer, schob sich an mir vorbei ins Wohnzimmer und ließ ihren Rucksack auf den Couchtisch fallen. »Du bist seltsam. Du musst Kellan sein. Seraphina hat mir letzte Woche von dir erzählt, als ich hier war, um meine Unterrichtsstunde zu nehmen.«

Die Elfe war also klüger als sie angezogen war. »Ja, du musst wohl normal sein, wenn sie dir von mir erzählt hat. Wie lange spielst du schon Klarinette?«

»Ich bin einundzwanzig. Angefangen habe ich mit neun Jahren. Ich bin sicher, dass du in der Lage bist, zu rechnen.« Als sie auf der Couch gegenüber von mir saß, zog sie ein paar Blätter und einige Notenblätter heraus. »Wirst du heute auch zuhören und mich belästigen? Denn ich habe mich nicht für ein superbeurteilendes Publikum angemeldet.«

Ich schüttelte den Kopf. Ich musste woanders hin und musste Derek über das, was mit Abby geschehen war, auf den neuesten Stand bringen. Da die Pensionierungsparty vorbei war und keine Quelle mehr für die zweite Staffel zur Verfügung stand, könnte ich vielleicht frühzeitig nach Los Angeles zurückkehren. Obwohl der Verbrechensfanatiker in mir meine eigenen Ermittlungen zu Abbys Mord durchführen wollte, war es zweitrangig, meinen Eltern zu entkommen. »Nein. Ich habe nur meine Oma für eine Weile besucht. Ich gehe, sobald sie zurückkommt.«

»Wie ich sehe, habt ihr euch schon kennengelernt«, sagte Nana D, die die Klarinette im Rücken hielt. »Benimmst du dich, Kellan?«

Ich täuschte einen schockierenden Blick bei ihren Worten vor. »Natürlich, das tue ich immer.«

Nana D schaute Bridget an, die daraufhin antwortete: »Er war ein perfekter Gentleman. Ich kann die Ähnlichkeit zwischen Ihnen beiden sehen. Er hat Ihren Humor und Ihre Nase. Wie ein kleiner Knopf, würde ich sagen.« Bridget lachte nervös über sich selbst und griff dann nach ihrer Tasche.

»Nun, ich muss ein paar Dinge erledigen, Nana D. Ich melde mich später bei dir. Gibt es bei den *Treffen am Nachmittag* etwas, auf das ich mich vorbereiten muss?« Ich fragte mit einem wachsenden Gefühl der Angst und Neugierde.

»Überhaupt nicht, Liebes. Ich habe nichts vor, jedenfalls nichts, worüber deine Mutter sich Sorgen machen müsste.«

»Oder, Dad? Ich habe gehört, dass er wegen des... Problems von letzter Nacht etwas erschüttert ist«, antwortete ich plötzlich und erinnerte mich daran, dass ich laut Sheriff Montague nicht darüber sprechen sollte.

»Er hat auch nichts zu befürchten. Und jetzt hau ab, bitte. Ich habe hier wichtigere Leute, mit denen ich meine Zeit verbringen kann.« Nana D schubste mich aus der Tür, bevor ich mich von Bridget verabschieden konnte.

Ich fuhr zum Büro des Sheriffs und unterzeichnete meine offizielle Erklärung, in der ich alles bestätigte, was ich gesehen und ihnen bereits gesagt hatte. In Wharton County gab es einen Sheriff und ein paar Detectives, die alle Städte einschließlich Braxton abdeckten. Die örtliche Polizei in jeder Stadt sorgte dafür, dass kleinere Verbrechen behandelt und kleinere Verordnungen befolgt wurden, während das Sheriff-Büro größere Verbrechen, insbesondere Mord und schweren Diebstahl, behandelte. Der Sheriff war zu einer Befragung unterwegs, aber Officer Flatman, der in der Nacht zuvor auf dem Campus gewesen war, half gerne. Als ich von seinem Schreibtisch wegging, sah ich auf einem Post-it einen Vermerk über den Kontakt mit einem Alton Monroe. Ich fragte mich, wer das wohl sei, denn er und Abby hatten denselben Nachnamen. Vielleicht die nächsten Angehörigen?

Als ich zu meinem Mietwagen zurückkam, schrieb ich Eleanor, die mich neckte, dass sie bei meiner Ankunft einen Teller mit erstaunlichem Essen für mich bereithalten würde. Zehn Minuten später saß ich in einem Séparée im Pick-Me-Up Diner und verschlang mein Schinken-Käse-Omelett mit Avocado auf der Seite. Ich brauchte etwas Gesundes, um die zwei Stücke Kuchen, die ich bereits zum Frühstück gegessen hatte, auszugleichen. Von gestern Abend war die entspannte Schwester in einem wunderschönen Kleid verschwunden, und an ihrer Stelle war eine ernsthafte Arbeitsbiene in einem Paar fleckiger Khakis, Keds und einem verblassten schwarzen Polohemd. Ihr Haar war immer noch hochgesteckt, aber sie war heute kaum geschminkt. Ich vermutete, dass die Arbeit in einem Diner eine schwierige Art und Weise sein müsste, um ein sauberes und schickes Aussehen zu erhalten.

»Mom und Dad wollten sich wegen des Unfalls mit Braxtons PR-Direktorin treffen. Dad hat mir vorhin ein wenig über Abby erzählt. Arme Frau, ich kann nicht glauben, dass sie die Treppe hinuntergefallen und gestorben ist.«

»Hat Dad sie gut gekannt?« Ich überlegte mir, ob ich enthüllen sollte, was Connor mir mitgeteilt hatte, dass es kein

Unfall war. Es war schon schlimm genug, dass Nana D es herausgefunden hat, nein, ich sollte es nicht machen.

»Sie war viele Jahre lang die Vorsitzende der Kommunikationsabteilung gewesen, aber sie haben sich nicht gut verstanden. Nach ein paar Monaten Arbeit mit ihr entschied Vater, dass sie Braxton nicht richtig vertrat. Zu diesem Zeitpunkt hatte sie bereits eine Festanstellung erhalten, was bedeutete, dass er keine einfache Möglichkeit hatte, sie loszuwerden«, sagte Eleanor.

Eine Kellnerin räumte die Teller ab und versuchte, ihre Chefin zu beeindrucken, indem sie den Tisch abwischte, fragte, wie alles schmeckte, und verschiedene Dessertoptionen vorschlug. Ich lehnte ab, da ich wusste, dass ich an diesem Nachmittag bereits doppelt so lange laufen musste.

»Was ist das neueste Wort über das übertriebene Ende unserer Familie?«, fragte ich Eleanor. Sie blieb viel mehr als ich mit unseren älteren Geschwistern in Kontakt.

»Eh, Penelope scheint glücklich zu sein, obwohl es Tage gibt, an denen ich mich frage, ob sie nicht nach einer Ausrede sucht, um eine frühe Midlife-Crisis zu haben«, antwortete Eleanor.

»Sie hat wohl alle Hände voll mit den Kindern zu tun. Aber sie liebt das alles, und ich kann mir nicht vorstellen, dass sie irgendeinen Teil ihres Lebens aufgegeben hätte.« Ich wusste insgeheim, dass Penelope hoffte, eine größere Beteiligung an der Immobilienfirma, für die sie arbeitete, zu kaufen. »Was ist mit deinem Bruder?«

»Hampton ist auch dein Bruder, egal wie sehr ihr beide streitet«, antwortete sie. »Und da Gabriel sich weigert, mit einem von uns zu reden, nun...«

Ich nickte. »Ja, ich sollte mich gegenüber dem Hampster brüderlicher verhalten.« Fragen Sie gar nicht erst, warum ich ihn so nenne, denn es ist schon viel zu lange her und es scheint, als sei es schon immer sein Name gewesen.

Hampton, zwei Jahre älter als ich, ist ein Anwalt in Tulsa und mit einer Öl-Erbin verheiratet, die ihn nie irgendwo hingehen ließ.

»Er kommt bald in die Stadt, um Neuigkeiten mitzuteilen«, sagte Eleanor. »Ich wette, seine Frau ist wieder schwanger.«

Mich schauderte es bei dem Gedanken an vier Kinder unter sechs Jahren. »Apropos Dad, hat Mom zufällig gesagt, wohin er gestern Abend verschwunden ist? Ich versuchte, ihn zu kontaktieren. Er ging nie ans Telefon.« Es war merkwürdig, dass er mir nicht einmal eine SMS zurückgeschickt hat, aber ich dachte mir, dass er sich in der Kontrolle der Freigabe von Informationen an die Medien verfangen hat. »Connor dachte...«

»Nein, ich bin kurz nach dem Ende der Party gegangen und habe hier Halt gemacht, um die Dinge zu überprüfen.« Eleanor sah seltsam aus, als ihr Gesicht in einem tieferen Rotton errötete. Wusste sie etwas, was sie mir nicht sagte?

»Ich verstehe. Wie ist es, wenn Connor bei Braxton arbeitet? Ich war überrascht, davon zu hören.«

Eleanor schlurfte durch das Séparée. »Ja, große Veränderungen, was? Nun, ich muss ein paar Dinge in der Küche überprüfen, was bedeutet, dass du abdüsen musst. Ich rufe dich später an, um wieder zu reden. Umarmungen und Küsse.«

Wir verabschiedeten uns, was sich ein wenig unangenehm anfühlte, da sie so plötzlich aus dem Séparée stürmte. Ich schrieb Maggie eine SMS, um zu sehen, ob sie sich zum Abendessen treffen wollte, aber sie hatte bereits Pläne. Stattdessen schlug sie vor, dass ich am nächsten Tag in der Memorial Library vorbeikomme. Ich bestätigte ihr das und biss dann in den sauren Apfel, um Derek anzurufen.

Überraschenderweise antwortete er beim ersten Klingeln. »Hey, wie läuft die Recherche?«

»Nicht so gut. Es hat einen Zwischenfall gegeben«, sagte

ich und spürte, wie meine Angst wuchs. Ich konnte ihm nicht sagen, dass sie ermordet worden war, aber es war mir plötzlich in den Sinn gekommen, dass er sie aus irgendeinem Grund an mich verpfändet hatte. Könnte es zwischen den beiden zu einem Streit gekommen sein, und er war irgendwie in ihren Tod verwickelt?

»Erzähl. Du weißt, dass ich auf dich zähle, dass du mir hilfst, dieses Hintergrundmaterial zu Papier zu bringen, damit wir mit diesem Projekt so schnell wie möglich beginnen können, oder?« Derek war immer auf die Show konzentriert, nichts anderes war ihm wichtig, wenn es um seinen Erfolg ging.

»Abby ist gestern Abend gestorben.« Ich dachte darüber nach, welche Art von Antwort ich auf meine Nachricht erhalten würde. Würde er nervös sein? Erleichtert? Kühl und gefasst?

Derek hat hysterisch gelacht. »Das ist toll, Kel-Baby. Das erste Mal, dass ich diese Ausrede höre, um aus einem Arbeitseinsatz herauszukommen. Tolle Art, mich zum Lachen zu bringen, Alter.«

Nicht eine der Reaktionen, die ich in Betracht gezogen habe. »Ernsthaft, ähm... es scheint, dass sie eine Treppe hinuntergefallen ist.«

»Warte, du machst keine Witze, oder?«, antwortete er.

»Nein.« Ich atmete einen Haufen heiße Luft aus.

»Das ist verrückt. Hast du nicht gestern mit ihr gesprochen?« Er hörte auf zu lachen und hörte mir zu.

»Wir wollten uns eigentlich gestern Abend treffen, aber dann stolperte ich mit einem Freund auf dem Campus über ihre Leiche.« Ich informierte Derek über Abby, die als Professorin am College arbeitet, über das, was Myriam Castle und Nana D über sie gesagt hatten, und über das wenige, was ich beim Besuch des Sheriff-Büros an diesem Morgen gelernt hatte.

»Tu alles, was du kannst, um an ihre Forschungsnotizen

zu kommen. Ich habe ihr vorhin eine SMS geschrieben, damit sie sie dir gibt.« Derek schien in Bezug auf ihren Tod nicht allzu mitgenommen zu sein, aber er dachte auch, dass ich Zugang zu ihren persönlichen Dingen haben würde. »Ich schätze, ich werde wohl keine Antwort bekommen, was?« Er lachte wieder, aber diesmal mit einem eher unheimlichen Ton.

»Und wie genau soll ich das machen?« Vielleicht sollte ich ihn fragen, wo er gestern Abend war.

»Du bist der Möchtegern-Ermittlungsreporter, Kel-Baby. Vielleicht kannst du in ihr Büro gehen oder der Polizei sagen, dass sie dir etwas über ein Projekt hinterlassen hat, an dem ihr zusammen gearbeitet habt. Das muss für dich oberste Priorität haben. Wir müssen so schnell wie möglich mit den Dreharbeiten für Staffel zwei beginnen, Alter.«

Ich habe über Dereks Forderungen und meinen Wunsch, eine eigene Show zu bekommen, nachgedacht. Ich musste so weit wie möglich von ihm wegkommen. Er war genau der Drecksskerl, der mich an meiner Karriere in Hollywood in den letzten Monaten zweifeln ließ. »Hör zu, Derek, ich weiß, dass das wichtig ist. Ich werde sehen, was ich tun kann. Ich werde wohl früher als geplant nach Los Angeles zurückkommen.«

Derek war ungewöhnlich still am Telefon, bevor er endlich antwortete. »Vielleicht solltest du bei ihrer Beerdigung bleiben. Vielleicht triffst du einige ihrer Kontakte oder findest heraus, mit wem sie sonst noch gearbeitet hat. Nutz die Situation aus. Lass dir auch über ihren Tod berichten. Das ist eine gute Nebengeschichte für die Sendung. Eine Forschungsprofessorin stürzt bei der Arbeit an 'Dark Reality' in den Tod. Denk an die Einschaltquoten, Kel-Baby!«

Seine letzte Bemerkung entzündete das sprichwörtliche Feuer unter mir, um meine Zeit mit ihm so schnell wie möglich zu beenden. »Ja, guter Plan. In welchem Hotel übernachtest du? Ich denke darüber nach, nächsten Monat Hawaii zu besuchen.« Ich hatte nicht die Absicht, in nächster Zeit auf die tropischen Inseln zu gehen, aber ich wurde neugierig, ob er wirklich dort war, wo er sagte, dass er war. Wie viel wusste ich abseits der Arbeit über diesen Mann?

»Royal irgendwas, kann mich nicht erinnern. Ich werde es dir sagen, wenn ich den Namen gefunden habe. War schön, mit dir zu plaudern. Ich muss los. Hol dir den Knüller. Dein Job hängt davon ab!«

Bevor ich die Möglichkeit hatte, zu antworten, legte Derek auf. Was für ein Idiot! Ich musste aufhören, aber ich war kurz davor, meinen Namen für eine ganze Staffel in den Abspann zu setzen, und das wäre genau der Bonus, um in Zukunft einen Anspruch auf meine eigene Show zu erheben. Es wäre nicht allzu schwer zu überprüfen, ob Abby irgendwelche Notizen in ihrem Büro hat. Ich sollte wahrscheinlich mit meiner Familie zur Beerdigung gehen, als ein gutes Zeichen des Vertrauens, richtig?

Da Maggie am nächsten Tag auf meiner Tagesordnung stand, würde ich noch einen Besuch bei Lorraine hinzufügen. Vielleicht hätte sie Informationen über Abbys Beerdigungsvorbereitungen. Ich wollte auch mit Connor Kontakt aufnehmen, um herauszufinden, was er in den letzten zehn Jahren gemacht hat. Mir war nicht klar, wie sehr ich meine Freundschaften vermisst hatte. Seit Francesca gestorben war, hatte ich all unsere Freunde in Los Angeles weggestoßen und meine Freizeit mit Emma verbracht. Seit meiner Zeit in der Studentenverbindung hatte ich keine wirkliche Beziehung zu einer Gruppe von Jungs mehr. Abbys Tod erinnerte mich zu sehr an den verlorenen Mann, der ich geworden war, als meine Frau vor zwei Jahren starb. Vielleicht war dies eine Chance, wieder mit einigen alten Kumpels zusammenzukommen, während ich in der Stadt war, und eine Gelegenheit, ein Verbrechen aufzuklären!

6

———————

Als ich nach meinem Fünf-Meilen-Lauf später am Nachmittag mit dem Duschen fertig war, fand ich meinen Vater in seinem Büro sitzend vor, wie er ein Glas Macallan-Scotch trank und den Sonnenuntergang über den Wharton-Bergen beobachtete. Es sah so aus, als wäre die Flasche, die ich ihm zu Weihnachten geschenkt hatte, mindestens halb leer gewesen, was bedeutete, dass er ausnahmsweise einmal eines meiner Weihnachtsgeschenke genossen hatte. Ich lehnte sein Angebot ab, da mir der Scotch nach einem Lauf nie gut im Magen lag. Außerdem war ich am Verhungern und musste etwas essen, bevor ich ohnmächtig wurde. »Vielleicht nächstes Mal. Ich bin auf dem Weg in die Küche, um mir ein paar Partyreste für das Abendessen aufzuwärmen. Bist du überhaupt nicht hungrig?«

»Ich habe mit deiner Mutter früh gegessen, bevor sie wieder auf den Campus zurückkehrte. Der endgültige Termin für die Benachrichtigung der Studenten, die für das nächste Semester angenommen wurden, ist diese Woche. Nicht, dass ich derjenige sein werde, der sie in Braxton willkommen heißen wird«, antwortete er in einem düsteren Tonfall, während er einen Schluck Alkohol zu sich nahm. Ich konnte die Melancholie durch das Brennen des Scotch hören.

Meinem überarbeiteten und abgelenkten Gehirn war nicht in den Sinn gekommen, dass er traurig sein würde, wenn er in den Ruhestand gehen würde. Hätte ich vierzig Jahre lang unermüdlich gearbeitet, wäre es eine willkommene Abwechslung, wenn ich ein paar Monate lang auf meinem Hintern sitzen und nichts tun würde. »*Das ist das Problem dieser jüngeren Generation. Man kann nicht einen ganzen Tag arbeiten, ohne sich zu beklagen*«, würde Nana D wahrscheinlich im Gegenzug züchtigen. Vielleicht hatte sie Recht, aber sie war nicht hier, so dass ich in diesem Moment denken konnte, was immer ich wollte. »Kopf hoch, Dad. Du hast viel, auf das du dich nach dem großen Tag freuen kannst. Ich bin sicher, der neue Präsident möchte, dass du hier bleibst, um bei der Eingewöhnung zu helfen, oder?«

Er nickte. Ich wartete darauf, dass er weitersprach, aber der Scotch und die Stille im Raum überwanden die Möglichkeit, dass er unser Gespräch leitete. »Ist die Suche nach einem neuen Oberboss noch nicht abgeschlossen?«

»Der Vorstand hat alle Interviews abgeschlossen und mich gebeten, mich mit den letzten beiden Kandidaten diese Woche noch einmal zu treffen. Wie du weißt, steht es mir nicht frei, Einzelheiten zu nennen, aber sie haben sowohl interne als auch externe Optionen in Betracht gezogen. Ich bin zwar für einen Kandidaten, aber wir werden morgen mit beiden Kandidaten separate Gruppengespräche führen, bevor wir die endgültige Entscheidung treffen.« Er schwang den Stuhl vom Fenster weg und schaute mir mit zusammengekniffenen Augen entgegen. »Wie lange willst du dieses Mal bleiben, Kellan?«

Ich hatte seit meiner Rückkehr vor zwei Tagen, als er diese Frage stellte, immer wieder darüber nachgedacht. Er hatte während der Weihnachtsferien ein paar Mal vorgeschlagen, dass es für Emma von Vorteil wäre, bei beiden

Großelternpaaren zu sein. Ich dachte einen Moment lang, er hätte die schmutzigen Familiengeheimnisse meiner verstorbenen Frau entdeckt, aber wenn das wahr wäre, hätte er sie mir noch nicht verraten. »Ich versuche, das herauszufinden. Ich habe Arbeit, die mich vielleicht für den Rest der Woche hier hält.«

»Verstehe«, antwortete er, indem er mit der Zunge gegen den Gaumen schlug.

»Ich habe gestern Abend versucht, dich zu erreichen, nachdem ich Abbys Leiche in der Diamond Hall gefunden hatte.«

Mein Vater hatte sich geräuspert. »Und was ist, Kellan? Ich hatte den Klingelton nicht eingeschaltet, damit ich die Party in Ruhe genießen konnte. Ich wusste nicht, dass du verzweifelt versucht hast, mich zu finden«, antwortete er in einem bitteren Ton, während er sich noch einen Scotch eingoss und seinen Laptop öffnete.

Autsch! Ich war mir nicht sicher, was ich gesagt hatte, um seine vernichtende Erwiderung zu verdienen, aber ich hatte offensichtlich einen Nerv getroffen. »Ich war nicht verzweifelt, obwohl, wenn das Finden einer Leiche kein Grund ist, verzweifelt zu wirken, ich mir nicht mehr sicher bin, was heutzutage dazu zählt. Findest du nicht auch?«

Mein Vater entließ mich durch eine Kombination aus Schulterzucken, Augenbrauen hochziehen und mich beim Tippen am Computer ignorieren. Ich wollte herausfinden, wo er war und wen er in der Nacht meiner Ankunft am Telefon bedroht hatte, aber ich folgte meinem Stichwort und aß allein in der Küche zu Abend. Irgendetwas war an der ganzen Situation merkwürdig. Ich musste entscheiden, ob ich mich selbst ausschließen oder etwas tiefer einsteigen sollte, um jemanden zu schützen, den ich kannte.

Ich war in der Nacht zuvor beim Surfen im Internet und beim zweiten Lesen der Show-Bibel im Bett eingeschlafen, aber zumindest konnte ich einige interessante Fakten über die verstorbene Professorin, oder Monroe, wie Myriam Castle sie genannt hatte, herausfinden. Ich hatte auch über diese ungehobelte Frau recherchiert.

Abby hatte den größten Teil ihres Lebens mit der Spezialisierung auf Rundfunk- und Medienwissenschaften verbracht, wobei sie einen ähnlichen postgradualen Studiengang absolviert hatte wie ich an verschiedenen Schulen. So weit ich es mit meinen Berechnungen einschätzen konnte, war Abby mindestens fünfzehn Jahre älter als ich. Obwohl ich es nach Hollywood geschafft hatte, hatte sie ihre gesamte Karriere als Erwachsene in der akademischen Welt verbracht, indem sie von College zu College hüpfte, bis sie sich vor fast zehn Jahren in Braxton niederließ. Sie muss gleich nach meinem Abschluss angefangen haben und wurde zur Vorsitzenden der Kommunikationsabteilung befördert, als der Amtsinhaber in den Ruhestand ging. In Braxton umfasste die Kommunikationsabteilung die Bereiche Medien und Rundfunk, Literatur, Theater, Schreiben, Öffentlichkeitsarbeit und Kunststudium. Abby unterrichtete in diesem Semester drei Kurse – 'Intro to Film', 'History of Television Production' und 'Broadcast Writing'.

Ich war etwas überrascht, als ich entdeckte, dass Myriam Castle zu den Professoren gehörte, die für Abby in der Kommunikationsabteilung arbeiteten. Ihr Spezialgebiet waren Literatur- und Theaterproduktionen, was angesichts ihres übertriebenen Gesichtsausdrucks bei der Pensionierungsparty sinnvoll war. Auf dem Papier war Dr. Castle eindeutig besser qualifiziert, die Abteilung zu leiten, aber Abby war in diese Rolle versetzt worden, bevor Dr. Castle zu Braxton kam. Kein Wunder, dass es Spannungen zwischen den Frauen gab. Es wäre eine interessante

Diskussion mit meinem Vater, wenn er gnädigerweise von seinem hohen Ross stieg und wieder mit mir sprach.

Ich hatte auch eine Website gefunden, auf der Abby darauf verwies, dass sie zusammen mit ihrem Mann Alton Monroe einige Artikel in einer weit verbreiteten Zeitschrift verfasst hatte. Das füllte eine der Lücken aus einem Blatt Papier aus, das ich auf dem Schreibtisch von Officer Flatman im Sheriff-Büro gesehen hatte. Könnte Alton jemand sein, der mir hilft, eine Kopie der restlichen Notizen zu bekommen, die Abby noch für 'Dark Reality' hatte? Ich überprüfte die Namen mit Online-Verzeichnissen und stieß auf eine Adresse im Norden des Bezirks. Ich machte mir eine Notiz, um auf dem Campus vorbeizuschauen und mich später an diesem Tag mit Lorraine und Maggie zu treffen.

Ich trotzte der fast eisigen Temperatur, als ich das Haus verließ, und wich ein paar Eiszapfen aus, die vom Dach zu fallen begannen, als ich in den Jeep sprang. Zwanzig Minuten später fand ich einen guten Parkplatz in der Nähe des Büros der Braxton Campus Security (BCS).

Das letzte Mal war ich dort, nachdem sich eine rivalisierende Verbindung, die Omega-Delta-Omicrons, darüber beschwert hatte, dass wir in unserem Abschlussjahr eine laute Party veranstalteten. Ich hatte fünfundvierzig Minuten damit verbracht, den früheren Sicherheitsdirektor davon zu überzeugen, uns nicht bei Fern Terry, dem Dekan für Studentenangelegenheiten, zu melden, aber er wollte sich nicht davon abbringen lassen. Ich hatte an diesem Abend sein Büro nach ein paar unfreundlichen Worten verlassen und fand mich am nächsten Morgen mit einem Klaps auf die Hand wieder, als Dekan Terry mir sagte, dass ich sie persönlich wegen meiner kindischen Wortwahl enttäuscht hätte. War sie eine der beiden letzten Kandidaten, die sich um Braxtons Präsidentschaft bewarben? Vielleicht sollte ich im Verwaltungsbüro vorbeischauen, um zu sehen, ob sie noch auf dem Campus arbeitete. Ich hatte sie am

Abend zuvor auf der Party nicht gesehen, aber ich nahm an, dass sie aufgetaucht wäre, wenn sie noch in Braxton arbeiten würde.

Als ich den Kopfsteinpflasterweg hinaufging, überlegte ich, was für ein Sicherheitsdirektor Connor wohl sein würde. Er war immer ein guter Mann, der die Verbindung nicht in Schwierigkeiten geraten ließ, aber gleichzeitig stand er auf und beschützte mich davor, selbst die Schuld auf mich zu nehmen, wenn wir dabei erwischt wurden, weil wir etwas falsch gemacht hatten. Nicht, dass es oft zu Fehlverhalten kam, aber Connor war ein zuverlässiger und ehrenvoller Typ. Theoretisch machte es Sinn, dass er in die Sicherheitsarbeit ging, aber ich konnte mir nur schwer vorstellen, dass er nun auf der gegenüberliegenden Seite der College-Verwaltung saß.

Ich betrat das Foyer des einstöckigen Sicherheitsgebäudes und schaute es mir genau an. Es hatte sich nur sehr wenig verändert, möglicherweise ein neuer Anstrich und eine Reihe neuer Überwachungskameras und Computersysteme. Wenige Minuten später verließ Connor sein Büro. Er sah nicht mehr unkomfortabel aus wie in seinem hellbraunen Anzug und der Braxton-Krawatte, aber er platzte immer noch aus seinem Sportsakko und seinen Jeans. »Kellan, ich habe nicht erwartet, dich heute zu sehen. Was geht ab?«

»Hast du Zeit für eine Tasse Kaffee?« Ich schlug das vor, in der Hoffnung, dass er auf das Angebot eingehen würde. Als er nickte und einem Studentenarbeiter sagte, er solle ihn bei Problemen sofort anrufen, wurde mir klar, dass Connor ein bewundernswerter und verantwortungsbewusster Erwachsener geworden war.

Er schlug The Big Beanery auf dem Südcampus vor. Ich war mehr als glücklich, unser altes Revier zu besuchen. Die Autofahrt dauerte wahrscheinlich weniger als fünf Minuten, weil er in einem BCS-Fahrzeug saß, und alle hielten an, um ihn zuerst durch die Straßen zu lassen. Es muss gut sein,

diese Art von Macht zu haben – vielleicht ist sie eines Tages
sogar nützlich, wenn ich seine Hilfe bräuchte.

Als wir im Café ankamen, schnappte sich Connor einen
Tisch, während ich zwei schwarze Kaffees bestellte. Ich wollte
in meinem Kaffee Kaffeesahne haben oder sogar einen
Cappuccino, aber als er etwas von zu viel Zucker murmelte,
beschloss ich, seinem Beispiel zu folgen und zog einen Stuhl
gegenüber von ihm heran. »Also, in der Sicherheitsabteilung
von Braxton zu arbeiten. Das ist ein ziemlicher Sprung von
dem, was wir vor zehn Jahren auf dem Campus gemacht
haben, was?«

Sein Lachen war herzhaft und tief. »Zehn Jahre sind eine
lange Zeit. Menschen werden reifer. Ich kann sehen, dass du
dich verändert hast. Es scheint, als würdest du jetzt sogar ins
Fitnessstudio gehen.«

»Nun, kein Konkurrenzkampf mit dir, Mann. Du siehst
aus wie eine Backsteinmauer!« Und das hat er getan. Ich
wette, er hätte mich durch den Raum werfen können, wenn
nötig. Nicht, dass ich etwas tun würde, um ihn zu ermutigen,
aber ich wäre froh, ihn bei jeder Kneipenschlägerei oder
Straßenschlägerei auf meiner Seite zu haben. Ich hatte den
Drang, ihn *Null-Null-Sieben* zu nennen.

»Ich habe mich immer gefragt, was mit dir passiert ist. Wir
haben irgendwie den Kontakt verloren, was?«, fragte er nach
einem riesigen Schluck seines Kaffees. Ich sah, wie seine
Augen ständig den Raum hinter mir absuchten, als ob er nach
jemandem suchte. Es ist wohl normal, dass der
Sicherheitschef immer seine Umgebung durchsucht. »Ich
muss zugeben, es hat mich geärgert, als du in jenem Sommer
die Stadt verlassen hast. Ich weiß, dass du auf die Hochschule
gegangen bist, aber du warst damals mein bester Freund.«

»Ja, ich fühlte mich schlecht deswegen. Das Leben hat
diese seltsame Art, Entscheidungen zu treffen, die man
damals noch nicht versteht. Wenn ich zurückblicke, hatte ich
einiges an Verantwortung zu übernehmen, nicht wahr?« Ich

hatte den Verdacht, dass Connor in der Vergangenheit ein wenig nachtragend war. Es könnte mir schwerer fallen, eine Freundschaft wieder herzustellen als erwartet.

Ein paar Studenten winkten ihm zu. Es sah so aus, als ob eines der Mädchen versuchen würde, zu flirten. Wenn er es bemerkt hatte, ignorierte er sie. Wir tauschten uns ein paar Minuten aus und erinnerten uns an unser Leben der letzten Jahre. Connor hatte ein Jahr lang mit der Familie seiner Mutter in Anguilla gelebt, um dort wieder aufzubauen, nachdem eine Reihe verheerender Wirbelstürme die Menschen auf den nahe gelegenen Inseln heimgesucht hatten. Er hatte auch mehrere Jahre lang als Polizeibeamter in Philadelphia gearbeitet und dann die Polizei verlassen, nachdem er mit zu vielen gewalttätigen Bandenkämpfen und Todesfällen zu kämpfen hatte. Es war ein Jahr her, als er von der Stellenausschreibung in Braxton gehört hatte und sich darauf stürzte.

»Verheiratet, Kinder?«, fragte er.

Ich habe diese Frage immer gehasst. Es ist nie leicht, jemandem zu sagen, dass man seine Frau an einen betrunkenen Fahrer verloren hat. Sie fühlen sich unweigerlich unbehaglich, wenn sie die Frage stellen, und dann fühlst du dich komisch, wenn du die schreckliche Nachricht überbringst. Niemand sollte sich schlecht fühlen, außer dem Idioten, der in sein Auto stieg, nachdem er einen Six-Pack getrunken hatte und gedacht hatte, er könne völlig problemlos fahren. Bis heute hat man den Fahrer, der Fahrerflucht beging, nie erwischt.

Wir behandelten weitere Basics. Er war immer noch ledig, hatte im Laufe der Jahre immer wieder Dates, aber nichts Ernstes. Als das Thema Maggie zur Sprache kam, hatte ich den Eindruck, dass er sich in sie verliebt hatte, seit sie in diesem Semester aus Boston zurückgekehrt war. Ich war zwar nicht in der Lage, mehr als den Wiederaufbau einer Freundschaft mit Maggie in Betracht zu ziehen, aber irgendwie gefiel mir der Gedanke, dass sie mit einem anderen zusammen war, nicht. Ich wechselte das Thema und fragte ihn, ob er Neuigkeiten über Abbys Tod hätte.

»Ich bin mir nicht sicher, ob ich das Neueste erfahren würde. Für Mord ist der County Wharton zuständig. Sheriff Montague war in Kontakt, um das Protokoll zu besprechen, aber wir haben noch nicht alle Grenzen abgesteckt«, sagte Connor. »Sie suchen nach Anzeichen für einen Kampf, außer der Wunde an Abbys Kopf.«

»Richtig. Ich meinte nur, wie du es aus Braxtons Perspektive gehandhabt hast.« Ich signalisierte der jungen Kellnerin, die einen Tisch in der Nähe abräumte, dass wir noch zwei Tassen Kaffee wollten. Wenn Connor irgendwelche Informationen weitergeben wollte, wusste ich aus Erfahrung, dass er koffeinhaltig gehalten werden musste.

»Sheriff Montague möchte, dass alle glauben, es sei ein Unfall gewesen. Braxtons PR-Abteilung war sehr froh, diesen Ansatz zu verfolgen«, sagte Connor, während er den letzten Kaffee schlürfte.

»Mord wird dem bevorstehenden Aufnahmezyklus nicht helfen«, sagte ich lachend.

»Kanntest du sie?«

»Traf sie bei einigen Hochschulveranstaltungen. Von Zeit zu Zeit kam sie vorbei, um Dinge zu besprechen. Abby hatte sich in den Kopf gesetzt, dass meine Familie, weil ich aus der Karibik kam, Voodoo praktizierte. Sie wollte, dass ich sie mit meinem Schamanen zusammenbringe. Was für eine Verrückte! Ich weiß nicht einmal, was ein Schamane ist.«

Die Kellnerin brachte die Kaffee-Nachfüllungen mit der Frage vorbei: »Was glauben Sie, wer wird am Ende das große Spiel am Samstag entscheiden, Direktor Hawkins? Ist Striker unser Mann? Oder wird Jordan ihn überholen?«

Ich war mir nicht sicher, über welche Sportart sie sprachen, bis ich mich an Eleanors Geschichte über das Baseballteam im Pick-Me-Up Diner erinnerte. »Sind das die beiden Auswahlmöglichkeiten für den Pitcher?« Ich warf meine Frage aus, obwohl ihr Blick kaum Connors Lippen verließ.

Connor antwortete: »Ja, Striker war der Star der letzten Saison, aber sein Teamkollege Jordan ist aufgrund seines neuen Curveballs in den Vorsaisonspielen plötzlich ins Rennen gegangen. Es ist ein knappes Rennen.«

Als ich ihr einen Zehn-Dollar-Schein überreichen wollte, winkte sie mich ab. »Nein, wir berechnen Direktor Hawkins nichts. Er schaut von Zeit zu Zeit nach uns, um sicherzustellen, dass es uns gut geht.« Sie zog sich zurück und stolperte fast über ihre eigenen Füße, weil sie ihren Fokus nicht von Connor ablenken konnte. Ich wurde immer noch ignoriert.

»Jemand denkt, dass du süß bist, hm?« Ja, ich habe ihn gehänselt.

»Lass es, Kellan. Sie ist noch ein Kind.«

»Ich weiß. Es scheint, als ob du heutzutage hier der *König des Hügels* bist. Ich freue mich für dich.«

»Ja, ich habe nicht darum gebeten. Ich mache nur meine Arbeit. Ich sollte bald zurückgehen. Brauchst du eine Mitfahrgelegenheit?«

Ich lehnte ab, da ich vorhatte, Abbys Haus zu finden, und die Zufahrtsstraße zu ihrer Nachbarschaft lag näher am Südcampus. »Bevor du gehst, denkst du, es besteht die Möglichkeit, dass ich einen Blick in Abbys Büro werfen könnte? Es klingt komisch, aber ich sollte mich mit ihr treffen, um Informationen für meinen Chef zu bekommen, und ich kam nicht dazu, bevor sie starb. Wir denken, dass sie wahrscheinlich irgendwo auf ihrem Schreibtisch vergraben liegen.« Ich fühlte mich schrecklich, dass ich Connor nach all den Jahren um einen Gefallen gebeten habe, aber ich habe nichts übermäßig Falsches getan. Abby hat für uns recherchiert, so dass wir in gewisser Weise etwas zurückbekamen, was sie dem Netzwerk schuldig war. Ich war unsicher, ob ich meine Rechtfertigung nicht etwas überstrapaziert hatte, zumal der Vertrag nie unterzeichnet worden war.

»Ich habe kein Problem damit, solange Sheriff Montague es genehmigt. Sie möchte vielleicht, dass ein Beamter anwesend ist.« Connor stand auf und lächelte dann, als jemand zum Tisch ging. »Wenn man vom Teufel spricht«, sagte er.

»Vom Teufel? Möchtest du mir etwas erklären, Connor?« fragte Sheriff Montague. Ihre Arme waren gegen ihre Brust gekreuzt, und sie hatte den Blick einer Frau, die bereit war, sich auf jemanden zu stürzen. Ob sie ihn küssen oder zurechtweisen wollte, konnte ich nicht sagen. Dem Aussehen nach war sie nur zwei oder drei Jahre älter als wir.

Connor entschuldigte sich und deutete an, dass ich die Lücke schließen könnte. Ich beobachtete ihn beim Verlassen des Seiteneingangs der Big Beanery. Als ich mit der Hand auf den offenen Sitz gegenüber von mir zeigte, setzte sich Sheriff Montague hin und sagte: »Das ist ein sehr feiner Mann dort.«

Ich spuckte einen Mund voll Kaffee aus und entschuldigte mich dann mit Ausreden, dass er zu heiß sei. »Was Connor meinte, Sheriff Montague, ist, dass ich einige Unterlagen aus Abbys Büro zu einem Projekt sammeln muss, an dem wir zusammen gearbeitet haben. Dürfte ich dort in nächster Zeit hineingehen?«

Der Sheriff war erst vor zwei Jahren nach Braxton gezogen. Ich hatte nie die Gelegenheit, sie kennenzulernen. Erinnerte sie sich an mich, als ich einmal die Kaution für Nana D gestellt hatte? Es schien nicht so, als hätte sie die Verbindung hergestellt, aber ich denke, dass jemand in ihrer Position als County-Sheriff nicht zu viele Gesichter vergessen würde, vor allem nicht eines, das mit der oft gesungenen Seraphina Danby in Verbindung gebracht wird. Ich bekam meine Antwort recht schnell, nachdem ich den verschütteten Kaffee weggewischt und mich davon abgehalten hatte, ihre Motorradhelm-Haare zu kommentieren.

»Sie könnten glauben, dass Ihre Familie in Braxton, junger Ayrwick, einen gewissen Einfluss hat, aber lassen Sie mich Ihnen versichern, dass ich mich nicht zu weiteren besonderen Umständen oder Gefälligkeiten drängen lassen werde. Ich muss eine Mordermittlung leiten und werde jeden, der sich mir in den Weg stellt, zur Strecke bringen.« Als sie fertig war, starrte sie mich an, als ob ich an diesem Abend zum Essen kommen würde. Ich war mir nicht sicher, ob ich mir in die Hose machen oder mich wehren sollte.

»Sie nehmen kein Blatt vor den Mund, Sheriff. Es tut mir leid, wenn ich mich unglücklich ausgedrückt habe. Als sich herausstellte, dass es sich nicht nur um einen Unfall handelte, befürchtete ich, dass es etwas mit den Recherchen zu tun haben könnte, die Abby Monroe für meine Fernsehsendung *'Dark Reality'* durchgeführt hat. Kennen Sie das?«

Überraschenderweise lockerte das fast ihre Einstellung. »Das ist Ihre Show? Ich habe die ganze erste Staffel gesehen. Meine Freundinnen und ich können gar nicht genug davon bekommen«, antwortete sie in einem sirupartigen Ton, als ihre Augen größer wurden.

Wow, ich hatte in dieser Abteilung Glück gehabt. Wenn ich meine Karten richtig ausspielen würde, könnte ich vielleicht aus Sheriff Montague einen Verbündeten machen. »Ja, auf jeden Fall, ich könnte Ihnen ein paar Karten besorgen...«

»Sparen Sie sich das Gesülze, junger Ayrwick. Ich schaue die Sendung nicht. Ich habe Besseres zu tun, als mir die Augen vom Reality-TV-Müll bis zum Kern zu verbrennen. Nichts gegen Sie, wenn das Ihr Ding ist.«

Autsch, hatte ich das falsch eingeschätzt! »Da haben Sie mich voll erwischt«, antwortete ich mit eingezogenem Schwanz. »Im Ernst, ich werde bei den Ermittlungen helfen, so gut ich kann. Haben Sie irgendwelche Verdächtigen?«

»Ein paar«, antwortete Sheriff Montague. »Ich bin nicht hier, um Ihnen das Leben schwer zu machen. Ich nehme jede Hilfe an, die ich bekommen kann, aber Sie sind ein Zivilist. Wir sind normalerweise nicht in der Lage, solche Informationen zu geben.« Sie schlug die Hände zusammen und knackte dann beide Knöchel, als sie mein Angebot in Betracht zog, während sie stand. »Wir konzentrieren uns auf einige wenige Menschen, die die Mittel und die Gelegenheit dazu hatten. Wir suchen immer noch nach dem Motiv. Ich bin auf dem Weg zu einem Treffen mit einer Zeugin, die behauptet, einen Streit zwischen Lorraine Candito und dem Opfer gehört zu haben.«

Ich konnte meinen Schock nicht verbergen. »Lorraine? Sie würde keiner Fliege etwas zuleide tun. Ich kenne sie seit Jahren und ich kann für sie bürgen. Sie ist sanfter als eine Pfadfinderin oder ein neugeborener Welpe. Sie kann von Zeit zu Zeit etwas zwicken, aber das muss ein Missverständnis sein.«

Sheriff Montague schüttelte heftig den Kopf. »Ein studentischer Mitarbeiter, mit dem sich Connor heute Morgen traf, behauptete, er habe die Worte *'nur über deine Leiche'* aus Lorraine Canditos Lippen gehört.«

Ich war mir sicher, dass die Angst in Lorraines Gesicht echt gewesen war. Könnte es Schuldgefühle gewesen sein? »Ich treffe mich heute Nachmittag mit Lorraine. Ich kann sie danach fragen, wenn Sie eine zweite Meinung möchten.«

»Überlassen Sie die Untersuchung uns, junger Ayrwick. Ich melde mich wegen des Zugangs zu Abby Monroes Büro. Ich wünsche Ihnen einen schönen Tag.« Sie richtete einen ihrer Ärmel, sah mich ein zweites Mal mit Laseraugen an, um sicherzugehen, dass ich die Nachricht verstanden hatte, und ging dann zum Schalter, um etwas zum Mitnehmen zu bestellen. Ihr kräftiger Gang und ihre minimalistische Art, sich anzuziehen oder irgendein Make-up zu tragen, zeigten deutlich, dass sie sich wenig um ihr Aussehen kümmerte.

Wäre es falsch von mir, Eleanor um ein Make-up für sie zu bitten, in der Hoffnung, sie würde dadurch Connors Zuneigung gewinnen? Ich könnte mir niemand Besseres vorstellen, um ein Lächeln auf das Gesicht des Sheriffs zu zaubern.

Ich wollte Lorraine warnen, aber wenn ich es mir recht überlegte, würde ich mich beim Sheriff nicht gut stellen. Es schien mir am vorteilhaftesten, April Montague Zeit zu geben, sich mit dem studentischen Mitarbeiter und Lorraine zu treffen, bevor ich weiter graben würde. Ich hatte seit meiner Rückkehr nach Braxton genug Leute verärgert. Es war an der Zeit, meinen spektakulären Charme auf den Rest wirken zu lassen, bevor ich mich auf der falschen Seite der Stadt in einer Hundehütte wiederfand. In zehn Jahren hatte ich es geschafft, törichterweise zu vergessen, was wirklich in einem kleinen Dorf vor sich ging.

7

Die Suche nach Abbys Haus erwies sich als weniger schwierig, als ich erwartet hatte. Es war nur ein zwanzigminütiger Spaziergang, wenn ich mich an den Weg am Wasser hielt. Obwohl es immer noch ziemlich kalt war, war jeglicher Schnee auf dem Boden geschmolzen, und da ich an diesem Nachmittag wahrscheinlich nicht in ein Fitnessstudio kommen würde, war das zusätzliche Cardio mehr als willkommen. Als ich an ihrer Straße ankam, ging ich rechts und schlenderte an den ersten paar Häusern vorbei, bevor ich schließlich eines mit einer Nummer fand. Die meisten Häuser in der unmittelbaren Nachbarschaft waren Drei-Zimmer-Häuser auf kleinen Grundstücken mit eingezäunten Vor- und Hinterhöfen, in denen Kinder und Hunde spielen konnten, ohne sich Sorgen machen zu müssen, dass Bälle auf die Straße rollen oder wilde Tiere aus den Bergen hereinstürmen. Vor Jahren wurde gelegentlich ein Rotluchs gesichtet, aber als das Gebiet immer mehr verstädtert wurde, zog sich die Tierwelt weiter in die Wharton Mountains zurück.

Abbys Haus war das vorletzte auf der linken Seite, ein charmantes Backsteinhaus mit grünen Fensterläden und einer weißen Tür. Als ich mich dem Eingang näherte, kroch eine viertürige, blaue Limousine die Einfahrt hinunter. Ich ging auf den Boden, um es so aussehen zu lassen, als hätte ich mir die Stiefelschnürsenkel gebunden. Der Fahrer kurbelte sein Fenster herunter und griff in den Briefkasten, durchwühlte ein paar Umschläge und ein Magazin, kurbelte dann das Fenster wieder hoch und fuhr in die entgegengesetzte Richtung, in die ich gekommen war, die Straße hinunter. Er hatte die Post im Briefkasten gelassen. War er im Haus gewesen?

Ich schätzte ihn auf Mitte bis Ende vierzig. Er begann, eine Glatze zu bekommen und mit dem Wachstum von Gesichtsbehaarung zu spielen. Es war größtenteils eingewachsen, eine Mischung aus braun und grau um seinen Mund und sein Kinn herum. Vielleicht hatte der Spitzbart ein Comeback, oder vielleicht hoffte er, das Rudel anzuführen. Bruder? Mitbewohner? Könnte das der Ehemann Alton sein? Ich hatte zwar kein Bild von Abbys Ehepartner gesehen, aber zumindest hatte ich ein gutes Bild bekommen, während dieser Mann die Post durchsah.

Ich wusste nicht, was ich zu erfahren hoffte, wenn ich herausfinden würde, wo Abby wohnt. Wenn die Notizen zu 'Dark Reality' nicht in ihrem Büro waren, dann waren sie möglicherweise bei ihr Zuhause. Ich war ja nicht der Typ, der dort einbrechen würde, um sie zu finden. Sheriff Montague würde mich zweifellos nur für ihren Spaß und ihre Rache ins Gefängnis bringen. Als ich sicher war, dass die blaue Limousine um die Ecke fuhr, stand ich auf und bürstete mir ganz lässig die Hose aus. Ich wollte gerade im Garten nach etwas Interessantem suchen, als ich aufgeschreckt wurde.

»Kann ich Ihnen helfen?«, fragte eine dicke Frau mit rauer Stimme, die ein riesiges pfirsichfarbenes Hauskleid trug. Es war ein wenig kalt, ohne Mantel draußen zu sein, aber sie hatte mehr Kraft, mutiger zu sein als ich.

Ich brauchte eine Ausrede, um sie davon zu überzeugen,

JAMES J. CUDNEY

dass ich keinen Ärger machen würde. Meine Augen richteten sich auf das Stück Post in ihrer Hand, und ich versuchte, den Namen zu lesen. Selbst mit meiner Brille konnte ich nur wenige Buchstaben entziffern. »Sie müssen Mrs. Ackerton sein, die Nachbarin, von der meine Freundin Abby ständig spricht.«

Sie wich leicht verwirrt zurück und lächelte dann. »Abby spricht über mich? Wie lieb von ihr! Ich bin's, Mrs. Ackerton. Und wer sind Sie?« Sie schürzte die Lippen und hob die Brust an.

Wow! Ich war dankbar für mein schnelles Denken und meinen Glücksfall. »Oh, ich bin Justin. Wir arbeiten zusammen am College. Ich wollte nur vorbeischauen, um die Post für sie abzuholen, während sie weg ist.«

Mrs. Ackerton schüttelte den Kopf und gab mit der Zunge einen tsk-tsk-Ton von sich. »Das erklärt, warum ich sie in letzter Zeit nicht mehr gesehen habe. Ich begann mir Sorgen um sie zu machen, besonders als ich gestern den Polizeiwagen hier sah. Es gab doch keinen Raubüberfall, oder?« Mrs. Ackerton schloss den Deckel ihres Briefkastens und stellte eine der Lockenwickler in ihrem Haar ein. »Tut mir leid, ich bin im Moment nicht ganz auf Sie vorbereitet.«

»Keine Raubüberfälle, von denen man mir erzählt hat.« Es schien ihr nicht bewusst zu sein, dass Abby über das Wochenende verstorben war, aber sie war aufmerksam genug, um mit mir zu flirten. »Ich sah ein Auto wegfahren, während ich meine Schnürsenkel band, und dachte, ich hätte sie oder ihren Mann vielleicht verpasst«, antwortete ich und ignorierte den Brokkoli zwischen ihren Zähnen.

»Nein, ihr Mann wohnt nicht mehr hier. Ich habe das Auto ein paar Mal bemerkt, aber ich bin mir nicht sicher, ob ich jemals einen guten Blick auf die Person werfen konnte, um zu sagen, dass sie hier geschlafen hat. Wenn ich Abby sehe, werde ich erwähnen, dass Sie hier waren, Justin.« Sie streckte ihre Hand aus und griff nach meinem Bizeps. »Ich liebe einen starken Mann.«

»Glauben Sie, es war ein Freund von Abby?«, fragte ich und fischte nach Informationen. »Sie sagte mir nicht, dass jemand anderes vorbeikommen würde, während sie weg war. Ich dachte irgendwie, ich wäre der einzige...«

»Oh, ich weiß nicht, ob es etwas Romantisches war. Ich werde Beziehungen heutzutage wohl nie mehr verstehen. Ich nehme an, das Spielen auf dem Feld ist Teil des Spiels, oder? Ich hoffe, sie hat Sie nicht betrogen, Justin.« Sie stieß mich ein paar Mal mit dem Ellbogen an, bevor sie sich umdrehte, um ihren Weg wieder hochzugehen.

Dachte sie ernsthaft, ich würde mit jemandem wie Abby ausgehen? Ich dachte darüber nach, darauf zu antworten, aber diese Frau wusste nichts über mich, und es wäre besser, wenn es so bleiben würde. Wir verabschiedeten uns, und ich begann meinen Rückweg zum Campus, um mich mit Lorraine zu treffen. Auf dem Weg dorthin dachte ich darüber nach, ob Abbys Tod ein schiefgelaufener Streit unter Liebhabern war. Vielleicht fand ihr Mann heraus, dass sie eine Affäre hatte, oder ihr Freund wurde wütend, dass sie ihren Mann nicht verlassen wollte, und er brachte sie um. Da wurde mir klar, dass ich immer noch nicht wusste, wie sie gestorben war, außer dass sie eine Treppe hinuntergefallen war. Connor hatte mir von der Wunde an ihrem Kopf erzählt, aber das kann nicht vom Aufprall auf die Treppe herrühren. Es gab noch einen anderen Gegenstand, der sie zuerst niedergeschlagen hatte. Vielleicht konnte ich den Sheriff überzeugen, mir zu sagen, was sie vor Ort entdeckt hatten.

Ehe ich mich versah, befand ich mich wieder auf dem Südcampus in der Diamond Hall und war dabei, den Vordereingang zu betreten. Meine Mutter verließ das Gebäude und winkte mir zu.

»Hey, Mom. Schön, dich hier zu sehen. Hast du Dad besucht?« Ich fragte und merkte an, wie süß es sei, dass sie immer noch einen Teil ihres Tages gemeinsam auf dem Campus verbringen würden. Sie würde ihn vermissen, wenn er in den Ruhestand geht.

»Ich dachte, Lorraine könnte mir sagen, wo er ist, damit ich ihn zum Mittagessen überraschen könnte, aber anscheinend bat Sheriff Montague ihn, noch einmal zum Revier zu fahren. Sie scheinen eine Menge Fragen über seine Beziehung zu Abby Monroe zu haben.«

»Hast du jemals herausgefunden, wohin er am Ende der Pensionierungsparty ging?« Ich hoffte, dass sie vielleicht die Informationen ergänzen könnte, die mein Vater praktischerweise ausgelassen hatte.

Meine Mutter machte eine Pause, bevor sie eine peinliche, unverbindliche Antwort gab. »Du kennst deinen Vater. Er denkt nicht daran, mir zu sagen, wo er ist. Ich mache mir in letzter Zeit Sorgen um ihn. Etwas ist noch nicht ganz geklärt.«

»Was meinst du? Hat es etwas mit seiner Pensionierung zu tun?« Ich dachte auch über den Anruf nach.

»Na ja, nicht ganz«, antwortete sie, sah dabei sichtlich ausgelaugt aus und brauchte eine Pause. »Er und Abby hatten nicht gerade das beste Verhältnis. Dein Vater versuchte erfolglos, sie als Abteilungsleiterin abzusetzen, und sie wusste es. Ich fürchte, Sheriff Montague glaubt, dass dein Vater etwas damit zu tun hat, was auch immer mit der Frau passiert ist. Es geschah in der Nähe seines Büros, weißt du.« Nachdem sie nach oben zu den Seitenfenstern des Gebäudes geschaut hatte, bedeckte sie ihren Mund mit der Hand, als wäre sie schockiert gewesen, etwas laut über den Vorfall zu sagen.

»Dad ist sicherlich manchmal schwer zu ertragen, aber er würde nie jemanden körperlich verletzen. Er ist eher ein Meister der verbalen Beleidigungen, wenn überhaupt.« Ich habe über sein Verhalten in den letzten Tagen nachgedacht, und sie hatte recht. Er war trotz meines ersten Gesprächs mit ihm seltsamer, nachdenklicher und verschlossener geworden.

»Sagte er, dass Sheriff Montague ihn beschuldigte, oder liest du zwischen den Zeilen?«

»Vielleicht musst du mit ihm reden, Kellan. Ich kann mir keinen Reim darauf machen«, antwortete meine Mutter und neigte den Kopf zur Seite. Ich konnte sehen, dass ihre Augen anfingen, zu tränen.

»Oh, weine nicht, Mom. Alles wird wieder gut.« Ich zog sie zur Umarmung heran und klopfte ihr auf den Rücken. Es war ein seltener Moment, in dem ich meine Mutter zusammenbrechen sah.

»Du solltest Abby treffen, richtig? Du könntest ein paar Nachforschungen auf eigene Faust anstellen. Sehen, was sie in letzter Zeit gemacht hat, oder vielleicht jemanden finden, den der Detektiv belästigen könnte.«

»April Montague ist keine Detektivin, Mom. Sie ist der Sheriff von Wharton County. Ich bin sicher, sie weiß, wie sie ihren Job machen muss. Dad mehr Fragen zu stellen, könnte einfach dazu dienen, andere Verdächtige zu finden«, sagte ich, unsicher, ob ich meinen eigenen Worten Glauben schenke. Sheriff Montague hatte es in der Vergangenheit auf meine Familie abgesehen.

»Bitte, Kellan. Ich verlange nicht viel von dir. Ich weiß, ich flehe dich immer wieder an, nach Hause zu kommen, aber das Mindeste, was du tun kannst, ist, ein bisschen herumzuschnüffeln, wenn du schon mal hier bist, oder? Ist es nicht das, was du für deinen Lebensunterhalt tust? Recherchieren? Herausfinden, was bei einem Verbrechen passiert ist, und dann eine Sendung darüber schreiben?«

Es war zwar eine oberflächliche Erklärung meiner Arbeit, aber sie hatte recht. Ich hatte meine Gründe dafür, dass ich mehr über Abby Monroe herausfinden musste. »Sicher, Mom. Ich werde sehen, was ich herausfinden kann, indem ich ein paar Fragen stelle... angefangen bei Lorraine. Zu der ich auf dem Weg bin. War sie besonders beschäftigt?«

Meine Mutter nickte und zitterte im Wind. »Ja, etwas mit

den Nerven runter. Ich hatte den Eindruck, dass sie etwas wusste, sich aber nicht wohl dabei fühlte, es mir jetzt zu sagen. Ich bin sicher, dass du sie zum Reden bringen kannst. Lorraine hatte immer eine Schwäche für dich.«

»Erinnerst du dich an irgendetwas von der Nacht der Party, das helfen könnte, herauszufinden, wen Abby in der Diamond Hall traf?« Sie hatte das Gespräch mit auf neun Uhr verschoben, ich nahm an, dass sie Zeit für ihr mysteriöses Treffen um acht Uhr dreißig wegen der Noten eines Schülers brauchte.

»Ich weiß nicht, ob es etwas mit Abbys Tod zu tun hat, aber ich sah jemanden an der Seite des Gebäudes umhergehen. Ich war hinausgegangen, um deinen Vater zu finden, als ich Coach Oliver bemerkte.«

Es war das zweite Mal, dass ich diesen Namen hörte, mich aber nicht mehr erinnern konnte, warum. »Wer ist Coach Oliver?«

»Unser sportlicher Direktor. Er beaufsichtigt die Sportmannschaften der Schule, die Übungsplätze, die Veranstaltungsorte und den Grey Sports Complex, unsere wichtigste Sportanlage. Er ist ein netter Kerl, aber wenn du mich fragst, scheint dieser Mann ein wenig zu besessen davon zu sein, alle Spiele zu gewinnen, anstatt die Studenten sich auf das Studium konzentrieren zu lassen.«

Was meiner bescheidenen Meinung nach typisch war. Seine Aufgabe war es, dafür zu sorgen, dass Braxton die besten Spieler hatte, die meisten Punkte erzielte und alle Meisterschaften gewann. »Wann hast du ihn gesehen?«

Meine Mutter tippte mit dem Fuß gegen die Betonstufen. Ich konnte sehen, wie sich die Räder in ihrem Kopf drehten, als sie über die Ereignisse der Nacht nachdachte. »Etwa gegen halb neun. Ich winkte ihm zu, aber er war an seinem Telefon. Er schien abgelenkt zu sein. Ich bin sicher, dass er vorhatte, bei der Party vorbeizuschauen, aber er ist nicht aufgetaucht.«

»Zeig mir genau, wo du ihn gesehen hast«, wies ich sie an. Sie deutete auf die entfernte Ecke nahe der Eiche und der Bank auf dem schmalen Weg zu einem kleinen Studentenwohnheim hin. Coach Oliver war in der Nähe des Hintereingangs der Diamond Hall gewesen, wo die Beleuchtung etwas gedämpft war.

»Du glaubst doch nicht, dass er etwas mit Abbys Tod zu tun hat, oder?« Ein grimmiger Ausdruck überzog das Gesicht meiner Mutter, während sie übertrieben stöhnte.

»Ich weiß nicht, was ich denken soll. Ich weiß nur, dass die Frau, mit der ich mich treffen sollte, tot ist. Du machst dir Sorgen, dass der Sheriff denkt, dass Dad etwas damit zu tun hat. Und jetzt sagst du mir, dass du jemanden in der Nähe des Ortes gesehen hast, an dem Abby unter mysteriösen Umständen starb. Hast du es Sheriff Montague gesagt?«

Ein leerer und distanzierter Blick sagte mir, dass sie das nicht getan hatte. »Nein, ich dachte nicht daran, es dem Beamten, der mich befragte, zu sagen. Soll ich sie anrufen?«

Ich schüttelte den Kopf. Es schien keinen Grund zu geben, die Nachricht weiterzugeben. Ich würde einen Weg finden, um zu sehen, ob es etwas Wichtiges war, bevor ich ein weiteres Familienmitglied dem hartnäckigen Sheriff vor die Nase setze. Nachdem sie sich von ihren Sorgen erholt hatte, ging meine Mutter zur Kabelbahn, um zum Nordcampus zurückzukehren.

Genau das, was ich brauchte, ein weiterer Grund, mich in die Schusslinie des Sheriffs zu begeben. Ich wurde neugierig, ob Coach Oliver etwas mit dem Blog-Post oder dem vorherigen Gespräch zu tun hatte, das ich im Arbeitszimmer meines Vaters belauscht hatte.

Ich stieg die Stufen hinauf und betrat die Diamond Hall. Ein gelbes Plastikband versperrte den Zugang zur Treppe im zweiten Stock. Ein Schild zeigte an, dass alle Kurse für die Woche in die Memorial Library verlegt wurden. Lorraine rief mich von der anderen Seite des Flurs. »Kellan, ich bin hier drüben.«

Lorraine erklärte mir, Sheriff Montague habe den zweiten und dritten Stock für den Rest der Woche unter Quarantäne gestellt. Obwohl sie Abbys Leiche weggebracht hatten und die Reinigungsmannschaft am frühen Morgen mit der Reinigung des Treppenhauses fertig war, wollte der Sheriff niemanden in den oberen beiden Stockwerken des Gebäudes haben, während sie nach möglichen Beweisen suchten. Außer einigen wenigen Mitarbeitern, die Lorraine bei der täglichen Verwaltung in der Kommunikationsabteilung halfen, waren keine Studenten zugelassen.

»Es gibt also noch keine Neuigkeiten?«, erkundigte ich mich.

Lorraine lehnte sich zu mir und flüsterte: »Sheriff Montague ist oben und durchsucht jetzt Abbys Büro. Sie sagen mir nichts. Es ist schrecklich.«

Ich schätze, man würde mir nicht die Möglichkeit geben, Abbys Sachen zu sehen. Ich hatte nicht erwartet, dass der Sheriff auf meinen Vorschlag eingeht, obwohl es die Dinge viel einfacher macht. »Was wird den Studenten gesagt?«

Lorraine sagte, dass Braxtons offizielle Position immer noch die volle Zusammenarbeit mit den örtlichen Strafverfolgungsbehörden sei, um zu klären, wie Abby Monroe am vergangenen Samstag tragisch zu Tode kam. Um die Untersuchung zu beschleunigen, war das Gebäude bis zum folgenden Wochenende für Studenten gesperrt.

Lorraine beklagte sich darüber, wie diese Veränderungen ihre Arbeit noch schwieriger machten. Offenbar war der wahre Grund, warum die Assistentin meines Vaters Büroräume im zweiten Stock der Diamond Hall erhielt, dass Siobhan, die Büroleiterin der Kommunikationsabteilung, Anfang des Jahres in Mutterschaftsurlaub gegangen war. Anstatt die freie Stelle für die drei Monate, die Siobhan weg sein würde, zu besetzen, wurde Lorraine gebeten, meinen

Vater und die Professoren zu unterstützen, da sie vorübergehend in der Diamond Hall arbeiten würde. Da Lorraine wusste, dass die bevorstehende Pensionierung meines Vaters weniger Arbeit bedeutete, hatte sie sich bereit erklärt, die zusätzlichen Aufgaben und die Arbeit von Siobhans Schreibtisch aus zu erledigen.

»Es tut mir leid, dass du in diesem Schlamassel steckst. Ist das mit dem Sheriff in Ordnung?«, fragte ich.

»Ich habe noch nie eine Leiche gefunden. Ich bin so froh, dass du da warst, um mir zu helfen, Kellan. Ich habe nicht viel schlafen können.« Ihre Hände krallten sich zusammen, während sie mit nervösen Fingern ihre Handflächen rieb.

»Lorraine, jemand erwähnte, dass du kürzlich ein Gespräch mit Abby hattest. Etwas darüber, dass du möglicherweise eine kleine Drohung gegen sie ausgesprochen hast. Ich bin mir nicht ganz sicher, was das bedeutet, aber ich wollte dich direkt fragen«, sagte ich beiläufig.

Lorraine seufzte laut. »Das war wirklich dumm von mir. Es war nichts. Ehrlich gesagt, der studentische Mitarbeiter hat einfach missverstanden, was ich gesagt habe.«

»Was meinst du?« Ich musste die Erklärung aus ihr herausholen.

»Ich schätze, du wirst es sowieso herausfinden. Es war nicht allgemein bekannt, aber ich kannte Abby Monroe außerhalb von Braxton. Wir waren uns über etwas... Persönliches uneinig. Es hatte nichts mit ihrem Tod zu tun. Ich könnte niemals jemanden verletzen.« Sie blickte zur Seite und fummelte an ein paar Papieren herum.

»Glaubt Sheriff Montague, dass du Abby etwas angetan hast?«, erkundigte ich mich. Meine Mutter schien den Eindruck zu haben, dass mein Vater ein Verdächtiger war. Könnte Lorraine auch eine sein? »Woher kanntest du Abby noch?«

»Mein Bruder Alton hatte ihr Scheidungspapiere

zugestellt, aber sie wollte sie ein ganzes Jahr lang nicht unterschreiben. Abby war eine rachsüchtige Frau.«

Lorraine erzählte mir von ihrer Geschichte. Abby und Alton waren fünf Jahre lang verheiratet, als er von ihrer egoistischen Haltung die Nase voll hatte. Er versuchte, die Beziehung zu flicken, und sogar Lorraine hatte mit Abby über die Probleme gesprochen. Am Ende entschied Alton, dass es am besten sei, sich zu trennen. Der Streit, den Lorraine in der Woche zuvor mit Abby hatte, drehte sich um die Scheidung. Abby hatte gedroht, eine größere Summe an Unterhaltszahlungen zu verlangen, wenn Alton ihr nicht die Rechte an einem bevorstehenden Buch geben würde, das sie gemeinsam geplant hatten.

»Jemand hörte mich sagen: *'Nur über deine Leiche lasse ich zu, dass du Alton alles andere wegnehmen darfst'*. Aber ich habe es nicht wörtlich gemeint, Kellan. Du musst mir helfen herauszufinden, was mit Abby passiert ist.« Ihre hohlen Wangen erröteten und sie schlug mit dem Kopf gegen den Schreibtisch.

Da war etwas im Ton von Lorraines Stimme, die drohende Angst davor, was passieren würde, wenn die Polizei Abbys wahren Mörder nicht finden könnte. Sie könnte immer des Verbrechens verdächtigt werden. Soweit ich wusste, hatte sie keine eigenen Kinder oder einen eigenen Ehemann. Jemand musste sie vor Anschuldigungen schützen, die in ihre Richtung gingen. »Ich weiß nicht, wann genau Abby getötet wurde, aber Sheriff Montague kann sicher verstehen, dass du dich nur für ein paar Minuten von der Party entfernt hast, um im Büro vorbeizuschauen.«

»Nach den Aussagen des Sheriffs wurde Abby zwischen Viertel nach acht und Viertel vor neun getötet. Sie war erst kurz tot gewesen, als ich ihre Leiche zum ersten Mal fand. Ich kann niemanden finden, der mich nach acht Uhr auf der Party gesehen hat.«

»Es wird schwieriger sein, zu beweisen, dass du es nicht

getan hast, das ist wahr. Weißt du, was sie oben suchen?« Die Mordwaffe musste Teil der Suche sein. Ich wollte wirklich wissen, was es war.

»Ich hörte einen der Offiziere sagen, sie hätten alles auf den Kopf gestellt, konnten aber nichts finden. Ich verstehe immer noch nicht, was sie suchen. Wurde sie nicht die Treppe hinuntergestoßen?«

Lorraine war sich nicht bewusst, dass die Wunde an Abbys Hinterkopf von einem brutalen Schlag herrührte. Entweder stellte sie sich dumm oder wusste wirklich nicht, dass Abby geschlagen worden war, bevor sie fiel. Ich hielt es nicht für meine Pflicht, es ihr zu sagen, also wechselte ich das Thema. »Hält sich dein Bruder gut genug?«

»Alton ist mein Halbbruder, wir haben nur eine gemeinsame Mutter. Deshalb haben wir auch unterschiedliche Nachnamen. Ich habe ihn nicht erreichen können. Er ist letzte Woche zu einer Forschungsreise aufgebrochen und scheint irgendwo zu sein, wo es keine Mobilfunkverbindung gibt«, antwortete Lorraine und tupfte ihre geschwollenen Augen mit einem Taschentuch ab. »Ich bin mir nicht sicher, ob er überhaupt weiß, dass Abby tot ist.«

Wenn Alton wirklich weg war, dann konnte er nicht für Abbys Tod verantwortlich sein. Ich war sicher, dass der Sheriff sein Alibi überprüfen würde, um sicher zu sein. Der Typ in der Nähe von Abbys Haus schoss mir wieder durch den Kopf. »War Abby in letzter Zeit mit jemand Neuem zusammen? Wenn sie sich von Alton scheiden lassen wollte, war vielleicht ein neuer Mann im Spiel.«

Lorraine schüttelte den Kopf. »Ich habe ihr Liebesleben nicht im Auge behalten. Auch Alton war es egal, er wollte nur raus. Sie versuchten, eine Freundschaft aufrechtzuerhalten, aber sie war zu egoistisch.«

Ich habe Lorraine aufgefordert, positiv zu denken und während der Untersuchung so weit wie möglich mit dem Sheriff zusammenzuarbeiten. Irgendwann würde die

Wahrheit ans Licht kommen, und Sheriff Montague würde erkennen, dass Lorraine nichts mit Abbys Tod zu tun hatte. Ich konnte sie mir nicht als die Mörderin vorstellen. Leider bedeutete das, dass der Sheriff meinen Vater immer noch verdächtigen könnte.

Ich überprüfte die Zeit und stellte fest, dass ich Maggie immer noch nicht besucht und noch nicht zu Mittag gegessen hatte. Nachdem ich in der Campus-Cafeteria Halt gemacht hatte, ging ich zur Memorial Library. Ich musste herausfinden, was Maggie über den sportlichen Leiter wusste, und theoretisch konnte sie einen Weg finden, um mich Coach Oliver vorzustellen.

8

———————

Ich nahm die Kabelbahn zurück zum Nordcampus. Die Studenten tauschten Bilder und Tweets auf ihren Telefonen aus und stritten darüber, welcher Pitcher an diesem Samstag starten sollte. Ich war schon seit Jahren ein Baseball-Freak, aber in Los Angeles zu leben, war für einen Phillies-Fan nicht einfach. Irgendwann hatte ich den Streit um Baseball aufgegeben und stattdessen Football als Sportart meiner Wahl gewählt. Als die Kabelbahn einfuhr, schaltete sich in meinem Kopf eine Glühbirne ein, die mir sagte, wie ich mich Coach Oliver vorstellen könnte, ohne dass es zu seltsam aussähe.

Ich verließ die Kabelbahn und nahm den kürzesten Weg zur Cafeteria im Gebäude des Studentenwerks. Die Mittagspause ging zu Ende, so dass ich schnell rein und wieder raus konnte, aber es gab keine große Auswahl an Dingen zum Mitnehmen mehr. Ich fand zwei Hühnersalat-Croissants und eine Tüte mit Salt & Vinegar Chips, Maggies Lieblingsessen.

Niemand an der Empfangstheke der Bibliothek hinderte mich daran, das Gebäude zu betreten. Sie war mit studentischen Hilfskräften besetzt, die wahrscheinlich zu sehr damit beschäftigt waren, zu lernen oder unartige Dinge auf den Auskunftscomputern nachzuschlagen. Ich bog rechts in den Geschichtsabschnitt ein und fand Maggie hinter ihrem Schreibtisch im Eckbüro sitzen. Sie lächelte, als sie mein Klopfen an der Tür hörte und auf den Stuhl gegenüber von ihr zeigte.

»Ich habe Snacks mitgebracht, falls du hungrig bist?« Ich bemerkte, dass die Dekoration wirklich einer Modernisierung bedürfe.

»Du bist ein Retter! Die Mitarbeiterversammlung dauerte länger als erwartet, und ich vergaß, das Mittagessen heute mitzubringen. Ich dachte, ich könnte mit Automatenjoghurt und einem Snickers überleben. Bitte sag mir, dass das Kartoffelchips sind?«

»Das wird dich was kosten«, sagte ich mit einem strahlenden Lächeln. »Meine Honorare sind seit dem letzten Studienjahr gestiegen.«

»Weißt du, ich habe deine dummen Spiele nie vergessen, Kellan. Du hast es immer verstanden, mich zu entspannen, wenn der Tag mich erschöpft hatte.« Sie schob ein paar Bücher an die Seite ihres Schreibtisches und räumte einen Platz zum Essen für uns frei. »Wie hoch ist der Preis heute? Studienführer für eine Prüfung? Ein Essay für dich schreiben?«

Maggie und ich hatten einmal gut zusammengepasst. Sie hasste Statistiken und versuchte immer alles, um mich dazu zu bringen, die Hausaufgaben für sie zu erledigen. Allzu oft vergaß ich, unseren Lehrplan für den Prüfungsplan zu kontrollieren und erinnerte mich unweigerlich an den Morgen unserer größten Prüfungen. Ich flehte Maggie an, mir ihre Notizen zu geben und bot ihr im Gegenzug ein kostenloses Mittagessen für eine Woche an.

»Inflation, Baby. Wir haben es mit einer Hundert-Dollar-Flasche Champagner zu tun, oder zumindest mit einem

Vorab-Exemplar des neuesten Follett-Romans. Ich weiß, dass du als Bibliothekarin Verbindungen hast.«

»Als ob ich es mit dir teilen würde, bevor ich die Chance hatte, es zu lesen. Ich glaube kaum, dass ein Beutel mit Salt & Vinegar Chips so viel Mühe wert ist«, antwortete sie. Ihre Augen zwinkerten mir zu, und für einen Moment dachte ich, sie hätte mich dabei erwischt, wie ich sie anstarrte.

»Stimmt, ich bin mit dieser Bitte wohl etwas übers Ziel hinausgeschossen, nicht wahr? Okay, heute ist ein Freebie, aber nächstes Mal passt du auf. Mit dir werde ich es nicht so leicht haben.«

Wir sprachen über ihre neue Funktion in der Memorial Library. Sie würde später in diesem Semester einen großen Kostümball veranstalten, an dem alle Einwohner von Braxton teilnehmen könnten. Ein Teil ihrer Hoffnung war, dass sie mehr Spenden erhalten würden, wenn der Rest der Stadt von den Änderungen wüsste, die sie in Braxton durchführen wollte. Obwohl ihre Vorgängerin eine fantastische Bibliothekarin war, hatte sich Mrs. O'Malley nicht so sehr für die technologische Entwicklung interessiert, wie sie es hätte tun sollen. Dem College fehlte der Zugang zu der neuesten Bibliothekshardware und -software.

Als wir mit dem Essen fertig waren, überraschte mich Maggie, als sie den Tod von Abby zur Sprache brachte. »Connor sagte mir, dass sie im Laufe des Tages verkünden wollen, dass sie kurz davor sind, den Mörder zu identifizieren. Ich nehme an, dass sie zu diesem Zeitpunkt enthüllen müssen, dass es Mord war, hm?«

Ich weiß nicht, ob ich eher besorgt war, dass sie jemanden festnehmen könnten, den ich kannte, oder dass Maggie weiter gezeigt hatte, wie nahe sie und Connor sich in den letzten Wochen gekommen waren. »Wirklich? Ich habe heute Morgen mit ihm gesprochen. Er hatte nichts über eine Verhaftung erwähnt«, entgegnete ich.

»Er hat vor ein paar Minuten angerufen. Ich bin froh, dass

wir dieses Jahr wieder miteinander verkehren«, sagte sie mit einem schwachen Leuchten.

Ein studentischer Mitarbeiter kam vorbei und fragte, ob er eine Viertelstunde früher gehen könne, um ein ungeplantes Baseballtraining zu absolvieren. Maggie ließ ihn gehen und wünschte ihm für das Spiel am Samstag Glück.

»Also, was genau bist du und Connor heutzutage?« Besser, es zu wissen, als das Gefühl zu haben, im Dunkeln gelassen worden zu sein.

Maggie hustete und nahm einen großen Schluck Wasser. »Connor und ich? Wir sind... nun, was bringt dich dazu, zu fragen, Kellan?« Ich hatte diesen Gesichtsausdruck schon einmal gesehen, obwohl er in der Vergangenheit viel unschuldiger war.

»Ja, ich meine, ihr hattet beide den Kontakt verloren, so wie wir. Seid ihr wieder Freunde? Seid ihr Kollegen, die sich ab und zu unterhalten? Du weißt, was ich meine...« Ich wollte nicht direkt fragen. Ich hatte mich mit einer offenen Frage klar genug ausgedrückt, aber Maggie war sich entweder nicht sicher oder fühlte sich nicht wohl dabei, sie zu diskutieren.

»Ich würde sagen, wir sind Freunde. Wir sind gute Freunde. Seit meiner Rückkehr war er mir ein großer Trost. Connor hat mir geholfen, herauszufinden, wie ich ohne meinen Mann weitermachen kann.« Maggie fummelte an den Büchern auf dem Schreibtisch herum und stand dann auf. »Ich sollte wieder an die Arbeit gehen. Ich bin so froh, dass du heute vorbeigekommen bist.«

Autsch! Ich wurde wieder rausgeschmissen, aber in gewisser Weise beeindruckte es mich, wie selbstbewusst und direkt Maggie geworden war. »Wir müssen das bald wieder tun. Ich sollte mich auch auf den Weg machen. Ich muss noch bei Grey Sports Complex vorbei, um mit Coach Oliver zu sprechen.«

Maggie neigte ihren Kopf zur Seite. »Worum geht es bei dem Treffen?«

»Oh, ich stelle mich nur vor. Meine Mutter dachte, ich sollte ihn kennenlernen. Das ist alles«, log ich. Es war nicht so, dass ich Maggie nicht vertraute, aber ich war mir nicht sicher, ob es angesichts der peinlichen Momente, die wir gerade miteinander geteilt hatten, zu etwas führen würde. »Was hältst du von ihm?«

»Er ist ein guter Trainer. Er liebt seinen Job, ist aber kein großer Befürworter des eigentlichen Ausbildungszwecks für die in Braxton eingeschriebenen Studenten. Deshalb habe ich den Pitcher vorzeitig gehen lassen. Wenn Jordan zu spät käme, würde Coach Oliver ihn vor der ganzen Mannschaft bestrafen.«

»Das ist grausam.« Kein Wunder, dass ich mich im College vom Sport ferngehalten habe. Ich hätte es nicht akzeptiert und mich wahrscheinlich in große Schwierigkeiten gebracht. Ich hatte vielleicht ein kleines Problem mit Autoritätspersonen in meinen Teenager- und frühen Zwanzigerjahren – die Kehrseite der Medaille ist, dass ich zu klug für das eigene Wohl war.

»Ein bisschen, aber er versucht, der Mannschaft etwas Disziplin einzurichten. Sie hatten ein hartes Jahr, und er möchte ein paar von ihnen nach dem Abschluss in die Minor oder Major League bringen.«

»Ich bin nicht mit seinem Ansatz einverstanden, aber vielleicht ist sein Herz am rechten Fleck«, sagte ich.

»Hör zu, Kellan, es wäre nett, mit dir zu Abend zu essen, bevor du die Stadt verlässt. Melde dich, wenn du einen freien Abend hast, vielleicht. Wäre das in Ordnung?« Als sie meine Hand ergriff, spürte ich, wie ein Schock durch mich hindurchging.

Ich setzte mein größtes Lächeln seit meiner Rückkehr nach Braxton auf. »Auf jeden Fall. Ich werde dich bald anrufen, Maggie.«

»Ich konnte deinen babyblauen Augen nie widerstehen«,

sagte sie mit einem Augenzwinkern, das mir einen Schauer über den Rücken jagte.

Zehn Minuten später stand ich vor dem Grey Sports Complex, einer riesigen Reihe von dreistöckigen Gebäuden, die alle mit einem gemeinsamen, zentralen Eingang verbunden waren. Über den vorderen Eingangstüren im zweiten Stock ragte ein großer geschlossener Innenhof mit einer zehn Fuß hohen Statue des College-Gründers, Heathcliff Braxton, überlebensgroß hervor. Obwohl man die Spitze der Statue vom Boden aus sehen konnte, war der sie umgebende friedliche Garten, der im Frühling und Herbst von den Studenten für Sportvorlesungen im Freien genutzt wurde, nur vom zweiten Stock aus zugänglich.

Ich hatte das geplante Gespräch mit Coach Oliver geprobt. Ich bin ein Profi, ich kann das, überzeugte ich mich selbst, als ich die Empfangshalle betrat. Es gab zwei Sofas und einen Tisch, drei Türen neben der, die ich betrat, und einen Fernsehbildschirm an der Wand, der verschiedene Kamerapositionen im ganzen Gebäude zeigte. Ich konnte ein Baseballfeld sehen, einen Swimmingpool, etwas, das entweder ein Tennis- oder ein Volleyballfeld zu sein schien – die Kamera hatte einen seltsamen Winkel – und das Fitnesscenter. Ich sah mich im Empfangsbereich um und versuchte herauszufinden, wohin ich gehen sollte, aber jemand hielt mich auf meinem Weg an. »Kann ich Ihnen helfen?«

Ich hörte die Stimme, konnte aber den Körper, aus dem sie gekommen war, nicht finden. Ich suchte überall um mich herum in dem kleinen Raum, aber ich war allein. »Ähm, ich würde mich gerne vorstellen, aber wo genau sind Sie?«

»Bitte geben Sie Ihren Namen an und wen Sie hier treffen möchten.«

Jemand war viel unhöflicher, als sie es sein müsste. »Kellan Ayrwick. Ich bin hier, um Coach Oliver zu sehen. Ernsthaft, wo verstecken Sie sich?«

»Coach Oliver wird benachrichtigt. Bitte warten.« Das sprechende Mädchen war nirgendwo im Raum, was mich dazu veranlasste, meinen Verstand in Frage zu stellen.

Ich ärgerte mich darüber, warum sie sich nicht zeigen wollte. Ich versuchte es an allen drei Türen, aber sie waren verschlossen. Zwei Minuten später öffnete sich die mittlere Tür. Nachdem ich sechs Meter den Flur hinuntergegangen war, sagte eine andere Stimme: »Kann ich Ihnen helfen?«

Oh, nicht das schon wieder. Ich wollte mich gerade einer unflätigen Sprache bedienen, aber dann fiel mir auf, dass ich diesmal tatsächlich eine Männerstimme gehört habe. Vielleicht konnte er mir helfen, Coach Oliver zu finden. Als ich mich umdrehte und die Stufen erreichte, sah ich einen vertrauten Mann auf mich zukommen. Es war derselbe Mann, der in der blauen Limousine vor Abby Monroes Haus gesessen hatte. Alle meine Welten prallten in diesem einen Moment aufeinander.

Nachdem der erste Schock verflogen war, ging mein ganzer Plan, den sportlichen Leiter zu treffen, in die Hose. Ich versuchte den ersten Ansatz, der mir einfiel. »Hallo. Da war eine Stimme, die an der Rezeption zu mir sprach. Ich bin nicht verrückt, oder zumindest glaube ich das nicht, aber ich sagte dem Mädchen, dass ich Coach Oliver suche.«

Der Mann lachte und streckte die Hand aus. »Sie sind an der richtigen Stelle angekommen. Das bin ich.«

Das Glück musste heute auf meiner Seite sein, aber das verband für mich nur einige Punkte in diesem Puzzle. Ich streckte eine Hand aus und stellte mich vor. »Oh, fantastisch. Dann schätze ich, dass ich auf dem richtigen Weg bin. Ich bin Kellan Ayrwick. Könnten Sie erklären, was da hinten passiert ist?«

»Ah, ja. Wir testen gerade eine neue Technologie. Anstatt einen Studenten dafür zu bezahlen, den ganzen Tag vor der Tür zu sitzen und die Ausweise zu kontrollieren, wer das Gebäude betreten darf, haben wir eine neue Gesichtserkennungssoftware installiert. Sie wusste nicht, wer Sie sind, also bat das System Sie, sich zu identifizieren. Als ich hörte, wie Sie Ihren Namen nannten, gab ich die Tür frei, um Sie hereinzulassen.« Coach Oliver sagte mir, ich solle ihm in den dritten Stock folgen.

Ich erinnerte mich, dass der Blogger etwas über neue Technologien für die Leichtathletikabteilung erwähnt hatte. »Ist das für Sportmannschaften? Ich sah etwas Ähnliches neulich Abend auf der Party meines Vaters.«

Coach Oliver antwortete: »Ah, Sie sind sein Sohn. Ihre Mutter hat sich freiwillig bereit erklärt, es als Test zu nutzen, um den Eintritt zur Pensionierungsparty zu überwachen. Wir hoffen, dass wir es schließlich überall im College einsetzen können, zunächst aber bei den Sportspielen, um bei der Zugangskontrolle und der Verbesserung der Sicherheit zu helfen.«

Was er sagte, machte zwar Sinn, aber ich verstand immer noch nicht ganz, wie es funktionierte. »Bedeutet das, dass ich mit einem Roboter oder Computer an der Rezeption gesprochen habe?«

»Ja, eine Kamera macht ein Foto, wenn jemand das Gebäude betritt. Wir gleichen es mit dem System ab, um Zugang zu gewähren. Irgendwann werden wir Ihre Bewegungen in der gesamten Einrichtung aufzeichnen, aber vorerst ist die Gesichtserkennungssoftware nur im Empfangsbereich installiert.« Wir hatten zu diesem Zeitpunkt den dritten Stock erreicht, und er bog am Ende des Flurs nach links ab. »Unser neues Fitnesscenter ist in der anderen Halle rechts.«

»Was haben Sie bisher noch installiert?«

»Wir haben eine Kamera in der Nähe des Fitnesscenters und mehrere um Grey Field. In meinem Büro und im nahe gelegenen Konferenzraum im dritten Stock werden sprachgesteuerte Steuerungen für die Beleuchtung eingebaut. Das ist nur das Minimum, bis wir die Tests nächste Woche abgeschlossen haben. Das System ist noch nicht voll funktionsfähig.«

»Coole Sachen«, antwortete ich, ohne vom potenziellen Wert auf dem Campus überzeugt zu sein. »Braxton scheint eine so kleine Schule zu sein, die all diese fortschrittlichen Systeme braucht.«

»Es ist ein Weg, um mit unserer begrenzten Technologie ins einundzwanzigste Jahrhundert zu gelangen. Wir müssen so aussehen, als stünden wir ganz weit vorne, wenn wir von den richtigen Leuten wahrgenommen werden wollen«, antwortete er zögerlich und atmet schwerer.

»Sind Sie damit zufrieden?«, fragte ich und wunderte mich, wer sie wohl bemerken würde. Potenzielle Studenten?

»Jeder vergisst mal seinen Personalausweis. Die Gesichtserkennung hat uns bei einigen unserer Maßnahmen geholfen, auch wenn es einigen wenigen Personen gelungen ist, ohne ordnungsgemäßen Zugang hineinzukommen. Ich glaube, sie sind dabei, die Probleme zu lösen. Ich nutze die Funktionen des Systems nur, um die Leistung der Spieler zu verfolgen und mit potenziellen Teamsponsoren und Sportmanagementfirmen zu interagieren.«

»Wie haben Sie die finanzielle Unterstützung für eine so teure Technologie erhalten?« Ich fühlte mich wie der Blogger, der auf jeden abzielt, der die Leichtathletikabteilung unterstützt.

»Bin mir nicht sicher. Ich vermute, der Stiftungsrat hat die Mittel letztendlich irgendwo gefunden.« Coach Oliver begann zu schwitzen, als wir sein Büro erreichten. Waren es die zwei Treppen oder die Fragen nach dem Geld?

»Diese anonymen Spenden müssen bei all den Verbesserungen auf den Spielfeldern geholfen haben, hm?« Während Coach Oliver über das nachdachte, was ich gesagt hatte, konnte ich sehen, dass er ein paar Nächte nicht geschlafen hatte.

»Keine Ahnung, wer das Geld gespendet hat, und ich

kann auch nicht viel über die Sicherheitsaspekte sagen. Vielleicht kann unser Sicherheitsdirektor Sie darüber aufklären. Wie kann ich heute helfen?«, antwortete er und kratzte sich am kahlen Kopf.

Oh, das stimmt. Ich hatte einen Grund, ihn zu treffen, bevor mir klar wurde, dass es derselbe Typ war, den ich bei Abby zu Hause gesehen hatte. »Ich bin für ein paar Tage in der Stadt und vermisse das Fitnessstudio schmerzlich, aber es gibt keine Fitnesscenter in der Gegend. Ich fragte mich, ob ich die Einrichtungen des Colleges nutzen könnte, während ich in Braxton bin. Ich würde nicht fragen, aber...«

»Ah, ja, das wäre völlig in Ordnung. Ihre Eltern sind gute Menschen, ich würde alles tun, um ihnen zu helfen. Ihr Vater ist ein großer Förderer der Leichtathletikabteilung. Ich würde gerne den Zugang zu Ihrem Personalausweis und Account hinzufügen, so dass Sie das Fitnesscenter nutzen können. Wir haben rund um die Uhr geöffnet, sieben Tage die Woche.« Er zog sein Telefon heraus und tippte ein paar Befehle ein, während er mich in Richtung des Fitnesscenters am Ende des Flurs führte. »Werden Sie an unserem Eröffnungsspiel am Samstag teilnehmen? Ich erwarte ein volles Stadion.« Die Aufregung in seinen Worten platzte ihm aus dem Mund. Für jemanden, der Abby möglicherweise getötet hat oder gerade seine Freundin verloren hat, war es merkwürdig. Entweder war er ein großartiger Schauspieler oder etwas anderes spielte sich hinter den Kulissen in diesem Mysterium ab.

»Ich hörte von einer großen Rivalität zwischen zwei Pitchern. Wer war es, Striker und Jimmy?« Ich habe meinen Tonfall einfach gehalten und versucht, desinteressiert zu wirken und so zu tun, als würde ich eine normale Unterhaltung führen.

»Jordan Ballantine. Er war der letztjährige Relief Pitcher. Ich habe ihn im siebten oder achten Inning immer dann eingesetzt, wenn Striker etwas müde wurde oder zu viele Schläge vergab. Ich habe den Sommer über viel Zeit mit

Jordan verbracht. Sein neuer Curveball kam wie aus dem Nichts. Der Junge konnte fast 100 Meilen pro Stunde erreichen. Er hat die Chance, in die erste Liga aufzusteigen, aber Striker ist im Moment die Nummer eins.«

»Klingt nach einem gesunden Wettbewerb. Haben Sie sich entschieden, mit wem Sie starten wollen?«

»Ich habe diese Woche noch ein Training, dann werde ich am Freitag bei der Pep-Rally eine große Ankündigung machen«, antwortete Coach Oliver. »Ich muss noch an ein paar Dingen arbeiten. Sie können jederzeit im Fitnesscenter vorbeikommen. Wir haben hier eine erstklassige Einrichtung und gerade erst ein paar neue Geräte bekommen, die bei Ihren Übungen Wunder wirken werden.« Er schlug mir mit so viel Kraft von hinten auf die Schulter, dass er mich ein paar Zentimeter nach vorne schob.

Ich konnte ihn nicht so leicht ziehen lassen. »Ich weiß das zu schätzen. Meine Mutter dachte, Sie könnten helfen. Sie war etwas verärgert, weil sie Sie auf der Party vermisst hat. Sie dachte, sie hätte Sie in der Nacht spazieren gehen sehen, aber Sie haben in die andere Richtung geschaut oder so. Sie haben es wohl nicht mehr geschafft, was?«

Coach Oliver sah aus wie ein Fuchs, der im Hühnerstall gefangen wurde. »Mich gesehen? Wirklich? Hmmm... Ich kam zu der Party und traf Ihre Schwester Eleanor in der Lobby... auf ihrem Weg nach draußen...«

Ich blieb ruhig und ließ ihn sich ein wenig winden. Als er sich nicht mehr zu erinnern schien und nichts mehr anbot, rüttelte ich sein Gedächtnis auf. »Ich glaube, sie sagte, Sie könnten direkt vor der Diamond Hall gewesen sein.«

»Ah, ja«, sagte Coach Oliver mit einer etwas höheren Tonlage zu seiner Stimme. »Es fällt mir gerade ein. Ich war spät dran, den Terminplan für die kommende Woche abzugeben. Präsident Ayrwick, ich meine Ihr Vater, möchte jeden Freitag eine Kopie des endgültigen Zeitplans aller zukünftigen Sportveranstaltungen erhalten, damit er entsprechend planen kann. Ich traf auf seine Assistentin, die mir anbot, ihn für mich abzugeben.«

Lorraine hatte dies mir gegenüber nicht erwähnt, was mir seltsam erschien. Sicherlich würde Coach Oliver bei etwas, das ich leicht bestätigen oder widerlegen könnte, nicht lügen. Ich wollte ihn nicht verprellen, also nickte ich und versuchte, das Gespräch zu entschärfen. Vielleicht würde er zugeben, Abby zu kennen. »Oh, das macht Sinn. Mein Vater ist bei seinem Terminplan sehr wählerisch. Es ist eine Schande, was mit dieser Professorin passiert ist.«

Coach Oliver sagte: »Auf jeden Fall. Es ist immer schwer zu hören, dass jemand gestorben ist, aber zu wissen, dass jemand in so jungen Jahren einen Unfall hatte. Sie hatte noch sehr viel Leben in sich.«

Als er die Tür öffnete, trat ich mit dem Fuß weiter hinein. »Ich nehme an, Sie kannten sie gut?«

»Nein, das würde ich nicht sagen. Ich bin ihr hin und wieder begegnet. Sie hatte an ein oder zwei Veranstaltungen teilgenommen. Interne, für das Personal. Das ist alles, woran ich mich erinnere. Ich muss los, Kellan. Ich hoffe, Sie besuchen uns am Samstag zum Spiel.«

»Nochmals vielen Dank«, sagte ich, als er den Flur hinunter huschte. Ich hatte ihn definitiv nervös gemacht und ihn bei mindestens einer, vielleicht zwei Lügen ertappt. Ich bohrte in meinem Kopf im Fitnesscenter und stellte schnell fest, dass die neueren Geräte ziemlich viel Geld gekostet hatten. Ich war Mitglied eines teuren Fitnesscenters in Los Angeles, und sogar deren Geräte waren ein paar Jahre älter. Ich musste dem Blogger zustimmen, dass etwas an den anonymen Spenden und ihrer Verteilung an den Grey Sports Complex ungewöhnlich war.

Ich schickte Nana D eine Nachricht, um sie zu fragen, ob sie in der Nähe war und Gesellschaft wollte. Ich wollte so viel Zeit wie möglich mit ihr verbringen, während ich ein paar Tage zu Hause war.

Nana D: *Ich bin beschäftigt. Ich habe ein Leben. Anders als andere Menschen.*

Ich: *Warum vereinbaren wir nicht ein baldiges Mittagessen?*

Nana D: *Such dir eine Kuh zum Umkippen oder einen Haufen Ziegelsteine zum Umordnen, wenn dir langweilig ist. Oder ruf Bridget an.*

Ich: *Vielleicht treibst du die Dinge etwas zu schnell voran?*

Nana D: *Ignoriere mich nicht. Irgendwann muss man weitermachen. Ich sage das mit Liebe.*

Waren alle sarkastisch? Und warum hatte Nana D das Bedürfnis, mich weiterhin mit seltsamen Frauen zu verkuppeln? Wie wäre es zur Abwechslung mal mit einer normalen... wie Maggie... warte, war ich überhaupt schon wieder bereit für ein Date?

9

A m Dienstagmorgen wachte ich früh auf und zwang mich, den Grey Sports Complex für mein erstes Training seit fünf Tagen zu besuchen. Ich bemerkte, wie Jordan, der studentische Angestellte, der in der Memorial Library arbeitete und der neue Konkurrent von Striker war, auf einem der Laufbänder lief. Da war auch eine hübsche Blondine auf dem Heimtrainer, die verbissen radelte. Als ich an den beiden vorbeiging, hörte ich Jordan rufen: »Du wirst deinen Rekord brechen, Hottie!« Sie lächelte ihn an, und beide fuhren mit dem Training fort.

Anstatt mich auf ein bestimmtes Körperteil oder eine bestimmte Körperregion zu konzentrieren, testete ich mehrere der neuen Geräte und gewöhnte mich an die Bedienung. Obwohl ich nicht mehr lange in Braxton bleiben würde, wäre es doch hilfreich, die Gelegenheit zu nutzen, solange ich sie noch hatte.

Als ich zu Hause ankam, schlang ich einen frühen Mittagsschokoladen-Molkenproteinshake mit Mandelmilch, Erdnussbutter, Erdbeeren und Leinsamen herunter. Ich erinnerte mich daran, wie mir der Saftmacher in meinem Fitnessstudio zu Hause sagte: »*Urteile nicht, bevor du es probiert hast.*« Seit dieser Bekanntmachung war es mein neues Standard-Mittagessen an Trainingstagen geworden. Ich schaltete mein iPad ein, öffnete die *FaceTime-App* und rief meine Tochter an. Wie erwartet nahm sie den Anruf entgegen, wahrscheinlich ohne die Hilfe ihrer Großmutter, und winkte mir zu.

»Hallo, mein Schatz. Guten Morgen, mein Liebling.«

»Papa! Wo bist du?«, antwortete sie. Obwohl sie wusste, wie man das Gerät richtig hält, so dass die Kamera ihr Gesicht einfing, konnte sie nicht aufhören, vor Aufregung auf der Couch auf und ab zu hüpfen.

»Langsam, Baby. Ich werde noch seekrank.«

»Entschuldige, Daddy. Aber wenn du auch hüpfen würdest, sähen wir beide vielleicht aus, als wären wir super ruhig.«

Ich konnte an ihrer Logik, so nicht seekrank zu werden, wenig bemängeln. »Was hast du zum Frühstück gegessen?«, fragte ich und bemerkte die Blaubeerflecken auf ihren Lippen. Sie aß gerne Obst und schien sich nicht für Desserts zu interessieren. Ich fragte mich oft, ob sie wirklich meine Tochter sei.

»*Bärenbeeren.* Ähm, Großmutter sagte, wir könnten in den Zoo gehen. Sie haben ein neues Giraffenbaby.«

Emma war in ihrer Phase der *Besessenheit von Tieren* und wollte jedes Wochenende in den Zoo gehen. Ich versuchte, andere Orte vorzuschlagen, wie das Planetarium oder den Strand, aber seit Monaten hatte nichts den Platz des Zoos eingenommen. Irgendwann muss man nachgeben, wenn man seine Zurechnungsfähigkeit als Elternteil erhalten will.

Ich erzählte Emma vor Jahren von ihrer Oma, die Klarinette spielt. Sie bat darum, nach dem nächsten Zoobesuch Unterricht zu nehmen. Als ihre Zeichentrickfilme erschienen, warf sie das iPad ihrer Großmutter zu. Cecilia winkte mir zu und fragte, wann ich wiederkommen würde. Nicht auch das noch ...

Francescas Eltern waren zwar fantastische Großeltern, aber sie waren schreckliche Schwiegereltern. Wären sie noch Schwiegereltern, wenn ich nicht mehr mit ihrer Tochter verheiratet wäre? Wenn ich wieder heiraten würde, nicht dass ich auch nur im Entferntesten bereit gewesen wäre, es in nächster Zeit in Betracht zu ziehen, wäre ich ziemlich sicher, dass sie nicht meine Schwiegereltern wären. Der Punkt ist... sie waren für Emma erstaunlich, als Francesca starb. Aber ein paar Monate nach der Beerdigung, als sich das Leben irgendwie wieder normalisierte – so normal, wie es für einen dreißigjährigen Witwer mit einer vierjährigen Tochter sein kann – begann ich unglückliche Veränderungen zu sehen. Vincenzo und Cecilia Castigliano tauchten uneingeladen bei mir zu Hause auf, mit der Bitte, Emma über Nacht zu behalten, und behaupteten, sie vermissen ihre Tochter und wollten sich ihr nahe fühlen. Eines Nachmittags rief Happy Tots Day Care an und sagte, dass Emmas Großeltern sie für den Nachmittag entlassen wollten. Ich versuchte, den Verhaltensänderungen der Castiglianos gegenüber aufgeschlossen zu bleiben, aber am einjährigen Todestag von Francesca schlich Vincenzo in mein Büro, um mir mitzuteilen, dass er und Cecilia beschlossen hatten, dass es besser wäre, wenn Emma bei ihnen einziehen würde. Ich hatte immer gewusst, dass Vincenzo eine Art zwielichtige Geschäfte am Laufen hatte, aber das Ausmaß kannte ich nicht, bis zu jener Nacht, als Francescas Schwester zusammenbrach und enthüllte, dass ihr Vater Teil einer Mafia in Los Angeles war. Ich begann, mich umzuhören, und ein Kollege von mir wies darauf hin, dass die Familie Castigliano nicht nur Teil der Mafia von Los Angeles war. Sie waren die Hauptfamilie, die die Mafia in Los Angeles *anführte*.

Obwohl ich im Allgemeinen nicht konfrontativ war, brauchte ich ihre Hilfe, da ich alleinerziehend war und nicht vorhatte, nach Pennsylvania zurückzuziehen. Ich hatte klargestellt, dass Emma angesichts des Familiengeschäfts niemals in gefährliche Situationen geraten durfte. Vincenzo hatte mit den Schultern gezuckt, gegrunzt und gesagt: *»Ich weiß nicht, wovon du sprichst. Wir betreiben ein schönes Import-Export-Geschäft. Sehr ruhig und sicher.«* Ich denke, wir sind zu einer Einigung gekommen, aber wenn sie jemals aus der Reihe tanzen sollten, hätte ich keine Angst davor, etwas Drastischeres zu tun.

Nachdem ich das Gespräch mit Emma und Cecilia beendet hatte, ließ ich den Kopf auf die Arbeitsfläche fallen und schloss meine Augen. Ich war müde und brauchte einen Moment der Stille. Zu schade, dass das nicht geschehen würde.

»Guten Tag, Kellan. Es wird Zeit, dass du aufwachst«, kommentierte mein Vater, als er mit einem Glas Wasser und einem leeren Teller voller verstreuter Vollkorntoastkrumen über mir stand.

»Ich bin seit mindestens acht Uhr auf den Beinen. Vergiss nicht, dass das für mich mit der Zeitverschiebung wie fünf ist. Ich habe mich noch nicht angepasst.« Ich wünschte, ich wüsste, ob er es ernst meint oder einfach nur gern auf meine Knöpfe drückt.

»Du bist jung genug, das sollte keine Rolle spielen. In deinem Alter hatte ich schon...«

»Was machst du überhaupt zu Hause?« Ich konnte die Vergleiche unseres Lebens nicht mehr mitmachen. Er würde immer gewinnen. »Hat der Ruhestand schon begonnen?«

»Wie deine Mutter und Lorraine dir gestern gesagt haben, kann ich nicht in mein Büro zurückkehren, bevor der Sheriff mit der Durchsuchung des Gebäudes fertig ist. Es ist einfacher, den Großteil meiner Arbeit morgens zu Hause zu erledigen und nachmittags für ein paar Besprechungen auf den Campus zu gehen. Ich werde das provisorische Büro nicht mehr benutzen und habe die Abteilung für Einrichtungen gebeten, meine Möbel bis zum Abschluss der Renovierungsarbeiten einzulagern.«

»Meldet Lorraine alles, was sie mir sagt, an dich zurück?«, erkundigte ich mich. Ich musste in Zukunft vorsichtig sein, wie oft ich vor ihr meine Meinung sagte. »Hat sie dir zufällig gesagt, dass sie besorgt darüber ist, was Sheriff Montague von dir will?«

»Nichts, worüber du dir Sorgen machen musst, Kellan. Der Sheriff und ich stehen mit diesem ganzen Debakel auf gutem Fuß. Ich bin zuversichtlich, dass sie bald das Richtige tun werden«, antwortete er. »Während du hier bist, muss ich mit dir über etwas sprechen.«

Oh, großartig. Wenn er mich fragen würde, wie lange ich noch bleiben werde, würde ich an diesem Nachmittag meine Koffer packen und den nächsten Flug nehmen, unabhängig von den Kosten oder dem Ort, selbst wenn Derek mich zu diesem Zeitpunkt feuern würde. Wo wir gerade von Derek sprechen, ich schuldete ihm wahrscheinlich ein Status-Update. »Was hast du auf dem Herzen? Ich habe auch ein paar Fragen an dich, Dad.«

»Nur zu, du zuerst.« Mein Vater saß auf einem Hocker an der Kücheninsel und starrte mich an.

»Wohin bist du am Abend der Pensionierungsparty gegangen? Mom macht sich Sorgen um dich. Irgendetwas ist hier sehr merkwürdig.« Ich wollte den Anruf, den ich gehört hatte, noch nicht erwähnen.

»Nun, da du das so wortgewandt formuliert hast, Kellan, habe ich meinen Job gemacht. Nicht alle von uns haben die Freiheit, zu kommen und zu gehen oder auszuwählen, an welchen Projekten wir arbeiten. Ich hatte ein spontanes Gespräch mit dem Kuratorium über etwas Dringendes gegen Ende ihrer Sitzung.«

»Sie treffen sich am Samstagabend?«, fragte ich zweifelnd und zugleich urteilend. »Wer macht so etwas?«

»Wenn du es unbedingt wissen musst, sie diskutierten vor den Podiumsgesprächen ihre endgültigen Empfehlungen für den neuen Präsidenten. Ihr Treffen fand statt, nachdem sie alle bei meiner Party vorbeigeschaut hatten.« Er drehte seine Hände um, so dass beide Handflächen nach oben zeigten, zog sie dann zum Körper zurück und kreuzte sie auf seinem Schoß.

Ich hatte den plötzlichen Drang, ihn zu verspotten. Ich tat es nicht, da ich wusste, dass mir das keinen Gefallen getan hätte. »Irgendwas Neues von dem Blogger? Ich konnte mich nicht an den Namen der Website erinnern, um es selbst zu überprüfen.«

»Ja, es gab am Sonntag einen weiteren Beitrag, in dem über die Opulenz meiner Pensionierungsparty gesprochen wurde.« Seine Farbe verblasste, während er sprach, und ich musste darüber nachdenken, ob er menschlicher war, als ich ihm zugetraut hatte. »Deine Mutter und ich haben diese Party aus unserer Tasche bezahlt. Der Vorstand wollte alle Kosten decken, aber wir bestanden darauf, dass sie mir bereits ein wunderbares Abschiedsgeschenk gekauft hatten und keinen weiteren Dollar als Dank für meine jahrelangen Dienste für Braxton ausgeben mussten.« Er gab mir sein Telefon, um den Beitrag zu lesen:

Wenn ihr bei der großen Zeremonie am Samstagabend nicht anwesend wart, habt ihr eine königliche Soirée verpasst. Zwischen den exotischen Düften und seltenen Speisen, die im Übermaß tropften, fand ich die Bewunderung aller für Wesley Ayrwick so widerwärtig, dass ich mich nicht zwingen konnte, sehr lange zu bleiben. Ich hatte gehofft, Fotos teilen zu können, aber ein Sicherheitsbeamter, der uns wie Kriminelle behandelte, stoppte jede Kamera- oder Videoaufnahme. Sollen wir uns vor unserem König verbeugen? Vielleicht hätte er weniger über die neuen Uniformen des Baseballteams sprechen sollen und mehr über die fragwürdige Quelle der anonymen Spenden, die leichtfertig an den falschen Stellen ausgegeben wurden. Schaut beim Grey Sports Complex vorbei, um herauszufinden, welche lächerlichen neuen Systeme in unsere neugierig bejubelte Sportanlage integriert worden sind. Es ist mir gelungen, ein Gespräch über einen bevorstehenden besonderen Besucher des Campus zu belauschen, und ein bekannter Bürger der Gemeinde könnte in den Schuhen zittern, sobald ich enthülle, was hinter unserem Rücken vor sich geht. Haltet Ausschau nach meinem nächsten Beitrag, in dem ich alle Einzelheiten dieses zwielichtigen Blödsinns enthülle.

Als ich meinen Vater fragte, was er über irgendetwas in dem Beitrag wisse, versuchte er, das Thema zu wechseln. Er merkte an, dass die Studierenden den Blogger als eine lustige Ablenkung empfanden, aber seinen oder ihren Nachrichten wenig Beachtung schenkten. Ich erinnerte mich an das Gespräch meines Vaters mit Myriam an jenem Abend, in dem sie ihn beschuldigte, das Geld des Colleges auf eine Weise auszugeben, die er wahrscheinlich nicht hätte tun sollen. Er ließ sie in dem Glauben, dass Braxton die Kosten der Party deckte und versuchte nicht einmal, sich zu verteidigen. Vielleicht hat er gelernt, wie man mit anderen Menschen weniger kämpferisch umgeht, nur nicht mit mir. »Glaubst du, dass Myriam Castle diesen Kreuzzug gegen dich anführt?«

»Zweifelhaft. Myriam und ich können von Zeit zu Zeit Sparring machen, und sie mag mich nicht besonders. Sie ist im Allgemeinen nicht jemand, der sich hinter ihren Worten versteckt. Sie kommt sofort heraus und klagt mich wegen Dingen an.«

Er hatte einen guten Grund dafür, warum sollte sie unter einem Pseudonym bloggen, ihm aber in einem öffentlichen Rahmen, wo jeder das Gespräch hätte belauschen können, ähnliche Dinge vorwarf. »Was ist mit der neuen Technologie im Grey Sports Complex? Wie wurde sie finanziert?«

»Ich kenne nicht alle Details, die hinter den Kulissen von Braxton ablaufen. Es wurde vom Kuratorium beschlossen. Vielleicht solltest du dich diesbezüglich mit Stadtrat Stanton in Verbindung setzen. Er gehört dem Kuratorium an«, antwortete er. »Ist das alles?«, antwortete er.

Nana D wäre die perfekte Person, um den Stadtrat in die Mangel zu nehmen. Da ich keinen Weg fand, den mysteriösen

Anruf zu erwähnen, sprang ich zu anderen Themen über, die ich mit meinem Vater besprechen musste. »Warum hast du mir nicht gesagt, dass Maggie und Connor in Braxton arbeiten? Ich war erst im Dezember hier, und du hättest etwas sagen können. Oder du hättest jederzeit zum Telefon greifen können, um es mir zu sagen.«

»Ich hielt es nicht für wichtig. Du hast keinen von beiden in einem Jahrzehnt erwähnt. Ich hatte angenommen, dass du den Kontakt verloren hättest und es dir egal war, was mit ihnen geschehen war. Du warst nie jemand, der die Vergangenheit wieder aufwärmt.«

Autsch. Die Ausgrabungen waren wieder in vollem Gange. »Das ist ein bisschen unfair, Dad. Ich habe vielleicht den Kontakt verloren, aber Mom geht mit Maggie wöchentlich zum Kaffee spazieren. Connor arbeitet als dein Sicherheitschef.«

»Ich dachte, wenn überhaupt, würdest du dich freuen, dass ich deine Freunde eingestellt habe. Manche würden das Vetternwirtschaft nennen.«

Warum wusste er immer, was er zu sagen hatte, um mich zum Schweigen zu bringen? Und warum hatte ich in seiner Gegenwart immer das Gefühl, fünf Jahre alt zu sein? Da ein Wutanfall nicht in Frage kam, zügelte ich meine Frustration und stürzte mich in das große Thema. »Wer, glaubst du, hat Abby Monroe ermordet?«

»Das ist eine Angelegenheit für Sheriff Montague. Ich kann dir sagen, ich war es nicht und Lorraine auch nicht. Das habe ich deutlich gemacht. Was der Sheriff als Nächstes tut, weiß ich nicht, aber ich hoffe, dass sie mir bei diesem Thema zuhört.«

»Was bedeutet...« Im Ernst, hatten alle so viel Ärger mit ihren Eltern?

»Wir hatten eine komplizierte Beziehung. Ich mochte Abby als Person, aber sie war nicht qualifiziert, in ihrer Position zu sein. Der Stiftungsrat war zu besorgt über

mögliche Klagen, falls wir versuchen sollten, sie zu feuern.
Stattdessen hielten wir ihre Macht in Schach«, sagte er,
während er die Arme verschränkte und finster blickte. »Ich
weiß aus zuverlässiger Quelle, dass sie vor dem Vorfall vom
Samstag auf Arbeitssuche war, deshalb machte ich mir
weniger Sorgen darüber, wie lange sie noch in Braxton
bleiben würde. Die Frau machte sich Feinde und durchlief
eine schlimme Scheidung. Der Sheriff plant, diese Aspekte zu
untersuchen und hoffentlich dieser ganzen Affäre ein Ende zu
setzen. Kann ich jetzt das besprechen, worüber ich mit dir
reden wollte?«

Abby war eindeutig diejenige, von der mein Vater
gesprochen hatte, als er den Anruf, den ich gehört hatte, nicht
beenden konnte. Ich dachte über all seine Neuigkeiten nach
und vermutete, dass er vielleicht eine solide Theorie über die
Untersuchung hatte. »Ja, schieß los, Dad. Ich höre dir zu.« Ich
nahm an, es hätte etwas mit Emma oder meiner Mutter
zu tun.

»Abbys Tod hat ein Loch in der
Kommunikationsabteilung hinterlassen. Es gibt nur eine
weitere Professorin, die Erfahrung in der Medienwissenschaft
hat, aber sie übernimmt einige von Abbys administrativen
Aufgaben für Dekan Mulligan. Wir haben niemanden, der
ihren Unterricht einige Wochen lang übernehmen kann, bis
wir einen geeigneten Ersatz finden.« Er hielt inne und wartete
ab, um zu sehen, ob ich irgendwelche Reaktionen zeigte.
Wenn ich mich richtig erinnere, beaufsichtigte Dekan
Mulligan, Abbys Chef, alle akademischen Abteilungen.

Ich ahnte, worauf er mit dem Gespräch hinauswollte,
wollte aber, dass er mich direkt fragte, bevor ich ins
Fettnäpfchen trat. »Ich kann mir vorstellen, dass dies eine
ziemliche missliche Lage ist. Du hast schon größere Probleme
gelöst.«

»Stimmt, das habe ich sehr wohl. Ich soll nächste Woche
auch den neuen Präsidenten vorstellen, meine

Verantwortlichkeiten übertragen, dem Sheriff und Connor helfen, die Auswirkungen dieser Tragödie auf den Rest des Campus zu minimieren, und all diese Veränderungen in meinem Leben akzeptieren. Ich werde nicht jünger, Kellan, und obwohl es den Anschein haben mag, dass ich alles auf einmal tun kann, kann ich es nicht.«

Wow. Ich hätte nicht gedacht, dass ich jemals gehört hätte, dass mein Vater eine potenzielle Schwäche zugeben würde. »Ich weiß nicht, du bist ziemlich stark und ausdauernd.«

»Das mag zwar zutreffen, aber es ist an der Zeit, dass jemand anderes diese Rolle für diese Familie übernimmt. Als Ausgangspunkt möchte ich dich bitten, Abbys Kurse zu übernehmen, bis Dekan Mulligan entscheiden kann, wie mit einer möglichen Reorganisation der Abteilung umgegangen werden soll, und einen Ersatz für sie zu finden.«

Nachdem eine fünfzehnsekündige Leere alle Vorstellungen vom Leben in meinem Kopf besetzt hatte, fand ich den Mut, darauf zu reagieren. »Ich weiß dein Vertrauen in mich zu schätzen, Dad, und ich bin ehrlich gerührt, dass du...«

»Ich bin noch nicht fertig. Lass mich das nur eben noch wegstellen«, antwortete er und zog sich von der Kücheninsel zum hinteren Fenster zurück. »Bist du es nicht leid, dass jeder fragt, wie lange du vorhast zu bleiben oder wann du zurückziehen willst? Du hast erwähnt, dass du deine Freunde vermisst. Deine Mutter möchte mehr Zeit mit Emma verbringen. Genau wie ich. Du hast dich aus einem bestimmten Grund von dieser Familie ferngehalten, und ich habe das lange genug geschehen lassen.«

»Dad, bitte sag nicht mehr. Ich will dieses Gespräch nicht führen.« Ich wusste, worauf er hinauswollte. Er hatte es schon einmal versucht. Wir hatten einen heftigen Streit, als ich vor zwei Jahren in der Weihnachtsnacht wegging, nachdem ich ihn beschuldigt hatte, alle seine Kinder vertrieben zu haben.

»Kellan, ich sage nicht, dass du richtig oder falsch liegst.

Ich sage nur, dass du es auf deine Weise gemacht hast, seit Francesca gestorben ist. Ich weiß, dass ich nicht für dich da war, als es passierte. Ich gebe zu, dass sie mir nie viel bedeutet hat. Aber sie war deine Frau und Emmas Mutter, und ich hätte ein besserer Vater sein sollen.« Er legte seine Hand auf meine Schulter. Ich hatte ihn in diesen wenigen vertrauenserschütternden Sekunden nicht einmal auf mich zukommen hören. »Alles, was ich von dir verlange, sind drei Wochen bis zu einem Monat.«

Ich sagte meinem Vater, dass ich den Rest der Woche brauche, um über seinen Vorschlag nachzudenken, und dass ich ihm meine Entscheidung am Wochenende mitteilen würde. Ich ließ ihn in der Küche zurück und rannte in die Garage. Ich wusste nicht, an wen ich mich in diesem Moment wenden sollte, aber seine Worte trafen mich viel zu sehr ins Herz.

Den Rest des Tages verbrachte ich damit, in Braxton herumzufahren und mich an all die großartigen Zeiten zu erinnern, die ich in der Vergangenheit mit meinen Freunden und meiner Familie im College verbracht hatte, auch als Francesca und Emma mit mir auf ein paar Ausflüge nach Hause kamen. In meiner Heimatstadt gab es eine Menge Geschichte, und ein Teil von mir wollte wieder zurück in den Schoß der Familie, jetzt, da die Dinge die Chance hatten, anders zu sein. Aber den Aushilfsjob anzunehmen bedeutete auch, jede Chance auf eine eigene Fernsehshow zu riskieren, um Derek zu entkommen und etwas zu erreichen, wovon ich seit Jahren geträumt hatte. Ich musste noch viel mehr nachdenken, bevor ich endgültige Entscheidungen treffen konnte.

Da ich nicht länger daran interessiert war, meine Stimmung durch Gespräche mit dem Sheriff zu verschlechtern, vertagte ich diese Aufgabe auf den nächsten Tag. Ich musste Connor auch wissen lassen, dass Coach Oliver mich darüber angelogen hatte, wie gut er Abby kannte. Ungeachtet ihrer Beziehung hatte er ihre Post durchgesehen, als ich in der Einfahrt stand. Wenn er mich angelogen hat, hat er vielleicht auch den Sheriff angelogen. Ich brauchte erst einmal etwas Schlaf, aber ich würde mich um all die Angelegenheiten kümmern, wenn ich am nächsten Morgen aufwachte.

10

Als der Mittwoch kam, fühlte ich mich stärker und lebendiger. Der Besuch im Fitnesscenter am Vortag hat mich motiviert, mich mit meiner Zukunft auseinanderzusetzen. Ich beschloss, wieder dorthin zu gehen, in der Hoffnung, dass ich etwas Frustration und Ärger abarbeiten könnte. Es war sogar noch ruhiger als am Tag zuvor, da nur eine weitere Person an Brustübungen arbeitete, als handele es sich um nichts anderes als ein Kissen.

Ich näherte mich dem Latissimusgerät zu seiner Rechten, stellte meine Sitzhöhe ein und wählte die Gewichtsmenge, die ich hoffte, bewältigen zu können. Ich wollte gerade anfangen, als der andere nach mir rief.

»Hey, würde es dir etwas ausmachen, mir für ein paar Minuten beim Bankdrücken zu helfen? Niemand war den ganzen Morgen hier drin.« Er trug eine Baseballmütze und ein langärmeliges College-Trikot mit der Nummer drei.

Ich war mir nicht sicher, ob ich das gleiche Gewicht wie er heben konnte, aber ich würde es versuchen. »Kein Thema. Bist du in der Baseballmannschaft?« Aufgrund seines Outfits und des Logos nahm ich an, dass er es war. Ich nahm sein

Grunzen beim Heben für ein »Ja« und stellte dann zwischen den Sätzen weitere Fragen.

Sein dunkles Haar war kurz geschnitten, und er hatte sich seit einigen Tagen nicht mehr rasiert. »Ja, ich heiße Craig Magee, aber alle nennen mich Striker. Ich bin der Pitcher der Mannschaft«, antwortete er. »Bist du hier Student?«

Der berühmte Striker. Wusste er, wer am Samstag im Spiel auf den Platz kam? Coach Oliver sagte, er werde die Entscheidung erst am Freitag der Öffentlichkeit bekannt geben. »Ich? Ehemaliger Student, aber danke für die Ego-Dusche, Mann.« Ich habe es genossen zu wissen, dass ich manchmal noch als Zwanzigjähriger durchgehen kann. »Ich bin Kellan. Ich habe schon ein bisschen von dir gehört. Wofür steht die Drei?«

»Anzahl der Pitches, die ich brauche, um alle Batters rauszuhauen. Drei Strikes hintereinander und sie sind immer draußen«, sagte er mit einem breiten Grinsen.

»Clever. Bereit für das Spiel am Samstag?«

»Deshalb bin ich heute hier. Morgen ist das letzte Training vor der Saison und dann trifft der Trainer seine Entscheidung über die Startaufstellung.« Er ließ sich nicht aus der Ruhe bringen, egal wie viel Gewicht hinzukam.

»Ich bin sicher, dass all die zusätzlichen Bemühungen hilfreich sein werden«, antwortete ich, als Striker seinen dritten Satz beendete und das Gewicht jedes Mal um zehn erhöhte. Ich war kurz davor, mein Limit zu erreichen, aber ich wollte seinen Schwung nicht bremsen. Wenn nötig, könnte ich mich dazu zwingen, mehr zu halten.

»Ja, ich glaube, ich habe das in der Tasche, aber es ist nicht nur das bevorstehende Training. Ich warte auf ein paar Noten, die bestätigen, dass ich spielen darf. Dekan Mulligan hat mich auf akademische Bewährung gesetzt und gedroht, mir das Stipendium zu entziehen, weil mein Notendurchschnitt am Ende des letzten Semesters unter eine 3,0 gefallen ist.«

»Wie willst du das in Ordnung bringen?«, fragte ich und erinnerte mich an das Gespräch, das Abby mit jemandem an ihrem Telefon vor der Memorial Library führte. Sprach sie über ein Treffen mit Striker an diesem Abend um acht Uhr dreißig?

»Ich war direkt an der Schwelle, aber der Dekan sagte, ich könne spielen, solange ich das ganze Semester über ein 'B+' behielt. Ich warte auf zwei Noten aus meinem Biologieunterricht und auf Professor Monroe.«

»Ist Monroe nicht die Professorin, die letztes Wochenende einen Unfall hatte?« Ich wollte mich dumm stellen, um zu sehen, was er noch verraten würde. Mir war nicht klar, dass mein Besuch im Fitnesscenter heute Morgen eine nützliche Gelegenheit sein würde. Hut ab vor mir, dass ich das Richtige getan habe. Nana D hatte Recht – ich war brillant.

»Ja«, antwortete er, bevor er sich mit einem Handtuch abwischte. »Ich bin zuversichtlich, dass ich bei einer Biologiearbeit gut abgeschnitten habe. Ich sollte es heute Morgen wissen. Wir haben nicht gehört, ob Professorin Monroe die Noten schon abgegeben hatte, bevor...« Er machte ein BOOM-Geräusch und ließ den Kopf zur Seite fallen.

Ich hatte es mit jemandem zu tun, der genauso reif ist wie ich einst war. »Glaubst du, dass Professorin Monroe dir eine gute Note gegeben hat?«

»Bezweifle es. Aus irgendeinem Grund mochte sie mich letztes Semester nicht besonders. Sie ist diejenige, die mich im Stich gelassen hat. Deshalb bin ich auch dieses Semester wieder in ihrem Kurs 'Intro to Film'. Er füllt einen meiner Wahlkurse aus und war leider der einzige andere, der in meinen Zeitplan zwischen Baseball, meinem Job und anderen Kursen passte.« Striker schickte mich an, um meinen eigenen Satz Brustpressen zu machen. »Nur zu, du bist dran.«

»Wenn du Hilfe mit dem Unterricht brauchst, könnte ich dir Nachhilfe geben. Ich habe hier vor einigen Jahren

Kommunikation als Hauptfach studiert, und ich bin mit dem Lehrplan für den Broadcast gut vertraut.«

»Im Ernst, du würdest mir helfen? Ich kenne dich kaum.« Seine Freundlichkeit und sein Lächeln waren ansteckend.

»Du scheinst ein guter Kerl zu sein. Außerdem habe ich gestern Coach Oliver getroffen. Er zählt auf dich, dass du die Mannschaft dieses Jahr zur Meisterschaft bringst, ja sogar in die Major League, da bin ich mir sicher.« Ich wollte die Hoffnungen von Striker nicht zu hoch schrauben, aber er könnte Aufschluss darüber geben, was sich zwischen Coach Oliver und Abby abgespielt hat. Oder er könnte die Person gewesen sein, die Abby auf den Kopf geschlagen und sie die Treppe hinuntergestoßen hat.

Als wir mit dem Training fertig waren, gab ich ihm meine Handynummer und sagte ihm, dass ich ein paar Tage hier sein würde. Er erwähnte, dass er mir Bescheid sagen würde, wenn er seine letzte Note herausgefunden hätte.

»War Coach Oliver mit Professorin Monroe befreundet? Ich frage mich, ob er versucht hat, mit ihr darüber zu sprechen, dir Hilfe für den Unterricht zu besorgen.« Es schien ungewöhnlich, dass die beiden eine Art Beziehung hatten, während einer der Star-Baseballschüler in der Mitte feststeckte. Ich erinnerte mich auch daran, dass meine Mutter Änderungen in der Politik der Fraternisation zwischen bestimmten Abteilungen nach einem Skandal vor einem Jahr erwähnte, in den ein Mitarbeiter verwickelt war, der beschuldigt wurde, jemanden zu belästigen. Hatte Coach Oliver damals die Schuld daran?

»Keine Ahnung. Ich habe versucht, Professorin Monroe so weit wie möglich aus dem Weg zu gehen. Coach Oliver sagte mir, er würde helfen, wo immer er könne, aber ich weiß nicht, ob er etwas unternommen hat, nachdem sie mich im letzten Semester durchfallen ließ.« Striker trank etwas Wasser aus dem Wasserspender und wischte dann die Bank mit einem nassen Handtuch ab. »Ich gehe jetzt duschen. Der Unterricht beginnt in einer halben Stunde. Danke, dass du heute geholfen hast.«

»Kein Problem. Viel Glück, Striker.«

Nachdem er gegangen war, beendete ich mein Training und dachte über alles nach, was ich in den letzten Tagen erfahren hatte. Hatte Sheriff Montague die gleichen Informationen erhalten und entschieden, wie das Jenga-Puzzle auf mysteriöse Weise durch Mord zusammenbrach?

Als ich mein Telefon herauszog, um sie anzurufen, sah ich eine neue E-Mail von Derek mit dem Namen des Hotels und einer Kopie seiner Check-in-Anmeldung. Mir fiel auf, dass er am Tag zuvor ausgecheckt hatte, was bedeutete, dass er wieder in Los Angeles war. Ich wählte die Nummer der Anmeldung und gab vor, er zu sein, um mich nach meiner Endabrechnung zu erkundigen. Während ich mir eine schöne, aber ironische, minutenlange Version von Michael Jacksons 'Smooth Criminal' anhörte, ging ich zur Umkleidekabine, um mich vor dem Duschen in ein Handtuch zu werfen. Die Angestellte ging wieder ans Telefon und bestätigte mir die Käufe, die ich am vergangenen Samstag und Sonntag im Zimmer getätigt hatte, sowie die zusätzliche Schadensgebühr für den Zustand, in dem ich den Raum am Tag zuvor verlassen hatte. Sie erwähnte, dass es das erste Mal war, dass sie jemals eine Matratze aufgrund von Missbrauch durch Gäste ersetzen mussten. »Hoppla, mein Fehler«, sagte ich, wobei ich versuchte, wie Derek zu klingen, aber ein Gefühl von vorgetäuschter Schuld für etwas empfand, was er getan hatte.

Wenn Derek nicht an seiner Stelle jemanden nach Hawaii geschickt hätte, der es ihm ermöglicht hätte, in Braxton aufzutauchen, von dem er wahrscheinlich noch nie gehört hatte, hätte er Abby wahrscheinlich nicht getötet. Ich fühlte mich besser, als ich erkannte, dass ich nicht für einen Mörder arbeitete, aber ich musste den Widerling trotzdem anrufen. Nachdem ich geduscht und die merkliche

Verbesserung meiner Muskeldefinition bemerkt hatte, nagelte ich ihn auf *FaceTime* fest, um zu sehen, ob seine *Geschichte* auffliegen würde. Um sein Alibi endgültig zu überprüfen, fragte ich ihn, ob er ein gutes Matratzengeschäft kenne, und behauptete, ich sei auf dem Markt, um eine neue Matratze zu finden. Angesichts dessen, worauf ich derzeit schlief, war das nicht allzu weit von der Wahrheit entfernt.

»Alter, ich weiß es nicht, aber ruf an und frag das Hotel. Irgendwie haben mein Date und ich die Federn zerbrochen. Sie hatten die Dreistigkeit, mir einen Aufpreis zu berechnen!« Er blinzelte nicht und seine Lippe zitterte nicht. Er hatte die Wahrheit gesagt.

Da das Alibi nun bestätigt war und mein Magen fast rebellierte, informierte ich ihn darüber, dass Abbys Tod formell als Mord betrachtet wurde. Er antwortete: »Kel-Baby, du hast eine tolle Geschichte. Vielleicht könnten wir Staffel zwei so umstellen, dass es um ihren Mord geht. Finde noch heute alles heraus, was du kannst. Das hat für dich oberste Priorität. Tu, was immer du tun musst.«

»Ja, ich bin dran.« Diesmal legte ich mit einem Gefühl von Stolz und Leistung auf. Ich wollte immer noch wissen, was er mit der Matratze gemacht hatte, aber vielleicht wollte ich es auch nicht wissen! Nun hatte ich viele zwingende Gründe zu sagen, dass ich in den Fall verwickelt war.

Ich rief auf dem Revier an, um mich zu vergewissern, dass Sheriff Montague in ihrem Büro war, aber Officer Flatman sagte mir, sie sei nach Braxton gefahren, um sich mit Connor zu treffen. Perfekt, ich konnte mit beiden gleichzeitig sprechen, das heißt, nachdem ich in der Big Beanery angehalten hatte, um eine Bestechung abzuholen – ich meine eine wohlüberlegte und freundliche Geste.

Zwanzig Minuten später parkte ich auf dem Gästeparkplatz ein paar Blocks weiter und eilte zum BCS-Büro. Als ich dort ankam, sah ich das Stirnrunzeln auf dem

Gesicht von Sheriff Montague von der Außenseite des Bürgersteigs aus.

»Guten Tag«, sagte ich durch die Tür, öffnete sie dann und betrat das Foyer. »Ich dachte, ich komme vorbei, um meinen alten Freund Connor zu besuchen. Dass ich Sie hier treffe!« Ich stellte die drei Kaffees und Donuts vor ihnen ab. »Ich habe zufällig noch einen Becher übrig, falls Sie interessiert sind, Sheriff.«

»Junger Ayrwick, Sie drängen mich... Flatman hat bereits geschrieben, dass Sie mich suchen. Was wollen Sie von mir?« Sie hatte den klassischen Ärger-Detektiv-Look, Hände auf den Hüften, einen zu engen Tweed-Blazer auf dem Rücken, der ihre Schultern in die Luft drückte, geschwollene Lippen und, ehrlich gesagt, denselben Blick, den Nana D bekam, wenn sie zu viele Pflaumen verzehrt hatte.

»Ich dachte, Sie möchten vielleicht ein paar Dinge hören, die ich diese Woche erfahren habe. Vielleicht könnten Sie mir ein Update über den Zugang zu Abbys Büro oder über alles, was mit dem Fall zu tun hat, geben?« Ich trat zurück, für den Fall, dass sie anfing, nach mir zu schwingen, aber entweder wartete sie auf einen Riesenhieb, oder sie zog mein Angebot in Erwägung.

»Irgendwas sagt mir, dass Sie nicht gehen werden, bis ich das erzähle, was Sie glauben, unbedingt wissen zu müssen, um nicht an einer Hirnblutung zu sterben. Wenn Sie hilfreiche Informationen zu teilen haben, fühle ich mich vielleicht verpflichtet, den Gefallen zu erwidern. Wieso krabbelt dieses lila Spitzenhöschen auf halbem Weg in Ihren...«

Diesmal hat Connor seinen Kaffee ausgespuckt. »Kumpel, sie hat deine Nummer. Du solltest besser aufpassen.«

Seine Unterbrechung hatte sie zumindest davon abgehalten, ihre Gedanken zu beenden. So sehr mich ihre Haltung ärgerte, so sehr gefiel es mir, auf humorvolle Art und Weise missbraucht zu werden. Sie hatte keine Ahnung, dass ich einmal ein lila Spitzenhöschen tragen musste, nachdem ich eine Wette mit Connor in unserem Junior-Jahr verloren hatte. Könnten April Montague und ich in einem alternativen Universum Freunde sein? Als ich darüber nachdachte, mir diesen schrecklichen Tweed-Blazer bei einem Drink oder bei einem Football-Spiel ansehen zu müssen, hatte ich die offensichtliche Antwort. Ich hielt mich selbst davon ab, zu würgen.

»Nun, ich ging zu Abbys Haus, um zu sehen, ob sie einen Mitbewohner oder Ehemann hatte, der mich vielleicht reinlassen würde, um nachzusehen, aber als ich dort ankam...« Ich wiederholte alles, was ich bis dahin gelernt hatte. »Es könnte ein Zufall gewesen sein, oder das Treffen in der Nacht von Abbys Ermordung könnte die Ereignisse verändert haben. Ich hielt es einfach für meine Pflicht, die Neuigkeit mitzuteilen.«

Sheriff Montague lächelte eine ganze Minute lang. »Nicht schlecht für einen unerfahrenen, neugierigen Typen, der einem auf die Eier geht. Sie haben ein paar Dinge entdeckt, auf die meine Detektive noch nicht gekommen sind. Sie werden dafür leiden, danke. Wir wussten von ihrer Nachbarin und dass Abby mit jemandem gesehen wurde, aber nicht, dass es Coach Oliver war. Ich weiß die akademischen Hinweise zu schätzen, aber wir überprüfen bereits ihre Handyaufzeichnungen. Nächstes Mal... erstens, trödeln Sie nicht herum, bevor Sie es mir sagen, und zweitens, halten Sie sich aus meinem Fall heraus. Sie wurden gewarnt, sich nicht einzumischen.«

»Warten Sie einen Moment! Ich weiß aus zuverlässiger Quelle, dass Sie die Durchsuchung von Abbys Büro fast abgeschlossen haben, aber es gab noch keinen Anruf, der mir gesagt hätte, wann und wo ich auftauchen soll.« Wahrscheinlich hatte ich mein Glück überstrapaziert, aber was konnte sie tun, wenn Connor als Zeuge dastand?

»Alle genauen Informationen, außer dass ich Ihnen nichts versprochen habe. Ich sagte, ich würde es in Erwägung ziehen. Und das habe ich getan. Ich entschied mich auch dafür, dem korrekten Protokoll zu folgen. Etwas, mit dem Sie offenbar Schwierigkeiten haben.« Sie nahm zwei der Donuts und den verbleibenden Kaffee in die Hand, so dass ich mich vergewissern konnte, dass sie keinen Ehering trug. »Danke für die Snacks, junger Ayrwick. Ich melde mich, wenn ich zusätzliche Hilfe von Seraphina Danbys Laufburschen und Retter brauche oder wenn ich erfahre, wer von Ihnen beiden den Preis für Braxtons neuestes störendes Waschweib, das gerne quasselt, gewonnen hat.« Sie wandte sich an Connor. »Ich weiß, dass du keine Kontrolle über ihn hast, und nichts davon ist gegen dich gerichtet. Ich weiß deine Hilfe als Braxtons Sicherheitsdirektor zu schätzen.«

Ich ignorierte das breite Grinsen auf Connors Gesicht. Er hatte die Schwärmerei, die der Sheriff für ihn empfand, offensichtlich nicht bemerkt. Und Nana D und ich hatten diese Bemerkung über das Geschwätz definitiv nicht verdient. »Warten Sie, sagten Sie nicht, Sie würden etwas mitteilen, solange ich nützliche Informationen zur Verfügung stelle? Komm schon, Connor, du hast es auch gehört? Was ist mit der Mordwaffe? Schon irgendwelche Hinweise?«

Ich schwöre, dass aus den Augen des Sheriffs kleine Herzen in Connors Richtung herausgeschossen wurden. »Das haben Sie irgendwie gesagt«, antwortete er. »Aber ich könnte es falsch verstanden haben.«

»Jungs, und ich meine Jungs für einen von Ihnen, das ist kein Spiel, das wir hier spielen. Lassen Sie mich für diejenigen unter Ihnen, die anscheinend Aktien von allen Haargelunternehmen besitzen, waschen, spülen und wiederholen. Mord ist kein Spiel. Ich kann verstehen, dass Sie Ihren Teil dazu beitragen wollen. Ich glaube nicht, dass Sie schlechte Absichten haben, junger Ayrwick. Ich muss die Beweise und Spuren in diesem Fall schützen, damit wir unseren Verbrecher eindeutig hinter Gitter bringen können.

Behalten Sie Ihre schmutzigen Pfoten für sich. Ich werde nur einmal nett darum bitten.«

Ich nickte, da sie ein gutes Argument hatte. »Ich möchte diesmal keine besonderen Gefälligkeiten erhalten. Vielleicht könnten Sie mich auf dem Laufenden halten. Ich werde alles, was ich erfahre, sofort weitergeben und Ihnen aus dem Weg gehen. Ehrlich!«

»Wir führen immer noch Tests durch, um die Form und Größe der Mordwaffe zu identifizieren. Ich habe Ihnen keinen Zugang zu Abby Monroes Büro gewährt, weil ich dazu nicht befugt bin. Ich brauche die Zustimmung ihrer nächsten Angehörigen und der Mitarbeiter von Braxton. Ich habe gerade das Gespräch mit Ihrem Vater beendet. Ich treffe mich gerade mit dem Anderen.« Sie grüßte uns beide und ging zur Tür. »Erwarten Sie morgen einen Anruf, junger Ayrwick.«

Als sie ging, drehte ich mich um und schlug Connor mit so viel Kraft, wie ich konnte, in die Schulter, nachdem ich von Sheriff Montague entleert und entmannt worden war. »Du hättest dich für mich einsetzen können, Kumpel.«

Connor lachte. »Ich arbeite die ganze Zeit mit dieser Frau. Ich will nicht unbedingt auf ihrer schlechten Seite sein.«

»Oh, gibt es eine andere Seite von ihr, auf der du sein möchtest?« Ich neckte ihn und vergaß dabei, wie viel Diesel er bekommen hatte und wie leicht ich mit einem Schlag auf dem Boden landen konnte. Ich würde nie meine Lektionen lernen, oder?

»Das werde ich ignorieren. Aber ich weise auch darauf hin, dass du da eine wichtige Enthüllung verpasst hast, Hilfssheriff Ahnungslos. Abgesehen davon, dass sie deine Frisur nicht mag, mein Hübscher.« Die Bemerkung des Sheriffs war offensichtlich für mich bestimmt, da ich diese langen und gewellten Locken hatte. Connors Buzz-Cut schien für sie tabu zu sein.

Ich schüttelte den Kopf. Welchen Hinweis hatte ich übersehen? »Ich bin mir nicht sicher, was sie... oooh!« Wenn der Sheriff sich mit Abbys nächsten Angehörigen traf, dann war Alton Monroe ausfindig gemacht worden. »Der Ehemann ist wieder in der Stadt!«

»Immer der Erste, der es herausfindet, was, Kellan? Hör zu, ich muss noch etwas Arbeit erledigen, bevor ich mich mit Maggie treffe. Immer mit der Ruhe, Mann«, antwortete Connor, während er sich einen Donut in den Mund schob.

Connor verschwand in seinem Büro und ließ mich allein und verärgert im vorderen Bereich des Gebäudes stehen. Warum traf er sich mit Maggie? Ich griff in die Tüte, um einen Donut zu holen, aber es waren keine mehr da. »Scheißdreck! Du hast mich heute zu oft erwischt, Connor. Lass mich keinen Krieg anfangen.«

Nachdem Connor mich ausgespielt hatte, verbrachte ich den Rest des Mittwochs damit, an dringenden Dingen zu arbeiten, die Derek von mir für 'Dark Reality' benötigte. Promo-Terminpläne, Vertragsverhandlungen mit Nebendarstellern und Drehbuchänderungen, um das Thema Abby Monroe in den Anwendungsbereich der zweiten Staffel einzuführen. Obwohl wir keine vollständige Geschichte hatten, wollte er den aktualisierten Plan seinem Chef beim Sender zeigen. Ich hatte schnell überarbeitete Skizzen und einige Sprüche zusammengetragen und fühlte mich ein wenig entnervt, Abbys Tod als Marketing-Trick zu benutzen.

11

Da ich meine drängendsten Deadlines eingehalten hatte, machte ich am Donnerstagmorgen einen Lauf und hielt absichtlich am Pick-Me-Up Diner an, um mit Eleanor zu sprechen. Als ich eintrat, packte Eustacia Paddington meinen Arm und schüttelte wild den Kopf. »Sie müssen etwas gegen Ihre böse Großmutter Kellan unternehmen. Sie ist außer Kontrolle!« Unter einer pelzigen blauen Mütze, die auf ihrem zerbrechlichen und faltigen Kopf drei Nummern zu groß war, schossen graue Haarsträhnen in alle Richtungen.

Eustacia Paddington war mit meiner Oma zur High School gegangen. Seitdem waren sie 'Frenemies'. Was immer Ms. Paddington auch tat, meine Oma musste in ihrem Bestreben, sich gegenseitig zu ärgern, noch einen Schritt weiter gehen. Bei der letzten Aktion mobilisierte Nana D sechs Freiwillige, die sich für Wochen zum Schneeschaufeln in der nahe gelegenen Willow Trees, einer Seniorengemeinde, in der Eustacia Paddington wohnte, zur Verfügung stellten. Irgendwie hatten alle Freiwilligen den Eindruck, dass sie die Haufen geschaufelten Schnees auf dem Eckgrundstück fallen lassen konnten. Das Grundstück von Eustacia Paddington.

Von dem Nana D allen gesagt hatte, dass es für den Winter leer sei, während der Mieter in Florida war. Aber sie war nicht weg, was bedeutete, dass Ms. Paddington eine Woche lang nicht aus ihrem Haus herauskommen konnte.

Ich hatte mich nicht darauf gefreut, von der letzten Schlacht zu hören. »Schön, Sie zu sehen, Ms. Paddington. Diese Farbe Blau bringt Ihre Augen zum Leuchten. Wie geht es Ihnen?«

»Ich weiß, wann ich bearbeitet werde. Versuchen Sie mit mir nicht einmal das *'Du fängst mehr mit Honig als mit Essig'*-Spielchen. Ihre Oma ist die Fliege in dieser flammenden Pfütze aus Hämorrhoidensalbe, Söhnchen.« Sie stampfte mit ihrem Holzstock auf den Boden und ließ einen Bilderrahmen von der Wand fallen. »Sie versucht, Lindsey Endicott zu stehlen. Jeder bei Willow Trees weiß, dass wir seit Monaten zusammen sind. Sagen Sie ihr...«

»Ich glaube nicht, dass sie versucht, ihn Ihnen zu stehlen, Ms. Paddington. Nana D scheint kaum an einer Verabredung interessiert zu sein«, begann ich, wurde aber unterbrochen, bevor ich meine Gedanken beenden konnte. Könnte sich Nana D wirklich wieder auf den Markt bringen? Nach diesem letzten Debakel mit Eustacia Paddingtons Bruder geriet Nana D so in einen Anfall, dass ich dachte, sie würde ein Keuschheitsgelübde ablegen und ins Kloster eintreten.

»Diese Frau ist hinter mir her. Sagen Sie ihr, sie soll nichts anfangen, was sie nicht beenden kann!« Als sie ging, war alles, was ich sehen konnte, das verschwommene Bild ihres riesigen rosafarbenen Parka, der sich auf dem Parkplatz wie eine dieser großen aufblasbaren Wackelpuppen bewegte, die die Leute vor den Geschäften aufstellen, wenn sie Verkäufe abhalten und versuchen, die Aufmerksamkeit der Käufer zu erregen. Sie sah aus wie Gumbys alte Großmutter, die einen Sauerstoffschub brauchte.

»Weißt du, Nana D hat wahrscheinlich mit ihm geflirtet«, sagte Eleanor, als sie die Kassenschublade zuschob. »Sie war vorhin hier drin und sprach davon, jemandem hinters Licht zu führen.«

Meine Schwester hatte Recht. Ich habe nicht daran gezweifelt, aber ich konnte Eustacia Paddington nicht wissen lassen, dass ich meiner Oma auf der Schliche war. »Apropos gerissen, was ist los mit dir, dass du mir gestern aus dem Weg gegangen bist?«

Eleanor hob die Arbeitsplatte an und ging zum Hauptwartebereich durch. Wenigstens hatte sie die gewürzfleckige Kleidung von vor zwei Tagen gegen eine saubere Hose und ein helleres Oberteil getauscht. »Einfach beschäftigt. Du nimmst manchmal alles so persönlich, Kellan. Wenn ich es nicht besser wüsste, würde ich denken, dass die kleinen Gefühle meines großen Bruders verletzt wurden.« Sie küsste mich auf die Wange und legte zwei Speisekarten zurück in die Kabine an der Eingangswand, während sie eine Melodie aus einer hellseherischen Medienschau summte.

Ich rollte mit den Augen nach ihr. Das war anscheinend mein Markenzeichen. »Was sagen deine Tarotkarten?«

»Touché«, neckte sie. »Es tut mir leid, dass ich neulich einfach verschwunden bin. Es waren ein paar arbeitsreiche Wochen. Alle sind ein wenig nervös wegen des Todes der Professorin.« Eleanor hatte die Angewohnheit, immer dann abzuschalten, wenn ihr etwas Sorgen bereitete, anstatt sich mir oder jemand anderem gegenüber zu öffnen. Ich nahm an, dass meine Mutter wieder etwas gesagt oder getan hatte, was sie ärgerte. Die *'Twinsies'* sind abtrünnig geworden!

»Erzähl mir davon. Ich bin seit weniger als einer Woche zu Hause, und alles scheint sich geändert zu haben«, sagte ich, während ich ihr ins Backoffice folgte. »Hey, hast du bemerkt, dass zwischen Connor und Maggie etwas im Gange ist? Ich bin mir nicht sicher, ob ich ein komisches Gefühl hatte oder ob...«

»Nein, warum?«, antwortete sie abrupt.

»Ich glaube, sie hat ihn schon zweimal gesehen, seit ich zu

Hause bin. Immer, wenn ich sie zusammen sehe, ist es fast so, als ob sie Kulleraugen machen...« Ich konnte meinen Gedanken nicht mehr beenden. Es schien, als würden mich die Leute gerne unterbrechen. Vielleicht musste ich mehr Durchsetzungsvermögen zeigen.

»Ich bin sicher, dass sie nur befreundet sind, da sie jetzt beide in Braxton zusammenarbeiten.« Als sie in ihrem Bürostuhl saß, klingelte das Telefon, und ich hörte zu, wie sie sich mit einem Lieferanten über eine verspätete Lieferung stritt.

Eleanor hatte meine Theorie über irgendetwas, was zwischen Connor und Maggie vor sich ging, zerquetscht. Trotzdem fragte ich mich, warum mich das interessiert. Ich hatte dringendere Dinge, über die ich mir Sorgen machen musste. Ich checkte E-Mails auf meinem Telefon, aber nichts von Derek. Ich blätterte gerade in meinem Kalender, als Eleanor auflegte.

»Da ist nichts zwischen ihnen. Da bin ich mir sicher«, antwortete sie. »Tut mir leid, ich habe Probleme damit, dass die Wäscherei die Servietten nicht gut genug reinigt, und selbst wenn sie das tun, ist es immer einen Tag später, als ich sie brauche.«

Irgendetwas sagte mir, dass da mehr vor sich ging, als Eleanor zu diesem Zeitpunkt bereit war, zu enthüllen. Da ich nicht bereit war, mich auf sie einzulassen, beschloss ich, die Sache mit Maggie und Connor ruhen zu lassen. »Vielleicht könntest du den Lieferanten tauschen. Vielleicht könnte der Laden, der Mom bei Dads Party half, eine Alternative sein.«

»Ich bin in der Lage, es selbst herauszufinden, Kellan. Hast du etwas gebraucht oder bist du nur vorbeigekommen, um eine gute Tat für den Tag zu vollbringen?«, fragte sie, bevor sie aufstand und mir den deutlichen Eindruck vermittelte, dass es für mich an der Zeit sei, zu gehen. Die ganze Farbe war aus ihrem Gesicht gewichen.

»Nun, ich denke, ich sollte gehen«, antwortete ich und

beugte mich vor, um ihr eine riesige Umarmung zu geben. »Ich liebe dich, Eleanor, und wenn du reden willst, lasse ich alles für dich fallen.« Ich verließ ihr Büro und machte mich auf den Weg zurück zum Jeep. Noch bevor ich den Motor gestartet hatte, hatte sie mir eine SMS geschrieben.

Eleanor: *Entschuldige bitte. Lass uns am Samstag essen gehen, dann reden wir.*

Ich wusste, dass etwas im Busch war, und nun musste ich geduldig sein, bis sie enthüllte, was ihr so viel Kummer bereitete. Ich fuhr in Richtung Campus, um zu prüfen, ob ich Zugang zu Abbys Büro in der Diamond Hall bekommen konnte. Als ich dort ankam, konnte ich sehen, dass die Dinge nicht mehr abgeriegelt waren, aber das Schild, das anzeigte, dass die Vorlesungen woanders abgehalten wurden, war immer noch da. Ich stieg die Treppe hinauf in der Annahme, dass jemand versuchen würde, mich aufzuhalten, aber ich schaffte es ohne jede Unterbrechung bis in den zweiten Stock. Ich rief auf dem Weg ins Büro. »Hallo, ist da jemand?« War Sheriff Montague drinnen? Ich war nicht auf ein Scharmützel aus gut getimten Witzeleien und ihren brutalen Einzeilern vorbereitet.

Als ich ankam, stand jemand Mitte vierzig mit lockigem blonden Haar und einem kürzlich erlittenen Sonnenbrand hinter dem Schreibtisch. Er war leger gekleidet und schien kein Mitglied der Polizei von Braxton zu sein. »Guten Tag. Kann ich Ihnen helfen?«, fragte er.

»Ich bin Kellan Ayrwick und übernehme möglicherweise Professorin Monroes Unterricht. Ich dachte, ich komme vorbei, um zu sehen, ob...« Ich hätte wirklich besser vorbereitet sein sollen. Ich hätte nicht gedacht, dass ich einfach so hereinspazieren und Schubladen durchwühlen könnte, ohne Fragen gestellt zu kriegen. Die Sorge um den Sheriff hatte mich wirklich aus der Bahn geworfen.

»Oh, Kellan. Ich sollte Sie heute Nachmittag anrufen. Es ist schön, Sie kennenzulernen. Ich bin Alton Monroe«, antwortete er, während er mich mit einer Geste bat, zu ihm in den Raum zu kommen. »Sheriff Montague erwähnte, dass Sie einen kurzen Blick auf einige von Abbys Akten werfen müssten.«

Es handelte sich also um den baldigen Ex-Mann und den Halbbruder von Lorraine. Ich konnte jetzt eine kleine Ähnlichkeit zwischen Lorraine und Alton in ihren zurückgesteckten Ohren, der Haarfarbe und den schmalen Kieferlinien erkennen. Er sah nicht gefährlich aus. Ich nahm an, dass ich mir keine Sorgen machen musste, mit ihm allein in Abbys Büro zu sein. Ich war dankbar, dass ich endlich in Abbys Sachen herumstöbern konnte, obwohl Sheriff Montague sich nicht einmal einen Moment Zeit nahm, mich selbst zu benachrichtigen. Ich schüttelte ihm die Hand und lehnte mich gegen den Türrahmen. Ich wollte mich nicht hinsetzen und ihm die Oberhand geben, auf der Seite des Eigentümers des Schreibtisches zu sein. »Danke. Ich weiß das zu schätzen. Ich glaube, Sie sind gerade von auswärts angekommen, irgendwo zu Besuch...« Ich hielt in der Hoffnung inne, dass er die Lücke ausfüllen würde.

»Ein abgelegenes Dorf nahe der Grenze zwischen Alaska und Russland. Ich unternehme gelegentlich Naturwanderungen für ein Online-Magazin, um über Tiere zu schreiben, die kurz vor dem Aussterben stehen.« Er sprach weiter über einen Vogel, dessen Population in den letzten zehn Jahren langsam zurückgegangen sei, und gab mir Gelegenheit, mich im Büro umzusehen.

Abby hatte einen der größeren Räume auf der Etage, wahrscheinlich weil sie die Abteilungsvorsitzende war. Zwei kleine Holzstühle standen einem großen Mahagonischreibtisch gegenüber. Ich befand mich nun in der Nähe eines der beiden Stühle, und ich nahm an, dass Alton Monroes Aktentasche den anderen Platz einnahm. Die Wände waren mit Hunderten von Büchern in Regalen ausgekleidet. Auf der einen offenen Wandfläche befanden sich Abbys Diplome, die die Schulen bestätigten, die ich während meiner Nachforschungen in ihrem Profil gesehen hatte. Der Schreibtisch war mit ein paar verstreuten Papieren bedeckt, der Mülleimer war vor kurzem geleert worden, und etwas, das wie ein Notenheft aussah, lag auf dem Ecktisch in der Nähe einer Leselampe. Ich war mir sicher, dass Striker das gerne in die Hände bekommen würde. Ich war neugierig, ob er seine Note herausgefunden hatte und für das Spiel am Samstag zugelassen werden würde. Der Raum war ziemlich gut organisiert, aber es gab keine wirkliche Persönlichkeit, abgesehen von Tonnen von Büchern. Abby mochte einen eher einfachen Arbeitsraum.

Es dämmerte mir plötzlich, dass Alton aufgehört hatte zu reden. Ich hoffte, er hätte mir keine Frage gestellt, da ich das Interesse an seiner Geschichte verloren hatte und mich darauf konzentrierte, den Raum zu scannen. Es war nicht so, dass mir die Notlage des Kurzschwanzalbatros gleichgültig gewesen wäre, aber ich hatte in diesem Moment wichtigere Dinge, auf die ich mich konzentrieren konnte. »Sehr interessant, klingt nach einer guten Reise. Ich, ähm, habe gehört, dass Sie eine Zeit lang keinen drahtlosen Zugang hatten. Es muss ein Schock gewesen sein, die Neuigkeiten über Ihre Frau zu hören.«

»Baldige Ex-Frau«, antwortete er mit einem Anzeichen von Selbstzufriedenheit. »Obwohl ich annehme, dass das nicht mehr wichtig ist. Abby und ich haben versucht, eine Freundschaft zu retten, aber ich fürchte, dass die Dinge zwischen uns vor vielen Monaten den Bach runtergegangen sind.«

»Das war mir nicht bewusst. Es tut mir sehr leid, das zu hören«, schwindelte ich wieder. Ich hatte nicht die Angewohnheit zu lügen, aber wenn es mir helfen könnte, aus einer potentiellen Quelle andere Informationen herauszuholen, könnte ich die Linien bequem verwischen. Im Großen und Ganzen war ich ein ehrlicher und direkter

Mensch. Fragen Sie Eleanor. »Die Beerdigung findet Anfang nächster Woche statt. Ich nehme an, dass ich Sie dort sehen werde?«

»Abby hatte keine andere Familie, die mir bekannt ist. Ich fühle mich zur Teilnahme verpflichtet, vielleicht zu einem letzten Abschied.«

»Das kann ich mir vorstellen. Das ist aufrichtig von Ihnen.« Ich hielt in der Hoffnung inne, dass er mir weitere Informationen zur Verfügung stellen würde. In früheren Interviews hatte es immer den Anschein, als fühlten sich Menschen ihrem Wesen unwohl in der Stille und teilten plötzlich Dinge mit, die sie normalerweise nicht sagen würden, bis die Stille sie über den Rand stieß.

»Sheriff Montague erwähnte, dass Sie nach einigen Papieren suchen wollten, an denen Sie mit Abby gearbeitet hatten. Ich bin seit zwanzig Minuten hier und habe das Gleiche getan. Sie hatte vor, ein paar Rechte zu überschreiben, aber ich nehme an, dass ihr Tod die Scheidung jetzt wahrscheinlich ändert, was?« Es wurde für meinen Geschmack etwas zu nüchtern gesagt, aber wenn er wirklich unzählige Kämpfe mit ihr durchgemacht hat, möchte er vielleicht, dass alles schnell abgeschlossen wird. Er sagte, er habe das Notenbuch zwischen dem Schreibtisch und der Wand eingeklemmt gefunden. Ich ging davon aus, dass es entweder versehentlich dorthin gefallen oder während eines Kampfes bei der Besprechung um acht Uhr dreißig heruntergerissen worden war.

»Hatten Sie die Gelegenheit, herauszufinden, was jetzt mit all ihren Vermögenswerten geschieht? Hat sie ein Testament hinterlassen?« Ich war mir nicht sicher, ob er antworten würde, aber es gab keinen Grund, die Frage nicht zu stellen.

»Nicht, dass ich wüsste. Ich habe meines vor einem Jahr geändert, als wir uns schließlich trennten. Wie ich schon sagte, hatte sie keine andere Familie. Ich nehme an, das bedeutet, dass alles auf mich zukommt, das heißt, wenn sie überhaupt etwas hatte, worüber sie sich Sorgen machen musste.« Alton hielt ein paar Sekunden inne, um die Papiere auf ihrem Schreibtisch zu heben. »Es gibt auch ein paar Kursmaterialien«, sagte er, während er auf den entfernten Tisch zeigte. »Ihr Vater erwähnte, dass Sie diese vielleicht brauchen.«

Hatte mein Vater den Leuten bereits gesagt, dass ich Abbys Kurse übernehme, obwohl ich ihm keine Entscheidung gegeben hatte? Ich nahm an, dass mein verwirrter Blick ein Hinweis für Alton gewesen sein muss.

»Er und ich haben uns vor ein paar Minuten kurz getroffen. Ich musste den Schlüssel von seiner Assistentin holen, und er wollte mir sein Beileid aussprechen. Er erwähnte, dass Sie vielleicht irgendwann auf der Suche nach den Kursarbeiten vorbeikommen würden.«

Eine Stimme, die die Treppe hinaufkam, schreckte uns beide auf. Als ich mich umdrehte, lief Lorraine durch den Flur auf mich zu. »Kellan, es ist wunderbar, dich zu sehen. Ist mein Bruder schon weg?«

»Nein, er ist direkt drinnen«, sagte ich und trat ein paar Meter weiter hinein, um Lorraine den Zugang zu ermöglichen.

Ich erhaschte einen verlegenen, schockierten Gesichtsausdruck von Alton, als er erkannte, dass ich von seiner Verbindung zu Lorraine wusste. Ich wurde neugierig, wie stichhaltig sein Alibi war, und notierte mir ein paar Möglichkeiten, dem nachzugehen. Er hatte durch Abbys vorzeitigen Tod mehrere wertvolle Dinge zu gewinnen.

»Bist du bereit, aufzubrechen?«, fragte sie ihren Bruder und wandte sich dann an mich. »Alton und ich haben ein paar Dinge zu besprechen, Kellan. Ich denke darüber nach, mir einen Anwalt zu nehmen, da der Sheriff immer wieder mit Fragen über die Nacht des Unfalls zurückkommt.« Sie knabberte frustriert an ihrer Lippe.

»Ich bin sicher, dass sie nur alle Möglichkeiten prüft. Ich

schaue selbst in ein paar Richtungen. Ich habe dem Sheriff vorhin einige nützliche Informationen über Abbys Verbindung zu jemand anderem auf dem Campus gegeben.«

Lorraine versuchte zu lächeln. »Oh, das sind gute Neuigkeiten. Ich hoffe, sie können das schnell herausfinden. Es zehrt an der Substanz deines Vaters. Der arme Alton kann auf ihrem Anwesen nicht vorankommen. Ich möchte gern aus der Schusslinie sein.« Sie zitterte und schlang ihre Arme um die Brust. »Wir sollten uns auf den Weg machen, Alton.«

Nachdem Alton und Lorraine davongetrabt waren, durchsuchte ich Abbys Büro. Das Buch auf ihrem Ecktisch war tatsächlich ihr aktuelles Klassenbuch. Als ich mich der Anwesenheit von Dr. Castle aussetzte, um es zu entziffern, bot es weder Trost noch warme, verschwommene Gefühle. *Fort, verdammter Fleck, fort, liebste Lady Macbeth.*

Alles, was ich in der Schublade von potenziellem Interesse fand, war ein seltsam geformter Schlüssel, der nicht unterschriebene Vertrag zwischen Derek und Abby und schließlich die Ordner mit den Forschungsnotizen von *'Dark Reality'*. Derek würde endlich bekommen, wonach er suchte. Ich packte sie in eine leere Schachtel, die ich auf dem Boden in der Ecke fand. Ich ging zu den Bücherregalen an der gegenüberliegenden Wand und scannte die Titel ein. Meistens handelte es sich um Theater-, Medien- und akademische Bücher. Abby war definitiv ein Fan von Reality-TV-Shows und dem Paranormalen.

Als ein großes Buch mit rotem Einband und ohne Titel oder Autor mein Interesse weckte, zog ich es aus dem Regal. Mir fiel auf, dass es teilweise hohl war, aber etwas darin versteckt war. Angesichts der schieren Menge an Büchern gehörte es wahrscheinlich nicht zu den Aufgaben von Sheriff Montague, alles in den Regalen zu überprüfen. War Sheriff Montague nicht so geschickt, wie Braxton sie brauchte? Ich habe gern darüber nachgedacht, wie ich den Fehler in Zukunft am besten gegen sie verwenden kann. Vielleicht könnte ihr Versagen mein Sieg sein... was bedeutete, dass ich den Sheriff endlich schachmatt setzen konnte!

Ein verschlossenes, ledergebundenes Tagebuch, versteckt unter dem gefälschten roten Buchdeckel. Ich schnappte mir den Schlüssel, den ich in der Schublade gefunden hatte, und verglich ihn. Das Schloss öffnete sich, und plötzlich hatte ich Zugang zu Abby Monroes persönlichen Gedanken. Könnte ich in ihre Privatsphäre eindringen? Ich erlaubte mir, die Seiten schnell nach aktuellen Einträgen zu durchsuchen. Als ich einige fand, legte ich das Tagebuch in die Aufbewahrungskiste und beschloss, darüber nachzudenken, wie wohl ich mich beim Überschreiten einer solchen Grenze fühlen würde. Ich fügte der Kiste auch ihr Notenbuch und mehrere gedruckte Exemplare ihrer aktuellen Klassenlehrpläne bei. An diesem Abend hatte ich noch etwas zu lesen. Vielleicht würde ich etwas mehr über Abbys geheimes oder nicht ganz so geheimes Leben erfahren.

Bevor ich nach Hause fuhr, um einige Analysen durchzuführen, schloss ich mein Telefon an die Freisprecheinrichtung im Jeep an und rief Nana D an, die nach dem zweiten Klingeln abnahm.

»Wo warst du die letzten Tage? Ich dachte, du wolltest noch etwas Kuchen essen oder über Bridget Colton sprechen«, sagte sie lapidar.

Die Elfe hatte also einen Nachnamen. Als Nana D sie wieder erwähnte, machte ich mir definitiv Sorgen, dass dies eine Falle war. »Ich habe heute Morgen deine beste Freundin getroffen, Nana D. Ms. Paddington hatte mir einige interessante Informationen mitzuteilen. Ich denke, es ist an der Zeit, dass wir beide einen kleinen Nachmittagstee trinken, nicht wahr?« Ich war mir sicher, dass sie den Sarkasmus aus meinen Worten heraushören konnte, aber andererseits würde sie ihn ignorieren, selbst wenn sie es getan hätte.

»Pish. Diese Frau redet Unsinn. Sie ist schlimmer als ihr Bruder, und nach dem, was er mir angetan hat, habe ich keine

Zeit mehr für diese Paddingtons. Unruhestifter, das sage ich dir«, rügte sie mich. »Ich kann heute keinen Tee machen... vielleicht morgen? Warum kommst du nicht gegen drei vorbei? Ich sollte vom Bauernmarkt nach Hause kommen und bereit sein, etwas Klatsch und Tratsch zu hören.«

»Nein, Nana D. Ich habe keinen Klatsch und Tratsch. Du bist an der Reihe, Informationen rauszurücken«, sagte ich mit strenger Stimme. Ich musste aufdringlich zu ihr sein, sonst würde sie jedes Mal die Grenze überschreiten.

»Was war das? Entschuldigung, die Verbindung ist undeutlich«, antwortete sie. Ich hörte deutlich, wie sie statische Geräusche machte. Ich wusste, dass sie es war, denn sie hielt inne, um etwas zu zerhacken, das sich mittendrin wie ein Fellknäuel anhörte.

»Gut. Ich komme morgen vorbei.« Ich spielte bei ihrer Scharade mit und fragte sie dann, ob sie etwas über Marcus Stantons Rolle im Kuratorium wisse. »Ich muss verstehen, ob er weiß, wer die anonymen Spenden an Braxton gemacht hat und wer all die neuen Ausgaben für die Leichtathletikabteilung genehmigt hat. Was könntest du über ihn wissen?«

»Ich treffe mich morgen mit Stadtrat Stanton. Ich werde sehen, was ich herausfinden kann. Wir haben ein paar Dinge zu klären, und dieser Mann wird diesmal auf mich hören, und wenn es das Letzte ist, was ich tue.« Sie murmelte im Hintergrund, bevor sie einen Schluck von etwas trank, das sie dazu veranlasste zu rufen: »Das hat gesessen!«

Ich schüttelte den Kopf und lachte, während ich die Heizung im Jeep aufdrehte. Sie konnte mich immer zum Lächeln bringen. »Was muss er sich von dir anhören?«

»Stanton setzt die Gelder von Wharton County an den falschen Stellen ein. Ich will beweisen, dass er ahnungslos ist.«

Ich war überrascht, wie schnell Nana D bei den treuhänderischen Entscheidungen des Countys auf dem

Laufenden war. Andererseits war sie immer ziemlich scharfsinnig, wenn es um kleine Details ging. Vielleicht könnte sie dabei helfen, herauszufinden, was es mit dem Mord an Abby auf sich hat.

»Ich überlege, ob Stanton in Braxton Kinder hat?«, fragte ich und erinnerte mich plötzlich, dass sie wahrscheinlich ungefähr in diesem Alter sein würden. »Ich wusste nicht, dass er im Kuratorium sitzt, bis Dad es mir sagte.«

»Ja, dieser Star-Pitcher, Craig Magee. Du hast sicher schon von Striker gehört. Ich kann es kaum erwarten, das Spiel am Samstag zu sehen. Diese Stadt braucht einen Kick.«

»Moment, was hast du über Striker gesagt? Sie haben unterschiedliche Nachnamen.« Ich war verwirrt.

»Striker ist sein Stiefsohn. Er heiratete vor Jahren, als das Kind noch klein war, die Mutter von Striker. Sie starb etwa zur gleichen Zeit an Krebs, als Francesca starb. Auch eine gute Frau.«

Hmmm, vielleicht sollte ich dem Spiel beiwohnen, um alle Spieler in diesem Rätsel kennenzulernen. »Brauchst du jemanden, der dich am Samstag begleitet?« Ich fragte mich, ob es der Stadtrat war, der mit Abby vor der Memorial Hall telefoniert hatte. Könnten sie sich um halb neun getroffen haben? Ich müsste mich daran erinnern, wann er die Party verlassen hat, aber wahrscheinlich zur selben Zeit wie mein Vater zu dieser spontanen Vorstandssitzung.

Nana D und ich bestätigten unsere Pläne für den Tee am nächsten Tag. Sie sagte mir auch, dass sie sich wegen des Spiels bei mir melden würde, da sie vielleicht mit jemand anderem an dem Spiel teilnehmen würde, aber sie wollte nicht sagen, mit wem. Ich vermutete, dass Eustacia Paddington von Nana D's potenziellem Alternativtermin nicht begeistert wäre, wenn sein Name Lindsey Endicott wäre.

Ich fuhr den langen Weg zum Haus meiner Eltern und dachte über meine nächsten Schritte nach. Ich musste Abbys

Papiere und Tagebuch durchsehen, nicht, dass es fair wäre, ihre persönlichen Gedanken zu lesen. Ich konnte sie entweder Sheriff Montague geben, oder, so überzeugte ich mich, ich konnte beiläufig ein paar Seiten durchblättern, um zu sehen, ob es überhaupt einen Grund gab, das, was ich gefunden hatte, weiterzugeben. Ich würde keine wichtigen Hinweise verbergen, aber es war nicht fair, Steuergelder zu verschwenden, indem man den Sheriff zwang, das Tagebuch zu lesen, wenn es nichts bedeutete, nicht wahr?

12

Nachdem ich aufgelegt hatte, verabredete ich einen Termin für ein Abendessen mit Eleanor am Samstag nach dem großen Baseballspiel. Normalerweise nahm sie sich Samstagabend frei, also gab es mindestens einen Wochenendabend als Option für mögliche Termine. Leider hat der Mann, von dem sie gehofft hatte, dass er sie an diesem Samstag um ein Date bitten würde, kein Angebot gemacht, so dass sie ohnehin auf der Suche nach Gesellschaft war. Den Rest der Nacht verbrachte ich damit, die Materialien für 'Dark Reality' durchzulesen, die ich bei Abby gesammelt hatte, damit ich Derek aus dem Nacken kriegen konnte, bevor ich mich in etwas anderes vertiefte.

Ich unterhielt mich vor dem Schlafengehen mit Emma und gönnte mir dann die dringend benötigte Ruhe. Als ich am Freitag aufwachte, konzentrierte ich mich darauf, alle Seiten von Abbys Notenbuch zu lesen, was mir einen Eindruck davon vermittelte, wie die verstorbene Professorin Studentenunterlagen führte. Während die vorherigen Semester ziemlich gut organisiert waren, wie aus Abbys wöchentlichen Notizen hervorging, war das aktuelle

Semester größtenteils leer. Der Mangel an Inhalten schien zunächst nicht richtig zu stimmen, aber ich hatte die Theorie, dass Abby ihre normalen Standards vielleicht vernachlässigt hatte, falls sie sich für die zweite Staffel von *'Dark Reality'* mehr auf die Verbindung mit Derek konzentriert hätte.

Ich blätterte zum laufenden Semester, um die Noten zu überprüfen, und erfuhr, dass der andere Pitcher, Jordan Ballantine, in der ersten Prüfung eine 'B+' verdient hatte. Ich blätterte noch ein paar Seiten weiter und stieß auf ein 'A+' für Carla Grey, die sich fragte, ob sie mit dem skrupellosen Bezirksrichter verwandt sei, dem ich schon einmal begegnet war. Ich fand die Seite von Striker und dachte zuerst, er habe null Einträge, aber als ich genauer hinsah, hatte er ein 'F', das teilweise ausradiert oder verwischt war. Ich hielt es an das Licht an meinem Nachttisch und konnte die eindeutigen Markierungen einer durchgefallenen Note sehen. Obwohl ein 'F' für Striker in der kommenden Partie nicht gut aussah, machte mir die Tatsache, dass es teilweise verwischt war, Sorgen, dass Abby deshalb getötet worden war.

Da Lorraine in diesem Semester an der Leitung der Abteilung mitgewirkt hatte, während die vorherige Büroleiterin Siobhan in Mutterschaftsurlaub ging, hätte sie vielleicht eine Ahnung, was mit den Benotungsverfahren los war. Ich war auch daran interessiert, mit Lorraine über Abbys Unterricht zu sprechen, für den Fall, dass ich die Bitte oder das Angebot meines Vaters – was auch immer es gewesen war – annähme, für einige Wochen die Verantwortung zu übernehmen. Lorraine erklärte sich bereit, sich mittags zu treffen, und so arrangierte ich meinen Vormittag so, dass ich schnell im Fitnesscenter trainieren, duschen und mich umziehen und dann in die Diamond Hall gehen konnte.

Als ich ankam, machte Lorraine gerade Kopien der Unterrichtsmaterialien. Ich gesellte mich zu ihr in die Nähe der Maschine und erkundigte mich nach ihrem Bruder. »Wie geht Alton mit Abbys Tod um?«

Lorraine zuckte die Achseln. »Er fühlt sich schlecht deswegen, und obwohl er sich nie gewünscht hätte, dass ihr etwas passiert, ist Alton besser dran. Ich will nicht kalt klingen, aber diese Frau hat dem armen Mann das Leben wirklich schwer gemacht.«

»Er schien gestern nicht allzu erschüttert zu sein. Ist er schon lange von seiner Reise in der Stadt zurück?« Ich hatte gehofft, die Einzelheiten seines Alibis herauszufinden und schließlich nach Hause zurückzukehren.

»Nur für einen Tag oder so. Als der Sheriff endlich einen Hinweis auf seine letzte Kreditkartenquittung erhielt, konnte sie einen örtlichen Beamten in Alaska ausfindig machen, der sie über die Geschehnisse informierte.« Abby schaltete den Fotokopierer aus und ging auf ihren Schreibtisch zu. »Du bist sehr interessiert an Alton. Du glaubst doch nicht, dass er etwas damit zu tun hat, oder? Er hat ein Alibi, Kellan.« Sie schien besorgt, dass ich ihrem Bruder misstrauen würde, aber ehrlich gesagt wusste ich nicht viel über ihn. Nach unserem zehnminütigen Gespräch schien er kein Mörder zu sein, aber sowohl Nana D als auch Connor hielten dies für ein spontanes Verbrechen.

»Nein, ich versuche nur, alle Teile zusammenzufügen. Ich könnte deine Hilfe gebrauchen, Lorraine.« Da ich spürte, dass Altons Alibi wahrscheinlich hieb- und stichfest war, zog ich das Notenbuch heraus und fragte Lorraine, ob sie es wiedererkannte.

»Standardausgabe. Wir haben meistens aufgehört, sie zu benutzen, aber einige Professoren verfolgen sie gerne manuell, bevor sie Noten in das Studentenerfassungssystem hochladen. Wo hast du das gefunden?« Lorraine saß bereits am Schreibtisch und ordnete die Fotokopien in einem Ordner mit der Aufschrift »Monday Coursework« an.

»Gehörte Abby Monroe. Alton und ich haben es gestern gefunden. Ich nahm es mit, um mehr über ihre Kurse zu erfahren. Weißt du, mein Vater schlug vor...«

»Du übernimmst sie? Ja, er fragte, was ich dachte, wie du dich entscheiden würdest.« Sie faltete ihre Hände auf der Oberseite ihres Schreibtisches zusammen. »Wenn du die Stelle annimmst, ist diese Mappe für dich. Was wirst du tun?«

Lorraine hatte vorausgedacht und Materialien für mich vorbereitet. Ich hatte bereits beschlossen, dass diese Gelegenheit zu wertvoll war, da Derek wollte, dass ich noch länger bleibe, um bei der Suche nach weiteren Inhalten für die Serie zu helfen. »Ich gehe morgen zum Baseballspiel, um einige der Studenten zu beobachten. Mal sehen, ob ich da reinpasse.«

Lorraine sah aus, als ob sie nickte und mit mir übereinstimmte, aber ich konnte sehen, dass sie abgelenkt war. »Es ist wichtig für deinen Vater.« Ihre Augen wirkten zurückgezogen und hohl, und ihre Lippen waren trocken und rissig.

Alles war ihm wichtig. »Ich weiß«, antwortete ich in verständnisvollem Ton. Lorraine wollte etwas sagen, aber ich war mir nicht sicher, wie ich es rauskitzeln sollte. »Ist das das Einzige, woran du denkst?«

»Du warst immer so scharfsinnig, Kellan. Ich bin besorgt über diese Situation. Ich scheine im Zentrum des Ganzen zu stehen.«

Da erinnerte ich mich an Coach Olivers vermeintlichen Veranstaltungsplan. Vielleicht könnte er ihr Alibi beweisen. »Sagtest du nicht, niemand hätte dich nach acht Uhr an dem Abend gesehen?«, fuhr ich fort, nachdem Lorraine genickt hatte. »Coach Oliver erwähnte, dass er dir einen Terminplan vor der Diamond Hall übergeben wollte«, antwortete ich und wartete beiläufig auf Reaktionen. Ich vertraute ihr, obwohl es seltsam war, dass sie nichts erwähnt hatte.

»Oh, stimmt ja, das hatte ich vergessen«, sagte Lorraine. Sie schien sich etwas unwohl zu fühlen, aber es war nicht allzu beunruhigend. »Der ganze Austausch ging so schnell, nur ein paar Sekunden, nachdem ich die Pensionierungsparty verlassen hatte. Es hätte nicht geholfen, viel zu beweisen.« Ihr Blick schien Löcher in den Boden zu bohren.

»Vielleicht solltest du das Sheriff Montague gegenüber erwähnen. Meine Mutter sah Coach Oliver. Es besteht die Möglichkeit, dass auch er etwas oder jemanden bemerkt hat, ohne sich dessen bewusst zu sein.« Ich legte meine Hand auf ihre Schulter.

»Deine Mutter hat den Coach gesehen? Ich werde es dem Sheriff sagen.« Sie glättete Falten in ihrer Bluse.

Lorraine verbarg etwas. Ich würde Geld darauf wetten. Ich würde warten müssen, bis sie sich wohl genug fühlte, um mir den Rest zu erzählen. »Du wolltest doch etwas für mich holen, oder? Hast du es je gefunden?« Ich war nicht beunruhigt, es sei denn, das Geschenk könnte helfen, ihr Alibi zu beweisen.

»Nein, das ist ein Teil dessen, was mich beunruhigt. Ich kann dein Geschenk nirgendwo finden. Ich könnte schwören, ich hätte es auf meinem Schreibtisch liegen lassen. Ich wollte es einpacken, bevor ich am Freitag wegging, aber ich war zu beschäftigt. Ich hatte vor, Geschenkpapier im Vorratsschrank zu suchen und es dir dann auf der Party vorbeizubringen.« Lorraine wollte mir keine Einzelheiten nennen, außer dass sie erwähnte, dass ich mich über den vorherigen Herbst aufgeregt hatte. Sie wollte etwas Besonderes für mich tun.

Ich konnte mich nicht an die Einzelheiten erinnern, aber ich dachte, ich würde es bald herausfinden. »Wo könnte es sein?«

»Ich wünschte, ich wüsste es. Das ist nicht das Einzige, was sich in Luft auflöst. Ein Student meldete diese Woche etwas verloren. Ich kann auch das neue nicht finden, das... ugh, egal«, sagte sie und warf ihre Hände in die Luft. »Drei verschiedene Dinge stehen nicht einfach auf und gehen von alleine weg, Kellan.«

Das löste meine Alarmglocken aus. »Ist Sheriff Montague über die Diebstähle informiert?«

»Es kam nicht zur Sprache, als ich mit ihr sprach.«

»Wirst du Connor informieren? Jemand sollte davon wissen«, sagte ich.

»Um ehrlich zu sein, dachte ich, dass ich bei all dem, was zwischen dem vorübergehenden Büroumzug, der zusätzlichen Arbeit mit Siobhan und den Ruhestandsplänen vor sich geht, dein Geschenk wohl verlegt habe. Ich schaue mich immer noch nach den anderen beiden fehlenden Gegenständen um, aber ich werde im Schreibtisch deines Vaters nachsehen. Es könnte versehentlich in eine Schublade gelegt worden sein, bevor er ins Lager geschickt wurde. Diese Woche stand es nicht ganz oben auf meiner Liste. Das tut mir sehr leid. Ich werde es bald für dich finden«, antwortete sie, dann klickte sie ein paar Tasten auf ihrer Tastatur an. »Sieht so aus, als hätte ich bald ein Meeting. Kann ich dir sonst noch bei irgendetwas helfen?«

Ich kam nicht umhin, mich zu fragen, ob die fehlenden Gegenstände mit Abbys Tod zusammenhingen. Da mir nur noch wenige Minuten ihrer Zeit zur Verfügung standen, bat ich Lorraine, mehr über den Benotungsprozess zu erzählen. Ich erwähnte auch die Rubbelspuren, die ich in der Nähe von Strikers Namen in Abbys Buch gefunden hatte.

»Das ist bizarr«, sagte sie. »Als das Semester begann, traf ich mich mit den Professoren, um sie zu fragen, wie ich ihnen während Siobhans Beurlaubung bei den alltäglichen Abläufen helfen sollte. Fast alle sagten, sie fänden es toll, wenn ich die ganze Computerarbeit für sie erledigen könnte.«

»Wirklich, sogar Abby? Was war in den letzten paar Tagen, war irgendetwas anders?« Ich fragte nach und dachte, ich hätte mich an etwas möglicherweise Wichtiges geklammert.

»Die meisten Professoren würden die Arbeiten oder Prüfungen benoten und mir dann die gedruckten Dokumente mit ihren Notizen zum Scannen und Hochladen geben, bevor sie zu den Studenten zurückkehren. Einige Professoren zeichneten die Noten in ihren Büchern auf, für den Fall, dass die Studenten fragten, bevor ich die Möglichkeit hatte, die Details in den Computer zu laden. Abby wollte keine Hilfe dabei, ihre Bücher online zu stellen. Sie sagte mir ausdrücklich, ich solle ihr aus dem Weg gehen. Ich hatte angenommen, sie sei von der alten Schule und mochte mich angesichts der ganzen Alton-Sache und der Scheidung nicht.«

»Lorraine, das ist hilfreich. Hast du eine Idee, wo ich die Prüfungen der Studenten aus Abbys Vorlesungen in diesem Semester finden kann?« Ein Bild begann sich in meinem Kopf zu formen. Wenn Abby irgendwie mit Coach Oliver zu tun hatte, hätte sie die Noten von Striker ändern können, um sicherzustellen, dass er im kommenden Spiel spielt? Das würde klären, wie diese beiden miteinander verbunden waren, aber nicht, warum Abby ermordet wurde. Es sei denn, sie änderte ihre Meinung und Coach Oliver, Stanton oder Striker töteten sie aus Rache. Ich musste mich auf die Noten von Striker konzentrieren und auf die Entscheidung, welcher Pitcher im Spiel spielen würde. Das fühlte sich an wie ein Ort, an dem ein Motiv lauert.

»Nein, wie ich schon sagte, Abby behielt alles für sich. Die einzigen Aufgaben, die sie von mir verlangte, waren das Sortieren ihrer Post und die Vereinbarung von Terminen mit Schülern. Ich muss gehen, Kellan.«

Als Lorraine das Büro verließ, saß ich oben auf der Treppe und verarbeitete alles, was ich gerade erfahren hatte. Ich brauchte Zugang zum Computersystem, um herauszufinden, ob Abby Noten für einen der Schüler eingegeben hatte. Ich beschloss, meinen Vater zu fragen, bevor ich mich an jemand anderen wandte, um meine Bedenken bezüglich der Noten zu äußern. Ich rief ihn auf seinem Handy an, als ich ihn zu Hause nicht erreichen konnte. Keine Antwort. Ich hinterließ eine Voicemail und schickte daraufhin eine Textnachricht, in der ich ihm sagte, dass ich ihn so schnell wie möglich sehen müsse. Ich fuhr mit der Kabelbahn zurück zum Nordcampus, aufgeregt darüber, über etwas zu stolpern, das Abbys Mörder identifizieren könnte.

Auf dem Weg zurück zu meinem Jeep sah ich die Tagebucheinträge der letzten zwei Monate durch. In der Woche vor ihrer Ermordung gab es einen Eintrag in der Hoffnung, dass Derek bald wegen des 'Dark Reality'-Vertrags anrufen würde. Anfang Januar gab es einen Eintrag über eine aufregende Nacht mit W.A. Ich blätterte noch ein paar Seiten weiter, nur um zu erfahren, dass die Dinge mit W.A. kompliziert geworden waren – sie könnte Gefühle für ihn haben, obwohl sie wusste, wie falsch das war. Immer noch kein vollständiger Name oder klare Hinweise. Dann las ich, wie Abby sich rächen und W.A. für das, was er ihr angetan hatte, bloßstellen wollte. Das muss die Exklusivstory gewesen sein, über die sie in der E-Mail an Derek und bei dem Gespräch mit mir gesprochen hat.

Ich war über die Identität des mysteriösen W.A. verblüfft und wollte schon aufgeben, bis mir eine ekelerregende Idee in den Kopf kam. W.A., Wesley Ayrwick. Mein Vater hatte sich in letzter Zeit seltsam verhalten. Es gab mehrere Nächte, in denen er nicht erwähnte, wohin er ging oder was er tat. Er sagte, seine Beziehung zu Abby sei kompliziert. Könnte mein Vater eine Affäre haben? Hat er meine Mutter mit Abby betrogen? Ich saß weitere zwanzig Minuten auf der Bank und versuchte mir einzureden, dass es eine andere Erklärung geben müsse. Warum hat mein Vater mich nicht zurückgerufen? In was für eine Situation hat er sich hineinmanövriert? Was hatte das mit dem Anruf in seinem Arbeitszimmer in der Nacht zu tun, als ich zu Hause angekommen war?

Einige Studenten eilten, indem sie schrien, dass sie zu spät zum Unterricht kamen, was mich daran erinnerte, dass ich nach Danby Landing fahren musste. Pünktlich um drei Uhr war Tee da, und Nana D trank ihn, ob ich nun dort war oder nicht. Ich warf meinen Rucksack auf den Beifahrersitz und fuhr in leichtem Nebel quer durch die Stadt, um zu überlegen, ob ich den Tagebucheintrag zu Nana D bringen sollte. Ich parkte in der Einfahrt von Nana D und winkte dem Betriebsleiter der Farm, der gerade ein Radfass im Komposthaufen in der Nähe des Obstgartens abladen wollte, und ging durch die Seitentür in ihre Küche. »Ich bin hier, Nana D. Was ist heute Nachmittag bei dir los gewesen?«

Nana D legte das Telefon auf. Sie hatte immer noch einen altmodischen, butterblumengelben Telefonhörer mit einer gekräuselten Schnur neben dem Kühlschrank installiert. Ich habe immer gern daran gedacht, wie sie in der Küche stand und daran herumwirbelte, während wir miteinander telefonierten, als ich zu Hause in Los Angeles war. Sie hatte schnurlose Nebenstellen in anderen Teilen des Hauses und ihr Handy, aber sie zog es vor, in ihrer Küche einen Hauch von Vergangenheit zu haben.

»Willkommen zurück, mein brillanter Enkel. Ich habe gerade mit deiner Mutter telefoniert. Sie ist wieder durchgedreht«, murmelte Nana D, während sie den Tee überprüfte. »Schön, dass du noch eine Uhr lesen kannst.«

»Natürlich. Du hast doch nicht gedacht, dass ich zu spät komme, oder?«, neckte ich sie. »Was hat Mom für ein Problem?«

»Oh, ein bisschen von diesem und jenem. Meine Tochter konnte nie mit Stress umgehen.« Nana D deckte einen Teller mit Desserts auf, der auf der Theke stand. »Ich habe uns Mürbegebäck mit Zitronenglasur und Mini-Pekannusskuchen gemacht.« Sie trug einen grauen, taillierten Rock, eine schicke Bluse und eine schwarze Anzugjacke.

Die Pasteten sahen köstlich aus. Ich würde auf jeden Fall ein paar davon essen. Sie hatte mindestens drei Dutzend mundgerechte Mixturen zubereitet, die klein genug waren, um sie zwischen meinen Lippen hin- und herzuwerfen, groß genug, um mir den Mund zuzudrücken und nichts zu sagen, was ich nicht sagen sollte. »Soweit ich das beurteilen kann, scheint es Mom gutzugehen mit allem, was vor sich geht. Nur eine kleine Störung. Was ist heute passiert?«

»Ein Streit mit Eleanor über ihre Arbeit im Diner. Dein Vater scheint etwas getan zu haben, worüber sie gestern Abend nicht sehr glücklich war. Ich glaube, sie hatte auch einen Niednagel.« Nana D zuckte mit den Schultern, beendete das Einschenken des Tees und trug das Tablett zum Tisch – eine schöne alte Eichenplatte, die mein Großvater von einem Baum gemacht hatte, den er auf ihrer Farm gefällt hatte. Er formte, schliffe und lackierte es selbst und ließ sogar einige der verbrannten Ränder bogenförmig und schräg verlaufen, um ihm einen altmodischen Charme zu verleihen. Ich gab Nana D das Versprechen, es in Zukunft niemandem zu überlassen. Sie warf mir vor, dass ich sie in ein frühes Grab wünschte, aber ich versicherte ihr, dass ich nur meinte, ob und wann sie keinen Grund mehr hätte, es zu behalten. Ich glaube, das half mir aus der Klemme, aber bei Nana D, Braxtons längster Trägerin eines sinnlosen Grolls, wusste man nie.

»Irgendeine Idee, was Dad getan hat?«, fragte ich, besorgt, dass meine neueste Theorie stimmen könnte. Ich hatte gerade meine erste Mini-Pekannusstorte gegessen. Niemand hat besser gebacken als meine Oma. Der Grad der Klebrigkeit in der Füllung und der Knusprigkeit in der Kruste... zum Sterben schön! »Eleanor war in letzter Zeit auch etwas launisch. Ich kann sehen, dass das Mom stört.«

»Ich halte mich da raus. *Twinsies* können ihre Probleme selbst lösen. Hast du Eustacia klargemacht, dass ich nicht versuche, mit ihrem Freund auszugehen? Ich gehe nicht mehr mit Lindsey Endicott zum Baseballspiel, also wirst du meine Begleitung sein. Die ganze Stadt ist verrückt geworden, weil sie denken, ich sei immer hinter ihnen her.« Nana D platzierte einige Desserts für sich selbst und nahm neben mir Platz. »Iss auf, ich habe in Kürze ein weiteres Treffen.«

Zwischen drei weiteren Pekannusstorten und zwei Zitronen-Mürbegebäck ließ ich ein paar Tassen Tee stehen und erkundigte mich nach dem Treffen von Nana D mit Marcus Stanton. »Übrigens, wie lief eigentlich deine Unterhaltung vorhin mit unserem netten Stadtrat?« Ich stellte mich auf eine Litanei seiner jüngsten *Verbrechen und Vergehen* ein.

»Oh, ich bin seiner Betrügerei auf der Spur. Der Hochstapler behauptet, er habe keine Ahnung, wer das Geld gespendet hat. Er sagte, der gesamte Vorstand wolle, dass es der Sporteinrichtung zugutekommt. Er verheimlicht etwas, aber ich kann es noch nicht herausfinden. Er hatte auch nichts Nettes über Abby Monroe zu sagen«, sagte Nana D, als sie alle Notizen aus ihrer Diskussion mit ihm überprüfte. »Stanton dachte, sie hätte es auf Striker abgesehen und ließ ihn absichtlich durchfallen. Vielleicht hat er sie getötet!«

»Ich kann mir nicht vorstellen, dass der Stadtrat eine Professorin wegen einer Meinungsverschiedenheit über die Noten seines Stiefsohns und die Teilnahme an einem Baseballspiel ermorden würde.« Soweit ich mich erinnern konnte, hatte Marcus die Stanton Concert Hall am Abend der Party nur verlassen, um an der Vorstandssitzung teilzunehmen, aber ich konnte mir nicht über jeden seiner Schritte sicher sein. Das Motiv für dieses Verbrechen ergab für mich auf der Grundlage dessen, was ich bisher wusste, einfach nicht den vollen Sinn.

»Hast du das Gerücht gehört, dass ein Major-League-Baseball-Scout zu dem Spiel kommt?«

Nana D schockierte mich damit. »Das ist sicherlich ein Grund, warum jemand verzweifelt genug sein könnte, um zu töten!« So sehr ich den Ort auch liebte, Braxton war weder eine erstklassige Schule noch für seine Sportprogramme bekannt. Warum sollte ein Major-League-Baseball-Scout hierherkommen?

Nana D sagte, sie würde dem Stadtrat nachgehen, um alles herauszufinden, was sie konnte. Ich habe sie über meine Fortschritte bei der Abby-Monroe-Untersuchung auf dem Laufenden gehalten und dabei alle Befürchtungen über meinen Vater oder die tatsächlichen Initialen ausgeschlossen. Am meisten faszinierten sie die drei vermissten Gegenstände von Lorraine, von denen einer die Mordwaffe sein könnte oder auch nicht. »Es scheint mir, dass du dich mit Coach Oliver hinsetzen und dann noch einmal mit Sheriff Montague sprechen solltest. Mir gefällt nicht, wie sich Coach Oliver in der Nähe von Frauen verhält. Ich würde es ihm zutrauen, Abby wegen der Noten etwas unter Druck zu setzen. Bevor ich mir ihn als Mörder vorstelle, müssen wir mehr über sein kleines Rendezvous im Haus der Frau erfahren. Alles erscheint mir ein wenig zu sehr Tonya Harding gegen Nancy Kerrigan.«

Nana D hatte Recht – wir wussten nicht, wie die Beziehung zwischen Coach Oliver und Abby aussah. Wenn Abby mit W. A. zusammen wäre, hätte sie dann auch eine romantische Beziehung mit dem Trainer? »Ich glaube, du könntest Recht haben mit Sheriff Montague, obwohl sie nicht allzu glücklich sein wird, wenn ich versuche, mich in den Fall einzumischen.«

»Du bezahlst ihr Gehalt, Kellan. Sie sollte froh sein, kostenlose Hilfe zu bekommen. Diese Frau hatte immer eine gemeine Ader für sie, besonders nachdem...«

»Ich wohne nicht in Braxton, Nana D. Du bezahlst vielleicht ihr Gehalt, aber ich bezahle es nicht«, antwortete ich und erkannte zu spät, dass dies genau das Gesprächsthema war, das Nana D zu erwähnen versuchte. An ihrem riesenhaften Grinsen konnte ich erkennen, dass ich wieder ins Fettnäpfchen getreten war. Ich sollte eine Startgebühr verlangen. Nur würde ich dann selbst bezahlen. Aber das macht nichts.

»Da wir gerade davon sprechen, wo du wohnst, wie wäre es, wenn du das Angebot, hier auf der Farm zu leben, annimmst? Ich könnte tagsüber jemanden zum Reden gebrauchen.« Nana D füllte das Tablett mit den leeren Teetassen und Dessertellern und ging dann zum Waschbecken, um sie zu waschen. »Es wird Spaß machen, die ganze Nacht zu quasseln!«

Vielleicht hatte der Sheriff Recht mit Nana D. Ich verpackte die restlichen Kuchen und Torten und steckte zwei davon heimlich in meine Tasche für die Rückfahrt nach Hause, um mich dann zu ihr an die Spüle zu setzen. »Vielleicht habe ich morgen Neuigkeiten, die ich dir mitteilen muss, wenn ich dich zum Spiel in Braxton abhole. Hört sich zwölf Uhr gut an?«

»Mach elf daraus. Ich muss noch ein paar Leute sehen, bevor das Spiel beginnt. Ich hoffe, du hast die Krümel weggeputzt, die du auf den Boden gefallen bist, als die beiden Kuchen versehentlich in deine Tasche gefallen sind, Kellan.« Nana D begann Kenny Rogers 'The Gambler' zu singen, als sie den Wasserhahn zudrehte, und tanzte sich dann durch die Küche. »Ich würde dir einen Klaps auf den Hintern geben, wenn ich dir nicht alles durchgehen ließe, du Genie.«

Ich schüttelte den Kopf über sie. Es würde nie eine Möglichkeit geben, meine Oma zu kontrollieren. Ich umarmte sie zum Abschied und fuhr zurück nach Hause und fragte mich, mit wem sie sich an diesem Abend treffen würde. Dann wurde mir klar, dass es an der Zeit war, mehrere eigene Befragungen zu planen, um bei der Suche nach Abbys Mörder Erfolg zu haben. Es war zu einer persönlichen Aufgabe geworden, den Fall vor dem Sheriff zu lösen. Vielleicht auch, um mir Derek vom Hals zu schaffen.

Als ich in die Einfahrt des Hauses meiner Eltern einbog,

ging mein Vater den Weg zu seinem Auto hinunter. »Ich kann jetzt nicht reden, Kellan. Ich treffe mich mit deiner Mutter zu einem frühen Abendessen.«

Ich habe ihn nicht mehr länger ausweichen lassen. »Nein, wir müssen heute Abend reden, Dad«, sagte ich durch das Fenster, parkte dann und rannte zu seinem Auto, aber er hatte die Fahrertür bereits zugeschlagen. Zu seinen Ehren rollte er das Fenster herunter. »Es ist fast eiskalt hier draußen, mein Sohn. Mach es schnell.«

»Hör zu, Dad. Ich glaube, du solltest etwas wissen, was ich heute über Abby Monroe herausgefunden habe.«

»Ich verstehe, aber ich darf nicht zu spät zu einem Treffen mit deiner Mutter kommen. Sie ist heutzutage nicht mehr sie selbst, seit ich angefangen habe, meinen Ruhestand zu planen. Ich versuche, alles zu tun, um sie glücklich zu machen«, antwortete er, bevor er auf den Knopf drückte, um das Fenster zu schließen.

Mit ein paar Zentimetern und noch weniger Sekunden, um seine Aufmerksamkeit zu erregen, grunzte ich in den verschwindenden Raum: »Frühstück. Morgen. Um neun Uhr. Verpasse es nicht!«

Er lächelte und fuhr rückwärts aus der Einfahrt. Etwas Seltsames ging in meiner Familie und in Braxton vor sich. Je mehr jeder versuchte, es zu verbergen, desto mehr wollte ich tiefer graben. Derek und ich tauschten ein kurzes Textgespräch aus.

Kellan: *Kam in Abbys Büro. Ich fand einige ihrer Forschungsnotizen in den Ordnern. Ich gehe sie am Wochenende noch einmal durch.*

Derek: *Fantastisch. Mein Chef überprüft gerade die überarbeiteten Materialien, die du mir geschickt hast. Ich hatte keine Zeit, ihm zu sagen, dass sie dir gehören, aber ich bin sicher, dass er weiß, wie hart du gearbeitet hast.*

Aargh! Ich musste Emma anrufen, um zu erfahren, wie es ihr geht, und ihr mitteilen, dass sie für ein paar Wochen nach

Braxton zurückkommen würde. Ich musste alles aufschreiben, was ich bei den bisherigen Ermittlungen herausgefunden hatte. Dann musste ich eine Flasche Wein öffnen. Das waren die einzigen drei Dinge, von denen ich dachte, sie könnten meine Nacht verbessern. Oder vielleicht der Rest von Nana D's Backwaren. Ja, das sollten meine einzigen Pläne für den Abend sein.

13

Meine Mutter fuhr früh am nächsten Morgen mit ihren Freundinnen zu einem Kurtag. Jeden Monat verbrachten sie einen Samstag damit, sich im Woodland Spa auf der anderen Seite des Finnulia-Flusses verwöhnen zu lassen. Unvermeidlich kam sie erfrischt und strahlend zurück und versuchte dann, meinen Vater davon zu überzeugen, das nächste Mal mit ihr hinzugehen. Normalerweise hat er die Einladungen meiner Mutter angesichts seiner beruflichen Verpflichtungen ignoriert. Könnte er jetzt, da er in Rente gehen würde, immer noch damit durchkommen?

Ich hatte eine Kanne Kaffee gebrüht, einige von Nana D's Blaubeergebäckstückchen aufgetaut und einige Truthahnwürste in die Bratpfanne geworfen. Wenn mein Vater pünktlich wäre, würde er jeden Moment zum Frühstück kommen, das ich ihm am Vortag vorgeschlagen hatte. Gerade als ich anfing, das Essen zu servieren, bestätigte die Standuhr im Wohnzimmer, dass es neun Uhr war. Mein Vater drückte die Schwingtür in die Küche auf. Dieser Mann hatte ein tadelloses Timing.

»Guten Tag, Kellan. Ich glaube, du hast eine Forderung nach meiner Anwesenheit heute Morgen gestellt«, sagte er.

Versuchte er, witzig zu sein? »Wollte ich. Wir haben ein paar Dinge zu besprechen. Gehst du heute zum Spiel?« Ich ging das Thema zurückhaltend an, um nicht zu früh irgendwelche Spannungen zu erzeugen.

»In der Tat. Ich bin immer noch Leiter des College, und es ist das erste Baseballspiel. Ich freue mich auf den Saisonstart von Striker.« Er trug seinen Teller in die kleine Frühstücksecke und setzte sich auf die Bank, die der Hintertür am nächsten lag. Ich vermutete, dass er eine schnelle Flucht geplant hatte.

»Bedeutet das, dass Coach Oliver die Startaufstellung festgelegt hat?« In all der Aufregung hatte ich die Pep-Rallye vom Vorabend vergessen. Ich setzte mich zu ihm an den Tisch und nahm einen Bissen von Nana D's Gebäck. Der Blaubeergeschmack war so intensiv, dass ich die Augen schließen musste, um das Erlebnis voll genießen zu können.

»Ich denke, das beantwortet meine Frage, ob du einige Kurse übernommen wirst. Wenn du wirklich daran interessiert wärst, zu helfen, hättest du diese Woche die größten Neuigkeiten des College verfolgt«, sagte mein Vater und genoss sein Frühstück, was bedeutete, dass ich ihn noch nicht verloren hatte.

»Nein, das stimmt nicht ganz. Glaubst du, dass Baseball diese Woche Braxtons größte Neuigkeit ist?« Ich schüttelte erstaunt den Kopf, wie leicht er einen Mord abtun konnte, nur um sich auf die Rivalität Striker-gegen-Jordan zu konzentrieren. »Kommen wir zu dem Stellenangebot. Zunächst kam gestern Abend etwas dazwischen. Ich habe nicht daran gedacht, zu prüfen, wen Coach Oliver als Pitcher ausgewählt hat. Zweitens: Ich gehe heute mit Nana D zum Spiel.«

Er grunzte und ließ sein Messer fallen. Das krachende Klirren von Metall gegen Porzellan machte unser Schweigen noch unbeholfener. »Ich nehme an, ich hätte wissen müssen, dass heute der Jüngste Tag ist.«

»Wirklich, Dad? Du musst diesen Krieg mit Nana D beenden. Ich glaube, dass du dir nach unserem letzten Gespräch größere Sorgen machen musst.« Ich beendete zwei Gebäckstückchen und fast alle Würstchen auf meinem Teller während seiner Schweigeminute und wechselte dann wieder das Thema. »Noch mehr Blog-Postings?«

»Nichts. Der letzte war am Tag nach der Party«, antwortete er.

Ich war mir sicher, dass Myriam hinter all dem steckte. Ich war mir sicher, dass sie auch Abby entlassen wollte. Was wollte Myriam mit all diesen listigen Illusionen und Ablenkungen erreichen? »Ich habe einige Fragen zu Abby an dich«, sagte ich.

»Nur zu. Ich bin ganz Ohr.« Die Augenbraue meines Vaters zuckte.

»Ich fand in Abbys Büro einige Materialien, die mir helfen sollten, den Lehrplan für jede ihrer Klassen zu verstehen. Ich schaute in ihr Notenbuch, und ein paar Dinge passten nicht zusammen«, sagte ich.

Der bittere Gesichtsausdruck meines Vaters entspannte sich, aber seine Schultern waren immer noch steif. »Ich halte das für ein gutes Zeichen, wenn du über ihre Kurse recherchierst.«

Ich erklärte, was ich gesehen hatte, ohne konkrete Namen zu nennen. Er konnte nicht viel Hintergrundwissen über den Prozess geben. Er hatte die Details, wie die Noten eines Schülers festgelegt wurden, jedem Fachbereichsvorsitzenden und Dekan Mulligan überlassen. »Ich nehme nur selten aktiv Notiz von den Leistungen eines bestimmten Studenten, es sei denn, es geht um eine mögliche Suspendierung oder eine wichtige Auszeichnung. Myriam sollte dir mit den Einzelheiten helfen, sobald du dich entschieden hast, ob du für ein paar Wochen an Bord kommen willst.«

»Ich verstehe. Dazu kommen wir gleich. Wurdest du über die Noten von Striker auf dem Laufenden gehalten?« Ich hätte Geld darauf gewettet, dass er aufgepasst hätte, wenn heute ein Major-League-Baseball-Scout auf den Campus kommen würde.

»Ja.« Wesley Ayrwick bewies, dass er kein Mann der vielen Worte ist.

»Weißt du zufällig, was sich geändert hat, damit Striker heute spielen kann? Wenn er nicht ein 'B+' in Abbys Klasse erhalten hätte, würde seine Sperre für die kommenden Spiele der Mannschaft immer noch gelten.«

»Warum die plötzliche Besessenheit von der akademischen Stellung eines Baseballspielers, Kellan?« Er stand aus der Frühstücksecke auf, um mehr Kaffee einzuschenken. Ich nickte, als er mich fragte, ob ich Nachschub brauche.

Ich war froh zu hören, dass Striker spielen konnte. Ich mochte ihn, als wir uns im Fitnesscenter trafen, aber das 'F', das ich in Abbys Notenbuch gesehen hatte, hatte einige Alarmglocken ausgelöst. Es war ein zu großer Zufall, um zu akzeptieren, dass er im letzten Semester durchgefallen war und sie bei seiner ersten Prüfung in diesem Jahr ein 'F' für seine erste Prüfung bekam, und dann ist plötzlich alles wieder in Ordnung, damit er heute spielen kann. »Ich bin ein wenig besorgt darüber, dass mit der Art und Weise, wie Abby ihre Studenten benotet hatte, etwas faul ist.«

»Sprich mit Myriam. Sie hat persönlich überprüft, dass Abbys Prüfungsergebnisse Anfang dieser Woche in das Studentensystem geladen wurden. Es dauert einen Tag, bis sie genehmigt sind, dann können die Studenten sie online überprüfen.«

»Okay. Um deine Frage zu beantworten, werde ich vier Wochen lang Abbys Unterricht übernehmen. Ich muss das mit meinem Chef abklären, aber er hat mir bereits einige Aufgaben gegeben, die darauf hindeuten, dass er froh sein wird, dass ich jetzt in Braxton bin«, antwortete ich und bereitete mich auf meinen nächsten Punkt vor. »Ich habe aber einige Bedingungen.«

Mein Vater schaute begeistert auf meine Nachricht. »Das ist großartig. Ich bin froh, dass du für alles offen bist.« Seine buschigen Augenbrauen erhoben sich neugierig.

Ich erklärte ihm, dass ich es geheim halten wolle – er könne nur diejenigen informieren, die wissen müssten, dass ich Abbys Arbeitspensum vorläufig bewältigen würde. Ich konnte sehen, wie die Neuigkeiten bekannt wurden und die Leute anfingen zu denken, dass ich schon halbwegs wieder zu Hause angekommen sei. Ich bat ihn auch, alles zu beschreiben, was er über Abbys Privatleben gewusst hatte.

»Ich habe in letzter Zeit mehr Zeit mit ihr verbracht, als mir lieb war. Sie hatte um zu viel Freizeit gebeten, war mir gegenüber streitsüchtiger als sonst und verursachte auf dem Campus einigen Ärger mit Lorraine.«

»Ist das diejenige, über die du bei dem Anruf in deinem Arbeitszimmer vor ein paar Nächten gesprochen hast? An dem Tag, als ich nach Hause kam? Ich habe dich belauscht, und es klang...«

»Du hast mich belauscht? Ich habe dir etwas Besseres beigebracht, Kellan.« Mein Vater sammelte seine Brieftasche und seine Schlüssel ein und murmelte vor sich hin über die Abwärtsspirale der Zukunft der Gesellschaft.

»Nein, ich kam herunter, um das Telefon zu benutzen und hörte zufällig einen Teil des Gesprächs. Wer war am Telefon?«

»Das geht dich nichts an, Kellan.« Er war sehr ruhig und gesammelt, aber offensichtlich verärgert.

Ich konnte mein Glück nicht weiter herausfordern, wenn ich die schwierige Frage noch stellen wollte. »Wie gut kanntest du Abby? Hast du mit ihr nach der Arbeit Kontakt geknüpft?«

»Was? Nein, wir haben uns ein paar Mal bei ihr zu Hause getroffen, damit wir ein ehrliches Gespräch über ihre Zukunft führen konnten. Daher wusste ich, dass sie beabsichtigte, Braxton irgendwann in der neuen Amtszeit zu verlassen.«

Er musste der W. A. in ihrem Tagebuch sein. Altons Initialen waren A.M. Die Initialen von Coach Oliver hätten ein 'O' in ihnen gehabt. Die Nachbarin sah das Auto von jemandem vor ihrem Haus. Könnte ich fragen, ob er eine Affäre mit ihr hatte?

»Dad, wie läuft es zwischen dir und Mom? Sie scheint um dich besorgt zu sein und nicht ganz sie selbst. Eleanor dachte, ihr hättet euch gestritten.«

»Deine Mutter steht unter großem Stress. Du weißt, dass dies ihre arbeitsreichste Zeit des Jahres ist.« Er stellte seinen leeren Becher in die Spüle und spülte seine Hände ab. »Ich weiß es zu schätzen, dass du mir diesen Gefallen tust. Ich werde Myriam in Kürze anrufen, um ihr mitzuteilen, dass du angenommen hast, und um dir zu helfen, dich einzuleben. Ich muss mich mit den Jungs treffen. Richter Grey ist wahrscheinlich schon am vierten Loch.«

Mein Vater holte seine Jacke aus dem Schrank und ging auf die Garage zu. Als er die Fernbedienung drückte, um die Tür zu öffnen, stoppte ich ihn. »Hat Mom herausgefunden, dass zwischen dir und Abby etwas vor sich ging? Ich will nicht neugierig sein, aber ich fand Abbys Tagebuch und einen Eintrag, in dem stand...«

»Wie kannst du es wagen, anzunehmen, dass ich deiner Mutter so etwas antun würde? Ich dachte, wir hätten mit deiner Entscheidung heute eine Wende vollzogen, aber ich weiß nicht, was ich jetzt glauben soll. Wirst du denn nie erwachsen?«, rief er, bevor er die Küchentür zuschlug.

Mein erster Gedanke war, dass er die Frage nicht beantwortet hatte. Mein zweiter Gedanke war, wie ich die Situation in Ordnung bringen könnte. Ich wollte den Mann nicht verärgern, aber mein Vater wusste etwas, was er mir nicht sagte. Ich beschloss, ihm für das Wochenende etwas Luft zum Atmen zu geben. Eine Stunde später holte ich Nana

D von Danby Landing ab. Sie hatte sich mit dem Trikot eines Braxton Bears, einer dunkelgrauen Strumpfhose und einer Baseballmütze geschmückt. Die Bears waren das Maskottchen der Mannschaft und beschrieben ganz sicher die Art und Weise, wie die Mannschaft normalerweise spielte. In den ersten paar Innings wirkten sie immer ein wenig schläfrig und ruhig. Im dritten Inning kamen sie aus dem Winterschlaf und begannen zu punkten. Ich hatte große Hoffnungen für das heutige Spiel, aber Nana D war nicht überzeugt.

»Striker ist ein guter Junge, aber er ist nicht vorbereitet. Ich habe ihn gestern Abend bei der Pep-Rallye gesehen. Er war ganz sicher aufgeregt, dass er ausgewählt wurde, aber er sah irgendwie besorgt aus«, sagte Nana D. Sie schaltete den Radiosender auf ihren Lieblings-Country-Sender um und zwang mich, ihre Musik zu hören.

»Er hat Abbys letzte Prüfung bestanden. Das sollte ihn glücklich machen.« bemerkte ich, als ich auf den Parkplatz von Grey Field einbog. Wir waren eine Stunde zu früh, aber Nana D wollte sich die Tailgate Party anschauen, wo Leute auf den Heckklappen ihrer Trucks saßen und vorfeierten. Ich war seit Jahren nicht mehr auf einer solchen Party gewesen und vermutete, dass sie aufgrund der Anweisungen, die sie erteilte, wo man parken sollte, was man mitbringen sollte und wer anwesend sein würde, regelmäßig erschien.

»Ja, er war glücklich, aber er erwähnte ein Mädchen, das ihm wegen irgendetwas das Leben schwer machte. Nana D lächelte mich an. «Ich nehme an, es war seine Freundin, aber er hat nicht viel gesagt. Weiber, scheiße!«

Warum sollte ein Student mit ihr über sein Privatleben sprechen? »Du scheinst heutzutage überall zu sein, Nana D.»

Sie gab mir das Daumen-hoch-Zeichen, als wir das Auto parkten, und sprang dann schnell heraus. »Ich bin in dreißig Minuten zurück. Ich muss gesehen werden.« Ich hatte ganz vergessen, sie nach dem Treffen vor der Pep-Rallye zu fragen.

Anscheinend hatte sie ein aktiveres soziales Leben als ich.

Während Nana D wegging, ging ich zum Baseballstadion und sah den Spielern einige Minuten lang beim Training zu. Ich blieb in der Nähe des Bullpens stehen, um zu sehen, wie sich dort die Werfer aufwärmten. Als Striker fertig war, ging er am Unterstand der Spieler vorbei, wo sich Coach Oliver mit einigen anderen Teammitgliedern unterhielt.

»Kellan, bist du das?«, rief Striker.

»Herzlichen Glückwunsch. Es sieht so aus, als hätte mit der Note alles geklappt. Du musst aufgeregt sein, den Scout heute zu treffen«, antwortete ich. Nana D hatte Recht. Ich konnte immer noch einen Schleier über seinen Augen sehen und hoffte, dass er nichts mit dem Mord an Abby zu tun hatte.

»Ja, ich habe bestanden. Coach Oliver rief mich an, um mir das mitzuteilen. Jordan hat es nicht so gut aufgenommen, aber ich glaube, er hat verstanden, dass er später in dieser Saison an der Reihe sein würde«, antwortete Striker, steckte sich den Handschuh unter den rechten Arm und befestigte den Ärmel an seiner Uniform. Als er seinen Arm verdrehte, bemerkte ich einen großen Kratzer in der Nähe seines Ellbogens.

»Sieht aus, als würde das wehtun.« Ich hatte es beim Training nicht gesehen, aber er hatte an diesem Tag ein längeres Hemd getragen. Sicherlich hätte der Sheriff seine DNA an ihrer Leiche gefunden, wenn sie aus einem Kampf hervorgegangen wäre.

»Oh, das, ja... Ich erinnere mich nicht. Willst du meine Freundin kennen lernen?«, sagte er, als eine hübsche blauäugige, blonde Cheerleaderin in unsere Richtung lief. »Das ist Carla Grey. Sie ist heute hier und unterstützt mich.«

Carla lächelte und ließ ihre Pompons auf das Unterstandsdach fallen. »Hi. Bereit für ein tolles Spiel? Wer ist dein gutaussehender Freund, Striker?« Ihr helles Make-up und eine sehr tief ausgeschnittene Uniform mit kurzem Rock stachen hervor.

Striker erklärte, wer ich bin. Während ich mich über Komplimente freute, war ich abgelenkt bei dem Versuch, mich daran zu erinnern, wo ich sie schon einmal gesehen hatte, und wurde neugierig auf ihren Nachnamen. »Sind Sie mit Richter Grey verwandt?«

Carla nickte nervös. »Ja, ähm... er ist mein Großvater. Kennen Sie ihn?«

Mein Vater spielte die ganzen Jahre über Golf mit ihm. Er war auch fast dreißig Jahre lang der Bezirksrichter gewesen. Alle hatten Angst vor ihm. Das arme Mädchen tat mir plötzlich leid. »Ich hatte bisher noch nicht das Vergnügen, ihn direkt zu treffen, aber ich kenne ihn sicherlich aus meiner College-Zeit.«

Carla schnappte sich ihre Pompons. »Ich sollte gehen. Ich muss bald anfangen, die Menge anzutreiben, nicht wahr? Wir sehen uns, Kellan.« Als Striker ihr einen Abschiedskuss geben wollte, hielt sie ihm die Wange hin. »Mach das Make-up nicht kaputt!«

Carla ging weg, und die Stimmung von Striker verschlechterte sich. Ich fragte: »Alles in Ordnung? Du scheinst heute ein wenig abwesend zu sein. Ich dachte, du würdest dich freuen, den Scout zu treffen.«

»Es ist cool. Weiberprobleme. Stiefvater in meinem Fall. Ich hoffe nur, dass ich gut abschneide«, murmelte er.

Striker kehrte zum Aufwärmen zurück, als der Trainer ihn zu sich rief. Ich ging zurück, um Nana D zu finden, die zu diesem Zeitpunkt ihren zweiten Hotdog hatte. Sie unterhielt einige der Damen der örtlichen Handelskammer mit Geschichten über ihre und Großvaters goldene Zeit.

Als wir uns auf unsere Plätze setzten, lehnte sie sich an mich und sagte: »Siehst du die Hure da drüben? Eustacia könnte denken, dass sie mir einen Strich durch die Rechnung macht, indem sie Lindsey Endicott dazu bringt, sie zum Spiel mitzunehmen. Ich werde diese Frau in Ordnung bringen! Unglaublich, in was für eine Aufmachung sie sich da reingezwängt hat. Ehrlich, eine Frau in ihrem Alter zieht die Baseballuniform der Mannschaft an, nur um einen Mann zu beeindrucken.«

Soweit ich es beurteilen konnte, waren Ms. Paddington und meine Nana ähnlich gekleidet. »Ähm, seid ihr beide nicht etwa im gleichen Alter, Nana D?«

Ich fühlte den Druck auf der Rückseite meines Arms, noch bevor sie begonnen hatte, mich verbal zu attackieren. »Ich bin drei Monate jünger als diese Jezebel, und du hast keine Ahnung, wovon du sprichst. Du hast heute nicht einmal etwas angezogen, um unser Team zu unterstützen, und wenn ich es nicht besser wüsste, würde ich denken, dass du auf Eustacias Seite stehst. Kein Enkel von mir würde mir das je antun, du kleiner...«

Die Ansagerin unterbrach ihre Mini-Rede, um alle aufzufordern, sich für die Nationalhymne zu erheben. Ich lächelte Nana D an, aber das half mir nicht weiter. »Zwei Wochen lang kein Kuchen für dich, Kellan.«

Der Rest der Partie war so spannungsgeladen wie mein vorübergehender Waffenstillstand mit Nana D, die sich bereit erklärte, meinen Kommentar zu vergessen, da sie behauptete, sie wolle nicht, dass irgendwelche Spannungen in der Luft das Mojo des Braxton-Bären unterbrechen. Ich war schockiert darüber, wie viel Schulgeist die Frau hatte. Irgendwann versuchte sie, mit den Cheerleadern hochzukicken, aber nachdem sie fast in Dekan Terry gefallen war, beruhigte sich Nana D.

Die Braxton Bears führten das Spiel vier zu drei, als das siebte Inning begann. Striker hatte sich gut geschlagen, aber ich konnte sehen, dass er langsam müde wurde, nachdem er die letzten beiden Läufe im Inning vor der Pause aufgegeben hatte. Ich sah, wie Coach Oliver Jordan Ballantine im Bullpen aufwärmte. Ich machte mir Sorgen, was das für die Chancen der beiden Spieler beim Scout bedeutete.

Nana D holte noch ein paar Hotdogs für uns. Ich traf auf

Fern Terry, dieselbe Frau, die schon Dekanin war, als ich in Braxton war. Fern Terry war extrem groß und hatte eine stahlgraue, koboldartige Frisur. Sie hatte sich nicht verändert, seit ich sie kannte, ebenso wenig wie ihre breiten Schultern und ihr geschwollenes Gesicht. Ich dachte immer, dass sie mit einer längeren Frisur besser aussehen würde, aber was wusste ich schon? Sie erinnerte sich an mich und an die vielen Male, die ich in ihrem Büro gesessen und meine Studentenverbindung verteidigt hatte. »Ich habe gehört, dass sie in Braxton kurz davor stehen, einen neuen Präsidenten zu wählen. Ich kann immer noch nicht glauben, dass mein Vater dieses Jahr in den Ruhestand geht«, sagte ich in der Hoffnung, einen Hinweis zu bekommen, ob sie eine der beiden letzten Kandidatinnen war.

»Ja, Montag oder Dienstag ist der große Tag. Ich weiß aus zuverlässiger Quelle, dass der Kandidat über die Entscheidung des Vorstands informiert wird«, sagte sie mit einem einschüchternden Ton. Als Dekan Terry einen Blick auf die Trainerbank warf, bemerkte ich ein Knurren, das ihr vorheriges Lächeln auslöschte, als sie Coach Oliver heranzoomte.

»Ich kann mir vorstellen, dass sie sich zwei Leute ausgesucht haben, die dem College seit Jahren treu gedient haben und wirklich wissen, wie sie Braxton dazu bringen können, sich weiterhin so hervorzutun, wie es mein Vater in den letzten acht Jahren getan hat.« Ich schmunzelte sie an, als wäre ich die Katze, die eine kleine Maus gefangen hatte.

»Ganz bestimmt. Ich bin mir ziemlich sicher, dass das der Fall ist.« Dekan Terry nickte und ging dann die Tribüne hinunter in Richtung des Spielfeldes. »Ich muss mit Coach Oliver sprechen. Bitte entschuldigen Sie mich«, knurrte sie.

Ich fand es merkwürdig, dass sie beim Spiel war, denn Sport stand in der Vergangenheit nie ganz oben auf ihrer Interessenliste. Etwas braute sich zwischen den beiden zusammen, aber ich war mir auch sicher, dass sie eine der beiden Präsidentschaftskandidatinnen war, was bedeutete, dass aufgrund dessen, was ich erfahren hatte, noch jemand von außen in Betracht gezogen wurde. Ich zerbrach mir den Kopf, um herauszufinden, wer im Rennen sein könnte, aber wenn es nicht jemand aus den Familien Paddington, Stanton oder Grey war, hatte ich keine Ahnung.

Nana D kehrte zurück. »Ich habe dir einen Truthahnburger mit Avocado auf einem Alfalfa-Sprossenbrötchen mitgebracht. Versuchs mal.«

»Ähm, die hatte ich schon einmal, und seit wann gibt es bei einem Baseballspiel gesundes Essen?« Ich machte ein Gesicht, als ob die Welt untergegangen wäre. Ich aß oft gesund, ohne dass sie es bemerkte.

»Wann warst du das letzte Mal bei einem Baseballspiel?«, rügte sie mich.

Ich überlegte einige Sekunden lang, die für Nana D anscheinend zu lang waren: »Das dachte ich mir. Iss es einfach, oder ich werde das zweiwöchige Kuchenverbot nicht aufheben.« Nana D gab mir einen Ellbogen und lachte dann. »Ich habe gerade Bridget Colton getroffen, als ich unterwegs war.«

Ich wusste, dass Nana D darauf aus war, wieder für Unruhe zu sorgen. »Wie geht es meiner kleinen Elfe heute?«

Nana D brachte mich zum Schweigen. »Du bist seltsam. Ich dachte nur, es würde dich interessieren, dass sie hier ist. Vielleicht könntest du nach dem Spiel Hallo sagen. Bridget kennt nicht viele Leute in der Stadt.«

Ich wollte mich heute nicht mit den romantischen Arrangements von Nana D befassen. »Oh, schau, das Spiel fängt an.«

»Ja, Striker scheint raus zu sein, das arme Kind. Marcus wird ihn deswegen zermalmen.«

Striker warf seinen Handschuh an den Zaun. Stadtrat Stanton und Trainer Oliver stritten über etwas, aber ich war zu weit weg, um sagen zu können, was los war. Dekan Terry ging mit einem verwirrten Gesichtsausdruck weg. »Jordan hat gerade den Pitcher Mound genommen. Ich schätze, du hattest recht«, sagte ich.

»Wann habe ich nicht recht?«, sagte ich. Nana D neigte ihren Kopf und senkte ihre Sonnenbrille. »Wegen Bridget...«

Ich habe sie mit einem Achselzucken abgetan, ihr gesagt, sie solle sich auf das Spiel konzentrieren, und ihr versprochen, dass ich am nächsten Morgen zum Brunch vorbeikomme, wenn sie das Thema in Ruhe lassen würde. Nana D war zufrieden, dass ich wenigstens zugestimmt hatte, sie wieder zu besuchen.

Jordan pitchte die verbleibenden Innings und gab nur einen Lauf auf, als die Woodland Beavers einen Gleichstand erzielten. Glücklicherweise erzielten die Braxton Bears im letzten Inning ein Triple und gewannen das Spiel sieben zu vier. Die Menge tobte, als die Spieler auf den Parkplatz gingen, um begeistert zu feiern, dass sie das erste Spiel der Saison gewonnen hatten. Das bedeutete, dass Braxton eine kämpferische Chance auf den Einzug in die diesjährige Meisterschaft haben könnte.

Nana D ging, kaum dass das Spiel zu Ende war, und deutete an, dass sie von einer ihrer Freundinnen nach Hause gefahren werden würde. Ich mischte mich unter die Fans und ließ die College-Atmosphäre auf mich wirken. Als ich die Graduate School besuchte und an der University of Southern California promovierte, wohnte ich nicht auf dem Campus. Ich hatte auch Vollzeit gearbeitet, war gerade erst verheiratet, und Emma war kurz darauf geboren worden. Es war fast ein Jahrzehnt her, dass ich diesen elektrisierenden Schulgeist in höchster Alarmbereitschaft verspürte. Es war ziemlich fantastisch zu sehen, wie sich die ganze Stadt zur Unterstützung der Braxton Bears zusammenschloss.

Auf der Heimfahrt machte ich Pläne, mich am folgenden Montagmorgen mit Dr. Castle zu treffen, um die Verantwortung für die Kurse zu übernehmen. Sie war am

Telefon schroff gewesen und wollte nichts besprechen, bevor wir uns nicht persönlich getroffen hatten. Wenigstens hatte ich dieses Treffen arrangiert, und ich konnte mehr über Braxtons Benotungsverfahren erfahren, vielleicht sogar Datum und Zeitstempel sehen, wann die Noten von Striker hochgeladen worden waren.

14

Am frühen Abend war ich zu meinem täglichen Lauf gegangen und wählte die Millionärsmeile wegen des Sehgenusses. Alle Häuser waren großartig und ragten zwischen der Main Street und den Wharton Mountains im Hintergrund empor. Es war ein beeindruckender Anblick für jeden Neuankömmling in Braxton, und mir wurde immer wieder bewusst, wie schön meine Heimatstadt war. Ich stellte meinen Wecker und machte ein Nickerchen, bevor ich mich mit Eleanor zum Abendessen traf. Die kühle, frische Luft beim Ansehen des Spiels musste mich ziemlich erschöpft haben.

Als ich aufwachte, erinnerte ich mich daran, dass ich Connor meine Nachricht über Abbys Tagebucheinträge, in denen W.A. erwähnt wurde, nicht mitgeteilt hatte. Da ich spät dran war, musste es eine Sonntagsaktivität sein. Ich fand mein Lieblingspaar dunkle Jeans, fügte dem Ensemble ein hellgraues Hemd mit Knöpfen und eine schwarze Sportjacke hinzu und ließ meine Füße in ein Paar schwarze Stiefel gleiten, da ein bisschen Schnee am Boden klebte, seit die abendlichen Wolkenbrüche über uns hereingebrochen waren.

Ich traf Eleanor in einem italienischen Restaurant in der

Nähe der Uferpromenade des Finnulia-Flusses. Im letzten Jahr waren einige neue Lokale eröffnet worden, aber ich konnte erst eines probieren, als ich Weihnachten zu Hause war. Sie hatte reserviert und uns einen Tisch im hinteren Teil reserviert, von dem aus wir auf die herrlichen, mondhellen Sandbänke blicken konnten.

»Ich kenne den Besitzer. Wir haben einmal zusammen in einem anderen Restaurant gelernt«, sagte sie, als ich ihren Stuhl hervorholte. Eleanor hatte sich etwas mehr als ihre normale Arbeitskleidung angezogen, aber bei weitem nicht so schick wie auf der Pensionierungsparty. Ich war froh zu sehen, dass sie in den wärmeren Farbfamilien blieb, denn ihre Augen und Haare glänzten am besten, wenn sie Rot und Gelb trug. Genau wie meine!

»Ich bin froh, dass du neulich zur Vernunft gekommen bist und ein Abendessen vorgeschlagen hast.« Ich hatte nicht vor, auf Zehenspitzen um ihre kühle Einstellung Anfang der Woche herumzutanzen. »Danke, dass du die Kaltfront abgebaut hast, Anna Wintour.«

»Das tut mir leid, *Sherlock Holmes*. Ich wusste nicht, wie ich auf etwas reagieren sollte, was du gesagt hast«, erklärte sie beim Durchsehen der Speisekarte und schlug dann ein paar Appetithäppchen zum Teilen vor.

Ich bestellte zwei Gläser Champagner, um den Abend entspannter zu gestalten. Ich zerbrach mir den Kopf bei dem Versuch, zu erraten, welches heikle Thema ich angesprochen hatte. »Kannst du mich aufklären? Ich kann mich im Moment nur schlecht erinnern.«

»Connor.«

Das hatte ich nicht kommen sehen. »Er hat in letzter Zeit auch an meinen Nerven gekratzt. Was hat er mit dir gemacht?«

Eleanor klopfte mit den Fingern auf die weiße Tischdecke und zappelte mit ihrem Besteck. »Ähm, nun ja, es ist kein leichtes Thema für mich, in deiner Gegenwart darüber zu sprechen.«

Ich hatte begonnen herauszufinden, was sie sagen wollte, bevor die Worte aus ihrem Mund kamen. Connor und meine Schwester? Ich war hin- und hergerissen zwischen der Wut darüber, dass er in Erwägung gezogen hatte, mit Eleanor auszugehen, ohne mich vorher zu fragen, und der Erkenntnis, dass das auch bedeutete, dass zwischen ihm und Maggie vielleicht gar nichts los war. »Ist zwischen euch beiden schon einmal etwas vorgefallen?«

»Nicht wirklich.«

»Das ist ein Haufen dreckiger, verrotteter Pferdemist, um Nana D zu zitieren. Seid ihr zwei schon einmal ausgegangen?«

»Einmal. Vielleicht zweimal. Aber es ist nichts passiert, ich schwöre es«, antwortete Eleanor, als ihre Wangen heller als ihre Bluse gerötet waren. »Wir kamen vor zwei Monaten zum Abendessen hierher.«

Zwischen der Kellnerin, die unsere Cocktails servierte, und den Appetithäppchen hatte ich erfahren, dass Connor im Herbst vor meiner Heimkehr zur Winterpause im Pick-Me-Up Diner vorbeigeschaut hatte. Eleanor hatte ihn seit Jahren nicht mehr gesehen, war aber fasziniert von seinem dramatischen Umstyling, als die beiden wieder aufeinander trafen. Sie hatten sich eines Abends am Ende ihrer Schicht auf einen Drink getroffen, und sie dachte, es gäbe eine Verbindung, konnte sich aber nicht sicher sein. Dann hatte er sie zum Abendessen eingeladen, wo sie sich fantastisch amüsierten. Ein paar Wochen später trafen sie sich kurz vor Weihnachten zum Mittagessen, dann war er in den letzten sechs Wochen kalt geworden. Sie war zu nervös, um ihn zu fragen, was passiert war.

»Ich hätte es zu schätzen gewusst, wenn mir das jemand früher gesagt hätte. Ich habe das Gefühl, dass jeder vergisst, mir mitzuteilen, was los ist«, sagte ich in einem verärgerten

Tonfall irgendwo zwischen einem hungrigen Bären und einem verschmähten Liebhaber.

»Es ist ja nicht so, dass du noch nie Fragen zu meinen Verabredungen gestellt hättest. Ich wusste nicht, was ich tun sollte, aber dann erwähntest du, wie nahe er und Maggie sich zu stehen scheinen, und na ja...«

Ich hatte begonnen, das Problem zusammenzufügen. »Du glaubst, er ließ dich fallen, um mit Maggie auszugehen?«

Eleanor nickte. »Ich weiß nicht, was es sonst sein könnte.«

Ich dachte über die Fakten nach. Connor und meine Schwester waren an mehreren Tagen ausgegangen. Dann begann er, sich Maggie näher zu nähern, um ihr zu helfen, sich an die Arbeit in Braxton zu gewöhnen und die Erinnerungen an ihren verstorbenen Ehemann loszulassen. »Hast du zufällig mal mit Connor über mich gesprochen?« Ich hatte aus einem bestimmten Grund gefragt, aber ich wollte auch wissen, ob er sich auch über den Verlust unserer Freundschaft geärgert hatte.

»Als ob! Warum sollte ich über dich plaudern, wenn wir ein Date hatten?« sagte Eleanor mit Verachtung. »Ich habe sicher erwähnt, dass du Weihnachten nach Hause kommst, aber wir haben eigentlich nicht über dich gesprochen.«

»Wie hat er reagiert, als du meinen Namen gesagt hast?« Während Eleanor darüber nachdachte, trank ich mein Glas Champagner aus und bat die Kellnerin, uns noch etwas Wasser zu bringen. Ich hatte schon in der Woche genug Alkohol getrunken, so wie sich meine Jeans in diesem Moment anfühlte. Es konnten nicht die Desserts sein.

»Wenn ich es mir recht überlege, wurde er doch ein wenig still. Als er mich absetzte, fühlte es sich sehr distanziert an.« Sie neigte den Kopf zur Seite und wischte sich die Lippen mit einer Serviette ab. »Irgendwelche Gedanken?«

»Ich wunderte mich, ob er sich nicht ein wenig seltsam fühlte, mit dir als meine Schwester und so weiter zu einem Date zu gehen, gleich nachdem du erwähnt hattest, dass ich nach Hause komme. Und dann hörte er wahrscheinlich, dass ich zu Dads Abschiedsfeier zurückkomme.« Connor fühlte sich schuldig. Ich wusste es.

»Er rief einmal an, und wir sprachen darüber, uns wiederzutreffen. Es kam nie etwas zustande.«

Eleanor und ich spielten drei Runden *Stein, Schere, Papier*, um zu sehen, wer sich anschnallen und beim nächsten Mal fragen musste.

»Ha! Ich schlage dich immer, Kellan.« Eleanor stieß mich mit ihrer Gabel. »Du bist fertig für die Nacht!«

Und sie hatte Recht. Ich war von diesem Zeitpunkt an erschöpft und bat um die Rechnung. Während wir warteten, um zu bezahlen, sprachen wir über alles, was ich bei der Morduntersuchung erfahren hatte. Eleanor war sich sicher, dass der W.A. in Abbys Tagebuch nicht unser Vater war. Sie dachte, Connor würde mögliche Optionen kennen und ermutigte mich, ihn danach zu fragen, als ich das Thema Maggie ansprach.

»Sag ihm nicht, dass du von den beiden Dates weißt, die wir hatten«, rief sie, als ich die Autotür schloss.

Ich hatte am nächsten Morgen viel länger geschlafen, als ich vorhatte, und würde spät zu Nana D kommen. Ich wollte keinen Ärger bekommen oder aus irgendeinem Grund bestraft werden, also überschritt ich die Geschwindigkeitsbegrenzung auf ein paar Straßen und versuchte, pünktlich anzukommen. Es war Sonntag, und die meisten Leute würden um diese Zeit in der Kirche sein. Als ich um die Ecke kam, um den Feldweg nach Danby Landing zu erreichen, hörte ich die Sirenen. Wenn ich an diesem Morgen nicht Pech gehabt hätte, hätte ich auch gar keins gehabt.

Ich fuhr an den Straßenrand und wartete, bis der Beamte

mein Auto erreichte. »Und was hat Sie dazu bewogen, mit fünfzig in einer Tempo-30-Zone zu fahren?«, sagte eine bekannte Stimme.

Ich blickte auf und bemerkte, wie mein neuester guter Kumpel mich anstarrte. Er dürfte keine älteren Geschwister haben, denn ich hatte noch nie von jemandem aus seiner Familie gehört oder jemanden aus seiner Familie kennengelernt. »Officer Flatman, es tut mir so leid. Ich habe nicht nachgedacht. Das war ganz und gar meine Schuld. Ich wollte nicht zu spät bei meiner Oma sein.«

»Ach, Sie sind's«, antwortete er mit einem Hauch eines Lächelns. Seine pummeligen Arme schwenkten mechanisch umher. »Sie sollten es besser wissen. Was würde Mrs. Danby davon halten, wenn ihr Enkel einen Strafzettel für zu schnelles Fahren bekäme?«

Ich studierte den listigen Gesichtsausdruck von Officer Flatman. Entweder war er dabei, mir ein ironisches Stück Demutskuchen zu servieren, die einzige Art von Kuchen, die ich nicht mochte, oder er ließ mich wissen, dass er meine missliche Lage verstand. »Ich nehme an, es gibt keine Möglichkeit, dass Sie wegschauen könnten.«

Officer Flatman fragte nach meinem Führerschein und meiner Zulassung und sagte mir dann, ich solle noch eine Minute warten. Während er weg war, dachte ich darüber nach, wie ich ihn fragen könnte, ob er das Neueste über Abbys Morduntersuchung wüsste. Er könnte so begeistert sein, mir einen Strafzettel zu geben, dass ihm eine Information herausrutschen würde. Ich bestimmte meine Vorgehensweise, bevor er zurückkam und mir meinen Papierkram übergab.

»Ich denke, wir können das durchgehen lassen, Mr. Ayrwick. Aber wenn ich sehe, dass Sie demnächst auch nur eine Meile über dem Limit liegen oder nicht zu einem vollständigen Stopp kommen, gibt es keine zweite Chance.

Haben Sie mich verstanden?« sagte er und hielt ein Kichern zurück.

»Versprochen. Ich bin Ihnen ewig dankbar, Officer Flatman. Sie müssen mit der Untersuchung beschäftigt sein. Der Sheriff spricht so lobend über Ihre Arbeit beim Sammeln der Beweise. Dieser Papierkram sollte Ihnen nicht in die Quere kommen«, antwortete ich mit ernster Aufrichtigkeit. *'Tötet sie mit Freundlichkeit'*, predigte Nana D immer.

»Hat sie das gesagt? Wow, ich frage mich, ob Sheriff Montague meinen Beitrag zu schätzen wusste. Besonders, als ich die Lücke in Fern Terrys Alibi fand«, antwortete er freudig, als sein Gesicht zu erröten begann.

Oh, es könnte funktionieren. »Definitiv. Sie waren eine so große Hilfe. Und wer hätte gedacht, dass Sie so methodisch vorgehen? Vielleicht werden Sie ja bald Detective, hm?«

»Das ist meine größte Hoffnung. *Detective* Flatman, bevor ich dreißig werde. Ich habe noch ein paar Jahre vor mir, aber...«

Nein, ich musste ihn unterbrechen, wenn ich ihn unvorbereitet erwischen wollte. »Das Alibi von Dekan Terry, ja, ich habe davon gehört. Ich wusste nicht einmal, dass sie eine Verdächtige war.« Ich hatte keine Ahnung, wie Dekan Terry mit dem Mord an Abby in Verbindung gebracht werden konnte. Es war ein Schock, ihren Namen zu hören. »Stellen Sie sich nur ihr Wesen vor...«

»Fern wurde gesehen, wie sie um acht die Pensionierungsparty verließ, behauptete aber, sie sei um neun gegangen«, prahlte Officer Flatman. »Eleanor sah die Frau viel früher gehen, gleich nachdem auch Myriam gegangen war.«

»Haben Sie schon herausgefunden, was passiert ist?«, fragte ich. Wenn Myriam vor Fern weggegangen wäre, könnte der Shakespeare-Fanatiker den Bericht meiner Schwester über die Ereignisse nicht verifizieren. Könnte jemand anders sie gesehen haben?

»Nein, ich schätze, Fern muss sich in der Zeit geirrt haben. Ich warte darauf, herauszufinden, ob Sheriff Montague erfahren hat, was zwischen dem Zeitpunkt, an dem sie die Party verließ, und dem Zeitpunkt, an dem sie um viertel vor zehn nach Hause kam, passiert ist.« Officer Flatman lächelte, dann sah er aus, als hätte er gemerkt, dass er zu viel gesagt hatte.

Ich konnte mich überhaupt nicht daran erinnern, sie gesehen zu haben, aber ein Großteil meiner Zeit war in dieser letzten Stunde auf Maggie konzentriert gewesen. »Nun, ich weiß es zu schätzen, dass Sie mir heute nicht das Leben schwer machen. Ich sollte zu Nana D gehen.«

»Auf jeden Fall, Mr. Ayrwick. Ich wünsche Ihnen einen schönen Tag«, antwortete er. Als er wegging, konnte ich ihn im Seitenspiegel hysterisch kichern sehen. Seltsam, wenn man bedenkt, dass ich derjenige war, der sich aus der Strafe entlassen hatte. Ich wollte das Schicksal nicht herausfordern, dankte den Machthabern für ihre Gnade und sorgte dafür, dass der Tacho nie über neunundzwanzig ging, als ich den Feldweg zu Nana D's Farm hinunterfuhr.

Als ich hochkam, stand sie auf der Veranda und wippte in einem Schaukelstuhl. »Drei Minuten zu spät, Kellan. Du hast Glück, dass ich einen Anruf hatte, der mich davon abhielt, die Frühstücksvorbereitungen rechtzeitig abzuschließen.«

Vielleicht hatte ich heute zweimal hintereinander Glück. »Entschuldige, ich bin in den Verkehr geraten... auf der Straße.« Sie brauchte nicht zu wissen, dass es nur ein Auto war, das mir im Weg stand, um pünktlich hierherzukommen. Der Wind peitschte hinter mir auf und erinnerte mich daran, dass es heute vielleicht wärmer als sonst war, aber es war immer noch nicht anständig genug, um draußen herumzuhängen. »Lass uns reingehen?«

Nana D schaukelte weiter hin und her. Ihr Zopf war heute auseinandergerissen, und sie sah recht zufrieden mit sich aus. Es schien ein vages Gefühl des Katzen-verschluckt-eine-

Maus-Syndroms aufzutreten. »Sicherlich. Willst du mich nicht fragen, wer mich so lange am Telefon gehalten hat?«

Sie wollte Bridget wieder zur Sprache bringen. »Ich bin sicher, es war wichtig. Lass uns das leckere Frühstück essen, das du gemacht hast. Was ist das, Speck und Eier? Hausgemachte Kekse?« Ich rieb mir den Bauch, als die Hungerschmerzen zu wachsen begannen. Wenn sie frische Orangenmarmelade hatte, würde ich ihr den Boden zu Füßen küssen.

»Ich folge dir hinein. Ich bin dankbar, dass Officer Flatman so freundlich war, mir alles über deinen Stau zu erzählen.« Als die Tür hinter ihr zuschlug, ließ sie ein brüllendes Gackern los, das Fran Drescher würdig war.

Ich wurde knallrot. Es war nicht Bridget am Telefon. Flatman hatte das letzte Lachen, dieses Schwein! »Ist nicht wahr?«

»Das habe ich getan. Wenn es in der Vergangenheit bei einem Besuch im Bezirksgefängnis zwischen dir und mir eine sogenannte Schuld zwischen dir und mir gegeben hat, so ist diese sicherlich inzwischen zurückgezahlt worden.«

Alles, was ich tun konnte, war nicken. Wiederholtes Nicken. Dreißig Minuten später schluckte ich weiter meinen Stolz herunter, als sie mich dafür bestrafte, dass ich zu spät kam und angehalten wurde. »Ich kann nicht zulassen, dass Leute negative Dinge über meine Familie sagen. Wegen dieses Mordes, den dein Vater hat geschehen lassen, haben wir bereits einen Makel. Tritt nicht in seine Fußstapfen und füge noch ein blaues Auge hinzu. Das wird mir in Zukunft nicht mehr helfen.«

»Wobei soll ich dir helfen?« Ich murmelte, während ich mir einen halben Keks in den Mund schaufelte.

»Das macht nichts. Du weißt, was ich meine«, antwortete sie und trat vom Tisch weg.

Da ich wusste, wie sehr sie den Klatsch liebte, tauschte ich ein paar Geheimnisse aus, um mich aus der Klemme zu ziehen. Nana D wollte diejenige sein, die Connor fragte, ob sie zusammen waren, aber ich überredete sie, die Situation in Ruhe zu lassen.

»Du musst Lorraine davon überzeugen, Connor die fehlenden Gegenstände zu melden. Und sich über die Noten von Myriam zu informieren. Ich gehe bei Marcus Stanton vorbei und frage einen Freund im Vorstand. Niemand tut viel, um dieses Debakel zu lösen. Ich brauche eine kriminalitätsfreie Stadt. Das sieht im Moment nicht gut für uns aus.«

»Ich bin dabei. Warum ist das so wichtig?« Die Türklingel unterbrach mich beim Beenden. »Ich gehe schon.«

»Vielen Dank, Kellan. Ich bin wirklich froh, dass du deine Manieren nicht verloren hast«, sagte sie mit einem lauten Seufzer.

Als ich die Tür öffnete, hatte ich einen Fall von Déjà-vu. Die Elfe war wieder da! »Was machst du denn hier?«

Bridget trat ein und begann, ihren Mantel aufzuknöpfen – zumindest war der neongrüne Parka angesichts des wärmeren Wetters verschwunden. »Haben wir das nicht schon letzte Woche behandelt? Ich nehme Sonntagvormittag Unterricht bei Seraphina. Heute ist Sonntag. Irgendeine Idee, warum ich zurück bin?«

Es schien, als würde mein kleiner elfenhafter Freund gerne scherzen. Sie war offensichtlich von Nana D gut trainiert worden. Da wurde mir klar, warum Nana D so bereit war, das Gespräch beim Baseballspiel über das Auffinden von Bridget auf der Tailgate Party fallen zu lassen. Als ich heute freiwillig zum Frühstück gekommen war, wusste Nana D, dass Bridget zum Klarinettenunterricht hier sein würde. Sie ist ein Teufel, keine unschuldige Großmutter.

»Musikunterricht. Ich bin wieder im Spiel, keine Sorgen«, antwortete ich und war froh, dass sie diesmal ein anderes Outfit gewählt hatte – ein wirklich normales. Bridget trug einen weißen Pullover aus Zopfmuster und eine enge Jeans, die modern und schick aussah. »Apropos Spiele, ich hörte, du warst gestern im Grey Field.«

»Ja, ich bin ein großer Fan. Ich unterstütze die Mannschaften des Colleges, wann immer ich kann, aber ich hatte schon immer eine starke Verbindung zum Baseball. Mein Vater hat es mir eingeimpft, als ich ein junges Mädchen war«, antwortete sie.

»Gehst du nach Braxton oder kennst du einen der Jungs aus dem Team?« Ich konnte mich nicht erinnern, ob sie beim letzten Mal gesagt hat, welches College.

Bridget zuckte die Schultern. »Ja, ich habe ein paar von ihnen getroffen. Ich weiß, dass Craig letztes Semester in der Kommunikationsabteilung vorbeigeschaut hat. Dieses Jahr bin ich mit ihm und Carla Grey in einem Biologiekurs. Alle anderen nennen ihn Striker, aber ich stehe nicht auf diese ganze Spitznamen-Sache.«

Während Nana D auffallend abwesend blieb, erfuhr ich, dass Bridget in jungen Jahren verwaist und in Pflegefamilien aufgewachsen war. Als sie achtzehn wurde, hatte sie ein Stipendium für Braxton erhalten und war die letzten vier Jahre dort gewesen, was bedeutete, dass sie in wenigen Monaten ihren Abschluss machen würde. Sie studierte, um Lehrerin mit einem doppelten Schwerpunkt in englischer Literatur und Musikerziehung zu werden. Bridget schien ein nettes Mädchen zu sein, aber ein ziemlich junges Mädchen, und ich war mir nicht sicher, was meine Nana dachte, was sie tat, indem sie mich mit jemandem verkuppelte, der mindestens zehn Jahre jünger war als ich. Bei meinen Eltern mag es funktioniert haben, aber bei mir hat es nicht funktioniert.

Es war gegen Ende unserer kurzen Kennenlern-Sitzung, als mir klar wurde, dass sie Striker erwähnt hatte, sie besuche oft die Kommunikationsabteilung. »Woher wusstest du, dass Craig Magee so oft in die Diamond Hall gehen würde?«

Bridget lachte. »Oh, ich arbeite dort. Ich bin einer der

studentischen Mitarbeiter in der Kommunikationsabteilung. Es bezahlt meine Vorräte und Bücher, so dass ich keine zusätzlichen Ausgaben habe.«

»Hat nicht einer der Studenten den Streit zwischen Lorraine und Abby belauscht? Warst du das oder ein anderer studentischer Mitarbeiter?«, fragte ich.

Bridget zappelte auf ihrem Sitz herum und schloss den Klarinettenkasten auf. Sie schaute an mir vorbei, wahrscheinlich in der Hoffnung, dass Nana D den Raum betreten würde. »Ich war es, aber ich wollte niemanden in Schwierigkeiten bringen. Der Sheriff befragte mich, weil ich in dem Gebäude arbeitete und wissen wollte, ob ich in der Vergangenheit etwas gesehen hatte.«

»Es tut mir leid. Ich wollte nicht, dass du dich unwohl fühlst. Ich hörte, dass es ein lauter Streit war, und ich war neugierig, wie er anfing«, fügte ich hinzu und fühlte mich schuldig, dass sie versuchte, das Richtige zu tun, und wahrscheinlich einen leichten Riss in der Abteilung verursacht hatte. »Ich bin sicher, Lorraine weiß, dass du nur gesagt hast, was du gehört hast. Sie ist eine verständnisvolle Frau.«

»Ja, es war ein bisschen unangenehm, aber ich bin sicher, es wird besser werden. Ich hätte nicht gedacht, dass Lorraine es in sich hat, aber sie war bei einigen Gelegenheiten unhöflich zu Professorin Monroe. Ich sah, wie sie an diesem Tag Professorin Monroes Handgelenk ergriff und sie wild schüttelte. Es hatte etwas mit einem Rechtsdokument zu tun. Ich habe nicht die ganze Unterhaltung mit angehört.« Als Bridget zu Ende sprach, schlenderte Nana D in den Raum, als hätte sie nicht im Hintergrund Heiratsvermittlerin gespielt.

»Es tut mir so leid, dass ich euch beide warten ließ. Ich musste das ganze Essen wegräumen. Kann ich dir etwas bringen, Bridget?« fragte Nana D freundlich.

»Ich sollte gehen«, warf ich ein, während ich einen spitzen Blick in die Richtung von Nana D warf. »Es war toll, mit dir zu reden, Bridget. Wenn meine Tochter in naher Zukunft zu Besuch kommt, könntest du vielleicht daran interessiert sein, ihr das Klarinettenspiel beizubringen. Es könnte ein bisschen zusätzliches Taschengeld sein.« Ich hatte zwei Gründe, dieses Angebot zu machen, abgesehen davon, dass ich wirklich wollte, dass Emma sich mehr mit Musikinstrumenten beschäftigt. Ich brauchte eine Gelegenheit, von Bridget mehr darüber zu erfahren, wie die Dinge in der Kommunikationsabteilung funktionieren. Ich wollte auch, dass Nana D dachte, ihr Plan, Bridget und mich zusammenzubringen, funktioniere, in der Hoffnung, sie würde es sein lassen. Vielleicht gab es auch einen kleinen Teil von mir, der es genoss, Nana D die Möglichkeit zu nehmen, Emma das Klarinettenspiel beizubringen. Da ich wusste, wie gerne sie Zeit mit ihrer Urenkelin verbringen würde, musste ich kleine Wege finden, um mich an Nana D dafür zu rächen, dass sie mich in unseren kleinen Spielen immer geschlagen hatte. Wir haben uns gerne gegenseitig aufgezogen.

»Was für eine schöne Idee«, sagte Nana D. »Ich bin sicher, ihr drei würdet einen tollen Nachmittag daraus machen.«

»Ausgezeichnet. Ich hoffe, du leihst Emma deine Klarinette, Nana D. Ich würde mir keine kaufen wollen, bevor ich nicht weiß, ob sie sie auch benutzen würde.«

Nana D wandte sich an Bridget. »Hast du deine verschwundene Klarinette gefunden? Ich würde meine gerne Kellan geben.«

Bridget schüttelte den Kopf. »Noch nicht. Ich habe meinen Klarinettenkoffer gefunden, aber die eigentliche Klarinette fehlte. Ich bin darüber auch ziemlich verärgert. Ich bin nicht aus Geld gemacht!«

Ich erfuhr, dass Bridget am Wochenende zuvor ihre Klarinette in der Diamond Hall vergessen hatte, aber als sie zurückging, um sie zu holen, nachdem die Polizei sie einige Tage später in das Gebäude gelassen hatte, stellte sie fest, dass der Koffer leer war. Sie meldete es Lorraine, was Sinn machte, da Lorraine mir sagte, dass mehrere Gegenstände fehlten. Ich müsste nach dem dritten fehlenden Gegenstand fragen. Ihre Erklärung brachte mich dazu, mich zu fragen, ob die Klarinette immer noch fehlte, weil jemand sie benutzt hatte, um Abby auf den Kopf zu schlagen. Ich machte mir eine Notiz, um Connor zu fragen, ob das die Mordwaffe sein könnte, bevor ich Bridget beunruhigte. Ich wollte nicht, dass sie dachte, etwas von ihr hätte Abby getötet, als die Studenten noch dachten, Abbys Sturz sei ein Unfall gewesen. Ich musste zugeben, dass es merkwürdig erschien, dass ein Dieb nur die Klarinette mitnehmen würde oder dass ein Mörder sowohl den Koffer als auch die Klarinette, mit der jemand getötet wurde, nicht wegwerfen würde.

15

Mutter Natur segnete Braxton über Nacht, indem sie den größten Teil ihres pulvrigen Staubs zur Bedeckung des Saddlebrooke National Forest schickte. Die riesigen Tannenbäume sahen wunderschön aus mit ihren robusten grünen Ästen, die mit leuchtend weißen Flocken bedeckt waren. Ich fuhr auf den Parkplatz der Big Beanery, um Myriam am Montagmorgen zu einem frühen Frühstück zu treffen. Nach langem Hin und Her schien es mir angebrachter, sie Myriam zu nennen als Dr. Castle, da wir für den nächsten Monat Kollegen sein würden.

Myriam hatte sich für einen dunkelbraunen Hosenanzug mit einer leuchtend orangefarbenen Bluse mit offenem Kragen entschieden. Anstatt eine Krawatte oder eine Brosche hinzuzufügen, hatte sie einen eleganten Seidenschal um ihren Hals gewickelt. Sie sah tadellos aus, und ich konnte ihrem Kleidergeschmack nicht widersprechen. Ihr Haar hatte sich jedoch seit dem letzten Mal, als ich sie sah, nicht verändert, so dass ich mich fragte, ob sie eine Sammlung identischer Perücken besessen hatte. Keine einzige Strähne sah aus, als ob sie in eine andere Richtung als beim letzten Mal ausgerichtet gewesen wäre. Als ich im Fernsehen und in der Forschung arbeitete, hatte mein Verstand begonnen, wie ein fotografisches Gedächtnis zu funktionieren – zu viele Nächte verbrachte ich damit, die Kontinuität zwischen den Episoden zu überprüfen. Ich kontrollierte das Verlangen, einen Teil von Myriams Haar zu entfernen, um zu sehen, ob irgendwo *Montag* draufstand. Schließlich *war* sie Professorin in der Theaterabteilung.

Während Myriam eine Tasse Kräutertee und einen Fruchtsalat auswählte, bestellte ich einen doppelten Espresso und ein Stück Kaffeekuchen, um den Extra-Schub zu erhalten, den ich brauchte, um den Morgen zu überstehen. »Ich weiß es zu schätzen, dass Sie sich heute Morgen Zeit für mich genommen haben, um mich in Abbys Unterricht einzuarbeiten. Ich unterrichtete einige Kurse im Grundstudium, als ich meinen Doktor machte...«

»Mr. Ayrwick«, unterbrach sie. »Ich bin mehr als froh, meinen Teil für Braxton zu tun, um sicherzustellen, dass die Studenten nicht noch mehr beeinträchtigt werden, als sie es bereits sind. Ihr Vater hat Sie jedoch sicherlich unter dem Radar eingeschleust. Er hätte mir auf der Pensionierungsparty sagen können, dass Sie sein Sohn sind. Was hat Brutus in Julius Cäsar gesagt... *'Der Missbrauch von Größe ist, wenn er Reue und Macht voneinander trennt'*, glaube ich.«

Sie hatte recht mit ihrem Zitat, aber sie muss auch ein gewisses Maß an Schuldgefühlen wegen der abfälligen Bemerkungen, die sie über meinen Vater gesagt hatte, gehabt haben. »Vielleicht. Mein Vater hat unter diesen Umständen einen Tunnelblick und tut das Mindeste, um...« Und sie tat es wieder. Ich entwickelte langsam einen Komplex zwischen den häufigen Aufhängungen und Unterbrechungen.

»Nicht, dass es etwas an meinen Äußerungen geändert hätte. Ich bleibe bei meinen Worten, und dies ist ein weiteres Beispiel dafür, dass Wesley Ayrwick glaubt, er könne Gott spielen«, antwortete Myriam und nahm ein paar Schlucke von ihrem Tee. Sie tupfte ein Baumwolltaschentuch aus ihrer Manteltasche gegen ihre Lippen, dann setzte sie sich höher auf den Stuhl.

»Nun, wie wäre es, wenn wir uns, anstatt uns in die Vergangenheit zu vertiefen, auf die Kurse konzentrieren, die ich heute Morgen übernehme?« Ich hatte am Abend zuvor alle Materialien zu Ende gelesen und war gespannt darauf, einige der einführenden Inhalte, die ich schon lange vergessen hatte, noch einmal aufzurufen.

»Ich bin bereit zu glauben, dass Sie diese Kursarbeit bewältigen können. Ich habe Ihre Qualifikationen überprüft, und obwohl ich entsetzt darüber bin, wie Ihr Vater Sie in Braxton eingeführt hat, freue ich mich, dass Sie viel mehr Erfahrung haben als Monroe. Wo Ihnen bestimmte Rollen als Hochschulprofessor fehlen, machen Sie das wahrscheinlich mit allem, was Sie in Ihrer Karriere erreicht haben, wieder wett.« Sie steckte ihre Gabel in ein Stück Pampelmuse, ich schwor, ich hörte ein Zusammenzucken, als es in ihren Mund kam. »Und das ist kein Kompliment. Nur eine Beobachtung und ein Vergleich. Ich gehe davon aus, dass wir bei der Einstellung eines Vollzeitprofessors bei der Kandidatensuche umsichtiger vorgehen werden.«

Dies sollte ein schwerer Kampf werden, der Attila dem Hunnen würdig war. Myriam und ich verbrachten eine Stunde damit, alles zu besprechen, was sie über Abbys aktuelle Kurse und die bevorstehenden Leistungen der Studenten gewusst hatte. Zwischen diskreten Widerhaken und Stichen fand ich einen Weg, den Benotungsprozess zu erwähnen.

»Monroe hat die Noten für diese erste Prüfung nicht hochgeladen, sondern ich. Es gab eine Art Verwechslung in der ganzen Aufregung, als der Sheriff am vergangenen Wochenende alles durchging«, sagte Myriam, während sie ihre Schüssel in den Mülleimer warf. »Als ich wieder Zugang zum Gebäude erhielt, fand ich die Mappe mit allen

Prüfungen in meinem Bürobriefkasten. Es sah so aus, als hätte die Frau bereits alles benotet, aber die Noten mussten noch in das System eingegeben werden.«

»Sie haben die Mappe niemand anderem gegeben?« Es war seltsam, dass sie sie überhaupt erst gefunden hat.

»Normalerweise hätte ich sie dem Büroleiter gegeben, aber da es schon so spät war, bin ich selbst in diese Runde gegangen, um eine weitere Verzögerung der Ergebnisse für die Studenten zu vermeiden. Ich habe sie am Mittwochabend bestätigt.«Einige Braxton-Studenten nahmen an nahe gelegenen Tischen Platz. Ich nickte Connor zu, während er seinen morgendlichen Koffeinschub bestellte. Ich drehte mich wieder zu Myriam um und sagte dann: »Sind Sie auf die Prüfung von Striker gestoßen?«

Myriam rümpfte die Nase. »Der Name ist mir nicht bekannt.«

War das ihr Ernst? Jeder wusste von der Baseball-Rivalität der vergangenen Woche. »Craig Magee, glaube ich, ist sein richtiger Name. Er hatte letztes Jahr in Abbys Klasse zu kämpfen, und dies war seine zweite Chance.«

»Ja, Ihr Vater hat mich ausdrücklich gebeten, mir diese Prüfung anzusehen. Es scheint, dass er Privatunterricht bekommen oder sich entschieden hat, sich mehr auf sein Studium als auf seine Sportkarriere zu konzentrieren. Ich verstehe nicht, warum Ihr Vater es zulässt, dass dieser sportliche Leiter so viel Einfluss ausübt...«

Es war meine Gelegenheit, dieses Mal selber zu unterbrechen. »Kennen Sie Coach Oliver? War er ein regelmäßiger Besucher in der Kommunikationsabteilung?« Ich war überzeugt, dass er etwas damit zu tun hatte, dass die Note in Strikers Prüfung geändert wurde. Ich war mir sicher, dass Striker aufgrund des Eintrags in Abbys Buch ein 'F' bekommen hatte. Jemand muss seine Prüfung vertauscht haben, um sicherzustellen, dass er gut genug bestand, um am Spiel teilnehmen zu können.

»Ich kenne den Neandertaler kaum. Wie ich schon sagte, ist der Sinn der Leichtathletikprogramme in Braxton für mich bedeutungslos. Ich bin immer noch schockiert, wie viele Spenden anscheinend auf sie zukommen«, antwortete Myriam, während sie den Rest ihres Tees trank.

»Kennen Sie den Blog, der viel über die Verteilung der Spenden von Braxton zu sagen hatte?« Ich fragte, in der Hoffnung, ihr etwas Unbehagen zu bereiten und meinen Verdacht zu bestätigen.

Myriam reagierte verstimmt und stand vom Tisch auf. »Ich bin darauf aufmerksam gemacht worden. Normalerweise lese ich keine anonymen Blogs, aber dieser hat den Nagel auf den Kopf getroffen, meinen Sie nicht auch, Mr. Ayrwick?« Sie sammelte und sicherte ihre Notizen in ihrer Aktentasche. »Ich werde später am Tag vorbeischauen, um zu sehen, wie Ihr erster Unterrichtstag verlaufen ist. Wenn Sie mich brauchen, werde ich in meinem Büro sein und Entscheidungen über unsere bevorstehende Produktion von *King Lear* verhindern. Ich dachte, es sei eine perfekte Auswahl für den Führungswechsel in diesem Jahr.«

Als Connor sich an den Tisch setzte, verließ Myriam den Saal. Hätte ich Zeit gehabt, ihr zu antworten, hätte ich sie daran erinnert, dass Lear eine der beliebteren Figuren war, als das Stück endete, und sie gefragt, welche von Lears Töchtern sie sich zum Vorbild genommen hatte. Ich hatte meine Meinung sicherlich in Stein gemeißelt.

»Kellan, heute ist dein erster Tag«, sagte Connor, anstatt zu fragen. Ich nahm an, er müsse meine Sicherheitsfreigaben für den Campus aktualisieren, was erklärte, warum er wusste, dass ich in Braxton arbeitete.

»Ja, ich bin gerade auf dem Weg zur Diamond Hall, da wir jetzt wieder Zugang zu den Vorlesungsräumen haben.« Ich war froh, dass Connor vorbeikam, auch wenn mich die Themen, die ich vorbringen musste, nervös machten.

Er begleitete mich auf dem Weg zum Vorlesungsraum.

»Ich bin sicher, du wirst es gut machen. Sheriff Montague hat gestern Abend alles in der Diamond Hall geräumt. Ich glaube, sie ist bereit, morgen eine Verhaftung vorzunehmen.«

Ich war sicher, dass sie genügend Beweise gefunden hatten, falls es in dem Fall zu einem bedeutenden Durchbruch kommen sollte. »Hat sie die Telefonaufzeichnungen überprüft, um zu sehen, mit wem Abby sich getroffen hat? Besteht die Möglichkeit, dass du genau weißt, was benutzt wurde, um Abby zu töten? Vielleicht eine Klarinette?«

»Sie haben die Tests an einigen wenigen Objekten abgeschlossen und die allgemeine Größe und Form der Waffe überprüft. Der Anruf, den du gehört hast, kam von jemandem aus dem Grey Sports Complex. Ich arbeite mit der Technologiegruppe zusammen, um den genauen Standort zu bestimmen. Es sieht nicht allzu gut aus für Lorraine.« Connor überprüfte sein Telefon und antwortete auf eine eingehende Nachricht, dass er in zehn Minuten im Sicherheitsbüro sein würde.

Aufgrund seiner Erklärung muss Lorraine die fehlenden Gegenstände gemeldet haben. Ich hoffte auch, dass Lorraine Sheriff Montague über das Treffen mit Coach Oliver an diesem Abend auf dem Campus auf dem Laufenden gehalten hatte. »Es ist unmöglich, dass sie es getan haben könnte, Connor. Ich bin mir sicher, dass dies etwas damit zu tun hat, dass Noten geändert wurden, um sicherzustellen, dass ein bestimmtes Mitglied des Baseballteams im großen Spiel mitspielen konnte. Lorraine hat kein Motiv, wenn es darum geht, wer am vergangenen Samstag gepitched hat.«

»Ich denke, Sheriff Montague ist klug genug, Lorraine nicht ohne ordnungsgemäße Beweise zu verhaften. Du weißt, dass Lorraine wütend darüber war, wie Abby ihren Bruder Alton behandelt hat.«

»Was ist mit dem fehlenden Alibi von Dekan Terry?«

Der Schock auf Connors Gesicht verriet, dass er das nicht gewusst hatte. »Hat sie ein Motiv?«

Seine Frage war wichtig. Abgesehen von ein paar merkwürdigen Blicken auf Coach Oliver während des Spiels, konnte ich mir nichts Eigenartiges vorstellen. »Aber sie hat den Sheriff über ihren Aufenthaltsort getäuscht.«

»Viele Leute erinnern sich nicht an ihre genauen Bewegungen in dieser Nacht, Kellan. Ich musste helfen, alle zu befragen, und es gibt immer noch einige Leute, die während des dreißigminütigen Zeitfensters, in dem Abby getötet wurde, kein Alibi haben.« Sein Gesicht zog sich eng zusammen, als ob er sich über mich ärgern würde.

Obwohl er nicht ganz Unrecht hatte, war ich nicht bereit, aufzugeben. Ich erinnerte mich daran, Connor nach den Initialen aus dem Journal zu fragen. »Das mag wahr sein, aber Abby traf sich mit jemandem namens W. A. Kennst du jemanden auf dem Campus, mit dem sie etwas zu tun gehabt haben könnte?«

Connor überlegte ein paar Sekunden. »Außer deinem Vater?«

»Ja. Noch jemand?« Ich antwortete in der Hoffnung, dass er nicht durch gemeinsame Gedanken an Abby und meinen Vater abgelenkt wurde. Das hatte mich schon krank gemacht. »Außerdem, hast du Zugang, um die Sicherheitsprotokolle des Studentensystems einzusehen?« Ich wiederholte, was Myriam mir über den Tag und die Uhrzeit für das Hochladen der Noten sagte.

»Kellan, du musst dich aus dieser Untersuchung heraushalten. Du hast viel zu viele Theorien in deinem Kopf. Der Sheriff weiß, was sie tut. Du kannst dich nicht nach Braxton zurückschleichen und dich in alles einmischen, nur weil du es willst«, sagte er mit mehr als einem Hauch von Frustration in seiner Stimme.

Ich begann zu glauben, dass seine Haltung mir gegenüber über mein Interesse an Abby Monroes Tod hinausging. »Ich weiß den Rat zu schätzen. Gut, ich lasse es für den Moment ruhen. Hast du Maggie in letzter Zeit gesehen?« Er war den

Ermittlungen gegenüber nicht aufgeschlossen, also wechselte ich das Thema. Ich wollte aber nicht so plump sein.

Connor hielt inne und packte mich an der Schulter. Eine Sekunde lang machte ich mir Sorgen über seinen nächsten Schritt, aber dann trat er rückwärts und holte tief Luft. »Maggie und ich sind ein paar Mal ausgegangen. Ich bin mir nicht sicher, wohin das führt, aber die Chemie stimmt. Es hat immer schon geknistert«, sagte Connor, bevor er sich von mir abwandte und auf sein Telefon starrte.

»Schon immer?«, fragte ich und scheuchte den stechenden Schmerz in meiner Seite weg.

»Ja. Ich habe dir das noch nie gesagt, aber es ist Zeit, dass du es erfährst«, antwortete Connor.

Ich erfuhr, dass Connor vor fast zwölf Jahren, als wir alle im zweiten Studienjahr in Braxton befreundet waren, in Maggie verknallt war. Er hatte sie am selben Tag wie ich um ein Date gebeten, aber sie sagte ihm, sie müsse darüber nachdenken. Er verstand nie, warum, bis ich ein paar Tage später bekannt gab, dass sie und ich ein Paar waren. Der Schmerz in meiner Seite wurde schlimmer, als ich erkannte, wie viel er vor Jahren für sich behalten hatte.

»Warum hast du nichts gesagt? Mir war nie bewusst, dass du so tiefe Gefühle für sie hegst«, antwortete ich und fühlte einen Anflug von Schuldgefühlen. »Du hast nie verärgert gewirkt, als wir ohne dich ausgegangen sind.«

»Glaub mir, ich war wütend. Aber wir waren alle beste Freunde. Ich wollte keinen von euch verlieren, also schluckte ich meinen Stolz herunter und konzentrierte mich auf das Studium«, sagte Connor und suchte nach Autoschlüsseln in seiner Tasche.

Ich erinnerte mich daran, dass er uns in unseren letzten Jahren in Braxton Platz gemacht hatte, aber mir fehlten die wahren Gründe dafür. »Es tut mir leid, Mann. Ich wünschte, ich hätte es gewusst.«

»Deshalb habe ich nach dem Abschluss den Kontakt

abgebrochen. Als du mit ihr Schluss gemacht hast, hat mich das fast umgebracht. Ich hätte damals um sie kämpfen sollen, vor allem, wenn du sie bei der ersten Gelegenheit, Braxton zu verlassen, abservieren wolltest«, antwortete Connor. Ich bemerkte die sprunghafte Frustration, die sich in ihm aufbaute.

Alles wurde immer deutlicher, als ich an das letzte Gespräch zurückdachte, das er und ich an diesem Tag auf dem Campus führten. »Ist es also das, was zu dieser dramatischen Veränderung ihres Aussehens geführt hat?«

Connor nickte. »Ich musste alles vergessen und mich auf meine Zukunft konzentrieren. Ich stürzte mich ins Training und das Sicherheitsgebiet... Es fühlte sich wie der beste Ort an, um meine Anstrengungen zu konzentrieren.«

»Aber als du und Maggie am Ende in Braxton zusammengearbeitet habt, habt ihr beschlossen,...«

»Gib der Sache eine Chance«, fügte er hinzu. »Sie ist eine erstaunliche Frau. Ich wollte es nicht ein zweites Mal vermasseln.«

Ich musste fragen, auch wenn die Antwort schmerzen würde. »Hast du deshalb aufgehört, Eleanor zurückzurufen?«

»Was? Nein.« Connor schaute wieder auf sein Telefon. »Ich muss jetzt gehen. Manchmal kannst du ein richtiger Idiot sein.«

Als Connor auf das BCS-Fahrzeug zuging, ließen meine stechenden Schmerzen nach, nachdem ich endlich wusste, dass da tatsächlich etwas zwischen ihm und Maggie war. Ich war nicht glücklich darüber, aber wenigstens wurde es nicht mehr verheimlicht. Dann machte ich mir Sorgen darüber, wie ernst es war und ob es Eleanor das Herz brechen würde. Leider hatte ich Unterricht zu geben und konnte mich nicht in meinen Sorgen wälzen.

Ich ging die Hintertreppe hinauf und ignorierte das Kältegefühl, das meinen Körper überkam, als ich durch das Vestibül ging, wo wir Abbys Leiche gefunden hatten. Ich gab meine Aktentasche in ihrem Büro ab – meinem provisorischen Arbeitsbereich – und ging zum Hauptbereich auf dem Stockwerk, um Lorraine abzufangen. Sie war am Telefon, winkte mir aber und sagte, sie würde mich nach der ersten Stunde treffen.

Einige Studentinnen und Studenten hingen bereits herum und unterhielten sich, als ich wieder nach unten ging und mich an den Eckschreibtisch im Vorlesungsraum in der Nähe des Vordereingangs des Gebäudes setzte. Ich begrüßte sie und sagte, dass ich in ein paar Minuten bei ihnen sein würde, dann erkannte ich Jordan Ballantine, der mit seinem Handy SMS schrieb. Ich entschloss, dass ich von nun ab 'Professor Ayrwick', und nicht mehr 'Kellan' sein würde. Während ich meine einleitenden Bemerkungen vorbereitete, kamen ein paar verbliebene Kids herein, darunter auch Striker und seine Freundin Carla.

»Konntest du es am Samstag nicht packen, Striker?«, sagte Jordan und hob den Kopf. Tiefbraune Augen konzentrierten sich auf seine Konkurrenz. Seine Schultern waren kantig und seine Brust angeschwollen, und er sah etwas bedrohlich aus. Jordan war von seinem Talent und seiner Stimme überzeugt und hatte offensichtlich keine Angst, für sich selbst einzustehen.

»Was hast du gesagt?«, antwortete Striker. »Ich bin mir ziemlich sicher, dass Coach Oliver mich nur aus dem Spiel genommen hat, um dir die Gelegenheit zu geben, vom Scout gesehen zu werden. Er fühlte sich schlecht, weil er mich dir vorgezogen hat.«

»So ist das nicht passiert«, schrie Jordan. »Deine Noten sind wie von Zauberhand...«

»Jungs, kommt schon. Ihr solltet Freunde sein, hört auf mit diesem Blödsinn«, fuhr Carla dazwischen. »Seid froh, dass ihr beide die Chance hattet. Und wir haben gewonnen! Das ist es, was zählt.« Ihre Lippen waren voll und schmollend.

Da fiel mir ein, wo ich Carla schon einmal gesehen hatte. Sie war das Mädchen, das Jordan im Fitnesscenter beim Radfahren angelächelt hatte. Ich war mir nicht sicher, ob das Gespräch mit Connor mein Urteilsvermögen beeinflusst hatte, aber es schien, als ob sich im Klassenzimmer eine Art versteckte Agenda abspielte.

»Ja, wir haben gewonnen, weil ich das Spiel am Ende gerettet habe. Striker hätte nicht spielen dürfen. Er ist auf akademischer Bewährung«, sagte Jordan, während er das Telefon in die Tasche seiner Designerjeans steckte. »Da muss sich wohl etwas geändert haben, was?«, kicherte er.

Carlas Gesicht hellte sich schnell auf. »Ja, vielleicht hat er hart gelernt und bestanden. Lass ihn in Ruhe.«

»Genau«, antwortete Striker. »Coach Oliver hätte mich nicht spielen lassen, wenn ich diese Prüfung nicht mit links bestanden hätte.«

»Oder so etwas in der Art«, sagte Jordan. »Mir kommt alles irgendwie komisch vor, wie schnell sich die Dinge nach dem Tod von Professorin Monroe verbessert haben. Ich hätte starten sollen!«

Als Striker aufstand und eine Faust in Richtung Jordan streckte, erhob ich meine Stimme und rief: »Willkommen zurück in der Diamond Hall, alle zusammen. Ich bin sicher, ihr seid neugierig, wer ich bin...«

Ich hielt meine Einführungsrede, die den Raum zu beruhigen schien, auch wenn sie mich nicht beruhigte. Wenn die Studentinnen und Studenten über die Eigentümlichkeit der sich so schnell ändernden Noten von Striker tratschten, lag etwas Substanzielles dahinter. Ich würde mich wieder damit beschäftigen, sobald ich den Unterricht für den Tag beendet hätte.

Die erste Vorlesung lief gut. Ich behandelte eine allgemeine Zeitleiste der Entwicklung der Filmindustrie am Ende des 19. Jahrhunderts und im ersten Viertel des 20. Jahrhunderts. Als ich die Studenten entlassen hatte, lief Carla hinter Striker her, gefolgt von ein paar anderen Studenten. Ich nutzte die Gelegenheit, um mich Jordan vorzustellen, während er seine Sachen packte, um zu gehen.

»Schön, Sie kennengelernt zu haben, Professor Ayrwick. Sind Sie mit dem Präsidenten verwandt?«, fragte er.

Ich bestätigte und fragte ihn dann, was vor Unterrichtsbeginn geschehen war. »Ich bemerkte eine kleine Spannung zwischen Ihnen und ein paar anderen Studenten. Gibt es etwas, worüber ich mir Sorgen machen muss?«

Jordan schniefte. »Wir sind alle Freunde, genauso wie wir uns gegenseitig das Leben schwer machen. Striker und ich sind cool.«

»Ich habe Sie letzten Samstag beim Pitchen gesehen. Sie haben einen fantastischen Curveball. Ich bin sicher, der Scout der Major League Baseball war beeindruckt«, fügte ich hinzu. Und es war wahr, Jordan hatte den Saisonauftakt definitiv gerettet.

»Danke, Sir. Ich weiß das zu schätzen.« Er umklammerte einen Knopf an seinem karierten Hemd, der sich gelöst hatte.

Sir? Er nannte mich 'Sir'. Nicht einmal Derek nannte mich Sir. »Professor Ayrwick reicht. Ich habe gehört, dass Sie einige Bedenken darüber haben, wie die Noten bestimmt wurden. Gibt es etwas, das Sie besprechen möchten?«

Jordan verlagerte sein Gewicht und warf den Kopf hin und her. »Nee. Wenn er die Prüfung bestanden hat, dann war es sicher legitim, ich meine, es sei denn, Striker hat vielleicht etwas gemacht... egal, es ist nur, wissen Sie...«

»Nein, Jordan, ich weiß es nicht. Ich bin neu hier, wenn Sie also Informationen zu teilen haben, würde ich mich über Ihre Offenheit freuen«, sagte ich. Er sah aus, als wolle er mir mehr erzählen, aber ich konnte sehen, dass er nervös war.

»Ich komme zu spät zu meinem nächsten Kurs.« Er raste wütend auf die Haltestelle der Kabelbahn zu.

Ich hatte noch eine Stunde bis zu meinem nächsten Unterricht, also rief ich den Sheriff kurz an. Es waren ein paar

Tage vergangen, und ich musste ihr dafür danken, dass sie mir Zugang zu Abbys Büro gewährt hatte. Officer Flatman antwortete. »Mr. Ayrwick, wie war der Besuch bei Ihrer Großmutter gestern?«

»Es ist immer eine Freude, sie zu sehen. Ich weiß es zu schätzen, dass Sie mich so leicht gehen ließen«, antwortete ich und wollte ihn nicht wissen lassen, dass ich gewusst hatte, dass er gewusst hatte, dass er die Oberhand über mich gewonnen hatte. »Sie bereitete einen köstlichen Brunch zu. Besteht eine Chance, dass der Sheriff verfügbar ist?«

»Ausgezeichnet. Ich bin froh, dass ich Sie gestern getroffen habe. Ich kann nicht genau sagen, warum, aber mein Tag hat sich danach sicherlich verbessert«, rief er aus, bevor er mich in die Warteschleife legte. Habe ich da einen südlichen Akzent gehört?

Ein paar Sekunden später nahm Sheriff Montague den Anruf entgegen. »Was wollen Sie schon wieder?«

»Nur um meinen herzlichen Dank dafür auszusprechen, dass Sie mir Zugang zu Abby Monroes Büro gewährt haben. Es hat den Unterricht für mich heute sehr erleichtert.« Während ich ihr meine neue Zeitarbeitsstelle erklärte, machte ich eine Liste mit Dingen, die es zu erwähnen galt, bevor sie rasch auflegte. Es war in letzter Zeit ein immer wiederkehrendes Thema in meinem Leben gewesen.

»Anscheinend haben Sie sich in die Dinge hineingefressen, junger Ayrwick«, antwortete der Sheriff. »Ich muss in Kürze eine Verhaftung vornehmen. Ich warte nur noch auf die Ergebnisse einiger Faserproben, die wir unter den Fingernägeln der Verstorbenen gefunden haben. Machen Sie es kurz, bitte.« Wenn es Fasern gab, bedeutete das, dass es einen Kampf gegeben hatte, bevor Abby mit der mysteriösen und vermissten Mordwaffe auf den Kopf geschlagen wurde.

»Auf jeden Fall. Wie ich höre, hat Lorraine Candito Sie über das verlorene Geschenk informiert, das sie mir geben wollte, sowie über die anderen aus der Diamond Hall gestohlenen Gegenstände. Ich frage mich, ob Sie schon etwas gefunden haben. Ich bin gespannt, was sie mir schenken wollte«, bemerkte ich, während ich die Etage in Richtung Treppe durchquerte.

»Wir haben diesen speziellen Gegenstand nicht gefunden, aber sollten wir über Ihr kleines Schmuckstück stolpern, werden Sie es als Erster erfahren. Wenn das alles ist...« Ihr bissiger Ton ließ wenig Raum für Diskussionen, aber das hielt mich nicht ab.

»Nein, eigentlich, Sheriff, habe ich noch ein paar andere Dinge«, bestätigte ich, während ich mir Sorgen machte, dass sie die Nachricht von Lorraine über die Diebstähle nicht ernst nahm. »Ich stieß zufällig auf Abbys persönliches Tagebuch, als ich durch ihr Büro ging.«

»Und Sie rufen an, um mir zu sagen, dass sie in einen Filmstar verknallt ist? Wie süß! Aber ich bin mitten in einem...« Der kindliche Sarkasmus, der aus dem Ton des Sheriffs tropfte, war grenzwertig unausstehlich. Wäre er nicht an mich gerichtet gewesen, hätte ich sie vielleicht auf eine lächerliche Art und Weise lustig gefunden.

»Wenn das nur der Fall gewesen wäre. Abby erwähnte, dass sie eine Beziehung mit jemandem hat. Ich war neugierig, ob Sie vielleicht wissen, wer das ist.« Ich wollte die Initialen noch nicht verraten.

»Nein, ich schicke jemanden, um das Tagebuch zu holen. Ich bin Ihrem Hinweis darauf nachgegangen, dass Coach Oliver in der Nähe des Tatorts war. Lorraine bestätigte seine Geschichte, aber es bleibt immer noch Zeit für beide, Abby während des Zeitfensters des Mordes zu töten. Ich weiß es zwar zu schätzen, dass Sie mir diese kleinen zufälligen Nachrichten mitteilen...«

»Verstanden. Wenn Sie nicht die Auswertung von Abbys Telefongespräch mit jemandem aus dem Grey Sports Complex teilen wollen, sind wir hier wohl fertig«, antwortete ich, wobei mir klar war, dass sie keine Hilfe sein würde. Ich weiß nicht, wer zuerst aufgelegt hat, da ich bereits über meinen nächsten Schritt nachgedacht hatte. Ich erhielt keine Antwort auf den Anruf.

Während ich die Treppe hinaufstieg, um Lorraine zu finden, schickte ich eine E-Mail an die Technikabteilung mit der Bitte, mir zu bestätigen, ob es Protokolle über das Benotungssystem der Studenten gibt, aus denen hervorgeht, wer welche Datensätze geändert hat oder nicht. Manchmal ging es nicht darum, den Schuldigen direkt zu finden, sondern stattdessen alle Verdächtigen auszuschalten, bis nur noch einer übrig blieb. Als ich oben ankam, lächelte mich Lorraine hinter dem Schreibtisch an. Ich öffnete meinen Mund, um Hallo zu sagen, aber mein Telefon vibrierte. Warum wollte man mich bei der Untersuchung dieses Verbrechens nicht in Ruhe lassen? Ich holte es ab und las eine Textnachricht von Eleanor.

Eleanor: *Schon mit Connor gesprochen? Das braucht zu lange.*

Me: Bin dabei. *Melde mich bald.*

Eleanor: *Bitte beeile dich. Ich wüsste gern, ob er noch interessiert ist. Ich bin in letzter Zeit nicht sehr geduldig.*

Me: *Unterricht heute. Morgen komme ich zum Mittagessen ins Diner.*

Eleanor: *Die Position des Mondes heute Nacht ist nicht zu meinen Gunsten, aber morgen sieht es gut aus.*

Eleanor würde sich nicht über die Nachricht freuen, die ich erfahren hatte. Ich hatte gehofft, vor unserem Mittagessen am nächsten Tag noch einmal mit Connor sprechen zu können, um zu verstehen, was zwischen ihm und meiner Schwester passiert war. Ich spürte, wie sich der Stress wieder einschlich, und sehnte mich verzweifelt nach einem oder vier von Nana D's Double-Fudge-Brownies.

16

L orraine und ich gingen auf dem Südcampus spazieren. Mit einem weiteren Kurs, der in dreißig Minuten begann, konnte ich nicht zu weit gehen. Sie sah erschöpft aus, fast bereit, dem ganzen Druck nachzugeben, der um sie herumwirbelte.

»Es tut mir so leid, dass du dieses ganze Drama durchmachen musst. Ich wünschte, ich könnte Sheriff Montague dazu bringen, sich auf jemand anderen als dich zu konzentrieren«, sagte ich und legte meinen Arm als Zeichen der Unterstützung locker um ihre Taille. »Vielleicht könntest du mir helfen, etwas zu entziffern, auf das ich beim Lesen von Abbys Tagebuch gestoßen bin.«

»Ich werde es mal versuchen«, sagte Lorraine, als wir an einer Bank in der Nähe anhielten. »Ich bin momentan ziemlich nutzlos. Alton meint, ich sollte Urlaub machen, aber man hat mir gesagt, ich solle die Stadt nicht verlassen.«

»Ich hoffe, bald die Wahrheit zu finden«, fügte ich hinzu und nahm neben ihr Platz. »Sagen dir die Initialen W. A. etwas? Abby erwähnte, dass sie sich mit jemandem ein paar Mal verabredet hat.«

Während sie mit den Fingern durch die Haare fuhr und

die Ponyfrisur von der Stirn wegzog, dachte Lorraine über meine Frage nach. »Da ist natürlich dein Vater. Meine Mutter war W.A., bevor sie meinen Vater heiratete, aber ich bezweifle, dass Abby über sie schreiben würde, da sie schon lange von uns gegangen ist.«

»Jemand auf dem Campus? Ein Fakultätsmitglied, vielleicht ein Student, den Abby kannte? Ich dachte, nachdem ich Coach Oliver bei ihr zu Hause gesehen hatte, dass ich vielleicht die Initialen verwechselt hatte, aber ich habe es noch einmal überprüft.«

Lorraine schüttelte zuerst den Kopf, dann materialisierte sich ein Blick der Angst. Ihre Augen öffneten sich weit, und sie knirschte die Zähne zusammen. Sie verwandelte sich schnell von einem liebevollen Welpen in ein bösartiges Biest. »Das kann nicht sein! Diese miese Dreckslaus.«

»Was? Weißt du, wer es ist?« Ich sah, wie sich ihre Augen mit Tränen füllten und zog sie zu einer Umarmung heran. »Sprich mit mir, Lorraine. Vielleicht hilft dir das, deine Unschuld zu beweisen.«

»Der vollständige Name des Coach ist W. A. Oliver. Seine Eltern waren nicht sehr klug und füllten den Vor- und Mittelnamen auf seiner Geburtsurkunde nur mit seinen Initialen W. A. falsch aus. Als Kind war es ihm peinlich, dass er nie einen richtigen Namen hatte, und er sagte allen, sie sollten ihn Oliver nennen. Als er mit dem Coaching begann, wurde daraus Coach Oliver, und so nennen ihn die meisten Leute heute.«

»Woher wusste Abby das? Und wofür stehen sie?«, fragte ich und machte mehrere mögliche Vermutungen.

»Ich bin mir nicht sicher, er wird niemandem sagen, wie sein Name lauten sollte. Einmal hörte ich Abby in der Cafeteria, wie sie ihn W. A. nannte«, antwortete Lorraine. »Ich glaube, das ist derjenige, auf den sie sich in ihrem Tagebuch bezog.«

»Es macht Sinn, da ich ihn letzte Woche bei ihr zu Hause

gesehen habe, aber woher weißt du von seinem Spitznamen?« Ich bemerkte, dass sich Lorraines Gesicht von traurig zu wütend, fast schon zornig veränderte. »Was ist los?«

»Oh, Kellan. Ich habe vor allen ein Geheimnis bewahrt, aber ich kann es nicht mehr tun, wenn dieser Schurke mich betrogen hat.« Lorraine trocknete ihre Tränen und schlug ihre Fäuste gegen die Bank.

Lorraine erklärte, dass sie und Coach Oliver in den letzten Monaten zusammen gewesen seien. Er flehte sie an, die Beziehung zwischen den beiden geheim zu halten, weil es den Richtlinien des Colleges für Kollegen widersprach, ohne das Kollegium zu informieren. Nach einem Rechtsstreit, in den Coach Oliver verwickelt war, gab der Personalchef ein internes Memo heraus, in dem er alle darüber informierte, wenn sie eine Beziehung mit einem Kollegen aufgenommen hatten, der einige der Kriterien der revidierten Richtlinie erfüllte, bestand die Verpflichtung, dafür zu sorgen, dass dies von der Schule formell anerkannt wurde, um alle Beteiligten zu schützen. Coach Oliver beharrte darauf, dass niemand wissen durfte, dass er und Lorraine eine Beziehung hatten, da er befürchtete, dass er wegen der vorherigen Klage wieder auf der Stelle gefeuert werden könnte. Ich dachte, das Ganze sei ein Eingriff in die Privatsphäre, aber es würde die Situation zwischen Maggie und Connor sicherlich noch viel schwieriger machen, wenn sie ihre Beziehung noch weitergeführt hätten.

»Lorraine, du bist so viel besser als Coach Oliver. Du bist eindeutig ein großer Fang, und er ist einfach... Na ja, er ist deine Zeit nicht wert.« Ich wollte sie trösten, aber wenn das, was sie enthüllt hatte, wahr wäre, würde das eine perfekte kleine Verbeugung vor Sheriff Montagues Fall gegen sie bedeuten.

»Ich muss sofort mit ihm sprechen«, schrie sie und presste die Fäuste zusammen. »Ich werde ihn umbringen.«

Ich war etwas beunruhigt, aber ich wusste, dass sie von

meiner Nachricht überrumpelt worden war. »Ich denke, du solltest deine Worte sorgfältiger wählen. Bei allem, was vor sich geht, willst du nicht, dass das jemand anderes hört.«

»Wenn ich mit ihm fertig bin, wird er sich wünschen, wir wären uns nie begegnet. Es tut mir leid, dass ich so schnell wegmuss, aber ich muss das sofort klären.« Lorraine dankte mir dafür, dass ich das, was ich in Abbys Tagebuch gefunden hatte, weitergegeben hatte, und ging energisch mit einem Fuß nach dem anderen auf den Bürgersteig stampfend davon.

Da merkte ich, dass ich vergessen hatte, sie nach den drei fehlenden Gegenständen zu fragen, die sie dem Sheriff mitgeteilt hatte. Ich wollte unbedingt mit ihr gehen, um sie davon abzuhalten, etwas zu tun, was sie bereuen würde, aber mein nächster Kurs begann in Kürze. Ich konnte es mir nicht leisten, sowohl meinen Vater als auch Myriam an meinem ersten Tag zu verärgern. Ich ging zurück zur Diamond Hall und bereitete mich auf Abbys zweite Vorlesung vor. Von den Studenten in der Vorlesung zur Geschichte der Fernsehproduktion kannte ich keinen, aber es war einfach zu unterrichten. Ich sprach viel über den kürzlichen Fokus auf die Kolorierung älterer Sendungen wie 'I Love Lucy', aber als die Hälfte der Klasse mich ansah, als käme ich gerade von einem anderen Planeten, verflog mein vorübergehendes Hochgefühl.

Als ich nach der Vorlesung einen Energieschub brauchte, ging ich zu The Big Beanery und bestellte einen doppelten Macchiato mit Butterscotch Rice Krispies. Nachdem ich gegangen war und um die Ecke gekommen war, bemerkte ich, dass Dekan Terry vor Paddingtons Play House mit Jordan Ballantine sprach. Obwohl es normalerweise nicht merkwürdig erschien, zu erfahren, dass Dekan Terry ein lückenhaftes Alibi hatte und über Coach Oliver verärgert war, und dann zu hören, wie Jordan sich darüber beschwerte, dass Striker trotz seiner früheren akademischen Probezeit immer noch spielt, konnte ich nicht umhin, misstrauisch zu sein. Als ich mich näherte, endete ihr Gespräch. Beide gingen in Richtung der Kabelbahnstation. Irgendwann würde ich herausfinden müssen, worum es da ging.

Da es keine Möglichkeit gab, ihnen zu folgen, nutzte ich die Pause, um meinen Vater über den bisherigen Tag zu informieren. Ich hatte nichts mehr von ihm gehört, nachdem ich ihn beschuldigt hatte, meine Mutter betrogen zu haben. Als ich keine Antwort erhielt, hinterließ ich eine Voicemail, in der ich darauf hinwies, dass die ersten beiden Vorlesungen mühelos verlaufen waren und ich gerade mit der dritten beginnen wollte. Ich überprüfte meine E-Mail und fand den Ort der Trauerfeier für Abby, die am kommenden Mittwoch stattfinden sollte. Ich schickte meiner Mutter eine SMS, dass ich sie vermisse, und sie schrieb mir sofort zurück, wie stolz sie auf mich sei, dass ich in ihre und die Fußstapfen meines Vaters getreten bin, indem ich in Braxton arbeitete. Im Ernst, es sind nur drei Wochen... Sie machte aus jeder Mücke einen Elefanten!

Als ich wieder in der Diamond Hall ankam, vibrierte mein Telefon mit zwei Alarmsignalen. Das Paket, das ich Emma geschickt hatte, war angekommen. Ich konnte es kaum erwarten, ihren Gesichtsausdruck zu sehen, als sie die ausgestopften Braxton-Bären fand, die ich ihr geschickt hatte. Es waren drei im Set – eine Ballerina, ein Baseballspieler und ein Arzt. Sie brauchte so viele Optionen, wie sie bei der Wahl ihrer zukünftigen Karriere finden konnte. Ich hoffte insgeheim, dass es nicht die Ärztin war, denn der Gedanke, dass sie sich in meinem Alter um mich kümmern würde oder dass ich das Medizinstudium bezahlen müsste, war nicht sehr reizvoll. Lorraine schrieb auch, dass Coach Oliver bei einigen Offsite-Meetings war, aber um vier Uhr dreißig wieder in seinem Büro sein würde, wenn sie ihn zur Rede stellen würde.

Als ich den Weg zurück zu den Unterrichtsräumen ging, kam Connor dazu und sagte: »Hey, ich habe dich gesucht.

Um mich für mein Verhalten heute Morgen zu entschuldigen.«

Ich streckte meine Hand in einer freundlichen Geste aus. »Entschuldigung angenommen, aber auf die Gefahr hin, den kürzesten Waffenstillstand der Welt zu ruinieren, kann ich dir eine Frage über meine Schwester stellen?«

»Deshalb bin ich hier. Du verdienst eine Erklärung«, sagte Connor.

Ein paar Studenten gingen an uns vorbei. »Ich habe nur zehn Minuten Zeit.«

»Ich hätte Eleanor schon früher etwas sagen sollen. Als sie erwähnte, dass du zu Weihnachten zurückkommst, kam ich mir bei der ganzen Sache dumm vor und zog mich von ihr zurück.«

»Willst du damit sagen, dass du daran interessiert warst... ähm... sie näher kennenzulernen... oder dass du Gefühle hattest...?« Ich stolperte mit meinen Worten. »Ich bin mir nicht sicher, wie ich das sagen soll. Sie ist meine Schwester.«

»Ja, als wir aufeinander trafen, spürte ich einige Funken. Ich dachte, wir hätten vielleicht eine Chance, uns ohne dich in der Mitte wieder kennenzulernen«, antwortete er.

Es war das erste Mal, dass ich Connor zögernd und ängstlich sah. Irgendwie fühlte ich mich dadurch besser wegen des ganzen Schlamassels. »Unterm Strich, bist du immer noch an meiner Schwester interessiert?« Ich zuckte zusammen, weil ich die Antwort nicht hören wollte, aber ich spürte auch das Bedürfnis, Eleanor zu schützen. »Sie ist verwirrt über das, was zwischen euch beiden vor sich geht. Und jetzt hat sie den Eindruck, dass du mit Maggie zusammen bist. Genau wie ich.«

»Ugh, warum konntest du nicht wegbleiben, Kellan? Dann wäre die ganze Sache zehntausend Mal einfacher!« Connors Körper verkrampfte sich, als er sich gegen eine der Säulen lehnte, die das Vorzelt hochhielten.

Ich hatte Angst, er könnte das ganze Ding umwerfen. »Ich

glaube nicht, dass dies die Frage ist, die du stellen solltest. Unabhängig davon, ob ich nach Hause gekommen bin oder nicht, kannst du nicht mit beiden ausgehen, oder? Du musst herausfinden, was du willst, Mann.«

»Ich werde darüber nachdenken, bevor ich etwas Drastisches tue, Kellan. Wenn du mir sagst, dass du die Vorstellung, dass ich mit deiner Schwester ausgehe, nicht völlig verabscheuen würdest, werde ich sie anrufen, um die Dinge zu besprechen.«

»Ich denke, das ist ein guter erster Schritt.« Die Wahrheit herauszufinden war hilfreich, aber es bedeutete trotzdem, dass wir vier in etwas verwickelt waren, das viel komplexer war, als ich Zeit oder Interesse dafür und daran hatte, da ich nur noch ein paar Wochen in der Stadt sein würde.

Connor stimmte zu. »Übrigens versuchen sie, einige Fasern unter Abbys Fingernägeln mit ein paar Personen und Gegenständen zu vergleichen. Wenn sie irgendwelche DNA finden, werden sie gegen jemanden vorgehen.«

»Danke für das Update. Kannst du mir sagen, was die fehlenden Objekte aus dem Büro waren?«

»Ich weiß nur über die Klarinette Bescheid. Sheriff Montague ist nicht bereit, alle Einzelheiten preiszugeben. Es tut mir leid«, sagte Connor. »Sie erzählt mir nicht alles.«

»Okay, danke. Ich muss gehen, aber Lorraine hat mir etwas gesagt, das du wissen solltest.«

»Klar, was gibt's?«, fragte er.

Ich informierte ihn über ihre Enthüllung über W.A. und wie sie heimlich mit Coach Oliver ausgegangen war. »Ich weiß, das lässt sie noch schuldiger erscheinen, aber wenn du ihren Gesichtsausdruck gesehen hättest, als sie merkte, dass er sie mit Abby Monroe betrügt, hätte sie...«

»Jemanden töten können?«, unterbrach Connor mit einem schweren Seufzer.

»Nun, ja, aber das sagt mir, dass sie vorher nichts davon wusste. Das ist nicht der Grund, warum Abby gestorben ist.

Lorraine ist unschuldig.« Ich fühlte mich gezwungen, für die Assistentin meines Vaters und die Frau, die über die Jahre so nett zu mir gewesen war, einzustehen.

»Ich bin sicher, dass du so denkst, aber Menschen können unter schwierigen Umständen die seltsamsten Dinge tun. Du verstehst doch, dass Sheriff Montague darüber informiert werden muss, oder?« sagte Connor. Als ich nickte, fuhr er fort. »Lass mich das machen. Der Sheriff traut im Moment nichts von dem, was von dir kommt. Vielleicht kann ich die Nachricht so weitergeben, dass sie Lorraine nicht sofort verhaftet. Sie ist eine gute Frau.«

»Lorraine oder April?«, fragte ich im Scherz. Dann wurde mir klar, wenn Connor erkennen würde, dass der Sheriff in ihn verknallt war, vielleicht das ganze Problem mit Maggie versus meine Schwester verschwinden würde.

»Beide. Und überprüfe deine E-Mails. Ich habe die Systemprotokolle zu den von dir erwähnten Noten gefunden.«

»Danke. Lass uns das später nachholen. Ich muss meine letzte Vorlesung für den Tag halten.« Connor hatte sich für mich eingesetzt. Ich begann, den Wiederaufbau unserer Freundschaft wieder positiv zu sehen.

Connor verschwand, und ich unterrichtete drei Stunden über das Schreiben von Fernsehsendungen. Anstatt dreimal pro Woche eine Stunde zu halten, hatte sich Abby für eine längere Vorlesung entschieden, in der sie verschiedene Fernsehsendungen ansehen und Schreibstile und -formate vergleichen konnten. Es war eine lustige und einfache Sitzung mit meist kreativen Typen, die ihre Kommunikationsfähigkeiten vor dem Abschluss und der Jobsuche aufpolieren wollten.

Nachdem die Vorlesung um halb fünf beendet war, kam Officer Flatman, um Abbys Tagebuch einzupacken und zu beschriften. Als ich in mein Büro zurückkam, ging ich online und sah mir die Protokolle an, die Connor geschickt hatte. Sie bestätigten, dass Myriam die Noten letzten Mittwochabend selbst hochgeladen hatte. Es gab keine früheren Einträge oder Änderungen seit ihrem Upload, was bedeutet, dass, wenn Abby Strikers Prüfung ursprünglich mit einem 'F' bewertet hatte, jemand etwas mit der physischen Kopie gemacht hatte, zwischen dem Zeitpunkt, an dem Abby die Prüfung am Freitag vor ihrem Tod benotet hatte, und dem Zeitpunkt, an dem die Prüfungen auf mysteriöse Weise in dem Ordner in Myriams Briefkasten auftauchten. Myriam hatte eine Version mit einem 'B+' gefunden und stimmte mit demjenigen überein, der den Test von Striker mit dieser Note bewertet hatte.

Ich steckte meinen Kopf in Myriams Büro, wo sie erwähnte, dass sie an jenem Abend noch an einem Selbstverteidigungskurs teilnahm, den das College für die Mitarbeiter des Grey Sports Complex geplant hatte. »Ich hoffe, Sie haben eine schöne Zeit im Unterricht. Es ist immer gut, sowohl den Geist als auch den Körper an einem gesunden Ort zu halten, nicht wahr?«

»*Das Böse, das die Menschen tun, lebt nach ihnen; das Gute wird oft mit ihren Knochen begraben*«, antwortete sie mit einem finster dreinblickenden Lächeln. »Nur ziehe ich die Gesellschaft der echten Frauen in Braxton der Gesellschaft der schwachen Männer vor, die in jedem Sinne des Wortes so minderwertig erscheinen.«

Da ich keine andere Antwort hatte, als sie zu ignorieren, verließ ich das Büro und stellte fest, dass ich nicht zu Mittag gegessen hatte. Ich schnappte mir ein Sandwich mit Schinken und Schweizer Käse aus der Big Beanery und beschloss, nach Hause zu fahren und alles, was ich bis dahin über den Fall erfahren hatte, detailliert aufzuschreiben. Ich war gerade um halb sechs nach Hause gefahren, als mein Handy klingelte. Es war von einer Telefonzentrale, die nur im College benutzt wurde, aber ich erkannte die Nummer nicht. »Sie haben Kellan erreicht.«

»Ich bin's, Lorraine. Ich muss dringend mit dir sprechen.«
Ihre Stimme war hauchdünn und in Panik.

»Ähm, sicher. Ich habe gerade den Südcampus verlassen
und bin auf der Straße. Ist alles in Ordnung, Lorraine? Ich
mache mir Sorgen um dich.«

»Ich sagte Coach Oliver, dass ich nicht mit jemandem
zusammen sein kann, der mich betrügt, aber er schwor von
oben bis unten, dass er nie mit Abby zusammen gewesen
sei.«

»Männer lügen, Lorraine«, sagte ich.

»Ich weiß, deshalb habe ich ihm den Laufpass gegeben.
Aber ich muss dich wegen etwas anderem sehen.«

»Okay, ich kann dich vor dem Grey Sports Complex
treffen.« Ich zog an den Straßenrand.

»Nein, es ist in Ordnung. Ich gehe hier weg und gehe
zurück zur Diamond Hall, um ein paar Dinge zu beenden. Ich
nehme die Kabelbahn, die in ein paar Minuten abfährt, und
treffe dich um sechs Uhr in der Big Beanery.«

»Alles klar«, sagte ich. Ich wollte wirklich alle meine
Verdächtigungen über die Personen, die in Abbys Tod
verwickelt waren, herunterladen, aber das hatte hohe
Priorität. »Gibt es eine Chance, dass du etwas
herausgefunden hast, das uns hilft, Abbys Mörder zu
finden?«

»Habe ich vielleicht. Als Coach Oliver und ich mit dem
Gespräch fertig waren, verließ er zuerst sein Büro. Ich
brauchte ein paar Minuten, um mich zu sammeln. Ich ging
in die Umkleidekabine der Frauen auf dem anderen Gang,
um mir das Gesicht zu waschen, aber auf dem Rückweg sah
ich jemanden sein Büro verlassen. Ich dachte, ich hätte
erkannt, wer es war, aber es ergab keinen Sinn. Ich ging
zurück in sein Büro, damit ich dich anrufen konnte, um
dich auf dem Laufenden zu halten. Da fand ich diesen
Zettel auf seinem Schreibtisch. Ich denke, du solltest ihn
lesen.«

»Bring ihn mit zum Südcampus. Wir müssen auch über diese drei fehlenden Gegenstände sprechen.«

»Okay, wenn die Person, die herausgestürmt ist, die ist, von der ich denke, dass sie es ist, kann ich vielleicht ein paar Punkte verbinden.«

»Hat das etwas mit den letzten Noten von Striker zu tun?«, fragte ich.

»Bingo! Ich werde dir alle Einzelheiten mitteilen, wenn wir uns in Kürze sehen.«

Ich sagte Lorraine, sie solle vorsichtig sein, und kehrte dann aufgeregt zum Südcampus zurück, um ihre Neuigkeiten zu hören. Als ich um viertel vor sechs in der Big Beanery ankam, hatte sich die Tagesmenge aufgelöst. Die meisten Studenten aßen entweder in der Cafeteria zu Abend oder hingen mit ihren Freunden irgendwo anders auf dem Campus herum. Ich hatte etwas über eine riesige Snowboard-Veranstaltung auf dem Westgipfel der Wharton Mountains gehört. Ich bestellte eine Limonade, da ich tagsüber schon viel zu viel Kaffee getrunken hatte, und schnappte mir einen hohen Tisch in der Nähe des Vordereingangs, um Lorraine zu erwischen, sobald sie durch die Tür kam.

Ich dachte an das Verbrechen zurück, das Abby am Telefon erwähnt hatte, als wir zum ersten Mal Kontakt aufnahmen. Es machte Sinn, dass entweder Coach Oliver der Täter war, oder er wusste, wer es sein könnte. Ich konnte nicht herausfinden, warum Abby in ihr Tagebuch schrieb, dass sich ihre Gefühle für ihn geändert hatten, aber jetzt, da ich die Bestätigung hatte, dass er W. A. war, konnte ich Coach Oliver selbst fragen, warum er mich über seine Beziehung zu Abby angelogen hatte. Was ein Mann bereit ist, seiner Freundin zu erzählen, und was er einem anderen Mann erzählt, sind oft zwei sehr unterschiedliche Dinge. Wenn ich irgendeine Hoffnung hätte, Coach Oliver dazu zu bringen, die Wahrheit zu verraten, müsste es so klingen, als wäre ich auf seiner Seite.

Während ich wartete, rief mein Vater mich zurück. »Den größten Teil des Tages lief alles glatt, Dad. Ich mag die Studierenden, und Myriam war hilfreich. Sie hat eine giftige Zunge, aber wenn man diesen Teil von ihr ignoriert, ist sie einigermaßen erträglich.« Ich schaute auf die Uhr und bemerkte, dass Lorraine jede Minute eintreffen würde.

»Myriam ist sehr daran interessiert, ihre Meinung zu teilen. Die meiste Zeit genieße ich unseren Diskurs, aber gelegentlich schneidet sie mit ihren Worten etwas tief ein«, antwortete mein Vater. Für einen kurzen, flüchtigen Moment legte sich in mir ein unnatürlicher Gedanke fest, dass wir ein normales Gespräch führten.

»Sie ist verärgert darüber, wie du mich nach Braxton an Bord gebracht hast, obwohl ich...«

»Lass es gut sein. Ärgere sie einfach nicht, und du wirst in dieser Probezeit Erfolg haben«, antwortete er.

Probezeit? Was meinte er damit? »Ähm, du solltest dir Sorgen machen, dass sie mich nervt und diese Blogs über dich postet. Sie zitierte heute eine weitere Zeile über *schwache Männer*, als ich ging.«

»Lass uns diese Diskussion fortsetzen, wenn du heute Abend nach Hause kommst, Kellan. Ich glaube, deine Mutter ist gespannt darauf, selbst zu hören, wie der Tag verlaufen ist.« Nachdem er den Anruf beendet hatte, stöhnte ich auf und wiederholte mehrmals laut vor mich hin... *Ich bin kein Kind mehr, das wieder bei seinen Eltern zu Hause wohnt.*

Die farbenprächtige Sonne ging gerade unter, was mir bewusst machte, wie spät es geworden war. Auf meinem Telefon hieß es Viertel nach sechs, doch Lorraine war immer noch nicht aufgetaucht. Ich rief an und schrieb eine SMS, aber in den nächsten Minuten kam nichts zurück. Ich begann mir Sorgen zu machen und rief Connor an.

»Bestätigten die Protokolle, die ich schickte, das, was Dr. Castle dir vorhin sagte?«, antwortete er, als er den Anruf entgegennahm.

»Ja, das haben sie. Ich weiß das zu schätzen, aber deshalb rufe ich nicht an.«

»Was ist los? Du klingst beunruhigt.«

Ich erzählte Connor alles, was passiert war. Er wies mich an, die Kabelbahn zurück zum Nordcampus zu nehmen, um ihn im Grey Sports Complex zu treffen. Er dachte, ich könnte ihr auf dem Weg begegnen, wenn ich nicht fahren würde. Als ich den Nordcampus um viertel vor sieben erreichte, standen mehrere Studenten Schlange, um in die Kabelbahn einzusteigen. Carla drängte sich am Ende der Schlange eng an Jordan. Ich hätte sie unterbrochen, aber ich musste zum Grey Sports Complex gelangen. Beim Hinüberjoggen erinnerte ich mich, dass ich sie zum zweiten Mal ohne Striker zusammen gesehen hatte. Jordan hatte erwähnt, dass sie alle Freunde seien, aber es schien, als hätten die beiden mehr Zeit miteinander verbracht, als mir lieb wäre, wenn sie meine Freundin wäre. Vielleicht ist das ein Teil dessen, was Nana D meinte, als sie mir sagte, Striker habe Probleme mit Mädchen.

Als ich im Grey Sports Complex ankam, stand Connor nirgendwo vor der Tür. Ich betrat die Empfangshalle und sah mir die digitalen Monitore an den Wänden gegenüber an. Das Fitnesscenter im dritten Stock war voll mit einer großen Gruppe von Studenten, die trainierten. Ich versuchte, Lorraine in der Menge ausfindig zu machen, aber die einzige Person, die ich erkannte, war Striker, der intensiv Klimmzüge machte.

Nachdem ich mein Gesicht der Kamera gezeigt hatte, ging ich durch die mittlere Tür und suchte das Büro von Coach Oliver im dritten Stock. Als ich in seinem Büro ankam, war die Tür offen, und das Licht war an, aber niemand war drinnen. Als ich mich umdrehte, um den Flur in Richtung des Fitnesscenters zu gehen, rief Connor mir zu.

»Kellan, ich kann sie anscheinend nirgendwo finden. Ich überprüfte den gesamten ersten Stock. Könnte sie im Transit stecken geblieben sein?« Connors Ausdruck beunruhigte mich. »Es sei denn, du glaubst ernsthaft, dass ihr etwas zugestoßen ist.«

Lorraine war nicht der Typ, der übertreibt oder jemanden warten lässt. Hätte sie mir etwas Wichtiges zu sagen gehabt, wäre sie pünktlich im The Big Beanery angekommen, hätte meinen Anruf beantwortet oder sich gemeldet, um zu erklären, warum sie aufgehalten wurde. »Irgendetwas stimmt definitiv nicht. Lass uns das restliche Gebäude überprüfen, und wenn wir sie nicht finden können, dann müssen wir Coach Oliver ausfindig machen. Lorraine war bei ihm, bevor sie mich anrief.«

Connor ging nach unten, um den zweiten Stock zu überprüfen, falls sich Lorraine in einem der leeren Räume versteckte. Ich blieb im dritten Stock, ging aber in den anderen Flur, um zu überprüfen, ob sie sich tatsächlich im Fitnesscenter befand, das vielleicht vor den Blicken der Kamera verborgen war. Als ich ankam, steckte ich meinen Kopf hinein, aber wie ich auf der Kamera gesehen hatte, war sie nicht da. Striker winkte mir zu, während er sich auf seine nächsten Übungen vorbereitete. Entweder schwitzte ich vom Herumlaufen, oder die Temperatur im Gebäude war viel zu hoch.

Ich verließ das Fitnesscenter und ging zurück in die andere Halle, wo sich das Büro von Coach Oliver und der Konferenzraum befanden. Ich bezweifelte, dass Lorraine dort saß, aber im Konferenzraum gab es ein Fenster mit Blick auf die Vorderseite des Gebäudes. Es würde einen freien Blick auf die Kabelbahnstation ermöglichen. Vielleicht wartete Lorraine auf die nächste Fahrt zum Südcampus. Es war jetzt sieben Uhr.

Ich öffnete die Tür und trat in den kleinen Konferenzraum ein, nur um sofort eine kalte Brise zu spüren, die in meine Richtung wehte. Jemand hatte entweder das Fenster offen gelassen oder die Heizung funktionierte in diesem Raum nicht mehr. Ich fühlte an der Wand nach dem Lichtschalter, konnte ihn aber nicht finden. Als ich mich daran erinnerte, dass Coach Oliver gesagt hatte, dass sie ein neues sprachgesteuertes System installieren würden, fragte ich mich, ob es funktionieren würde, wenn ich 'Licht an' sagen würde. Zwei Sekunden später überflutete das Glühen von drei eingelassenen Glühbirnen den Raum.

Ich bemerkte sofort zwei Fensterläden, die in der Nähe eines großen offenen Fensters gegen die Außenwand wehten. Als Connor den Raum hinter mir betrat, sprang ich zwei Fuß in die Luft. Er sagte: »Ich habe Lorraine unten nicht gefunden. Was ist mit dir?«

Ich drehte mich tief atmend um, um meinen Verstand wiederzuerlangen. »Noch nicht, aber schau dir all diese umgestürzten Stühle an.« Ich ging zum Fenster und bemerkte, dass es bis ganz an die Decke geschoben worden war. Der offene Raum war etwa vier Fuß breit und sechs Fuß hoch. Als ich meinen Kopf nach draußen steckte, blickte er über den geschlossenen Vorhof.

»Irgendetwas?«, sagte Connor, als er sich meiner rechten Seite näherte. Sein Kölnisch Wasser war übermächtig.

Mehrere Studenten kreuzten einige Dutzend Meter vor dem Gebäude, aber nicht Lorraine. Es war in der Dunkelheit schwer zu erkennen, dann bemerkte ich etwas Seltsames am Fuß der Statue im Hof. »Hast du eine Taschenlampe?« Als er nickte, zeigte ich ihm, wohin er den Strahl richten sollte.

Einige Sekunden später bestätigte er meinen Verdacht mit einem kalten, sachlichen Tonfall, den sie ihm wahrscheinlich in der Polizeiakademie beigebracht hatten. »Das ist ein Körper auf dem Boden in der Nähe der Statue, nicht wahr?«

17

Ich schluckte und schloss meine Augen und wünschte, ich hätte nicht gesehen, wen ich glaubte, gesehen zu haben. Wir rannten aus dem Konferenzraum, um den nächsten Ausgang zu finden. Ich konnte hören, wie Connor Sheriff Montague anrief, als er hinter mir herlief. Wir verließen den Konferenzraum im zweiten Stock in Richtung Hofeingang.

Connor schrie, ich solle auf ihn warten, während er mich in Schach hielt. Nachdem ich seiner Aufforderung nachgekommen war, lief er in die Nähe der Statue. Ich sah ihm zu, wie er sich hinkniete, um Lorraines Puls zu kontrollieren. Als er sich wieder zu mir umdrehte, konnte ich an seinem mürrischen Gesichtsausdruck erkennen, dass es keine gute Nachricht war.

»Sie ist tot?«, sagte ich und fühlte, wie das Gewicht meines gesamten Körpers schnell nach unten sackte. »Ja, ihr Genick brach, als sie nach dem Sturz aus dem Fenster auf die Statue traf«, antwortete Connor.

»Das muss Coach Oliver gewesen sein. Lorraine sagte mir am Telefon, er habe etwas Illegales vor.« Ich fühlte, wie mein

Blut zu kochen begann, als ich auf die Statue zugerannt bin. Wie konnte das passieren?

»Hat sie tatsächlich diese Worte benutzt? Ich sage nicht, dass es nicht verdächtig aussieht, aber wir müssen uns über die Fakten absolut im Klaren sein.«

»Nicht ganz«, antwortete ich, um mich zu beruhigen. »Als ich sie fragte, was ihrer Meinung nach los sei, sagte sie definitiv, dass es etwas mit den Noten von Coach Oliver und Striker zu tun habe.«

Nachdem der Sheriff eingetroffen war, gab Connor ihr eine kurze Zusammenfassung dessen, was ich ihm bereits über mein Gespräch mit Lorraine erzählt hatte. Ich wartete darauf, dass sie die Situation zu Ende besprachen. Die Sanitäter kamen und stellten fest, dass sie nichts tun konnten, um zu helfen. Sheriff Montague wies ihr Team an, den Gerichtsmediziner vor Ort zu holen, während Connor meinen Vater anrief, um ihn über den Vorfall zu informieren. Ich war noch nicht bereit, die Nachricht zu überbringen, und der Sheriff wollte direkt von mir hören, was Lorraine mir gesagt hatte.

»Klang sie so, als könnte sie sich etwas antun?«, fragte Sheriff Montague.

»Was? Nein, das ist doch verrückt! Sie war verängstigt und wollte mich unbedingt in der Big Beanery treffen. Auf keinen Fall wollte sie aus dem Fenster springen. Das würde Lorraine nie tun!« Ich war wütend darüber, wie der Sheriff angedeutet hatte, dass Lorraine den Lebenswillen verloren haben könnte. »Außerdem sah sie dort jemanden, von dem sie nicht erwartet hatte, dass er dort sein würde. Jemand hat sie getötet, genau wie er Abby getötet hat.«

»Beruhigen Sie sich. Ich versuche, die Fakten zu ermitteln. Das wird viel einfacher sein, wenn Sie mir vertrauen«, sagte sie, als sie neben mir auf der Bank Platz nahm. »Da ist eine Notiz.«

Leichter gesagt als getan. Sheriff Montague hatte mir

keinen Grund gegeben, anzunehmen, dass sie in der Vergangenheit auf meiner Seite war. »Was stand auf dem Zettel?«

»Ich komme nicht dran, ohne ihren Arm zu bewegen. Ich möchte aber, dass das Team seine erste Analyse beendet, bevor wir die Leiche berühren«, bemerkte Sheriff Montague. »Wir werden herausfinden, was passiert ist, das verspreche ich. Gibt es jemanden, von dem Sie sich vorstellen können, dass sie und Abby kürzlich mit ihm gekämpft haben?«

Ich überdachte jeden, dem ich in der Diamond Hall begegnet war, und teilte dem Sheriff die Namen mit. Es war eine kurze Liste, aber es könnten auch mehrere Personen gewesen sein, von denen ich vor meiner Rückkehr nach Braxton nichts wusste. Ich beendete die Zusammenfassung für den ganzen Nachmittag, als Connor uns wissen ließ, dass er meinen Vater erreicht hatte. »Präsident Ayrwick ist auf dem Weg, Sheriff.«

Ich wusste, wie sehr sich mein Vater auf Lorraine verließ, und so distanziert er auch sein konnte, ihr Tod würde ihn vernichten. Er hatte mich erschüttert. Connor und der Sheriff gingen weg, um etwas zu besprechen. So sehr ich Coach Oliver die Verbrechen anhängen wollte, es ergab keinen Sinn, warum er die beiden Frauen, mit denen er offenbar zusammen war, umbringen sollte. Das Verhalten von Dekan Terry hatte mich verwirrt. Die gemeinsame Anwesenheit von Jordan und Carla in der Warteschlange der Kabelbahn war verdächtig, aber jede Schuld, die ich auf ihren Gesichtern erkannte, könnte darauf zurückzuführen gewesen sein, dass jemand sie in einer engen Umarmung erwischt hatte. Hatten sie Alibis für die Nacht von Abbys Mord? Ein weiterer Hinweis, dem ich nachgehen musste.

Ich wusste, dass mein Verstand überreizt war, als ich anfing, mich zu fragen, ob Connor dafür verantwortlich sein könnte. Obwohl ich Lorraines Leiche gefunden hatte, könnte das Ganze Teil seines großen Plans gewesen sein, seine Taten zu vertuschen. Ich schüttelte die beunruhigenden Gedanken aus meinem Kopf, denn ich wusste, dass mein ehemals bester Freund kein Doppelmörder war. Ich musste nach Hause fahren, um mich auszuschlafen und mit dem jüngsten Verlust fertig zu werden.

Sheriff Montague kehrte auf die Bank zurück, die ich als meinen Platz benutzt hatte, um mich von dem Schock zu erholen, einen Freund tot am Boden liegen zu sehen. »Geht es Ihnen gut? Ich kann mir nicht vorstellen, dass es für Sie normal ist, in so kurzer Zeit zwei Leichen zu finden.«

»Nein, ist es nicht«, antwortete ich und hielt meinen Blick auf dem Bürgersteig gerichtet. »Ich würde gerne hier weg.«

»Es steht Ihnen frei zu gehen, aber Sie haben inzwischen verstanden, wie es läuft.« Sheriff Montague schlug einen Termin für ein Treffen am folgenden Tag vor, um eine schriftliche Erklärung durchzugehen. Als ich wegging, rief sie meinen Namen. »Ich kann Ihnen nicht sagen, was auf dem Zettel stand, aber es war keine Selbstmordnachricht. Ich kann mir im Moment keinen Reim darauf machen. Wir können das morgen besprechen.«

»Sie erwähnten vorhin, dass sich Fasern unter Abbys Fingernägeln befanden. Können Sie mir etwas darüber sagen?«, fragte ich.

»Keine DNA. Es sieht so aus, als ob die Fasern mit den neuesten Jacken des Baseballteams übereinstimmen. Aber wir sind noch nicht mit allen Tests fertig, also behalten Sie das bitte vorerst für sich.«

Ich nickte und machte mich auf den Weg zur Kabelbahn, um zum Südcampus zu gelangen, meinen Jeep zu finden und nach Hause zu fahren. Ich hätte bleiben sollen, um nach meinem Vater zu sehen, aber ich musste eine Weile allein sein. Lorraine hatte Coach Oliver zur Rede gestellt, weil ich sie in Abbys Tagebuch nach dem W. A. gefragt hatte. Hatte ich Lorraine irgendwie in den Tod geschickt?

Ich muss zusammengebrochen sein, als ich nach Hause kam, denn ich kann mich kaum daran erinnern, ins Bett geklettert zu sein. Ich wälzte mich die ganze Nacht hin und her, während ich um Lorraine trauerte, aber als ich am Dienstag aufwachte, stand der Wunsch, den Mörder zu bestrafen, im Mittelpunkt meiner Gedanken. Ich lief eine Runde und holte dann meine Mutter ein, die zur gleichen Zeit nach Braxton unterwegs war. Mein Vater war viel früher aufgebrochen, um mit dem Kuratorium über den Vorfall von gestern Abend zu sprechen, und so fuhr sie mit mir zum Campus. Manchmal braucht man seine Mutter, um die Dinge ein wenig besser zu machen.

»Kellan, wir werden sie alle sehr vermissen«, sagte sie, als ich aus der Einfahrt herausfuhr. »Ich kann nicht verstehen, warum sie vom Grey Sports Complex in ihren eigenen Tod springen wollte, aber wenn sie so große Qualen hatte, hoffe ich nur, dass sie jetzt an einem besseren Ort ist. Glaubst du, sie hat Abby getötet?«

Meine Mutter wusste nichts über die Beziehung zwischen Lorraine und Coach Oliver. Ich war mir zwar sicher, dass Lorraine nicht Selbstmord begangen hatte, aber meine Mutter glaubte, dass das, was mein Vater am Abend zuvor gesagt hatte, wahrscheinlich auf etwas anderem beruhte. »Ich glaube, jemand hat sie geschubst, Mom. Vielleicht wegen etwas, das sie über Abbys Tod wusste. Es muss einen Zusammenhang geben.«

»Wir hatten noch nie Morde in Braxton. Zwischen diesen beiden schrecklichen Ereignissen und diesem wahnsinnigen Blogger macht ihm der Ruhestand deinem armen Vaters so viel Stress.« Meine Mutter packte den kleinen Griff auf dem Dach des Jeeps, als ich die Kurve in der Nähe des Flusses zu schnell nahm.

»Hat er in letzter Zeit etwas über die Blogs gesagt? Ich verdächtige Myriam«, antwortete ich.

»Er weiß, wer hinter ihnen steckt. Er kann es mir nicht sagen, aber wir haben gestern darüber gesprochen. Ich bin sicher, dass Connor die Sache im Griff hat. Seit der Party gab es keine neuen Posts mehr.«

Ich setzte meine Mutter am Aufnahmegebäude auf dem Nordcampus ab und fuhr dann zum Südcampus, um meinen Tag zu beginnen. Als ich die Diamond Hall betrat, ermutigten Lorraines Boxen im Flur im ersten Stock den Schmerz dazu, meinen Körper noch einmal zu überfluten. Sie wäre am kommenden Wochenende in die neu renovierten Büros der Exekutive zurückgezogen. Ich ging in den zweiten Stock, um mir ein paar Minuten der Einsamkeit zu stehlen und einen Angriffsplan für den Tag zu entwerfen. Stattdessen fand ich eine Frau mit leuchtend roten Haaren in Jeans und einem übergroßen Baseball-Sweatshirt der Braxton Bears am fast leeren Schreibtisch von Lorraine.

»Darf ich fragen, was Sie hier drin machen?«, erkundigte ich mich. Angesichts der beiden Morde musste ich mit Connor darüber sprechen, wie gut die Sicherheit auf dem Campus funktionierte, wenn beliebige Leute in das Gebäude kommen und den Schreibtisch von jemandem durchwühlen konnten.

Als sie den Kopf hob, ließen ihr erschreckter Gesichtsausdruck und die Menge an Make-up, die sie auf ihr Gesicht gemalt hatte, sie wie einen Clown aussehen. »Ich könnte Ihnen die gleiche Frage stellen. Wer sind Sie?«, fragte sie.

Ich war es nicht gewohnt, auf diese Weise befragt zu werden, wenn ich wusste, dass ich eindeutig im Recht war. »Ich bin Kellan Ayrwick. Ich arbeite hier, und dieser Schreibtisch gehört jemand anderem. Was ist mit Ihnen?«

Die Frau trat vom Schreibtisch weg und lächelte. »Oh, es ist schön, Sie kennenzulernen. Es tut mir leid, dass ich etwas unhöflich war. Ich hatte nicht erwartet, dass jemand hereinkommt, während ich die Dinge für die Abteilung vorbereite. Ich bin Siobhan.«

Der Name war mir bekannt, aber ich konnte ihn im Moment nicht zuordnen. »Sind Sie eine Aushilfe?«

»Nein, ich war in den letzten zwei Monaten im Mutterschaftsurlaub. Der Personalchef rief mich gestern Abend an und fragte, ob ich heute vorbeikommen könnte, um bei ein paar Dingen zu helfen. Anscheinend gab es einen Unfall, und Lorraine Candito wird für den Rest der Woche nicht mehr da sein.« Ihr irischer Akzent war ziemlich ausgeprägt.

Stimmt! Siobhan war die Büroleiterin, deren Verantwortlichkeiten Lorraine übernommen hatte. »Ich glaube, Glückwünsche sind angebracht«, antwortete ich. »Junge oder Mädchen?«

»Jeweils eins von beiden, Zwillinge«, antwortete sie und holte ihr Telefon heraus, um tonnenweise Bilder der Zwillinge in grünen Outfits zu zeigen. Siobhan und ich unterhielten uns mehrere Minuten lang, während der ich erfuhr, dass sie seit fünf Jahren am College war und nach Braxton gezogen war, nachdem sie eine Freundin besucht hatte, die ein Auslandssemester an einem College in Dublin, Siobhans Heimatstadt, absolviert hatte. Sie hatte sich im Jahr zuvor für eine In-vitro-Fertilisation entschieden, wobei sie nie damit gerechnet hatte, dass zwei Eizellen gleichzeitig befruchtet würden. Alleinerziehende Mutter von Zwillingen zu sein, war nicht so einfach, wie sie dachte.

Ich erklärte ihr meine vorübergehende Rolle als Dozent in Abbys Vorlesungen. Siobhan hatte nicht viel über die verstorbene Professorin zu sagen, was darauf hindeutete, dass sie es vorzog, nicht schlecht über die Toten zu sprechen. »Siobhan, ich habe mich gefragt, ob Sie viel darüber wissen, wer Zugang zu den Studentensystemen hatte. Ich habe mir von Myriam einen kurzen Überblick verschafft, aber ich wollte sicher sein, dass ich die Noten für eine bevorstehende Arbeit eingeben kann, die meine Studenten nächste Woche abgeben werden.«

»Professoren haben nur Zugang zu ihren eigenen Lehrveranstaltungen. Sie können nichts über ihre Studenten sehen, außer Kontaktinformationen, und das halten wir auf ein absolutes Minimum beschränkt. Ich habe fortgeschrittene Privilegien, aber ich kann nur dann Noten für Kurse eingeben und aktualisieren, wenn der Professor mir Zugang dazu gewährt hat.«

Ich dankte Siobhan für ihre Hilfe und ging auf mein Büro zu. Sie folgte mir und fragte, ob ich etwas bräuchte, aber ich hatte keine Gelegenheit, ihr zu antworten. Wir trafen Myriam, als sie aus ihrem Büro kam. »Siobhan, wie ich sehe, hast du Mr. Ayrwick kennengelernt, den Unruhestifter.«

Ich? Was hatte ich getan? »Guten Morgen, Myriam. Habe ich etwas getan, was Sie beleidigt hat?« Ich fragte mit so viel Lächeln, wie ich konnte, als ich in ihr Büro ging. Siobhan zog sich in den Hauptbereich auf der Etage zu ihrem Schreibtisch zurück. Entweder hatte sie schon einmal einen von Myriams Zungenhieben erlebt, oder sie wollte mich nicht in Verlegenheit bringen, während ich einen von meinen eigenen erhielt.

»Sie meinen, außer Sheriff Montague zu sagen, dass ich sowohl mit Monroe als auch mit Lothringen gestritten habe, um zu versuchen, mich schuldig aussehen zu lassen? Ganz ehrlich, Sie haben Nerven, Klatsch zu verbreiten, nachdem Sie nur einen Tag hier gearbeitet haben«, rief Myriam, als sie ihre Taschen zu Boden warf. »*Die eigenen Zweifel sind Verräter und lassen uns das Gute verlieren, das wir oft gewinnen könnten, weil wir Angst haben, es zu versuchen.*«

Nicht noch ein sonderbares Zitat, dachte ich. »Der Sheriff fragte mich, ob es auf dem Campus Leute gäbe, mit denen Abby und Lorraine Zeit verbracht hätten. Ich erwähnte Ihren Namen, aber ich habe Sie nicht beschuldigt«, antwortete ich mit Verachtung für die Frau, die in mir wuchs. »Es sei denn, Sie sind der Autor dieses scheußlichen Blogs gegen meinen Vater.« Ich wollte die Anschuldigung nicht laut aussprechen. Ich habe sie definitiv verdächtigt, und die ständigen Shakespeare-Anspielungen der Frau gingen mir auf die Nerven.

»Ich habe nichts damit zu tun, das versichere ich Ihnen. Ich sehe, dass Sie nicht anders sind als Ihr Vater, Kellan, und ich werde das mit Sicherheit dem nächsten Präsidenten erzählen. Wir können nicht weiter zulassen, dass pompöse Männer auf diesem Campus arbeiten«, knurrte sie, während sie mich in den Flur schob.

»Wie können Sie es wagen, etwas zu sagen wie...« Ich hörte auf zu sprechen, als ich eine andere Stimme hörte.

»Vielleicht könnten Sie beide leiser sprechen? Die Studenten kommen zum Unterricht unten an und können alles hören«, sagte Connor. »Vielleicht könnten wir uns wie normale Menschen hinsetzen und eine rationale Diskussion führen?« Er streckte seine Hand in Richtung des Büros von Myriam aus, und wir alle stapelten uns darin. »Was scheint hier das Problem zu sein?«

»Mr. Ayrwick hat den Eindruck, dass ich ein kaltblütiger Mörder bin, ein skrupelloser Blogger, und ich kann mir nicht einmal ansatzweise vorstellen, was als Nächstes aus seinem Mund kommen wird«, antwortete Myriam. »Ich werde sein Verhalten dem Kuratorium melden, Direktor Hawkins. Sie sind Zeuge dieser unprovozierten Aufwiegelung seinerseits.«

»Ich habe nichts dergleichen getan, Connor. Du warst da, du hast alles gehört, was ich gestern Abend gesagt habe.« Ich hatte den Teil ausgelassen, in dem ich sie beschuldigte, die Bloggerin zu sein, aber die Frau hatte es auf mich abgesehen. Als ich in meiner Frustration schwankte, nahm ich an diesem Tag Myriams ausgewähltes Outfit zur Kenntnis. Ich konnte nicht umhin, zu bewundern, wie poliert und souverän sie in ihrem marineblauen, klassisch geschnittenen Nadelstreifen-

Hosenanzug aussah. Es war das glänzende goldene Mieder darunter, das das ganze Ensemble zu meiner Bestürzung aufblitzen ließ. *Lassen Sie mich nur unter der Perücke nachsehen, ob da Dienstag zu lesen ist.*

»Dr. Castle, er sagt die Wahrheit. Der Sheriff fragte nach allem, was ihm in den Sinn kam. Kellan hat Sie jedoch überhaupt nicht vor den Bus gestoßen...« Nachdem er darauf gewartet hatte, dass Myriam sich auf ihrem Stuhl niedergelassen hatte, fügte Connor hinzu: »Ich glaube auch, dass nach zwei unerwarteten Todesfällen auf dem Campus alle in höchster Alarmbereitschaft sind. Warum einigen wir uns nicht darauf, die Sache ruhen zu lassen?«

»Gut«, antwortete Myriam, während sie die Schildpattbrille auf ihrem feindseligen Gesicht zurechtrückte. »Ich bin bereit zu akzeptieren, dass es kein absichtlicher Ungehorsam war.«

Wie bitte? Gehorsamsverweigerung? Habe ich für sie gearbeitet und wenn ja, wie konnte mir das entgehen? Ich öffnete meinen Mund, um zu widersprechen, aber Connor unterbrach mich. »Lass uns einen Spaziergang machen, Kellan. Ich muss ein paar Dinge mit dir besprechen.«

Myriam führte uns beide aus ihrem Büro und schloss dann die Tür. Ich folgte Connor die Hintertreppe hinunter, um die Menschenmenge zu vermeiden, die sich im ersten Stock der Diamond Hall zu versammeln begann. Als wir die Tür erreichten, murmelte ich in Gedanken: »Ich hätte nie wieder hierher zurückkommen sollen.«

Connor lachte. »Mann, die geht einem unter die Haut. Vergiss sie. Ich habe einige Neuigkeiten, die dich vielleicht etwas aufmuntern. Obwohl es im Großen und Ganzen keine positiven Nachrichten sind.«

Seine Worte faszinierten mich, aber ich erfuhr bald, warum die Nachricht eine gemischte Botschaft war. Sheriff Montague autorisierte ihn, eine Kopie der Notiz unter der Leiche Lorraines weiterzugeben. Sie lautete:

Ich hoffe, du weißt zu schätzen, wie sehr ich dem Baseballteam geholfen habe, dieses Jahr die Meisterschaften zu erreichen. Mir ist bewusst, wie wichtig es ist, den Major-League-Baseball-Scout zu beeindrucken. Ich werde sicher auch die Prüfungsergebnisse der nächsten Woche kontrollieren, so dass der Star-Spieler keine Chance hat, etwas zu verpassen.

»Das stimmt mit dem überein, was Lorraine mir am Telefon sagte, bevor sie getötet wurde. Sie wollte mir etwas zeigen. Sie erwischte Coach Oliver oder jemand anderen dabei, wie er die Notiz an Striker schrieb«, sagte ich.

Connor nickte. »Es sieht so aus, als könnte dies der Grund dafür sein, dass sie aus dem Fenster gestoßen wurde. Der Sheriff glaubt auch nicht mehr, dass es Selbstmord war«, antwortete er mit einem zögerlichen Bruch in der Stimme. »Aber warum sollte Coach Oliver so etwas schriftlich festhalten? Glaubst du nicht, er würde Striker zur Seite nehmen und ihm sagen, dass er sich darum gekümmert hat? Und warum sollte der Coach es in seinem eigenen Büro aufschreiben?«

Ich habe Connors Ausführungen in Betracht gezogen, da er ein berechtigtes Argument hatte. Als ich alles, was ich gelernt hatte, zusammenzählte, hatte ich eine andere Theorie. »Ich habe keinen Zweifel daran, dass Coach Oliver irgendwie in dieses Debakel verwickelt ist. Was, wenn jemand versucht, es so aussehen zu lassen, als ob Striker Teil des Plans sei? Nach einem Gespräch mit Jordan gestern hatte ich den Eindruck, dass er es auf Striker abgesehen hatte.«

»Du glaubst also, dass er die Noten geändert hat, in der Hoffnung, dass es Striker schuldig aussehen und ihn aus der Mannschaft werfen lassen würde?«

»Vielleicht«, sagte ich. »Ich bin besorgt, dass Dekan Terry auch involviert ist. Ich habe sie und Jordan gestern auf dem Campus in einer abgelegenen Gegend sprechen sehen.«

»Und jetzt verdächtigst du einen College-Dekan?«, sagte Connor, als wir im Grey Sports Complex ankamen. »Hat er nicht sowohl Jordan als auch Striker zu Starspielern ausgebildet?«

»Da ist was dran«, räumte ich ein. »Nichts davon ergibt Sinn, aber alles sieht verdächtig aus und passt zu dem, was dieser Blogger gesagt hat. Ich muss sehen, wie bestürzt Coach Oliver über den Tod von Lorraine ist. Hat Sheriff Montague ihn schon befragt?«

»Gestern Abend, nachdem du gegangen warst. Er kam zum Gebäude zurück und behauptete, er habe mehrere Übungen im Grey Field beobachtet, nachdem Lorraine in seinem Büro vorbeigeschaut hatte. Er sagte, er sei nur für ein paar Minuten zurückgekommen, um seinen Aktenkoffer zu holen und nach Hause zu gehen. Er sah ziemlich erschüttert über den Tod von Lorraine aus.«

»Er ist ein Lügner«, argumentierte ich, während ich mich auf meinen Abgang vorbereitete. »Ich werde es sofort beweisen, nachdem ich ihm einen kleinen Besuch abgestattet habe.«

»Ich gebe zu, du hattest Recht damit, dass Lorraine nicht Abbys Mörderin ist, vor allem jetzt, da sie ebenfalls tot ist. Der Sheriff glaubt, was Lorraine dir über die Konfrontation mit Coach Oliver erzählt hat, aber sie hat keine Beweise.« Connor erklärte, er müsse zu einer Besprechung, die er nicht schwänzen könne, aber er arbeitete mit der Technikabteilung zusammen, um alle Überwachungsbänder und Sicherheitszugangsprotokolle zum Grey Sports Complex zu besorgen.

»Ich weiß das zu schätzen. Vielleicht finden sie über dieses Besserwisser-Computersystem heraus, wer genau in der Sportanlage war«, antwortete ich und fühlte mich durch seine Worte etwas ermutigt.

»Mach einfach keinen Ärger mehr. Mit deinem Angriff auf Myriam hast du bereits ein wichtiges Mitglied des Kollegiums verärgert. Versuch, dich nicht auf jedermanns schlechte Seite zu stellen, Kellan.«

Ich versprach ihm, dass ich mit Coach Oliver vorsichtig

sein würde, ignorierte die Computerstimme, die mich an der Rezeption begrüßte, und machte mich auf den Weg ins Büro des sportlichen Direktors. Er legte den Hörer auf, als ich ankam.

»Wir müssen reden«, sagte ich mit meiner ruhigsten Stimme und stellte mir Connor in meinem Kopf jammernd vor.

»Sind die Nachrichten nicht schrecklich?« Coach Oliver winkte mich in sein Büro und wartete darauf, dass ich mich auf den Stuhl ihm gegenüber setzte. »Lorraine war eine aufrechte Mitarbeiterin dieses College.«

»Versuchen Sie nicht einmal, mich abzulenken. Lorraine erzählte mir, dass Sie beide seit Monaten zusammen sind. Ich weiß, dass sie Sie gestern Abend zur Rede gestellt hat«, rasselte ich meine Frustration in Listenform ab. Ich wollte ihm nicht genau sagen, was sie gesagt hatte, in der Hoffnung, er würde straucheln und etwas enthüllen.

»Lassen Sie uns in unserem Urteil nicht zu schnell sein. Ich wusste nicht, dass Lorraine Ihnen von uns erzählt hat. Wir sollten das Kollegium informieren, da es mehr als nur ein paar Dates gewesen waren. Ich habe sie beschützt«, antwortete er. Eine seltsame Traurigkeit begleitete seine Stimme, als er die Augen schloss und sich am Spitzbart kratzte.

Obwohl Coach Oliver über den Tod von Lorraine sehr bestürzt schien, war ich nicht da, um ihn zu trösten, vor allem nicht, als er behauptete, sie zu beschützen. Er ist derjenige, der in der Vergangenheit wegen Belästigung in Schwierigkeiten geraten war. »Wie genau war Ihre Beziehung zu Lorraine?«

»Ich werde es Ihnen sagen, aber Sie müssen mir glauben, das klingt viel schlimmer, als es ist«, antwortete er, während er mit einem Bleistift zwischen den Fingern rumfuchtelte. »Vor drei Monaten wurde ich in das Büro Ihres Vaters gerufen, um darüber zu quatschen, dass ein Scout der Major

League Baseball einen Blick auf Braxton werfen wollte. Wann immer ich vorbeikam, hatten Lorraine und ich uns besser kennengelernt.«

»Sie erwähnte mir gegenüber dasselbe, aber das erklärt nicht, wie Abby ins Bild passt«, entgegnete ich, obwohl mir ein wenig mulmig zumute war, was ich als Nächstes von Coach Oliver hören würde. »Oder warum sich ein Baseball-Scout für Braxton interessieren würde.«

»Am Ende des letzten Semesters diskutierten Abby und ich über die schlechte Leistung von Striker in ihrer Klasse. Sie hatte mich auf einen Drink eingeladen, um mir zu sagen, dass sie ihn im Stich lassen würde«, sagte Coach Oliver mit Gewissensbissen, das sich in seinem nervösen Gesichtsausdruck verbarg. »Ich habe versucht, sie davon zu überzeugen, Striker noch eine Chance zu geben. Ich wollte dem Kind selbst helfen, aber ich weiß nichts über Kommunikations- oder Fernsehgeschichte. Ich bat Abby, ihm Nachhilfe zu geben, aber sie wollte nicht.«

»Lorraine sagte, Sie bestreiten, dass zwischen Ihnen und Abby etwas passiert ist. Ich sah Sie letzte Woche um ihre Einfahrt schleichen.« Als Coach Oliver wegschaute, konnte ich erkennen, dass er Lorraine über das Ausmaß seiner Beziehung zu Abby getäuscht hatte.

»Sie wissen, wie das ist. Es passieren Dinge. Sie war eine attraktive Frau«, sagte Coach Oliver. »Am Anfang war es rein beruflich. Wir trafen uns ein paar Mal, um uns darüber zu einigen, wie wir Striker in der Mannschaft halten können. Abby deutete an, dass sie erwägen würde, Striker zu schonen, wenn er dieses Semester wieder an ihrem Kurs teilnähme, wenn ich, na ja..«, zögerte er, lächelte dann und wippte ein paar Mal mit dem Kopf. »Sie wissen, was ich meine. Ich bin sicher, Sie waren schon einmal in dieser Position, Kellan.«

»Ja«, sagte ich und log nach Strich und Faden. Ich war noch nie in dieser Position gewesen, aber ich wollte Antworten haben und dem Mann nicht sagen, dass er ein ekelhafter Trottel ist. »Wie kommt es, dass Abby in ihr Tagebuch geschrieben hat, dass sich ihre Gefühle für Sie verändert haben?« Ich war mir nicht sicher, ob er von den Eintragungen wusste, wollte ihn aber unvorbereitet erwischen. Ich wollte auch ihren Plan, ihn bloßzustellen, nicht verraten.

Coach Oliver erstarrte mit einem schockierten Keuchen. »Hm? Es war einfach eine lustige Zeit. Nichts Ernstes. Ich mag Lorraine wirklich«, sagte er, nachdem er einen weiteren schweren Seufzer losgelassen hatte. »Ich schätze... ich meine... mochte Lorraine wirklich.«

Obwohl sein Gesichtsausdruck melancholisch wurde, als hätte er endlich den Tod von Lorraine akzeptiert, musste ich weitermachen. »Hielt Abby Ihnen etwas vor?«

»Abby wusste, dass ich mit Lorraine zusammen war. Sie hatte vor meiner Tür gelauscht und einen Teil eines Gesprächs darüber gehört, dass Lorraine und ich in ein paar Wochen zusammen wegfahren würden. Manchmal ignorierte sie mich, ein anderes Mal übte sie Druck auf mich aus, mehr Zeit mit ihr zu verbringen und ihr alles über die neue Technologie und die Vergünstigungen zu erzählen, die die Sportanlage erhalten hatte. Es waren nur ein paar Wochen, in denen tatsächlich etwas zwischen uns passierte.« Coach Oliver wechselte immer wieder seine Sitzhaltung und verlagerte sein Körpergewicht. Ich war mir sicher, dass er wichtige Informationen verheimlichte. Er hatte auch jede Erklärung vermieden, warum der Scout sich für Braxton entschieden hatte.

»Wann haben Sie das letzte Mal mit ihr gesprochen, bevor sie starb?«, fragte ich.

»Am Freitag vor ihrem Tod«, antwortete er. Etwas an der Art, wie er die Worte sagte, sagte mir, dass er immer noch nicht die Wahrheit sagte. »Abby rief an, um mir zu sagen, dass er seine erste Prüfung wieder nicht bestanden hatte.«

Das erklärte, warum ich die 'F' in ihrem Notenbuch fand.

»Aber letztendlich hat sie ihn doch noch bestehen lassen, oder?«

»Ich ging davon aus, dass Abby sich entschied, ihr Versprechen einzulösen«, antwortete Coach Oliver mit einem verschmitzten Grinsen.

So sehr ich dem Perversen beide Verbrechen anhängen wollte, konnte ich nicht alle Fakten miteinander verbinden. Er war schuldig, aber vielleicht war es kein Mord. »Ich weiß es zu schätzen, dass Sie diese Version der Geschichte mit mir teilen. Haben Sie eine Ahnung, wer Abby oder Lorraine getötet haben könnte? Könnte Striker dafür verantwortlich sein?«

Coach Oliver schüttelte den Kopf. »Nein, Striker ist ein guter Junge. Er kann zwar nicht von sich aus seine Prüfungen bestehen, aber er ist ein erstaunlicher Pitcher mit einer Zukunft, die für die großen Ligen bestimmt ist. Mir fällt sonst niemand ein, der ein Motiv hätte. Vielleicht zwei verschiedene Mörder?«

»Das bezweifle ich. Weder in Braxton noch in Wharton County gab es jemals zuvor Morde wie diese. Es besteht kaum die Möglichkeit, dass zwei Todesfälle so nahe beieinander geschehen, ohne dass ein Zusammenhang besteht«, antwortete ich. »Was ist mit Braxton? Warum ist der Scout hier?«

»Ich schätze, wir hatten einfach Glück. Ich bin mir nicht sicher«, sagte er zögernd.

Ich beschloss, die Befragung von Coach Oliver vorerst einzustellen. Mein bester nächster Schritt war es, ein wenig über den Verbleib von Striker in der Zeit nachzudenken, als Abby und Lorraine ermordet wurden, aber zuerst war es Zeit, meine Schwester zum Mittagessen zu treffen.

18

————

»Ich bin so schockiert«, sagte eine aufgebrachte Eleanor, während wir uns in ihrem Büro im Pick-Me-Up-Diner unterhielten. »Lorraine war ein so fürsorglicher Mensch.«

»Sie war wirklich eine echte Seele. Ich muss herausfinden, wer ihr so etwas Schreckliches antun konnte.«

»Ich verstehe.« Eleanor hielt inne, um der Kellnerin zu danken, die zwei große Gerichte eines neuen Rindfleischeintopf-Rezepts vorbeibrachte, mit dem der Küchenchef für das kommende Wochenende experimentierte. Als die Kellnerin ging, sagte Eleanor: »Hat Sheriff Montague eine Ahnung, was passiert ist?«

»Ich habe heute noch nicht mit ihr gesprochen, aber ich werde später auf das Revier gehen. Ich habe vorhin mit Connor gesprochen. Er wird heute Nachmittag alle Sicherheitsvideos und Protokolle durchsehen.« Ich schluckte einen riesigen Löffel des Eintopfes, dann schnappte ich mir schnell ein Glas Wasser. Es war viel zu heiß zum Essen, aber der kurze Geschmack, den ich bekommen hatte, bevor meine Zunge zu brennen begann, war schmackhaft. »Vielleicht ein wenig zu viel Rotwein?«

»Ich werd's ihm sagen. Chefkoch Manny geht manchmal gerne noch einen Schritt weiter.« Sie lachte und gestikulierte, als ob er seinen Schnaps ein wenig zu sehr genossen hätte. »Apropos Connor, besteht die Möglichkeit, dass du mit ihm gesprochen hast?«

»Ja, Connor war besorgt, dass ich nach Hause komme«, antwortete ich vorsichtig. Ich musste ehrlich zu Eleanor sein, aber ich musste sorgfältig auf den schmalen Grat zwischen dem Offenbaren von allem und dem Sagen gerade genug achten, um sie die Dinge durchdenken zu lassen.

»Du hattest also recht. Sucht er also deine Erlaubnis, um mit mir auszugehen?«, fragte Eleanor, während sie den Eintopf probierte und mich wissen ließ, dass er sich genug abgekühlt hatte. »Du wirst das doch nicht verhindern, oder?«

Ich war mir nicht sicher, ob ich die Kontrolle hatte. »Da gibt es mehr als nur meine Zustimmung für euch beide.«

Eleanor sank in den Stuhl und schob den Teller von der Kante ihres Schreibtisches weg. »Irgendetwas geht jetzt mit ihm und Maggie vor. Ich bin zu spät, nicht wahr?« All der normale Überschwang verschwand aus ihrem Engelsgesicht. Ich wollte einen Zauberspruch sprechen und die ganze Situation verschwinden lassen, aber das war unwahrscheinlich. »Die Sterne haben mir in letzter Zeit nichts mehr gezeigt.«

Beim Gedanken an Magie wurde mir klar, dass ich mit Derek noch nicht über die zweite Staffel von *'Dark Reality'* gesprochen hatte. Er wäre begeistert, von dem jüngsten Mord zu hören. Ich griff über den Schreibtisch nach Eleanors Hand, aber sie war zu weit weg. In einem peinlichen Moment der Stille sahen wir uns an, und ich entspannte mich wieder auf meinen Platz. »Er war ein paar Mal mit Maggie aus, aber er hat keine Ahnung, wohin das führen soll. Connor will das Richtige tun. Ich vermute, er mag euch beide.«

»Wirklich? Du glaubst nicht, dass er mich so leicht fallen

lässt«, sagte sie, als sie sich von ihrem früheren Schwächeln erholte.

Ich nickte. »Möglicherweise. Du wirst selbst mit ihm darüber reden müssen, aber ich würde dich noch nicht aus dem Spiel nehmen. Du bist ein Gesamtpaket, wer würde nicht mit dir auf ein Date gehen wollen?« Vielleicht hatte ich den falschen Karriereweg eingeschlagen. Sollte ich zum Life Coach und Matchmaker extraordinaire wechseln?

Eleanors Stimmung besserte sich, und sie versprach, die Nachrichten ein paar Tage ruhen zu lassen, dann würde sie Connor anrufen und ein Treffen auf einen Kaffee an einem Abend vorschlagen. »Ich denke, du solltest dasselbe mit Maggie machen.«

»Ich bin im Moment noch nicht bereit, mich zu verabreden. Nana D versucht bereits, mich mit einer ihrer Musikschülerinnen, Bridget Colton, zu verkuppeln. Weißt du etwas über sie?« Ich sagte mir, dass ich mich an Bridget wenden sollte, um zu sehen, ob sie mir noch etwas über die inneren Abläufe in der Kommunikationsabteilung zu erzählen hatte. Vielleicht sah sie etwas Seltsames und erkannte nicht, dass es ein wichtiges Teil des Puzzles war.

»Nein, ich kenne Bridget nicht. Nana D hat sie mir gegenüber nicht erwähnt«, sagte Eleanor, während sie den Rest ihres Eintopfes beendete. »Kommt das so auf die Speisekarte oder soll Chefkoch Manny es noch einmal versuchen?«

»Das kann so gehen«, bestätigte ich, während ich meiner Schwester die Schale überreichte. Als Eleanor mit dem Geschirr verschwand, überprüfte ich mein Telefon auf neue Nachrichten.

Nana D hatte mir eine SMS geschickt, um herauszufinden, wann ich zum Abendessen vorbeikommen würde. Ich schlug Donnerstagabend vor, dem sie zustimmte, solange es nach sieben Uhr war, da sie am Nachmittag ein Treffen mit der örtlichen Bergarbeitergewerkschaft und dem Leiter des

Bürgerzentrums hatte. Ich wusste, dass sie etwas vorhatte und hoffte, dass es nicht in einer Katastrophe enden würde. Sie sprach immer noch mit jedem Mitglied des Vorstands über die anonymen Spenden.

Bei ihrer Rückkehr gab Eleanor ein Geräusch von sich, als ob sie sich übergeben müsste. »Waren wir jemals so jung?«

Ich wartete darauf, dass sie sich setzte, bevor ich antwortete. »Definiere jung. Ich dachte, das wären wir noch.«

Sie winkte mir zu, aus dem Fenster im Flur bei der Küche zu schauen. »Sieh mal in der hinteren Ecke nach, wie die beiden Turteltauben draußen rummachen. Ich weiß, wie es ist, verliebt zu sein, aber auf dem Parkplatz eines anständigen Restaurants so abzugehen... Man könnte mir für so etwas den Laden dichtmachen.«

Ich bezweifelte sehr, dass das Pick-Me-Up Diner geschlossen werden würde, weil sich zwei Menschen draußen geküsst hatten, und vermutete, dass meine Schwester so empfand, wenn jemand in diesen Tagen einen liebevollen Moment teilte. Eifersucht könnte ein großer Teil ihrer Frustration sein. Als ich in die Ecke spähte, fühlte ich einen Anflug von Herzschmerz für jemanden, den ich in den letzten Tagen kennengelernt hatte. Armer Striker! Carla und Jordan waren die beiden in einer leidenschaftlichen Umarmung. »Wow! Schau dir die beiden an. Ich glaube, sie und Striker sind nicht mehr zusammen«, sagte ich, als ich in Eleanors Büro zurückkehrte.

»Es ist nicht das erste Mal, dass ich sie auf frischer Tat ertappt habe«, antwortete meine Schwester, zog die Haare zurück und seufzte. »Sie schlichen ein paar Mal spät in der Nacht dorthin zurück und taten das Gleiche.«

»Wirklich? Ich dachte, sie sei Strikers Freundin, aber ich ahnte schon, dass zwischen ihr und Jordan etwas laufen könnte.«

»Das muss damit zusammenhängen, was deiner Meinung

nach mit Strikers Noten und den Spielern im Eröffnungsspiel los ist, richtig?«, fragte Eleanor.

Eleanor und ich diskutierten die verschiedenen Möglichkeiten, wie die drei Studenten in der Intrige zur Änderung der Noten einbezogen werden könnten. Es bestand eine große Chance, dass Abby einen von ihnen erwischt hatte und getötet wurde, so dass sie es niemandem sagen konnte. »Alles, was ich weiß, ist, dass Myriam, als sie ein paar Tage später die Prüfung von Striker in die Finger bekam, mit dem 'B+' einverstanden war, bevor sie sie in das Studentensystem hochgeladen hat. Die Note jedes Studenten in Abbys Buch stimmte mit Ausnahme der von Striker überein, ich habe sie alle selbst überprüft«, antwortete ich und bemerkte die Zeit. Als ich gehen wollte, kam mir eine andere Möglichkeit in den Sinn, und so dumm es mir auch erschien, ich musste sie erwähnen. »Es sei denn, Myriam lügt und korrigierte seine Ergebnisse, damit sie ihm ein 'B+' geben konnte. Was ich in diesem Fall *stark bezweifle*.«

Eleanor lachte. »Keine Chance. Dad sagt, dass Myriam bei solchen Dingen sehr penibel ist. Vielleicht ist die Person, die die Noten ändert, nicht die gleiche Person, die Abby und Lorraine getötet hat. Es könnte auch nichts damit zu tun haben, nehme ich an. Du weißt immer noch nicht genau, was die beiden Frauen über die Diskrepanzen zwischen den Noten wussten, bevor sie starben.«

Obwohl Eleanor recht hatte, war ich sicher, dass die beiden Verbrechen miteinander verbunden waren. Ich musste die Arbeit, die Myriam benotet hatte, überprüfen, wenn ich wieder auf dem Campus war, um sicherzugehen, dass ich ihr auch ein 'B+' und kein 'F' geben würde. Es war an der Zeit, die letzten Neuigkeiten mit meinem Vater zu besprechen, da sie eindeutig darauf hindeuteten, dass in Braxton etwas im Verborgenen vor sich ging. »Ich muss herausfinden, wer die Notiz geschrieben hat, die Lorraine bei sich hatte, als sie aus dem Fenster fiel. Es könnten beliebig viele Personen sein, basierend darauf, wie vage der Zettel geschrieben wurde.« Ich umarmte meine Schwester, weil sie mich an den Zettel erinnert hatte, und machte mich auf den Weg zum Sheriff-Büro. »Sheriff Montague braucht mich, um eine Erklärung abzuschließen.«

Glücklicherweise war Officer Flatman auf Patrouille. Der Sheriff begleitete mich in ihr Büro, um über die letzten Einzelheiten der Ereignisse der letzten Nacht zu berichten. »Wie geht es Ihnen, junger Ayrwick?«, fragte sie. Der Tweedmantel war heute wieder da, aber diesmal war er mit einem Paar Cordhosen und schwer aussehenden Wanderschuhen gepaart.

»Mir geht es gut, aber es ginge mir etwas besser, wenn Sie mich Kellan nennen würden. Ich glaube, wir haben die Formalitäten hinter uns, April, und könnten vielleicht eine Freundschaft aufbauen«, schlug ich vor, in der Hoffnung, dass das trotz ihrer unordentlichen Frisur gut ankommen würde.

»Sheriff Montague reicht fürs Erste«, antwortete sie mit zaghafter Leichtigkeit. »Ich ziehe es vor, eine strikte Linie zwischen Arbeit und Vergnügen zu ziehen, und ich glaube nicht, dass ich uns als Freunde betrachten würde.«

Ich hatte keine andere Wahl, als ihre Entscheidung zu akzeptieren. Zumindest wusste ich, dass ich heute vorsichtig auf sie zugehen musste. Ich würde keine Antworten erhalten, wenn ich zu sehr drängte. »Ich würde mich freuen, die Schlusserklärung lesen und unterschreiben zu dürfen. Irgendwelche Hinweise, die Sie gerne weitergeben könnten? Lorraine Candito war eine enge Freundin der Familie.«

Sheriff Montague schwächte mindestens eine Stufe auf der Freundlichkeitsskala ab. »Ich bin sicher, es war ein ziemlicher Schock für Sie alle. Ich vertraue darauf, dass Connor den Inhalt der Notiz mitgeteilt hat?« Sie fuhr fort, nachdem ich zur Bestätigung genickt hatte. »Er geht gerade die Sicherheitsprotokolle durch und wird mich innerhalb einer

Stunde auf den neuesten Stand bringen. Ich hoffe, dass wir, sobald er fertig ist, ein wenig mehr darüber wissen, wer im Grey Sports Complex ein und aus gegangen ist.«

»Haben Sie eine Schätzung, wann sie aus dem Fenster gestoßen wurde?«, fragte ich.

»Zwischen fünf Uhr vierzig und sechs Uhr fünfzehn«, antwortete Sheriff Montague. »Minuten, nachdem Ihr Gespräch mit ihr endete. Sie starb sofort, nachdem sie die Statue getroffen hatte. Sie hatte kaum Schmerzen, wenn überhaupt, falls das hilft.«

»Das tut es, danke.« Ich schlug die Beine übereinander und entspannte mich auf der Couch in ihrem Büro. Ich hoffte, dass wir einen offenen Dialog führen würden, war mir aber nicht sicher, wie viel sie verraten würde. »Haben Sie über meine Bedenken bezüglich der Änderungen bei den Noten nachgedacht? Ich fange an, einigen Studenten gegenüber misstrauisch zu werden, die sich bequemerweise mitten in dem befinden, was beiden Frauen passiert ist.«

»Es steht mir nicht zu, zu sagen, was ich herausgefunden habe, aber ich lerne zu schätzen, wie Sie in der Lage waren, Informationen zu sammeln, auf die wir nicht unbedingt gestoßen wären.« Sie lehnte sich auf dem Tisch vor und übergab mir die Erklärung, die ihr Team vorbereitet hatte. »Ich sage nicht, dass Sie die Freiheit haben, sich an der Untersuchung zu beteiligen, aber vielleicht hat es sich als nützlich erwiesen, jemanden wie Sie im Inneren zu haben. Das hat mich zu ein paar anderen Entdeckungen geführt.«

Ich lächelte und nahm an, das bedeute, dass ich weiterhin in verschiedenen Bereichen herumstöbern könne. Nachdem ich mir schnell die Erklärung mit allen Einzelheiten, die ich gestern Abend gesehen hatte, angesehen hatte, die im Einzelnen aufgeführt waren, und ein paar kleine Änderungen vorgenommen hatte, um die ungenaue Grammatik zu korrigieren, die Officer Flatman eingesetzt hatte, unterschrieb ich. »Vielen Dank. Ich versuche nicht, einzugreifen. Es ist kristallklar, wie wichtig es ist, die Sammlung von Beweisen nicht zu verunreinigen oder Probleme bei der Festnahme eines Verdächtigen zu riskieren.«

»Ich bin froh, dass wir hier auf einer Wellenlänge sind«, sagte sie, bevor sie aufstand. »Wenn ich etwas Wichtiges aus Connors Sicherheitsprotokollforschung erfahre und ich glaube, dass Sie mir weitere Erkenntnisse liefern können, melde ich mich bei Ihnen. Seien Sie vorerst vorsichtig, was Sie den Studenten beim Unterrichten ihrer Kurse sagen. Wir haben es vielleicht mit ein paar cleveren Leuten zu tun.« Zumindest hatte sie sich entschieden, heute ein stilvolleres Paar Stiefel zu tragen.

Ich nahm ihr Schweigen zum Anlass, mich zu verabschieden, was ich gerne tat, da wir anscheinend ein mögliches Verständnis füreinander gefunden hatten. Ich war mir nicht sicher, wie sehr ich ihrem Wunsch glaubte, etwas Persönliches von etwas Beruflichem zu trennen. Ich dachte nicht, dass Sheriff Montague, die sich weigerte, mich Kellan zu nennen, sich dabei aber auf meinen ehemals besten Freund als *Connor* statt als *Direktor Hawkins* bezog, ein Paradebeispiel für ihre so genannte strenge Linie war. Ebenso wenig wie die Bemerkung, die sie in der Big Beanery darüber gemacht hatte, *was für ein guter Mann* Connor sei.

Ich wollte in das Fitnesscenter gehen, hatte aber keine Lust, in den dritten Stock des Grey Sports Complex zurückzugehen, angesichts dessen, was dort zuletzt geschehen war. Ich zog mir eine Jogginghose und ein langärmeliges Thermohemd – es war noch etwas kühl – an und schnürte meine Laufschuhe. Ich fühlte mich wieder wie ein Kind, als ich mich auf dem Rücksitz des Jeeps duckte, als jemand vorbeilief. Ich brauchte mich nicht in meiner Unterhose oder ohne Hemd erwischen zu lassen, aber ich war nicht darauf erpicht, Sheriff Montague zu fragen, ob ich die Toilette im Sheriff-Büro zum Umziehen benutzen durfte. Als ich durch die Straßen am Fuße der Berge und am Crilly Lake lief, stellte ich eine Liste von Möglichkeiten zusammen, wie ich die Alibis von Carla, Jordan und Striker überprüfen konnte, ohne sie direkt zu fragen. Wären sie verantwortlich, würden direkte Fragen sie zu sehr beunruhigen. Wenn sie nicht in die Morde verwickelt waren, wäre es für einen Professor etwas unheimlich, sie zu fragen, wo sie in diesen Nächten waren.

Nachdem der Lauf beendet war, fuhr ich in die Einfahrt meiner Eltern und schlich mich ins Haus. Ich duschte und zog mich um, während meine Mutter das Abendessen aufwärmte, und ging dann nach unten, um zu sehen, ob ich helfen konnte. Es sah so aus, als hätte sie die Anweisungen der Haushälterin befolgt, wie man die mit Honig gebratene Schweinelende, den Butternusskürbis und die grünen Bohnen aufwärmen sollte. Das Glück war auf meiner Seite, denn sie hatte bereits begonnen, den Tisch mit dem Essen zu decken. Wir saßen alle zusammen und sprachen über unsere Tage.

Ich lächelte und nahm an, das bedeute, dass ich weiterhin in verschiedenen Bereichen herumstöbern könne. Nachdem ich mir schnell die Erklärung angesehen hatte, in der alles, was ich gestern Abend gesehen hatte, im »Sieht köstlich aus, Mom. Du hast dich heute Abend beim Kochen wieder selbst übertroffen«, begann ich.

»Es ist gar nicht so schwer, ein paar Arbeitsschritte auf einem Blatt Papier nachzuvollziehen«, kicherte sie.

»Mit diesem Talent hast du es so weit gebracht«, antwortete ich.

»Ich nehme an, ich könnte Hobbykoch des Jahres werden, was?«, neckte sie.

»Bist du bereit für den morgigen Unterricht?«, fragte mein Vater, der nicht daran interessiert war, sich auf unser kleines Geplänkel über die mangelnden Kochkünste meiner Mutter einzulassen.

»Ich muss heute Abend noch ein paar Materialien durchlesen, aber ja, es sieht so aus, als wäre alles in

Ordnung«, bestätigte ich. Die Rosmarin-Knoblauchsauce auf der Schweinelende schmeckte phänomenal.

Ich erzählte meinem Vater alles, was ich über die Noten von Striker herausgefunden hatte. Ich erzählte ihm auch, dass ich Sheriff Montague über alle fraglichen Schüler auf dem Laufenden gehalten hatte.

»Es ist alarmierend zu glauben, dass jemand in Braxton für zwei Morde verantwortlich ist. Ich will nicht eingestehen, dass ein Mörder auf dem Campus lauern könnte«, sagte mein Vater. »Ich werde Myriam bitten, die Prüfungsergebnisse von Striker mit früheren Prüfungen und Arbeiten zu vergleichen, um zu sehen, ob es einen Grund gibt zu glauben, dass es nicht seine Arbeit war.«

»Es ist beängstigend, aber Sheriff Montague wird es hoffentlich bald lösen«, antwortete meine Mutter. »Glücklicherweise hilft ihr Kellan.«

»So weit würde ich nicht gehen, Mom.«

»Ich werde heute Abend auch den Stiftungsrat auf den neuesten Stand bringen. Ich denke, es ist an der Zeit, unsere Anwälte einzubeziehen. Hoffentlich hat Connor ein Update, um jegliches Fehlverhalten seitens des Kollegiums zu klären«, sagte mein Vater.

»Was meinst du damit, Dad?«

»Wenn es Unstimmigkeiten mit unseren Einstufungsverfahren gibt oder jemand aus unserem Personal in etwas Illegales verwickelt war, wird es für uns nicht gut aussehen. Der Baseball-Scout wird definitiv niemanden aus Braxton auswählen, noch werden wir die endgültigen Genehmigungen für die Pläne erhalten, um... egal. Es gibt keinen Grund, voreilige Schlüsse zu ziehen.«

Die Sorgen meines Vaters öffneten mir die Augen für etwas, das ich übersehen haben könnte. Das könnte wichtiger sein, als lediglich Striker aus dem Team zu nehmen, damit Jordan spielen kann. Was wäre, wenn es darum ginge, sicherzustellen, dass Braxton in den Augen des Scouts gut aussieht? Ich fragte meinen Vater, aber er sagte, ich müsse mit Coach Oliver über diesen Aspekt sprechen – Coach Oliver, der über seinen Aufenthaltsort während der beiden Morde nicht besonders präzise war.

Mein Vater fügte hinzu: »Coach Oliver ist vielleicht ein wenig ungeschliffen, aber er ist nicht für die Morde verantwortlich. Manchmal können dir die Leute nicht immer die Einzelheiten ihres Alibis sagen.«

Ich wollte fragen, was Coach Oliver in der Vergangenheit getan hatte, um die Änderungen in der Richtlinie über sexuelle Belästigung zu bewirken, aber ich durfte davon eigentlich nichts wissen. Meine Mutter unterbrach mich, als ich begann, den Tisch abzuräumen. »Setz dich, Kellan«, sagte sie und schaute meinen Vater dann streng an. »Hast du nicht etwas mit unserem Sohn zu besprechen, Wesley?«

Als sie den Raum mit den Tellern verließ, begann mein Vater zu sprechen. »Ich nehme an, sie meint, dass ich dir sagen soll, wo ich in der Nacht von Abbys Mord war.« Er nahm einen Schluck Wasser, um sich einen Moment zum Nachdenken zu gönnen.

Ich hatte dieses Gespräch heute Abend nicht erwartet. »Ich denke, es ist wichtig zu wissen, wohin du gegangen bist.«

»Das könnte man so sagen«, antwortete mein Vater. »Das Kuratorium ist besorgt darüber, dass ich Braxton verlasse, vor allem, wenn sie die Entwicklung eines völlig neuen akademischen Programms in Erwägung ziehen.«

»Das klingt nach einer guten Gelegenheit. Ich bin sicher, dass sie jemanden finden könnten, der in deiner Abwesenheit dazu beiträgt«, antwortete ich und riskierte eine Vermutung, welche neuen Bereiche sie in Betracht ziehen könnten.

»Hast du ihn schon gefragt?«, sagte meine Mutter, während sie einen Pfirsichkuchen herausholte. »Nana D hat ihn heute Morgen für dich vorbeigebracht.«

Ich hatte die beste Oma da draußen, zweifellos. »Dad hat

angefangen, mir etwas zu erzählen, aber ich weiß nicht, was du damit meinst, mich etwas zu fragen.«

»Herr im Himmel, Violet, würdest du mir ein paar Minuten geben. Es ist ja nicht so, dass dies alltäglich ist«, sagte mein Vater, als er seinen Stuhl ein paar Zentimeter zurückschob. »Musst du nicht Kaffee kochen?«

»Was geht hier vor sich?«, fragte ich und wollte nicht länger warten, als ich ein riesiges Stück Kuchen schnitt.

»Wir haben im vergangenen Jahr in Zusammenarbeit mit großzügigen Spendern im Hintergrund eine Studie über die Möglichkeit von Postgraduiertenkursen in Braxton abgeschlossen. Das Kuratorium hat endgültig grünes Licht gegeben, um die Genehmigung für die Umwandlung des Braxton College in die Braxton University zu erhalten. Wir werden mit drei Hauptstudienfächern beginnen, aber es ist geplant, unser akademisches Angebot um mehrere MBA-Optionen und ein umfangreiches Doktorandenprogramm innerhalb der medizinischen Bereiche zu erweitern. Der dritte wird eine komplette Neuarchitektur der Kommunikationsabteilung sein, die es uns ermöglichen würde, die erste Wahl für Studenten zu werden, die eine Karriere in der Fernsehindustrie anstreben.«

Meine Mutter erwischte den Ausdruck der Überraschung auf meinem Gesicht. »Das ist noch nicht alles. Sag es ihm jetzt, Wesley.«

»Du kannst einfach nicht schweigen, oder, Violet?« Mein Vater wandte sich mit einer großen Überraschung an mich, die ihm schnell von den Lippen platzte. »Ich erklärte mich bereit, vorläufig die Leitung der gesamten Rebranding-Kampagne und des Aufbaus der neuen Universität zu übernehmen, während mein Nachfolger das bestehende College leitet. Mit der Zeit werde ich die erweiterten Bereiche an den neuen Präsidenten übergeben, aber es ist zu viel für eine Person, um alles auf einmal zu bewältigen.«

Ich wusste, er würde nicht in Rente gehen. Das war nicht

die Lebenseinstellung meines Vaters. Er konnte nicht stillsitzen, wenn sein Leben davon abhing. »Ich denke, Glückwünsche sind angebracht?«

»Nun, ich hatte eine Bedingung«, sagte mein Vater, als er meine Mutter ansah und ihre Hand mit seiner bedeckte. »Es betrifft dich, Kellan.«

Ich mochte nicht, wie sich die Dinge entwickelt hatten. »Ich verstehe.«

»Ich werde diese Funktion nur dann übernehmen, wenn du dich bereit erklärst, nach Hause zurückzukehren und eine Assistenzprofessur unter dem neuen Abteilungsvorsitzenden und Präsidenten sowie eine Rolle im Komitee zum Aufbau der neuen Kommunikationsabteilung an der Braxton University anzunehmen. Ich spreche von der Entwicklung von Beziehungen zu allen großen Fernsehsendern, den Elite-Produktionsteams in Hollywood, diesen digitalen oder Kabel-Abonnementdiensten wie Netflixy oder wie auch immer sie heißen.«

Ich stopfte meinen Mund mit einem riesigen Stück Kuchen voll und schloss meine Augen. Das kann doch nicht wahr sein...

19

Nach der Bombe, die meine Eltern beim Abendessen auf mich geworfen hatten, entschuldigte ich mich, über ihre Neuigkeiten nachzudenken. Es wäre nicht nur eine große Veränderung im Leben, sondern mein Vater brauchte bis Ende Freitag eine Antwort, damit er mit dem Kuratorium zusammenarbeiten konnte, um die Ankündigung zu strukturieren, die sie am folgenden Montag in Braxton über den neuen Präsidenten machen würden. Ich ging früh zu Bett und versuchte, all das Drama und die Sorgen zu vergessen. Am frühen Mittwochmorgen schob ich diese nagenden Ängste beiseite, verzichtete auf meinen gewohnten Lauf und erschien rechtzeitig zum Unterricht.

Ich ließ meine Aktentasche auf den Schreibtisch fallen, holte den Überraschungstest hervor, den ich erstellt hatte, um zu überprüfen, wie gut die Studenten die Vorlesung vom Montag aufgenommen hatten, und legte eine Kopie mit dem Gesicht nach unten auf zwanzig Schreibtische. Einen Moment lang dachte ich, ein kleiner Teil der Persönlichkeit von Myriam Castle sei in mich eingedrungen, weil ich den Überraschungstest im Unterricht eingebracht hatte, aber das war nur vorübergehend. Ich konnte nicht so gemein sein wie sie. Als sich die Studentinnen und Studenten im Raum versammelten, bat ich sie, die Papiere nicht umzudrehen. Striker und Carla traten ein und setzten sich zusammen. Ich schaute mich im Raum um und sah, dass nur zwei Personen fehlten. Eine Studentin hatte mir im Voraus mitgeteilt, dass sie sich nicht wohl fühle, aber der andere Abwesende war Jordan.

Ich gab den Studenten dreißig Minuten Zeit, um den Test zu beenden. Wenn sie früher fertig waren, konnten sie gehen, mussten aber ihre Übersichten über eine in zwei Wochen fällige Semesterarbeit einreichen, oder sie konnten während der verbleibenden Vorlesungszeit bleiben, um sie zu schreiben. Obwohl sich die meisten Studenten entschieden, ihre Übersichten abzugeben und zu gehen, gab Carla ihren Test ab und ging zurück an ihren Schreibtisch. Ich nahm an, dass sie gerade ihre Übersicht schrieb, konnte aber nicht so weit in die Ferne sehen. Vielleicht brauchte ich eine neue Brille. Das Alter hatte nichts damit zu tun.

Ein paar Minuten später verließ Striker seinen Platz und gab mir seinen Test. »Könnten Sie jetzt einen Blick darauf werfen? Ich bin neugierig, wie ich abgeschnitten habe.« Einige Schweißtropfen hatten sich an seinen Schläfen gesammelt.

Ich sagte ihm, er solle sich hinsetzen, während ich seine Antworten las. Es war eine Kombination aus Multiple-Choice-Fragen und ein paar offenen Abschnitten, die den Studenten die Möglichkeit gaben, mich mit dem zu beeindrucken, woran sie sich aus der Vorlesung vom Montag erinnerten. Obwohl er ein paar einfache Fragen verpasste, verdiente er sich mit diesem Test ein weiteres 'B+'. Als ich aufschaute, waren er und Carla die einzigen beiden, die noch im Raum waren.

Ich überbrachte die gute Nachricht und war froh, dass es keine Sorgen über die Noten in der heutigen Prüfung geben würde. »Sie sollten stolz sein. Sehen Sie, was Sie erreichen können, wenn Sie sich konzentrieren.«

Carla zwinkerte mir zu. »Vielleicht sind Sie einfach ein besserer Lehrer als die anderen.«

»Schmeicheleien bringen Sie überall hin, Miss Grey, aber ich meinte es ernst. Es ist eine Schande, was mit Professorin Monroe passiert ist. Waren Sie auch kein Fan von ihr?«

»Das möchte ich lieber nicht sagen. Sie war... schwierig«, bemerkte Carla, bevor sie sich Striker zuwandte. »Bist du bereit?«

Striker stand auf. »Ja, ziemlich schrecklich, dass sie gestorben ist. Sie haben sie gefunden, nicht wahr, Professor Ayrwick?«

»Das gehört nicht zu meinen positiveren Erinnerungen.« Ich dachte, ich hätte vielleicht meine Vorgehensweise herausgefunden, um ihre Alibis zu überprüfen. Während Striker seinen Rucksack lud, ergriff ich meine Chance. »Wissen Sie, man sagt immer, dass man sich genau daran erinnert, wo man war, wenn etwas Schlimmes passiert ist. Was ist mit Ihnen beiden?«

Carla lächelte Striker unbeholfen an. »Wir waren zusammen. Hingen in meinem Wohnheim herum. Stimmt's, Babe?«

»Ja«, nickte er. »Ich hatte eine Menge Hausaufgaben, und Carla half mir beim Lernen für ein paar Kurse.«

»An einem Samstag?«, fragte ich. Irgendwie glaubte ich nicht, dass sie zu Hause gelernt hatten. »Das ist eine andere Art, das Wochenende zu verbringen als zu meiner Zeit, als ich hier studierte.«

Carla hustete, dann zuckte sie mit den Schultern. »Ugh, ja, ich schätze, Sie haben uns erwischt. Wir waren in seinem Zimmer, nur wir beide, aber es waren vielleicht ein paar Drinks mehr und weniger Lernen im Spiel, wissen Sie?«

»Klingt schon eher so, wie ich es in Erinnerung habe«, sagte ich.

»Ich denke, wir hätten von Anfang an ehrlich sein sollen. Ich werde erst in ein paar Wochen einundzwanzig, deshalb wollte ich keinen Ärger bekommen«, fügte Carla hinzu. »Aber Sie werden doch unser Geheimnis bewahren, nicht wahr, Professor?«

»Wir sollten schnell machen. Ich habe diesen Termin mit Dekan Mulligan.« Striker packte Carla an der Hand und führte sie aus der Diamond Hall. Sie waren zusammengedrängt und flüsterten etwas, während ich durch das Fenster zuschaute. Als sie das Ende des Ganges erreichten, riss Carla ihre Hand weg und lief in die entgegengesetzte Richtung von Striker.

Als sie weg waren, beschloss ich, nach Jordan zu sehen. Ich sah seine Kontaktinformationen nach und rief in seinem Wohnheim an. Er nahm am ersten Klingelton ab.

»He, wer ist da?«

»Jordan? Es ist Professor Ayrwick«, antwortete ich und fühlte mich plötzlich sehr alt. Wurde ich zu diesem gemeinen Professor, der seine Studenten wegen eines fehlenden Unterrichtstages zu sich rief? »Es gab einen kleinen *Überraschungstest*, um zu sehen, welche Fragen zur bevorstehenden Semesterarbeit noch beantwortet werden sollten. Wollte nur überprüfen, ob Sie festgelegt haben, auf welches Thema Sie sich konzentrieren wollten?«

»Entschuldigung, ich habe den Unterricht verpasst. Ich war bei Coach Oliver und sprach mit ihm über den Major-League-Baseball-Scout. Sieht aus, als würde ich diesen Samstag pitchen.« Jordan war begeistert, seine Neuigkeiten mitzuteilen.

»Oh, nun, das ist fantastisch. Wenn etwas passiert, keine Sorge. Es ist akzeptabel, ein oder zwei Kurse pro Semester zu verpassen. Sie können den Test zwischen jetzt und Freitag jederzeit nachholen.« Dann blieb mir nichts anderes übrig, als ihn auf einfache Weise nach seinem Alibi für die Nächte der Morde zu fragen.

Wir einigten uns auf einen Zeitpunkt für die Wiederholung und legten auf. Was hatte Coach Oliver dazu bewogen, mit Jordan anstelle von Striker zu beginnen? Das müsste ich ihn fragen, wenn ich ihn wiedersehen würde. Ich überlegte, ob er am Nachmittag zu Abbys Trauerfeier kommen würde.

Ich schaute mir meine Notizen für meine zweite Vorlesung des Tages an und aß dann einen Happen. Als ich gerade fertig war, rief Connor an. »Kellan, ich wollte dich darüber informieren, was ich aus den Sicherheitsprotokollen herausgefunden habe«, sagte er.

»Gib's mir. Ist Coach Oliver schuldig?«

»Es sind nur wenige Kameras im Grey Sports Complex installiert, aber wir hatten eine gute Sicht auf den Eingang des Fitnesscenters im dritten Stock«, fügte er hinzu, während der Ton des Umblätterns der Seiten im Hintergrund die leere Luft erfüllte. »Bedenke, dass es in der Nähe des Konferenzraums keine Kameras gibt, so dass wir nur sagen können, wer irgendwo auf dem Stockwerk oder im Gebäude gesichtet wurde.«

Ich stellte mir das Layout so gut ich konnte aus dem Gedächtnis vor, da ich erkannte, dass dies keine genaue Bestätigung dafür wäre, wer Zugang hatte. »Es waren viele Leute im Fitnesscenter, als wir ankamen.«

»Ja, aber Officer Flatman und ich sahen uns die Videoaufzeichnung von vier Uhr dreißig bis sieben Uhr an, die den gesamten Zeitraum abdeckt, in dem jemand die Wohnung verlässt, Lorraine findet, sie aus dem Fenster stößt, aus dem sie zu Tode stürzte, und wieder eintritt oder flieht, ohne erwischt zu werden. Nur zwei Personen betraten oder verließen das Fitnesscenter, die ich anderswo nicht erklären konnte. Das bedeutet nicht, dass nicht bereits jemand anderes in der Außenhalle gewesen sein oder sich dem Konferenzraum genähert haben könnte, aber zumindest können wir jeden ausschließen, der sich noch im Fitnesscenter befand, als es geschah.«

»Verstanden. Wer ist gegangen?«

»Jordan Ballantine ging gegen zehn nach fünf, aber ich sehe ihn nirgendwo sonst auf der Kamera. Dann ist da noch Striker Magee. Er kam um fünf Uhr, stritt sich mit Jordan und ging dann fünf Minuten später wieder raus. Um sechs Uhr kehrte er zurück.«

»Weißt du, wo er während dieser Zeit war?« Ich fragte neugierig, warum er mitten im Training wegging. Ich hatte ihn Klimmzüge machen sehen, als ich kurz vor sieben im Fitnesscenter ankam.

»Ich überprüfte die anderen Kameras im Gebäude, aber ich sah ihn nirgends. Vielleicht hat er zwischen seinen Trainingseinheiten die Toilette benutzt oder ein Telefonat geführt.«

»Oder er hat vielleicht Lorraine getötet. Was ist mit dem Selbstverteidigungskurs?«, fragte ich.

»Wir haben keine Kameraeinstellung, wo der Ausbilder unterrichtet hat, aber er hat die Liste der Mitarbeiter zur Verfügung gestellt und bestätigt, dass nur eine Person nicht erschienen ist. Niemand ist zu früh abmarschiert, und er akzeptiert keine Spätankömmlinge. Der Kurs lief von fünf Uhr dreißig bis sechs Uhr dreißig. Ich sah alle das Gebäude verlassen, als ich ankam.«

»Wir haben keine Kameraeinstellung, wo der Ausbilder es unterrichtet hat, aber er hat die Liste der Mitarbeiter zur Verfügung gestellt und bestätigt, dass nur eine Person nicht erschienen ist. Niemand ist zu früh abmarschiert, und er akzeptiert keine Spätankömmlinge. Der Kurs lief von fünf Uhr dreißig bis sechs Uhr dreißig. Ich sah alle das Gebäude verlassen, als ich ankam.«

»Wer war die No-Show?«

»Dekan Terry, aber sie wurde auf der Kamera beim Betreten des Gebäudes während des Zeitfensters gesehen, in dem Lorraine getötet wurde. Ich werde heute mit ihr sprechen, um herauszufinden, warum sie den Selbstverteidigungskurs ausgelassen hat«, antwortete Connor. »Sieht verdächtig aus.«

»Das ist interessant. Und was bedeutet das für uns?«

»Ich überprüfe die Liste der Personen, die von der Frontkamera beim Betreten oder Verlassen des Gebäudes erfasst wurden, mit allen Personen, die wir aufgrund anderer Kamerawinkel oder des Aufenthalts im Fitnesscenter oder im Selbstverteidigungskurs ausschließen können. Damit bleiben uns wahrscheinlich etwa zwanzig Personen, deren Zeit im Gebäude nicht erfasst werden kann, zwischen vier Uhr dreißig, als Lorraine auftauchte, um Coach Oliver zu konfrontieren, und sieben Uhr dreißig, als der Sheriff mit der Durchsuchung nach noch anwesenden Personen begann. Dann werden wir am Wochenende mit ihnen plaudern, um die Alibis zu dokumentieren.«

»Das ist hilfreich. Kannst du im Moment noch etwas hinzufügen?« fragte ich.

»Wir können den Aufenthaltsort von Coach Oliver in der zweiten Hälfte des Zeitraums nicht mehr überprüfen. Er sagt, er sei zu einem Übungsvolleyballspiel auf dem Grey Field gewesen, aber wir haben nur minimale Kameraaufnahmen in diesem Bereich. Jordan und Carla waren zu dieser Zeit ebenfalls im Grey Sports Complex, aber du hast sie um viertel vor sieben gesehen, als die Kabelbahn am Nordcampus ankam. Seltsamerweise traf sich Alton Monroe mit seiner Schwester Lorraine direkt vor dem Gebäude, bevor sie um vier Uhr dreißig mit Coach Oliver zusammentraf.«

»Gute Fortschritte, danke, dass du mir Bescheid gesagt hast.« Ein Gefühl der Erleichterung begann, den leeren Raum in mir zu füllen. Ich trauerte immer noch um Lorraine und machte mir Sorgen, wer sie getötet hatte, aber zumindest würden wir es bald wissen. Es war seltsam, warum ihr

Bruder aufgetaucht war. Ich würde Zeit brauchen, um ihn danach zu fragen.

Ich legte auf und rief Cecilia, Emmas Großmutter, an. Ich brauchte ein Update über mein kleines Mädchen, und wenn ich von ihrem Tag in der Schule hören würde, würde ich mich besser fühlen. Dann überbrachte ich die Nachricht, dass ich erst in ein paar Wochen zurückkommen würde, da ich meinem Vater einen Gefallen tun wollte. Cecilia war unglücklich, als ich ihr mitteilte, dass sie Emma in ein Flugzeug nach Braxton setzen müsse, und sie stimmte erst zu, als ich akzeptierte, dass sie auch mit meiner Tochter kommen würde. Zum Glück hatte sie nur vorgehabt, lange genug zu bleiben, um sie abzusetzen, und dann plante sie, mit ein paar Freunden nach New York City zum Einkaufen zu fahren.

Ich rief Derek an und hinterließ eine Nachricht über den zweiten Mord. Es war seltsam, dass er meinen Anruf nicht beantwortete, aber ich musste an einer Trauerfeier teilnehmen. Nachdem ich im Beerdigungsinstitut angekommen war, schaltete ich mein Handy aus und verließ den Jeep. Das letzte Mal, dass ich in einem war, war wegen Francescas Beerdigung. Heute wollte ich nicht teilnehmen, aber es war ein notwendiges Übel.

Als ich mich dem Haupteingang näherte, wäre ich fast mit zwei Frauen zusammengestoßen, die die Treppe hinuntergingen. »Oh, das tut mir sehr leid. Mein Kopf ist an solchen Orten nicht ganz in Ordnung.« Als ich aufblickte, um zu sehen, wer es war, fühlte ich mich noch schlechter.

»Ich fragte mich, ob Sie kommen würden«, antwortete Myriam. »Wie verlief Ihr zweiter Unterrichtstag?«

Ich nickte meiner gefürchteten Kollegin zu. Selbst in der Trauer war sie so elegant wie möglich. Es war auch das erste Mal, dass ich sie in etwas anderem als einem Hosenanzug gesehen hatte. Ihr schiefergrauer Wintermantel hing offen und enthüllte unter dem schweren Stoff ein bodenlanges schwarzes Kleid. Eine Diamantkette um ihren Hals strahlte mich eher an als ein Lächeln. Ich nahm an, es sei eine Beerdigung, aber ich erkannte in den vier oder fünf Begegnungen mit der Frau, dass sie immer einen verbitterten Gesichtsausdruck zu haben schien.

»Gut, danke. Ich fühle mich gut integriert und fühle mich mit einigen der Studenten verbunden«, sagte ich und studierte ihre Begleiterin, wobei ich wusste, dass ich sie zwar irgendwie wiedererkannt hatte, aber nicht wie oder warum. Sie war größer als Myriam und passte in ihren 15 cm hohen Absätzen leicht zu meiner Größe. Während Myriam einen säuerlichen Ausdruck und sehr starr aussehende Gesichtszüge hatte, projizierte diese Frau eine ätherische Gelassenheit – das war die einzige Beschreibung, die mir in den Sinn kam. Ihr gewelltes, goldenes Haar floss endlos den Rücken hinunter, und ihre mandelförmigen grünen Augen funkelten. Ich dachte, sie sei vielleicht ein Model gewesen, und ich hatte sie auf der Titelseite eines Magazins gesehen, aber mein Gehirn war im Moment nicht in der Lage, sich daran zu erinnern.

»Das ist Ursula Power«, fügte Myriam hinzu und schwang ihren Kopf in die Richtung der anderen Frau. »Sie traf Monroe im letzten Semester einige Male während einiger Veranstaltungen auf dem Campus und wollte ihr die letzte Ehre erweisen.«

»Erfreut, Sie kennenzulernen, Kellan. Kannten Sie Abby gut?«, antwortete die Göttin gegenüber von mir.

Ich war fasziniert, wie überwältigend die Erscheinung der Frau war, aber dann fiel mir ein, dass Myriam meinen Namen nicht verraten hatte, als sie uns vorstellte. Woher wusste sie, wer ich war? »Ich hatte sie nicht persönlich getroffen. Ich sollte sie an dem Tag interviewen, an dem sie leider starb, aber na ja...«

'Der, der stirbt, bezahlt alle Schulden', antwortete Myriam, bevor ich zum Schluss kommen konnte. Sie hatte einen selbstgerechten Gesichtsausdruck, als sie die Worte sagte.

Vielleicht war ich abgelenkt und interpretierte ihre Körpersprache angesichts meiner nicht sehr entgegenkommenden Gefühle gegenüber der Frau nicht auf die gerechteste Weise. Ich hatte auch keine Ahnung, was ihr Zitat bedeutete, aber ich konzentrierte mich mehr darauf, woher Ursula meinen Namen kannte. »Verzeihung, aber sind wir uns schon einmal begegnet?«

»Ich glaube nicht, aber ich habe schon viel von Ihnen gehört.«

Was hatte Myriam ihr erzählt? Ich hatte wenig Zeit, weitere Fragen zu stellen, als Coach Oliver die Eingangstreppe hinaufging und uns unterbrach. Myriam starrte ihn an, als er zu sprechen begann.

»Hallo. Ein so tragischer Grund, uns zusammenzubringen«, bemerkte er, bevor er sich Ursula vorstellte.

Myriam antwortete: »Ich nehme an, Sie haben erfahren, dass ich Dekan Mulligan und Dekan Terry gebeten habe, Craig Magee zu suspendieren, bis die Untersuchung seiner Noten von Anfang dieses Semesters abgeschlossen ist. Nach Durchsicht der letzten Prüfung, die er für Monroe abgelegt hat, kann es nicht sein, dass dies seine Testergebnisse waren. Jemand anderes hat diesen Test abgeschlossen oder seine Ergebnisse mit denen eines anderen Studenten vertauscht.«

»Ja, das ist genau der Grund, warum ich gerade jetzt bei Ihnen war. Was glauben Sie, wer sind Sie, dass Sie sich in den Erfolg meines Baseballteams einmischen? Professor Monroe hat ihm das 'B+' gegeben, und Sie haben bestätigt, dass die Note 'B+' eindeutig war. Striker war diese Woche bereit, das Spiel zu meistern. Jordan sollte ihn nur bei Bedarf ablösen. Jetzt muss ich andersherum anfangen, und das alles nur, weil Sie Ihre Nase da hineingesteckt haben, wo sie nicht sein sollte.« Coach Oliver wedelte wütend mit dem Finger vor Myriams Gesicht. Als sich seine Nasenlöcher aufweiteten, konnte ich meine Freude kaum zügeln, als zwei meiner unbeliebtesten Personen direkt vor meinen Augen in einen Streit gerieten.

Plötzlich ergab es Sinn, warum Jordan mir sagte, dass er im kommenden Spiel als Pitcher an den Start gehen würde. Ich sah, wie Coach Oliver und Myriam aufeinander losgingen, bis Ursula sich in das Gespräch einschaltete.

»Ich glaube nicht, dass dies die Zeit oder der Ort ist, an dem Sie beide diese Debatte führen sollten. Unabhängig davon, was einer von Ihnen für Abby Monroe empfand oder wer am Samstag pitchen sollte, dies ist eine Gedenkfeier für eine Frau, die kaltblütig ermordet wurde«, antwortete sie mit schierer, beeindruckender Eleganz. »Ich würde vorschlagen, dass Sie sich Ihre persönlichen Gefühle für morgen aufheben, wenn Sie ein zivilisiertes Gespräch über die Untersuchung der Noten der Studenten führen können.«

Myriam trat einen Schritt zurück und beruhigte sich. Ursula hatte Coach Oliver sicher auch beeindruckt. Ich fügte meine zwei Cents hinzu, um mich nicht aus dem Gespräch ausgeschlossen zu fühlen, sondern auch das Thema Verhalten in der Öffentlichkeit weiterzuführen. »Ich stimme Ihnen zu, Miss Power. Dies ist definitiv nicht der richtige Zeitpunkt oder Ort.« Ich schaute Myriam streng an, da es das erste Mal gewesen sein könnte, dass ich ihr ohne mögliche Vergeltungsmaßnahmen etwas entgegensetzen konnte.

»Ich denke, es ist Zeit zu gehen. Wollen wir, Ursula...«, antwortete Myriam und ging weg. Ich war mir nicht sicher, ob es eine Frage oder eine Aussage war. Ursula deutete an, dass sie sich darauf freute, mich hier zu sehen. Beide Frauen gingen auf den Parkplatz zu. Dann raste ein dunkler BMW wütend vom Beerdigungsinstitut weg. Myriam war die Fahrerin gewesen. Ich war mir sicher.

»Ist diese Ursula nicht ein schönes Geschöpf!« Coach Oliver pfiff und betrat das Gebäude mit dem selbstgefälligen Blick eines Mannes, dem der Ausdruck schnell aus dem Gesicht gewischt werden musste.

Obwohl ich noch weitere Fragen an Braxtons schäbigen athletischen Direktor hatte, mussten sie bis zu einem geeigneten Zeitpunkt warten. Ich folgte Coach Oliver in das Beerdigungsinstitut, um Abby Monroe meine letzte Ehre zu erweisen.

Nach dem üblichen Nicken und schwachen, unbehaglichen Halblächeln mit einigen Studenten und Fakultätsmitgliedern, die ich zuvor getroffen hatte, suchte ich nach irgendeinem Mitglied meiner Familie oder Alton Monroe, damit ich meine Zeit im Beerdigungsinstitut sinnvoll nutzen konnte. Ich nahm Alton ins Visier, als er vom Sarg weg und auf einige der Blumenarrangements zuging.

»Oh, Kellan, nicht wahr?«, fragte Alton und streckte eine Hand in meine Richtung aus. Sein Gesichtsausdruck zeigte deutlich, dass er dem Raum voller Menschen, die er kaum kannte, entfliehen wollte. »Es ist nett von Ihnen, dass Sie gekommen sind, obwohl Sie Abby nicht einmal kennengelernt haben.«

»Natürlich fühlte es sich richtig an, das zu tun. Der Tod von Lorraine tut mir aufrichtig leid«, fügte ich hinzu. Trotz seiner fragilen Beziehung zu Abby war die Trauer auf seinem Gesicht offensichtlich. Der Verlust sowohl seiner Schwester als auch seiner baldigen Ex-Frau hatte seinen Tribut gefordert. Und dann wiederum, obwohl ich nicht glaubte, dass er für die Morde verantwortlich sein könnte, war ich nicht bereit, ihn von meiner Liste zu streichen, und machte mir Sorgen, dass das, was ich für Trauer hielt, Schuld war. Ich musste herausfinden, warum er im Grey Sports Complex war, als Lorraine aus dem Fenster gestoßen worden war.

»Ich wäre fast nicht gekommen, aber Ihr Vater dachte, es wäre besser, einen Vertreter von Abbys Familie zu haben«, antwortete er, während wir in die hintere Ecke des Raumes gingen, wo es ruhiger war.

Meine Eltern waren in ein Gespräch mit Dekan Terry und Dekan Mulligan verwickelt, das viel zu ungemütlich aussah.

Meine Mutter nickte den Dekanen leise zu, während mein Vater schmunzelte. Ich musste meinen Vater fragen, worum es ging, wenn ich einen Moment Zeit hatte. Ich bemerkte, wie Connor und Sheriff Montague den Raum betraten, als Alton wieder zu sprechen begann.

»Braxtons beste«, witzelte er. »Ich verbrachte einen großen Teil meines Vormittags mit ihr, um über meinen Verbleib während des unglücklichen Todes meiner Schwester zu sprechen. Sie sind ziemlich hartnäckig, wenn es um bestimmte Daten, Zeiten und Orte geht, nicht wahr?«

Altons Worte verstärkten meine Neugierde und eröffneten die Gelegenheit, nach der ich gesucht hatte. »Ich nehme an, man fragte sich, warum Sie an dem Tag, an dem Lorraine getötet wurde, auf dem Campus waren?«

»Exakt. Ich sagte ihnen, dass sie mich angerufen hatte, um sie zu beruhigen, weil ein Typ sie betrogen hat. Ich traf mich mit ihr in der Nähe der Sportanlage, um ihr den Mut zu geben, den Kerl abzuservieren. Ich fragte sie, ob sie wolle, dass ich hier bleibe, aber sie sagte mir, sie müsse den Mann selbst zur Rede stellen. Es ist mir unbegreiflich, warum jemand glaubt, ich könnte für die Verletzung meiner Schwester verantwortlich sein. Es ist entsetzlich, wie sie dich wegen der kleinsten Dinge verhören.«

»Ich bin sicher, dass Sie danach jemanden getroffen haben, der Ihren Aufenthaltsort bestätigen konnte, nicht wahr? Das sollte Ihr Alibi klären.«

Er schüttelte den Kopf. »Leider nein. Lorraine und ich unterhielten uns dreißig Minuten lang, aber ich ging um halb fünf. Ich hatte vorher nicht viel Zeit auf dem Campus verbracht, also ging ich durch einige der Sportanlagen, dann stieg ich um halb sieben in mein Auto. Es gibt nichts, was bestätigt, wo ich in der Zwischenzeit war.«

Alton hatte zwar ein angeblich luftdichtes Alibi während des Mordes an Abby, aber vielleicht hatte ich nicht alle

JAMES J. CUDNEY

aktuellen Informationen des Sheriffs. »Welches Motiv hätten sie möglicherweise, Sie zu verdächtigen?«

»Meine Schwester hatte im Laufe ihres Lebens in mehrere Aktien investiert und im Aufschwung des letzten Jahres einen Glückstreffer gelandet. Mir wurde heute Morgen mitgeteilt, dass sie mir fast zweihunderttausend Dollar hinterlassen hat«, antwortete Alton, der scheinbar ruhig auf das Erbe reagierte, was mich glauben ließ, dass er noch weniger schuldig war, als ich zuvor angenommen hatte.

»Das hätte ich nie vermutet, so wie sich Lorraine verhielt oder ihr Leben lebte«, sagte ich. Obwohl sie sich immer gut gekleidet hatte und ein schönes Auto fuhr, hatte sie keinen Hauch von Reichtum oder Einstellung an sich. »Sie war mir über die Jahre hinweg eine wunderbare Freundin«, sagte ich.

Alton nickte und deutete an, dass er mit mir hinsichtlich der Großzügigkeit Lorraines übereinstimmte. »Dieser Sheriff scheint davon überzeugt zu sein, dass Abbys Tod mit etwas auf dem Campus in Verbindung steht, aber sie wollte mir nicht viele Einzelheiten nennen. Haben Sie in den Akten aus Abbys Büro je gefunden, was Sie gesucht haben?«

»Ja, es war nicht viel, aber wir haben die letzte ihrer Recherchen für die Fernsehsendung. Ich bin auch auf einige merkwürdige Dinge in ihrem Notenbuch gestoßen, weshalb ich mit dem Sheriff darin übereinstimme, dass ihr Tod mit etwas Heimtückischem in Braxton zusammenhängen könnte.«

Als Alton interessiert schien, erläuterte ich die wesentlichen Punkte, die ich bei Strikers Noten gefunden hatte, und was Coach Oliver dazu gesagt hatte, dass Abby angeboten hatte, sie zu ändern, wenn er sich bereit erklären würde, ihren Forderungen nachzugeben. Unerwartet erfuhr ich eine neue Information von Alton.

»Abby hätte vielleicht ein paar der weniger wichtigen Regeln im Leben gebogen, um an eine Geschichte heranzukommen, aber sie hätte nie etwas Unethisches oder

Unmoralisches getan, wenn es um die Noten der Studenten ging. Sie hatte auch eine starke Abneigung gegen College-Leichtathletik, die die Zeit eines Studenten an sich riss, während er sich eigentlich auf eine zukünftige Karriere vorbereiten sollte.«

»Ich bin froh, diese Seite von ihr zu kennen, aber ich kann mir nicht erklären, warum Coach Oliver diesbezüglich lügen würde.«

»Vielleicht kann ich das jetzt erklären, da Sie ein paar Lücken ausgefüllt haben. Abby und ich hatten uns an einigen Abenden getroffen, um die Scheidungsvereinbarung abzuschließen. Ich weiß nicht, ob es am Wein oder an einem momentanen Waffenstillstand lag, aber an diesen Abenden fühlte es sich wie in alten Zeiten an. Abby erzählte mir, dass sie begonnen hatte, sich mit jemandem zu verabreden, und sie war froh, dass sie und ich einen Weg gefunden hatten, die Dinge zu klären. Sie war bereit, unsere Scheidung abzuschließen, dann brach alles zusammen. Abby merkte, dass der Typ sie nur in der Hoffnung zu Dates mitgenommen hatte, dass sie ihre Meinung über die Noten eines Schülers ändern würde. Sie hatte anscheinend schon einmal eine Notenänderung mitgemacht und dachte, sie hätte einen Fehler gemacht, aber als es wieder passierte, wusste sie, dass etwas Schlimmeres vor sich ging. Sie wollte jemanden wegen etwas, das sie herausgefunden hatte, als Betrüger entlarven.«

Coach Oliver sah viel schuldiger aus. Vielleicht war Sheriff Montague hier, um ihn endlich zu verhaften. »Abby erwähnte etwas über ein Verbrechen, das in Wharton County geschehen ist, vielleicht hat sie genau das bei einem früheren Anruf angedeutet. Wissen Sie, was es war?«

»Leider nein. Sie und ich hatten danach nicht mehr viel miteinander gesprochen. Abgesehen davon, dass sie ihre Wut an dem Typen ausgelassen hat, hat sie mir auch die Schrauben angezogen, indem sie die Abmachung, die wir in der vergangenen Nacht zur Unterzeichnung der

JAMES J. CUDNEY

Scheidungspapiere getroffen hatten, nicht eingehalten hat.«
Diese Nachricht erklärte Abbys Kampf mit Lorraine am Tag
vor ihrem Tod.

Alton entschuldigte sich und ging zu meinem Vater, um
sich von ihm zu verabschieden. Ich war auf dem Weg zu
Connor und Sheriff Montague, als ich hörte, wie mein Name
gerufen wurde. Nana D war zur Trauerfeier erschienen.
Irgendwie dachte ich nicht, dass dies gut ausgehen würde.

20

»Was machst du hier, Nana D?«, fragte ich sie, während ich zum Eingang des Bestattungsinstituts ging.

»Ich musste heute ein paar Zwischenstopps in der Innenstadt einlegen. Da ich gerade in der Gegend war, dachte ich, ich sollte mal vorbeischauen«, sagte sie. Nana D trug ihr Standard-Begräbnis-Outfit – ein elegantes Vintage-Kleid, das knapp unter den Knien geschnitten war und am Saum ein wenig weiß abgesetzt war. »Ich wollte auch mit dir über Bridget sprechen.«

Ich konnte nicht glauben, wie hartnäckig sie war, mich mit dem Mädchen zu verkuppeln. Es ist eine Sache, immer wieder Wege zu finden, uns zusammenzubringen, aber bei einer Trauerfeier so aufdringlich zu sein. »Nana D, ich glaube, du...«

»Oh, mach dich geschmeidig. Ich dachte, du müsstest etwas hören, von dem sie mir vorhin erzählt hat, als ich anrief, um die Zeit für unseren Unterricht am Sonntag zu ändern.«

Sie hörte auf, mit mir zu reden, als ob ich verstünde, was sie sagen wollte. »Mach weiter, Nana D.«

»Dräng mich nicht«, antwortete sie, während sie in der Nähe des Eingangs saß. Nachdem sie sich ein paar Kekse und eine Tasse Tee gegönnt hatte, sah sie mich mit einem zufriedenen Gesichtsausdruck an. »Okay, jetzt kann ich meinen Gedankengang beenden. Ich tue wohl zu viel und habe das Gefühl, dass ich in letzter Zeit etwas reifer geworden bin.«

»Ruh dich eine Minute aus, wenn du brauchst. Ich werde nirgendwo hingehen.«

»Aber ich bin es. Ich muss in zwanzig Minuten zu Marcus Stanton. Dieser Mann schuldet mir seine endgültige Entscheidung, und wenn er nicht nachgibt, wird er nicht wissen, was ihn getroffen hat.« Nana D schlug mit der Faust auf den Stuhlarm, wodurch das Tablett mit den Keksen viel zu nah an die Tischkante geriet. »Wo waren wir stehen geblieben?«

Ich verhinderte, dass das Tablett herunterfiel, und winkte meine Mutter ab, als sie bereit schien, herüber zu eilen. »Was wolltest du mir mitteilen?«

»Bridget hatte einige interessante Neuigkeiten. Anscheinend hat sie auf dem Campus ein skandalöses Gespräch zwischen jemandem und diesem Baseball-Scout belauscht.«

Meine Vorstellungskraft begann sich mit Neugierde zu überladen. »Was hat sie erfahren?«

»Dieser Scout sagte, er tue sein Bestes und könne nicht mehr in der Mitte gefangen sein. Die Entscheidung lag nicht in seinen Händen.«

»Mit wem hat Bridget den Scout sprechen sehen?«

»Ich habe nicht gesagt, dass sie sie gesehen hat. Sie hat sie belauscht«, rasselte Nana D zu mir zurück.

»Okay, wusste Bridget, mit wem er sprach?«

»Würdest du mich die Geschichte zu Ende erzählen lassen, Kellan?«

Ich hielt meinen Mund und ließ Nana D ihr Gespräch mit

Bridget wiedergeben. Während Bridget im Gebäude des Studentenwerks zu Mittag gegessen hatte, saß der Scout an einem Tisch in der Nähe und telefonierte. Sie erkannte ihn von der Pep-Rallye und dem Baseballspiel von letzter Woche, aber sie war sich nicht sicher, wer am anderen Ende des Telefons war. Der Scout sagte, er habe die Empfehlung für die Stelle bereits ausgesprochen, und wenn alles gut liefe, gäbe es nach dem Ende des Semesters in Braxton einen Platz in der Major League Baseball. Der Scout sagte auch, dass er nichts anderes tun könne, um zu helfen, und legte dann auf.

»Was denkst du, worum es hier geht?« Ich konnte mir nicht vorstellen, wer außer Coach Oliver an dem Anruf beteiligt sein sollte. War er auf der Suche nach einem Job außerhalb von Braxton? War er deshalb so darauf bedacht, in dieser Baseball-Saison gut auszusehen?

»Bridget verstand nicht, was der Scout meinte, aber sie fand es merkwürdig. Deshalb hat sie es mir gegenüber erwähnt. Ich habe ihr vielleicht viele Fragen darüber gestellt, was die Studentinnen und Studenten über den Tod von Abby und Lorraine dachten.«

»Warum mischst du dich mitten in diese Untersuchung ein?«, fragte ich.

»Hör zu, Frischling. Diese alte Schachtel hat dir bereits gesagt, dass ich mir Sorgen um das County mache. Da dieses College die Stadt am Laufen hält, ist es wichtig, dass ich aufpasse.« Nana D stand auf und deutete an, dass es Zeit war zu gehen.

Ich konnte mich nicht mit ihr streiten, da ich mich auch in die Suche nach dem oder den Mördern eingeschaltet hatte. Nana D sagte, sie hätte noch ein weiteres Treffen, um herauszufinden, wer der anonyme Spender sei, und ging dann. Als ich zum Foyer ging, kam Connor auf mich zu. »Deine Großmutter geht sicher gerne ein und aus. Ich glaube, sie hat mich vielleicht gekniffen, als sie vorbeiging.«

Ich fühlte, wie sich meine Haut errötete bei dem

Gedanken, dass Nana D das Connor antun würde. Ich wollte fragen, wo sie ihn gekniffen hat, dachte mir aber, dass es besser wäre, es nicht zu tun. »Es muss ein Unfall gewesen sein. Sie hatte es eilig.«

»Irgendwie bin ich mir nicht sicher, ob ich damit einverstanden bin. Ich weiß, dass sie nicht der größte Fan des Sheriffs ist, aber das würde ihr keine Punkte einbringen«, antwortete er schmunzelnd. »April wartet heute auf einige Testergebnisse. Sie haben ein paar Fasern unter Lorraines Fingernägeln entdeckt. Sie hofft, dass sie mit den gleichen Proben übereinstimmen könnten, die sie auch unter Abbys gefunden haben. Mehr kann ich dir noch nicht sagen.«

Ich ignorierte vorübergehend die Tatsache, dass er den Sheriff bei ihrem Vornamen nannte. Connor hatte in diesen Tagen sicherlich seine Bewunderer ausgenutzt. Ich redete mir ein, ich sei nicht eifersüchtig, aber die Jury beriet sich noch darüber. »Das ist schön zu hören. Hoffentlich gibt ihnen das einen großen Vorsprung.« Ich informierte ihn über die Neuigkeiten, die Alton und Nana D mir vorhin mitgeteilt hatten.

»Wirst du Sheriff Montague erzählen, was du erfahren hast?«, fragte er.

»Ich dachte, ich könnte hier mit ihr sprechen, aber sie ging, während ich mit Nana D sprach. Ich könnte auf dem Heimweg beim Büro des Sheriffs vorbeischauen.« Ich überlegte meine Optionen, fand mich jedoch zurückhaltend, derjenige zu sein, der ihr immer die Nachrichten überbringt. Beide Informationen waren mir in den Schoß gefallen. Ich suchte nicht nach den Hinweisen. Hatten nicht Alton und Bridget die Verantwortung, es Sheriff Montague zu sagen? Immerhin sagte April mir, ich sei nur eine Privatperson und solle mich da raushalten.

Als Connor nach Braxton zurückfuhr, um einige seiner Befragungen von Personen, die auf den Überwachungsbändern zu sehen waren, zu beenden, aktualisierte ich Derek mit allem, was ich bis dahin erfahren hatte. Als ich das Gespräch beendete, erwähnte er, dass er die neuen Einzelheiten den Verantwortlichen des Senders am nächsten Morgen bei einem Treffen mit ihnen mitteilen würde. Sie hatten ein spontanes Treffen einberufen, um über *'Dark Reality'* zu sprechen, aber er war sich nicht sicher, worum es dabei ging. Er bat mich um meinen Rat, wie das Treffen zu handhaben sei und erklärte, er habe kein gutes Gefühl. Es war das erste Mal, dass ich hörte oder sah, wie er sich nervös verhielt und nach meiner Meinung fragte, anstatt mich zu informieren, etwas für ihn zu tun. Ein Teil von mir wollte ihm sagen, er solle sich keine Sorgen machen, aber so wie es nicht Kel-Babys Aufgabe war, dem Sheriff die Neuigkeiten mitzuteilen, musste ich die Dinge auch ohne meine Einmischung in Dereks Welt geschehen lassen. Es schien, als hätte ich einen Weg gefunden, bei meinem Chef für mich selbst einzustehen, und dass dieser vierundzwanzigjährige Besserwisser von sich aus eine Lektion lernen konnte, war ein Schritt in die richtige Richtung.

Der Donnerstagmorgen verging schnell, da ich die meiste Zeit damit verbrachte, Emmas Lehrerin der ersten Klasse und einige Verwaltungsangestellte davon zu überzeugen, warum ich sie für drei Wochen aus dem Unterricht nehmen musste. Dann kämpfte ich mit meiner ehemaligen Schwiegermutter, um meine Position zu verteidigen, warum Emma bei mir bleiben musste, bis ich meinen befristeten Lehrauftrag beendet hatte. Nachdem das geklärt war, koordinierten wir die Flugvorbereitungen für Cecilia und Emma, damit sie am Montagnachmittag in Braxton ankommen konnten, wenn ich mit meinem letzten Unterricht des Tages fertig war. Eleanor würde Cecilia im

Haus unserer Eltern treffen und sicherstellen, dass meine Verspätung den Zeitplan des Fahrers nicht unterbrechen würde, der sie an diesem Abend in Manhattan zum Abendessen mit ihren besten Freunden in einem Michelin-Sterne-Restaurant eintreffen lassen wollte. Oh, ein Castigliano zu sein und zu erleben, wie die Welt fast alles fallen lässt, um dich zu beeindrucken. Oder sicherzustellen, dass sie deine Existenz nicht vom Angesicht der Erde ausradiert haben.

Nach einem Lauf und einem einfachen Mittagessen machte ich mich auf den Weg nach Braxton, um mich auf den Unterricht am nächsten Tag vorzubereiten und mich mit den beiden Studenten wegen ihrer Test-Prüfungen vom Vortag zu treffen. Der erste Schüler erschien pünktlich und beendete den Test in weniger als zwanzig Minuten. Als Jordan ankam, nutzte ich die Gelegenheit, ihn ein wenig besser kennenzulernen, bevor ich ihn den Test absolvieren ließ.

»Bereiten Sie sich auf das Spiel am Samstag vor?«, fragte ich ihn, während ich darauf wartete, dass er sich einen Platz suchte.

»Ja, ich habe den größten Teil meines Vormittags damit verbracht, mit Coach Oliver an meinem Curveball zu arbeiten. Der Scout war auch da, um uns ein paar Minuten lang zu beobachten. Ich wusste nicht, dass er der beste Freund von Coach Oliver war.«

Während Jordan seine Tasche nach einem Stift durchsuchte, versuchte ich mich davor zu bewahren, schockiert auszusehen über das, was er mir gerade erzählt hatte. Kein Wunder, dass Coach Oliver so darauf bedacht war, dass die Mannschaft gut aussah. Ich trug das in eine Liste von Dingen ein, die ich später am Tag, wenn ich mehr Zeit hatte, analysieren sollte.

»Wie kommen Sie damit zurecht, dass Sie dem Unfall, der sich am Dienstag im Grey Sports Complex ereignete, so nahe waren?« Ich fragte und erinnerte daran, dass Jordan zu den

Personen gehörte, die in dem Gebäude aufgeführt waren, als Lorraine aus dem Fenster im dritten Stock gestoßen wurde.

»Zwei Unfälle im selben Monat. Das ist ziemlich beängstigend, was?« Er drückte sich weiter in seinen Sitz und öffnete einen Stift. »Ich kann nicht glauben, dass ich Mrs. Candito erst ein paar Minuten zuvor gesehen hatte.«

»Wirklich, das wusste ich nicht. Sie müssen einer der Letzten gewesen sein, die sie lebend gesehen hat.« Ich war überrascht, dass er die Informationen freiwillig zur Verfügung stellte, aber er muss vom Sheriff oder dem Sicherheitsdienst des Campus schon befragt worden sein. »Haben Sie schon mit Direktor Hawkins gesprochen?«

»Ja, er hat mich vor einer Weile gegrillt«, antwortete Jordan.

Ich nahm den Test aus meiner Mappe und lehnte mich an das Hauptpult im Klassenzimmer. Ich wollte nicht, dass er anfing, also fuhr ich fort, weitere Fragen zu stellen. »Wo haben Sie Mrs. Candito gesehen?«

»Ich wollte während des Trainings über ein Problem mit Striker sprechen, aber Coach Oliver war nicht in seinem Büro. Mrs. Candito war am Telefon und sprach mit jemandem. Ich fühlte mich schrecklich. Ich wünschte, ich hätte etwas getan, um sie daran zu hindern, aus dem Fenster zu springen.« Es schien, als hätte sich noch nicht herumgesprochen, dass es sich um Mord handelte.

»Um wie viel Uhr war das?« Könnte er den Mörder gesehen haben? Oder war er es?

»Es muss kurz vor viertel vor sechs gewesen sein. Ich hatte es eilig, meine Studiengruppe zu treffen. Ich erwähnte es gegenüber Direktor Hawkins, aber ich sprach eigentlich nicht mit Mrs. Candito. Ich glaube nicht, dass sie mich gesehen hat.«

»Was war das Problem mit Striker?« Jordan muss gesehen haben, wie Lorraine mit mir telefonierte.

»Ähm, Striker hatte trainiert, während ich im

Fitnesscenter war. Wir haben ein paar Worte gewechselt. Ich wollte keine weiteren Probleme verursachen«, sagte Jordan, runzelte die Stirn und stöhnte laut.

Ich ließ ihn bestätigen, um welche Zeit er dort war. Jordan sagte, er sei um vier Uhr fünfzehn aufgetaucht und habe bis fünf Uhr trainiert, als Striker hereinkam. Nach ihrer Meinungsverschiedenheit ging Striker wieder weg. Jordan beendete sein Training und ging um fünf Uhr fünfzehn in die Umkleidekabine, um zu duschen und sich umzuziehen. »Aber ich dachte, Sie hätten neulich im Unterricht erwähnt, dass Sie und Striker befreundet waren. Was ist passiert?«

»Nach dem Unterricht neulich sagte Carla zu Striker, dass sie sich nicht mehr sicher sei, ob sie mit ihm ausgehen sollte. Er war wütend und konfrontierte mich damit. Ich wollte ihm wohl etwas Luft zum Atmen geben«, sagte Jordan.

»Warum sollte er Sie damit konfrontieren?« Während er plauderte, nutzte ich die Gelegenheit, so viel wie möglich darüber zu erfahren, was zwischen den dreien vor sich ging.

»Ich glaube, Carla erzählte ihm schließlich, dass in der Nacht, als Professorin Monroe die Treppe hinunterfiel, etwas zwischen ihr und mir passierte. Striker beschuldigte mich, ich hätte mich an sein Mädchen rangemacht, aber so war es nicht. Aber so war es nicht. Ehrlich.« Jordan setzte sich wieder auf und legte seine Hände auf den Tisch. »Kann ich jetzt meinen Test machen?«

Ich wollte Jordan gerade den Zettel überreichen, als ich mich daran erinnerte, dass Striker und Carla mir zuvor erzählt hatten, sie hätten diese Nacht zusammen im Zimmer verbracht und getrunken. Da hat jemand gelogen. »Sicher, in einer Minute. Ich will nicht neugierig sein, aber ich habe Sie und Carla schon ein paar Mal zusammen gesehen. Es sah für mich nicht so aus, als seien Sie völlig unschuldig, Jordan.«

»Wir gingen an diesem Abend nur als Freunde ins Kino. Carla sagte, sie brauche eine Pause von all der Arbeit und dem Drama, da Striker und sein Stiefvater ausflippten, wer im Eröffnungsspiel der erste Pitcher sein würde. Nach der Hälfte des Films fing sie an, meine Hand zu greifen und fragte mich dann, ob ich früher gehen wolle. Auf dem Heimweg küsste sie mich. Ich sagte ihr, ich wolle sie wiedersehen, aber erst, nachdem sie mit Striker Schluss gemacht hatte. Ich weiß, wie es aussieht, aber sie kam auf mich zu, Professor Ayrwick.«

»Wann haben Sie das Kino verlassen? Haben Sie sich mit anderen Freunden getroffen oder jemanden gesehen?« Ich musste herausfinden, ob er ein echtes Alibi für die Nacht von Abbys Mord hatte.

»Ich setzte Carla an ihrem Wohnheim ab. Sie versprach, darüber nachzudenken, was ich gesagt hatte, und dann ging ich nach Hause. Ich schätze, es war irgendwo zwischen acht Uhr fünfzehn und neun. Ich hing allein in meinem Zimmer herum und sah das Ende des ersten Frühjahrstrainingsspiels der Phillies. Oh ja, und meine Tante kam zum Plaudern vorbei.«

»Was ist mit Carla? Haben Sie wieder von ihr gehört?« Wenn er mit seiner Tante sprach, könnte ihm das ein Alibi geben. Ich wusste auch, dass es der erste Frühlingstrainingstag der Phillies war, denn am nächsten Tag hatte ich mir ein paar Nachrichtenclips angeschaut. Entweder sagte er die Wahrheit, oder er hatte seine Erklärung ernsthaft geprobt, sollte jemand nach seinem Verbleib in dieser Nacht fragen.

»Striker hatte sie angerufen, während wir auf dem Heimweg waren. Ich vermute, dass sie sich mit ihm treffen wollte. Ich sprach mit beiden erst wieder am Montag im Unterricht. Sie haben eine Menge Fragen, Professor Ayrwick. Was hat es damit auf sich?« Jordan war über meine Schnellfeuer-Technik irritiert. Seine scharfsinnige Art bedeutete, dass die Inquisition sich verlangsamen musste.

»Oh, ich mache mir nur Sorgen, dass das alles zu weit aus dem Ruder läuft. Ich war schon einmal in Ihren Schuhen. Es ist schwer, wenn Sie Gefühle für die Freundin Ihres Kumpels haben. Ich schätze, das war das einzige Mal, dass etwas zwischen Ihnen beiden passiert ist, was?« Ich erinnerte mich, dass Eleanor auch erwähnte, dass sie sich kürzlich auf dem Parkplatz des Pick-Me-Up Diner getroffen haben.

»Nein, wir haben uns ein paar Mal getroffen, um über die Verbindung zwischen uns zu sprechen. Wir haben uns geküsst und na ja, Sie wissen ja, wie so etwas passiert.« Jordan zuckte mit den Schultern und streckte mir für den Test seine Hand entgegen.

Er klang wie ein Mini-Coach Oliver. Ich konnte ihn nicht weiter schikanieren, ohne ihn zu drängen. Ich ließ ihn seinen Test machen und dachte über alles nach, was er mir enthüllt hatte. Das Alibi von Carla und Striker stimmte nicht mit dem überein, was Jordan erwähnt hatte. Jordan setzte sich auch selbst auf die Liste der Verdächtigen, indem er angab, er sei möglicherweise nach acht Uhr fünfzehn allein gewesen, es sei denn, seine Tante könne einen Teil seines Alibis beweisen. Connor musste Sicherheitsaufzeichnungen dieser Nacht von allen Studenten haben, die das Wohnheim betreten haben, es sei denn, es gab dort auch keine Kameras. Jordan beendete den Test und ging in Eile, ohne nach den Ergebnissen zu fragen. Als ich seine Prüfung mitnahm, um zurück in mein Büro zu gehen, traf ich zufällig auf eine andere Person, mit der ich sprechen musste.

»Guten Tag, Myriam«, sagte ich und hinderte sie daran, wieder nach unten zu gehen. »Ich bin froh, dass wir uns begegnet sind. Haben Sie eine Minute Zeit?«

»Ich muss einen Kurs unterrichten. Was kann ich jetzt für Sie tun?« Myriam schien zu vergessen, dass ich ihr Verhalten und ihren Streit mit Coach Oliver im Beerdigungsinstitut miterlebt hatte, aber für mich war es entscheidend, es zur Sprache zu bringen.

»Ich interessiere mich für Ihre Entscheidung, die Suspendierung von Craig Magee von der Baseballmannschaft wegen seiner Noten zu erzwingen. Können Sie mir Hintergrundinformationen darüber geben, was passiert ist?«

»Warum geht Sie das etwas an, Mr. Ayrwick?«

»Der Student ist in einem der Kurse, die ich unterrichte. Wenn es ein Problem mit früheren Prüfungsleistungen gab, denke ich, dass es wichtig für mich ist, dies jetzt zu wissen. Meinen Sie nicht auch?«

Myriam nickte und nahm dann ihre Brille ab. »Nachdem Sie Bedenken über die Benotungsverfahren innerhalb der Abteilung geäußert hatten, sah ich mir Kopien von Magees früheren Prüfungen an. Nicht nur die Handschrift war anders, auch sein Satzbau und seine Wortwahl waren anders. Es ist unwahrscheinlich, dass er tatsächlich an Monroes letzter Prüfung teilgenommen hat, und ich beabsichtige, herauszufinden, was passiert ist. In der Zwischenzeit, bis wir die Wahrheit wissen, sollte er weder Braxton in der Baseballmannschaft vertreten noch seine Suspendierung aufgehoben werden.«

»Zufällig stimme ich Ihnen zu, wenn ich annehme, dass bei der letzten Prüfung etwas Komisches passiert ist«, antwortete ich. Ich vermutete, dass dies eines der wenigen Dinge sein würde, bei denen Myriam Castle und ich jemals einer Meinung sein würden. »Würde es Ihnen etwas ausmachen, mir mitzuteilen, wer sich gerade damit beschäftigt?«

»Auf der Grundlage einer Diskussion mit Ihrem Vater wurde Magee für eine Woche suspendiert, während Dekan Terry, Dekan Mulligan und ich andere studentische Arbeiten und Prüfungen untersuchen, um festzustellen, ob es sich um einen isolierten Vorfall handelt oder um einen Vorfall mit mehreren Studenten in Abbys Kursen oder anderen in der Kommunikationsabteilung.« Myriam blickte ziemlich verärgert angesichts der Situation, als sie sich davonmachte.

»Ich helfe gerne, wo immer ich kann«, fügte ich hinzu. Auf meinem Weg zur Kabelbahnstation begegnete ich Dekan

Terry. »Was bringt Sie zum Südcampus? Ich sehe Sie hier nicht oft.«

»Ich treffe mich mit Ihrem Vater, Kellan. Vor der Verkündung des neuen Präsidenten am Montag müssen wir noch ein paar Dinge klären. Er fragte, ob ich ihn heute Nachmittag zu einer Diskussion mit dem Kuratorium in den Büros der Exekutive begleiten könnte. Und er ist der *gegenwärtige* Präsident, nicht wahr?«, sagte sie mit einem neugierigen Lächeln und einem leichten Anflug von Nervosität.

»Ich nehme an, dass es bald große Veränderungen geben wird«, sagte ich.

Dekan Terry schüttelte den Kopf und seufzte heftig. »Das sagen Sie mir. Zumindest können wir auf all die positiven Auswirkungen stolz sein, die die Baseballspieler dieses Jahr nach Braxton gebracht haben. Wir sollten alle dankbar dafür sein, welcher Glücksfall auch immer das Team und die Anwesenheit der Scouts auf dem Campus in diesem Jahr gesegnet hat. Das Sportprogramm war eine große Quelle des Trostes und der Aufregung für die Gemeinde, trotz der Besorgnis der Studenten über die beiden schockierenden Todesfälle, die wir kürzlich hatten.«

Dekan Terry entschuldigte sich für das Treffen mit meinem Vater, während ich in die Kabelbahn zum Nordcampus sprang. Ich hatte noch nie erlebt, dass sie sich so sehr für das Leichtathletikprogramm der Schule interessierte. Als ich noch Student war, konzentrierte sich Dekan Terry eher auf die Ehrengesellschaften und die Studentenverwaltung als auf Sport, Studentenvereinigungen und Verbindungen. Ich nahm an, dass ein Jahrzehnt einen Menschen verändern kann.

Da ich daran gedacht hatte, diesmal Sportkleidung mitzubringen, schaute ich im Fitnesscenter vorbei, um zu trainieren, bevor ich nach Hause ging. Als ich dort ankam, wandte ich meine Augen vom zweiten Stock ab, da dies zu viele Erinnerungen an Lorraine mit sich bringen würde, die hilflos zu Füßen der Statue lag. Nachdem ich ein paar Minuten lang meine Muskeln gedehnt hatte, konzentrierte ich mich darauf, meinen Rücken und meine Beine zu stärken, da das Bett im Haus meiner Eltern meinen Körper zerstörte. Eine Stunde später belauschte ich ein Gespräch zwischen zwei Studenten, die gerade das Fitnesscenter betreten hatten und nebeneinander auf den Rudergeräten saßen.

»Ja, nee, ist klar. Meine Chefin kam gerade aus dem Verwaltungsgebäude zurück und warf alle aus dem Büro. Sie war königlich angepisst.«

»Was hat Dekan Terry gesagt?«

»Sie war über die Wahl des neuen Präsidenten verärgert.«

»Ja, seltsamer Tag. Die Polizei war heute vor Ort und befragte Studenten, die am Montag im Grey Sports Complex waren. Ich habe dir doch gesagt, dass der Professorin und der Assistentin des Präsidenten, die ins Gras gebissen haben, etwas Komisches passiert ist.«

»Im Ernst, ich dachte, sie sind beide gefallen.«

»Sei nicht so dumm. Zwei Menschen, die so kurz hintereinander fallen und sterben, können kein Zufall sein. Sogar deine Chefin versuchte, es zu vertuschen, als ich sie um ein Zitat für die Unizeitung bat. Ich hatte den deutlichen Eindruck, dass sie etwas verheimlichte. Nachdem ich sie noch mehr gedrängt hatte, warnte sie mich, dass Menschen manchmal verletzt werden, wenn sie zu viele Fragen stellen.«

Als mein Handy klingelte, schauten die Frauen in meine Richtung. Da ich nicht wollte, dass sie wussten, dass ich gelauscht hatte, und auch niemanden beim Training unterbrechen wollte, ging ich in den Flur, um den Anruf entgegenzunehmen. Ich hatte nur noch wenig Zeit, um Emmas Meinung zu einem möglichen dauerhaften Umzug an die Ostküste einzuholen.

21

E mma war gerade von der Schule nach Hause gekommen und freute sich darauf, am folgenden Montag Braxton zu besuchen. Ich versprach ihr einen Ausflug zu einigen örtlichen Bauernhöfen, um ein paar Pferde, Schafe und Ziegen zu sehen. Als ich damit fertig war, ihr den möglichen Arbeitsplatzwechsel, den ich in Erwägung zog, zu erklären, wurde Emmas reine Aufregung ansteckend. Sie gab scharfsinnig zu, dass sie Nonna Cecilia zwar sehr vermissen würde, meine Eltern aber kaum jemals zu Gesicht bekam. Emma hatte sich überlegt, dass wir für sechs Jahre nach Pennsylvania zurückkehren sollten, da sie sechs Jahre lang in Los Angeles gelebt hatte.

»Das ist doch fair, Daddy, oder? Meine Zeit zwischen beiden Großelternpaaren aufzuteilen?«, sagte Emma mit dem sicheren Vertrauen eines viel älteren Mädchens.

»Ja, Schatz. Ich glaube, du siehst die Dinge vielleicht richtig.« Als ich auflegte, dankte ich allen möglichen Mächten, die mich mit der erstaunlichsten Tochter gesegnet hatten. Nun, da ich ihre Meinung hatte, war ich bereit, meine Entscheidung zu treffen.

Während ich duschte und mich vor der Rückfahrt zu

meinen Eltern umzog, verarbeitete ich das Gespräch, das ich im Fitnesscenter belauscht hatte. Was hatte Dekan Terry so wütend gemacht, dass sie alle aus ihrem Büro warf und eine Studentin bedrohte, weil sie so viele Fragen stellte? Ich war mir sicher, dass sie zu meinem Vater gegangen war, um zu erfahren, dass sie die neue Präsidentin werden würde, aber angesichts der Reaktion erschien mir das nicht mehr logisch. Ich versuchte, alle Punkte zu verbinden, aber es war Zeit für mich, Nana D zu sehen.

Zwischen dem neuen Paella-Rezept, das sie gerade ausprobierte, und der leckeren Kokosnusscremetorte befand ich mich den größten Teil des Abends in einem Essenskoma. »Nana D, vielleicht muss ich heute Abend hier pennen. Ich glaube nicht, dass ich in der Lage bin, so nach Hause zu fahren, wie ich mich fühle«, sagte ich, während ich mir den Bauch rieb und mich mit einer Decke auf ihrer Couch zusammenrollte. Als ich mich darin einwickelte, erinnerte ich mich liebevoll daran, wie ich im Sommer gemütliche Nachmittage mit ihr und Großpapa verbrachte, während sie auf uns als kleine Kinder aufpassten.

»Ich habe dir gesagt, dass es an der Zeit ist, dass du nach Hause zurückkommst und zu mir ziehst. Ich werde nicht jünger, und deine Tochter braucht meine Führung«, lächelte sie, während sie mir eine Tasse Tee auf den Beistelltisch neben mir brachte. »Und dieser vierwöchige Lehrauftrag, den du deinem Vater zugesagt hast, wird nicht ausreichen, mein Brillantester.«

»Ich weiß, was du meinst. In Braxton ist etwas im Gange, das für mich ein Grund sein könnte, länger hier zu bleiben. Dad will nicht, dass ich darüber rede. Ich respektiere sein Bedürfnis, die Informationen für eine Weile geheim zu halten. Aber es ist eine schwere Entscheidung, Nana D.«

»Du sprichst wohl von den Plänen, das College zu erweitern, hm? Glaube nicht, dass ich nicht schon davon gehört habe«, antwortete Nana D, die in den Sessel gegenüber von mir sank. »Nicht, dass deine Eltern jemals daran gedacht hätten, es mir gegenüber zu erwähnen«, antwortete Nana D. Ich habe meine eigenen Möglichkeiten, mich auf dem Klo aufzuhalten.«

»Ich glaube, du meinst auf dem Laufenden.« Es tat weh, über ihre Verwirrung zu lachen, aber ich schaffte es, es zu tun. »Ich hätte annehmen sollen, dass du irgendwo Hinweise gesammelt hast. Diesmal werde ich nicht einmal fragen, wie.«

Nana D nippte aus ihrer Teetasse und sah exorbitant zufrieden mit sich selbst aus. »Guter Junge. Was glaubst du, was du mit der neuen Universität machen wirst? Ist das Angebot hoch genug, um dich zum Bleiben zu überreden?«

»Ich bin begeistert von der Möglichkeit, ein ganzes College-Programm aufzubauen, das unsere Stadt eines Tages auf die Landkarte bringen könnte. Andererseits bin ich nicht scharf darauf, für meinen Vater zu arbeiten. Wir haben in der Vergangenheit zu sehr damit gekämpft, miteinander auszukommen.« Ich hatte es zwischen all den Aktivitäten, die mich auf die Mordermittlung konzentrierten, in Erwägung gezogen, aber am Ende kam ich immer wieder zu diesem Ergebnis, das dies eine riesige Spaltung der Familie verursachte.

»Setze mit dem Mann einige Grundregeln fest. Sage ihm, was du tun und was du nicht tun wirst. Wenn er nicht damit einverstanden ist, sich daran zu halten, dann weißt du, dass es nicht klappen wird. Aber wenn er sagt, dass er sie einhalten wird, hast du eine Chance, die die meisten Menschen nie in ihren Schoss fallen sehen würden. Ich könnte mir vorstellen, dass dies hilfreich sein könnte, deine eigene Karriere zu starten und auch eine dieser Fernsehsendungen zu bekommen«, sagte Nana D.

Ich tendierte dazu, Nana D zuzustimmen, dass die neue Rolle dazu beitragen würde, mich bei den Hollywood-Typen ins Rampenlicht zu bringen. Ich könnte diese Verbindungen nutzen, um Unterstützung und Finanzierung für meine eigene wahre Krimiserie zu finden. Vielleicht könnte ich sogar die erste Episode darauf konzentrieren, was in diesem Semester in Braxton passiert ist. »Ich denke, ich sollte darüber schlafen. Ich habe Dad versprochen, dass ich ihm morgen Bescheid gebe, da am kommenden Montag die große Ankündigung über den neuen College-Präsidenten und die Erweiterungspläne ansteht.«

»In diesem Fall verrate mir, wie es mit der Untersuchung weitergeht. Hast du schon herausgefunden, wer die beiden Damen ermordet hat? Ich habe gestern den Sheriff gefragt, aber die Lippen dieser Frau sind fester versiegelt als diese neue Prothesencreme, die ich gerade ausprobiere.« Nana D klickte mit dem Kiefer und bewies dann, dass sie sie nicht leicht entfernen konnte.

Sie hatte heute Abend eine Glückssträhne. »Sheriff Montague geht nicht gerne Risiken ein. Ich kann das verstehen, aber ich habe vor, sie morgen zu sehen. Connor erwähnte, dass ihnen die Ergebnisse der Analyse dessen, was sie unter den Fingernägeln von Lorraine und Abby gefunden haben, vorliegen würden.«

»Ich habe die Informationen schließlich von jemand anderem im Kuratorium erhalten. Sie ist zuversichtlich, dass die anonyme Spende von Marcus Stanton selbst kam – deshalb hat er es so geheim gehalten. Wenn er derjenige ist, der auf all die Verbesserungen an der Sportanlage und dem Team drängt, dann ist er wahrscheinlich die Person, auf die der Blogger es abgesehen hat. Nicht dein Vater, so sehr ich es auch liebe zu sehen, wie er geröstet wird«, sagte Nana D.

Nana D und ich unterhielten uns noch eine Stunde lang, obwohl wir zu keinen konkreten Schlussfolgerungen kamen. Als uns kein Grund einfiel, warum Marcus seine Spende verstecken wollte, beschlossen wir, für heute Schluss zu machen. Nana D hatte bereits eines der Gästezimmer hergerichtet, und ich war innerhalb von wenigen Augenblicken nach dem Aufprall auf die Matratze kollabiert.

Ihr Angebot, in Danby Landing zu wohnen, machte die ganze Aussicht auf einen Umzug nach Hause viel erträglicher. Es war ein tröstlicher Gedanke, Emma die gleichen Erfahrungen mitzugeben, die ich als Kind gemacht hatte.

Nach einer erholsamen Nacht ging ich am Freitag früh ins Büro, um so viel wie möglich zu erledigen. Nachdem die Tests benotet worden waren, gab ich sie bei Siobhan ab, die für ein paar Stunden im Büro vorbeikam. Sie plante, sie für mich einzuscannen und in das Studentensystem einzugeben und sie dann an meinen Schreibtisch zurückzubringen, damit ich sie in der folgenden Woche in der Klasse abgeben konnte.

Obwohl ich versuchte, einen Weg zu finden, nach dem Unterricht mit Striker zu sprechen, war er einer der ersten Studenten, die aus der Tür gingen. Ich musste Fragen einer der gesprächigeren Studentinnen beantworten, die mir sagen wollte, dass sie am Abend zuvor Wiederholungen von 'Dark Reality' gesehen und meine Episoden geliebt hatte. Ich wusste die Komplimente zu schätzen, aber zwischen meinem Wunsch, Jordan und Carla in die Enge zu treiben, und der Notwendigkeit, Arschkriecher zu vermeiden, wollte ich das Gespräch so schnell wie möglich beenden. Zur Mittagszeit brauchte ich dringend eine Pause und etwas zu essen. Ich hatte nur ein kleines Stück Kuchen bei Nana D gegessen und war am Verhungern.

Maggie war wieder in einer Mitarbeiterversammlung. Meine Mutter steckte knietief in der Durchsicht der Profile aller Studenten, für die sie sich schließlich entschieden hatten. Sie musste überprüfen, ob alle Richtlinien des Staates eingehalten worden waren, so dass ein faires Gleichgewicht der Vielfalt in der angehenden Gruppe herrschte. Da sonst niemand in der Nähe war, beschloss ich, den Grey Sports Complex zu besuchen, falls Coach Oliver noch nichts gegessen hatte. Mir gefiel der Gedanke nicht, mich zu einem Essen mit ihm hinzusetzen, aber es wäre eine Gelegenheit, möglicherweise einige Fakten zu sammeln. Als ich im dritten Stock den Flur hinunterging, hörte ich laute Stimmen im Büro von Coach Oliver.

»Ich habe es nicht getan. Das schwöre ich. Sie müssen mir glauben.« Coach Oliver verteidigte sich hartnäckig gegen irgendetwas, aber ich konnte nicht sagen, wer bei ihm war.

»Wenn Sie nicht mit mir kooperieren, bin ich gerne bereit, eine formelle Verhaftung in einer öffentlicheren Szene vorzunehmen. Ich gebe Ihnen die Chance, das Richtige zu tun und bereitwillig mit mir in die Innenstadt zu kommen, aber wenn Sie darauf bestehen, mich anzuschreien, werde ich Sie hier und jetzt festnehmen«, antwortete Sheriff Montague. Sie war trotz des Verhaltens von Coach Oliver ruhig und rational in ihrer Vorgehensweise.

Ich kam um die Ecke und fand Officer Flatman und Connor vor der Tür stehen. Im Büro zeigte Coach Oliver mit dem Finger auf den Sheriff und weigerte sich zu gehen. Alle drehten sich um und sahen mich an, als ich ankam.

»Genau das, was wir brauchten. Eine Zuhörerschaft mit der Vorliebe, die zweite Wiedergeburt von Miss Marple zu spielen«, sagte Sheriff Montague.

»Ich würde mich lieber als Hercule Poirot bezeichnen, wenn man mich mit einer literarischen Figur von vor fast 100 Jahren vergleichen will, *April*.« Als sie mich verächtlich ansah, zuckte ich mit den Schultern und wandte mich an Coach Oliver. »Was ist denn hier los?«

»Sie müssen ihr sagen, dass ich unschuldig bin, Kellan. Ich habe Lorraine und Abby nicht getötet. Ich werde reingelegt.«

Connor zog mich zur Seite, während Officer Flatman und der Sheriff mehr Druck auf Coach Oliver ausübten, damit er sich ihnen nicht mehr widersetzte. Er erläuterte die Ergebnisse der Fingernageltests und eines zweiten Tests, den sie an Coach Olivers Auto durchgeführt hatten. Ich hatte nicht gewusst, dass der letzte Test durchgeführt wurde, aber ich hatte den Verdacht, dass Sheriff Montague sich nicht gezwungen sah, mir etwas über den Fall zu erzählen. Nachdem der Sheriff enthüllt hatte, was sie aus Abbys Tagebuch erfahren hatte, Abbys Anruf bestätigte, in dem sie über ein Treffen um halb neun aus dem Büro von Trainer Oliver sprach, sowie Lorraines Anruf bei mir, in dem sie Trainer Oliver beschuldigte, und die verdächtige Notiz, die Lorraine in den Händen hielt, als sie getötet wurde, gab Trainer Oliver zu, dass er mit beiden Frauen ein Verhältnis hatte. Er behauptete, als Lorraine ihn zur Rede gestellt hatte, stritten sie sich, und sie ging. Als die Testergebnisse der roten Fasern unter Abbys Fingernägeln definitiv mit den Jacken des Baseballteams übereinstimmten, überzeugte Sheriff Montague Richter Grey, angesichts seiner Verbindung zu beiden Frauen und seiner potenziellen Anwesenheit am Tatort beider Verbrechen einen Durchsuchungsbefehl für das Haus und das Auto von Trainer Oliver auszustellen. Da fand der Sheriff stärkere Beweise, die sie nicht ignorieren konnte.

Ein paar Tropfen Blut auf dem Beifahrersitz in der blauen Limousine von Trainer Oliver stimmten mit Abbys DNA überein. Ich hatte Coach Oliver schon die ganze Zeit im Verdacht, doch obwohl ich ihm das Verbrechen anhängen wollte, war ich nicht sicher, dass wir die ganze Geschichte kennen – besonders angesichts der Nachricht, dass Marcus Stanton der anonyme Spender war. Coach Oliver war sicherlich ein Teil des Umbruchs auf dem College, aber es war mehr im Gange, als man zu diesem Zeitpunkt wusste. Ich musste einen Weg finden, das zu beweisen.

»Was ist mit Lorraine? Gibt es Beweise, dass er sie aus dem Fenster gestoßen hat?«, erkundigte ich mich.

Connor lächelte, dann atmete er laut. »Es wurden auch Fasern unter Lorraines Fingernägeln gefunden. Ich vermute, dass beide Frauen versuchten, ihn aufzuhalten, und sich an seiner Jacke festhielten. Vielleicht gab es einen kurzen Kampf in Abbys Büro, wo sie sich die Jacke des Mörders schnappte und dann zur Treppe weglief. Im Fall von Lorraine griff sie wahrscheinlich nach dem Mörder, bevor er sie aus dem Fenster stieß. Dabei wurden Fasern übertragen. Der Sheriff fand auch Hautfragmente unter Lorraines Fingernägeln. Wenn sich herausstellt, dass sie von Coach Oliver stammen, wird der Sheriff ihn heute Abend verhaften.«

»Kann man diese Jacken nicht im College Shop kaufen? Ich weiß, dass sie vor allem für das Baseballteam bestimmt sind, aber es war nicht so, als wären sie speziell für ausgewählte Einzelpersonen hergestellt oder speziell an sie vergeben worden. Ich dachte, es könnte das Geschenk gewesen sein, das Lorraine suchte.«

»Das war nicht das Geschenk, Kellan, aber es war der dritte angeblich fehlende Gegenstand aus der Diamond Hall. Coach Oliver sagt, er habe am Tag der Party ein neues Jackett für Lorraine abgegeben, nachdem er die Sendung erhalten hatte, aber sie habe es nie gesehen. Dies waren die neuen Jacken, die gerade für die kommende Baseball-Saison ausgegeben wurden. Nur sehr wenige waren verkauft oder verschenkt worden«, erklärte Connor. »Mit Ausnahme der Spieler und Cheerleader hatte nur Coach Oliver sie in seinem Besitz. Der Sheriff überprüft bei allen, die eine Jacke erhalten haben, ob diese vielleicht einen Riss oder einen Schaden haben.«

»Und was passiert jetzt?« Als ich die Frage stellte, führte Sheriff Montague Coach Oliver in Handschellen ab.

»Ich nehme ihn in Gewahrsam, damit wir ihn überzeugen können, uns alles zu erzählen. Wenn ich mehr weiß, werde ich es Ihnen mitteilen, junger Ayrwick. Im Moment wäre ich Ihnen dankbar, wenn Sie das für sich behalten würden. Ich vertraue darauf, dass Sie mit diesen Anweisungen umgehen können«, sagte der Sheriff mit einem spitzen Blick, der mir ein Schauer über den Rücken jagte.

»Ja, ich verstehe«, antwortete ich dem Sheriff, wandte

mich dann an Connor und erzählte die Einzelheiten des Gesprächs, das Bridget belauscht hatte, mit dem Scout.

»Das ist sicherlich ein Grund mehr, warum es für das Baseballteam so wichtig war, in diesem Jahr gut abzuschneiden. Wenn Coach Oliver möglicherweise versuchte, einen Job bei der Major League Baseball-Organisation zu bekommen, musste er gut aussehen, wenn sein bester Freund, der Scout, vor Ort war. Coach Oliver tat wahrscheinlich alles, was er konnte, um Striker die ganze Zeit über im Team zu halten, während er mit Jordan als Ersatzspieler arbeitete.« Connor ging weiter ins Büro und prüfte die Fortschritte von Officer Flatman und sagte: »Ich brauche eine Liste mit allem, was Sie im Büro finden und mitnehmen. Dies mag eine Morduntersuchung sein, aber dies ist immer noch College-Eigentum. Es könnten vertrauliche Informationen hier drin sein.«

Officer Flatman akzeptierte Connors Bitte. »Wir können mit dieser Notiz beginnen, die ich unter seinem Schreibtisch fand.«

Ich steckte meinen Kopf in das Büro, um zu sehen, worüber sie sprachen. »Eine Notiz?«

»Ja, Coach Oliver hatte sie in der Hand, als ich hereinkam, aber als der Sheriff ihm die Handschellen anlegte, fiel sie auf den Boden. Er kickte sie unter den Schreibtisch und versuchte, sie zu verstecken.«

Als Connor darum bat, den Zettel zu sehen, gab Officer Flatman ihm den Zettel. Er las ihn laut vor.

Du bist ein erstaunlicher Baseballspieler, der es verdient hat, beim Spiel am Samstag als Pitcher am Start zu stehen. Ich hoffe, dass ich das für dich möglich machen kann. Ich stehe die ganze Zeit hinter dir und werde dich nicht mehr enttäuschen. Ich glaube an dich und werde alles Nötige tun, um dir zu helfen, die Führungsposition zu erobern.

Connor und ich wandten uns einander zu. Ich war mir

sicher, dass er den gleichen Gedanken hatte wie ich. »Es ist die gleiche Handschrift, nicht wahr?«, fragte ich.

Connor rief das Bild auf, das er mir Anfang der Woche auf seinem Telefon gezeigt hatte. Wir verglichen die beiden Notizen und lächelten. »Exakt gleich.«

»Aber was bedeutet das?« Es ergab keinen Sinn, warum Coach Oliver diese Notiz in seinem Besitz hatte. Es wäre dumm von ihm, eine Nachricht an einen Studenten in einer so offenen Art und Weise zu schreiben, was bedeutet, dass er höchstwahrscheinlich nicht der Verfasser der Nachricht war. Es hätte auch über Striker oder Jordan sein können. Vielleicht hoffte die Person, die den Zettel geschrieben hatte, einen Weg zu finden, Strikers Noten zu korrigieren, um ihm die Erlaubnis zu verschaffen, wieder spielen zu dürfen, oder Jordan zu helfen, indem sie Striker wegen Betrugs dauerhaft aus der Mannschaft ausschließen ließ.

Connor wies Officer Flatman an, den Zettel so bald wie möglich dem Sheriff zu übergeben. Er drehte sich zu mir um und sagte: »Wer außer Striker selbst war darüber verärgert, dass er nicht spielen durfte?«

»Meine erste Vermutung wäre Marcus Stanton, aber er war bei der Pensionierungsparty oder der Vorstandssitzung anwesend, als Abby getötet wurde. Nana D bestätigte, dass er bei einer Ratssitzung anwesend war, als Lorraine aus dem Fenster gestoßen wurde. Carla Grey hat einiges zu erklären, was ihre schwankende Sympathie zwischen Jordan und Striker betrifft«, antwortete ich. Es war an der Zeit, dem Spiel, das sie spielte, auf den Grund zu gehen.

»Während wir darauf warten, dass das Team des Sheriffs weitere Beweise katalogisiert, hast du eine Schriftprobe von Carla Greys Handschrift?«, fragte Connor.

»Vielleicht«, zögerte ich, während ich versuchte, mich zu erinnern, was in meinem Besitz war. Nachdem ich mich daran erinnert hatte, dass ich alle meine Unterrichtsmaterialien in der Diamond Hall zurückgelassen hatte, sagte ich Connor, dass ich mein Büro überprüfen würde. Wir kamen überein, uns später am Abend noch einmal zu treffen, um einen Schlachtplan zu entwerfen.

Ich machte mich zu Fuß auf den Weg zurück zur Diamond Hall, wo ich alle Papiere auf meinem Schreibtisch durchblätterte, aber den letzten Test nicht finden konnte. Dann erinnerte ich mich daran, dass ich sie bei Siobhan abgegeben hatte, um sie zu fotokopieren, in das Bewertungssystem einzugeben und am nächsten Montag vor dem Unterricht wieder bei mir abzugeben. Ich fand das merkwürdig und scannte schnell meine E-Mails, um zu sehen, ob sie mir dazu eine Nachricht geschickt hatte. Und das hatte sie auch. Siobhan hatte die Papiere mit nach Hause genommen, um die Arbeit am Wochenende fertig zu bekommen, während die Babys schliefen. Da ich keine Telefonnummer von ihr hatte, antwortete ich auf Siobhans E-Mail und bat sie, Carlas Test so bald wie möglich hochzuladen und mir eine Kopie zu schicken. Ich hinterließ Myriam auch eine dringende Nachricht, um zu fragen, ob sie mir Siobhans Privatnummer schicken könnte.

Zwei Stunden später war ich für meinen Unterricht voll vorbereitet, hatte aber immer noch keine Neuigkeiten von Siobhan oder Myriam. Bevor ich ging, schrieb ich Connor eine SMS mit meinem aktuellen Status. Er wollte gerade Braxton für die Nacht verlassen, nachdem die Crew des Sheriffs die Durchsuchung des Grey Sports Complex abgeschlossen hatte. Der Sheriff erwähnte, dass sie Coach Oliver erst dann verhaften würde, wenn sie am Wochenende alle Beweise prüfen könnten. Es stehe Coach Oliver frei, das Polizeirevier im Laufe des Abends zu verlassen.

Als ich zu Hause ankam, bot ich an, ein Abendessen zu kochen, da meine Mutter nach einem Besuch bei Eleanor in Verzug war. Während sie sich umzog, machte ich Knoblauchbrot und warf ein Nudelgericht mit Zucchini, Tomaten, Orangenpaprika und einer weißen Sahnesoße zusammen. Es war schon spät geworden, und ich wollte keinen vollen Magen haben, wenn ich mich schlafen legte. Es wäre wichtig, sich in Vorbereitung auf das morgige Spiel und die hoffnungsvolle Entdeckung des Mörders ausreichend auszuruhen.

Ich erwähnte meinem Vater gegenüber die Besorgnis darüber, was ich im Fitnesscenter in Bezug auf die Ängste der Studenten über die jüngsten Todesfälle gehört hatte. Er war überraschend dankbar und verständnisvoll zugleich. Nachdem ich mich daran erinnert hatte, dass ich nichts mehr von dem mysteriösen Blogger gehört hatte, sagte ich: »Ich habe keine neuen Blog-Einträge über dich gesehen. Ich vermute, Dr. Castle benimmt sich?«

»Wie ich bereits erwähnt habe, ist Myriam nicht der Blogger. Tatsächlich ist die ganze Situation gelöst.« Mein Vater griff nach einem weiteren Stück Knoblauchbrot und kostete ein Glas des Weins, den ich zum Abendessen eingeschenkt hatte. »Es wird keine Blog mehr über mich geschrieben werden.«

»Kannst du mir sagen, wer es war?«, erkundigte ich mich. Wenn es nicht Myriam war, hatte ich keine anderen Verdächtigen im Sinn, es sei denn, das war der Grund, warum er Dekan Terry in sein Büro gerufen hatte. Hat sie mich nach Strich und Faden belogen, dass sie das Sportprogramm unterstützte? Oder hat sie an verschiedenen Orten Verwirrung gestiftet?

»Noch nicht. Nach Montag kann ich dir den Namen sagen. Sheriff Montague ist überzeugt, dass es etwas mit beiden Todesfällen zu tun hat, und hat mich gebeten, mit niemandem darüber zu sprechen.«

»Das wird mir alles zu beängstigend«, fügte meine Mutter hinzu. »Langsam frage ich mich, ob Nana D etwas damit zu tun hat, dass die Aufklärung dieses Verbrechens zu lange dauert.«

»Deine Mutter ist eine Klatschtante, Violet. Sie ist nicht

zufrieden, es sei denn, es gibt jemanden oder etwas, über das sie sich beschweren kann. Das ist nur noch mehr Futter für sie, in das sie sich verbeißen kann«, antwortete mein Vater.

»Nana D hat Recht, Dad. Morgen sind es zwei Wochen, und der Sheriff hat keine großen Fortschritte gemacht. Gerade heute hat sie Coach Oliver wieder zu Fragen einbestellt, aber ich habe ihr die ganze Zeit gesagt, dass sie seine Alibis für beide Nächte genauer untersuchen soll.«

»Kellan hat Recht, Wesley. Er hat mehr auf dem Kasten als Sheriff Montague«, sagte meine Mutter.

»Einigen wir uns darauf, dies erst einmal sein zu lassen. Mord ist kein Thema fürs Abendessen«, sagte mein Vater, als er seinen Teller wegschob und das Thema wechselte. »Nach dem morgigen Baseballspiel kann ich endlich wieder in mein normales Büro zurückziehen. Die Umzugsleute werden meinen Schreibtisch und meine Habseligkeiten in das Exekutivgebäude zurückbringen lassen. Die Dinge werden endlich wieder zur Normalität zurückkehren.«

»Ich bin sicher, das Hin- und Herbewegen war schwierig, Dad.« Es drehte sich immer um seine Unannehmlichkeiten.

»Apropos umziehen, ich glaube, du schuldest mir eine Antwort.«

»Ich glaube, du hast recht. Und du hast mir bis zum Ende des Tages Zeit gegeben, richtig?«

Er nickte.

»Dann habe ich noch ein paar Stunden Zeit.«

Mein Vater stand auf, hob den Finger, als wolle er mich züchtigen, dachte aber besser darüber nach und verließ den Raum murmelnd vor sich hin.

»Glaubst du wirklich, dass du so deine Probleme lösen kannst, Kellan?«, fragte meine Mutter, während sie Essen von seinem Teller auf ihren kratzte, um es in die Küche zu bringen. »Ich kann mir nicht vorstellen, wie ihr beide jemals zusammenarbeiten werdet, wenn ihr beide euch so ähnlich seid und euch ständig gegenseitig ärgern wollt.«

Ähnlich? Wovon sprach sie? Ich war in keiner Weise, in keiner Form oder Gestalt wie mein Vater. War ich das? Nachdem ich mich in mein Zimmer zurückgezogen hatte, schäumte ich wie ein Kind, das von seiner Mutter getadelt worden war, weil es etwas Schlimmes getan hatte. Aber ich hatte nichts Böses getan. Man gab mir bis zum Ende des Tages Zeit. Es war nur Essenszeit. Ich wusste, dass ich meine Entscheidung treffen musste. Als es auf Mitternacht zuging und ich immer noch nicht zu einem Schluss gekommen war, akzeptierte ich, dass sie wahrscheinlich recht hatte.

22

Ich fuhr fort, meine Entscheidung bezüglich der Annahme der neuen Rolle infrage zu stellen, obwohl ich am Abend zuvor genau eine Minute vor Mitternacht einen Zettel an die Tür des Arbeitszimmers meines Vaters geheftet hatte. Den größten Teil der Nacht verbrachte ich damit, dem Wind zu lauschen, der durch die Bäume rauschte, während ich wach lag und an die Decke starrte. Nach einem schnellen Frühstück vergewisserte ich mich, dass meine Entscheidung nicht mehr an der Tür meines Vaters angeheftet war, was bedeutete, dass er meine Verlautbarung gelesen hatte. Einige hätten gesagt, ich hätte es ihm persönlich sagen sollen, aber er hatte geschlafen, als ich zu meinem Schluss gekommen war, und ich wollte gestern Abend eigentlich nicht mehr darüber reden. Ich packte meine Sporttasche und fuhr zum Grey Sports Complex.

Dort angekommen, ging ich ins Büro von Coach Oliver, um zu sehen, ob er vom Revier zurückgekehrt war oder sich auf das Spiel am Nachmittag vorbereitete. Ich war überrascht, ihn dort mit dem Kopf auf dem Schreibtisch liegend vorzufinden. Coach Oliver knurrte mich an. »Sie waren ja gestern echt schon eine große Hilfe. Ich bin erst vor ein paar

Minuten fertig geworden. Jetzt muss ich herausfinden, wie ich die Mannschaft motivieren kann, wenn ich mich fühle, als ob ich von einem Betonmischer überfahren worden bin.« Die dunklen Ringe unter seinen Augen überzeugten mich, dass er die Wahrheit darüber gesagt hatte, dass er die ganze Nacht wach war.

»Vielleicht ist es an der Zeit, dass Sie mir die Wahrheit sagen, Coach Oliver. Es gibt etwas, das Sie mir verheimlicht haben. Warum nicht alles an die Öffentlichkeit bringen? Vielleicht fühlen Sie sich dann besser.« Ich musste meinem Instinkt folgen. Der Sheriff hätte ihn nicht freigelassen, wenn Coach Oliver der Mörder gewesen wäre. Wahrscheinlich war ich allein in seinem Büro in Sicherheit. »Fangen wir damit an, warum sie Sie nicht verhaftet haben.«

»Mein Anwalt hat mir geraten, mit niemandem darüber zu sprechen.« Er zuckte mit den Schultern und setzte seinen Kiefer gerade, dann gab er nach. »Gut, ich denke, ich kann es Ihnen sagen, wenn Sie versprechen, mir zu helfen.« Coach Oliver wartete darauf, dass ich zustimme, was ich tat, da ich wusste, dass ich aussteigen könnte, wenn etwas Illegales vor sich ginge. »Meine DNA stimmte nicht mit dem überein, was sie unter Lorraines Fingernägeln gefunden hatten. Das Blut, das in meinem Auto gefunden wurde, stimmte mit Abby überein, aber ihre neugierige Nachbarin konnte bestätigen, dass sie beobachtet hatte, wie Abby sich eines Tages beim Einsteigen in mein Auto geschnitten hatte, während ich noch in ihrem Haus telefonierte. Es gab nicht genug, um mich noch länger festzuhalten.«

»Ich denke, das ist eine gute Sache für Ihren Fall, aber Sie haben immer noch keine gültigen Alibis für einen der beiden Morde, oder? Ich glaube Ihnen nicht, dass Sie in der Nacht, in der Abby starb, die Termine für meinen Vater vorbeigebracht haben. Sie waren in der Diamond Hall, um sie zu sehen, nicht wahr?«

»In Ordnung, ja. Sie stimmte zu, sich um halb neun zu

treffen, um die Noten von Striker zu besprechen.« Trainer Oliver erklärte, er wollte gerade die Rückseite des Gebäudes betreten, um Abby zu sehen, als Lorraine ihn anrief. Als Lorraine ihn zu einer nahe gelegenen Bank führte, reichte er ihr den Spielplan und unterhielt sich etwa zehn Minuten lang. Als sie zum Gebäude zurückging, lief Coach Oliver los und versuchte, Abby anzurufen, aber sie nahm den Hörer nicht ab. Er ging zur Abschiedsfeier in der Annahme, dass Abby ihn irgendwann zurückrufen würde, und traf dann auf Eleanor genau um neun Uhr, als es gerade zu Ende ging. Meine Mutter hatte ihn gesehen, nachdem Lorraine ihn verlassen hatte. »Dieser Sheriff hat keine Ahnung, was vor sich geht, und will den Fall abschließen, damit sie nicht dumm dasteht«, bemerkte Coach Oliver.

Ich stimmte ihm zu, aber eine Einschätzung der Intelligenz von Sheriff Montague würde mir nicht weiterhelfen. »Ich bin sicher, dass sie neben Ihnen noch andere Verdächtige im Visier haben. Was ist mit der Notiz unter Ihrem Schreibtisch?«

Der Kopf von Coach Oliver zuckte alarmiert zurück. Ich hatte ihn überrumpelt und vorübergehend sprachlos gemacht. »Ah, ich bin mir nicht ganz sicher. Ich werde nicht versuchen, es zu leugnen. Ich weiß, dass der Officer mich gesehen hat, als ich versuchte, es zu verbergen.«

»Es ist illegal, Beweise zu verbergen. Ich bin mir sicher, Sie sind sich bewusst, dass man Sie dafür anklagen könnte«, fügte ich hinzu, in der Hoffnung, ihm Angst einzujagen, damit er mehr redet. »Sie müssen ihr etwas davon erzählt haben, falls Officer Flatman den Zettel gesehen hat.«

Coach Oliver erklärte, wie er seit Beginn des Semesters immer wieder Notizen von jemandem fand, der behauptete, Striker solle der Starting Pitcher sein. Die Person hatte zuvor eine Notiz für Striker hinterlassen, in der sie angab, etwas getan zu haben, um sicherzustellen, dass die Noten von Striker gut genug waren, um die Sperre aufzuheben. Coach

Oliver hatte die Notizen gestohlen, da er nicht wollte, dass Striker sich Sorgen machte oder in Schwierigkeiten geriet. Er hoffte, dass es jemand gewesen war, der herumgepfuscht hatte. Er wurde alarmiert, als er eine zweite Notiz erhielt und Strikers Noten nicht mit dem übereinstimmten, was Abby ihm zuvor über ein 'F' gesagt hatte. Er wusste, dass sie geändert worden waren, aber nicht, wie oder warum.

»Ich verstehe das nicht. Warum war es für Striker so wichtig, zu pitchen?«, erkundigte ich mich unter Kopfschütteln. Ich beschloss, mich aus dem Fenster zu lehnen und eine Theorie zu testen, die ich in Erwägung gezogen hatte, seit Nana D mir von dem Gespräch erzählte, das Bridget belauscht hatte. »Hat das etwas mit dem Gerücht zu tun, dass der Scout jemandem in Braxton geholfen hat, einen Job bei der Major League Baseball-Organisation zu bekommen? Und dass Sie zufällig der beste Freund des Scouts sind?«

Coach Oliver wurde leichenblass. »Woher wissen Sie das?«

Volltreffer, dachte ich mir. »Hatten Sie gehofft, dass Sie, wenn Sie dafür sorgen, dass Striker im Spiel mitspielt, bessere Chancen haben würden, diesen Job bei der Major League Baseball-Organisation zu bekommen? War es eine süße Führungsposition? Zugang zu allen Teams der Major League?«

»Nein, Sie haben das alles falsch verstanden«, rief Coach Oliver, als er durch den Raum schritt. »Von Anfang an wollte ich, dass sowohl Striker als auch Jordan spielen. Ich sorge mich um die Jungs und möchte, dass sie nach ihrem Abschluss in Braxton einen Vertrag von einem der Major League Teams an Land ziehen. Aus diesem Grund habe ich beide im letzten Semester privat trainiert und den Wettbewerb zwischen ihnen gefördert. Ich wollte, dass mein Kumpel sieht, wie gut sie beide spielen, und sie in die Ligen bringen.«

»Sie sagen also, der Liga-Job ist nichts für Sie? Es ist ganz und gar alles für die Spieler?«

»Richtig, ich will Braxton nicht verlassen. Ich liebe es, hier zu arbeiten, aber ich wurde erpresst.«

»Ich verstehe nicht, was Sie sagen«, antwortete ich und drängte ihn, die ganze Geschichte zu erklären.

»Letzten Herbst kam Marcus Stanton auf mich zu und sagte, er wisse, dass ich in der Sportabteilung eine Menge Verbesserungen brauche. Er bot mir an, mir neue Fitnessgeräte zu kaufen, das Baseballfeld neu zu rasen und die Technologie zu finanzieren, die ich benötige.«

»Ist das nicht eine gute Sache?«, fragte ich plötzlich, wie ich die Dinge zusammenführte. Es war Marcus Stanton, der meinen Vater während des Anrufs bedrohte, den ich belauscht hatte. Er wollte nicht, dass jemand wusste, dass er die anonyme Spende getätigt hatte, aber ich konnte nicht herausfinden, warum. Es hätte vielleicht etwas egozentrisch ausgesehen, wenn er Geld gespendet hätte, das seinem Stiefsohn half, aber das war nicht genug, um so geheimnisvoll zu tun.

Coach Oliver erklärte, wie Marcus eine anonyme Spende machen würde, die voraussetzte, dass eine Mehrheit für das, was Coach Oliver als eine Priorität für Grey Sports Complex bezeichnete, bereitgestellt werden müsse. Marcus hatte nur eine Bedingung. Er wollte, dass sein Stiefsohn der einzige Star ist – Coach Oliver musste seinen besten Freund, den Major-League-Baseball-Scout, davon überzeugen, Striker nach seinem Abschluss für ein Team zu empfehlen. Als Coach Oliver sagte, dass ihm das nicht möglich sei, verriet Marcus Stanton sein Wissen über die geheime Beziehung zu Lorraine Candito. Er plante, Coach Oliver zu entlarven, wenn er dem Deal nicht zustimmte. Erpressung war ein viel besserer Grund, mit seiner Spende anonym zu bleiben, so dass es nach zwei sehr unterschiedlichen Transaktionen aussah.

»Ich habe mich so sehr um Lorraine gekümmert und

wollte nicht, dass sie verletzt wird, und ich wollte nicht noch einmal in Schwierigkeiten geraten. Sie würden mich feuern, und ich wäre arbeitslos und hätte keine Chance, je wieder eingestellt zu werden. Diese dumme Politik wurde meinetwegen eingeführt, und ich sollte überhaupt nicht mit jemandem vom College ausgehen. Schließlich stimmte ich zu, einen Weg zu finden, meinen Kumpel dazu zu bringen, sich darauf zu konzentrieren, Striker einer Major League-Mannschaft zu empfehlen.«

Coach Oliver erklärte, nachdem Striker im letzten Semester in seinem Kurs durchgefallen war, dass Marcus von ihm verlangte, einen Weg zu finden, um Strikers Noten zu korrigieren. Coach Oliver versuchte, Abby davon zu überzeugen, ihn nicht durchfallen zu lassen, aber es ist ihm nicht gelungen. Später versuchte er, sie zum Essen einzuladen, was ihre Meinung zu ändern begann. Sie erwog, Striker zu entlasten, indem sie ihm mit einer akademischen Glockenkurvenbenotung zum Bestehen verhalf, aber als Abby von Lorraine und Coach Oliver erfuhr, merkte sie, dass er sie nur benutzte. Als sie drohte, ihn dem Kuratorium und meinem Vater zu melden, offenbarte er das Erpressungsschema von Stadtrat Stanton. Coach Oliver wollte sich in der Nacht, in der sie starb, mit Abby treffen, um einen Weg zu finden, Striker bestehen zu lassen und sie daran zu hindern, die ganze Angelegenheit aufzudecken.

Ich erkannte die Ähnlichkeiten zwischen der Erklärung von Coach Oliver und dem Gespräch, das Alton mit Abby vor ihrem Tod geführt hatte. Sie war über all diese Geschehnisse gestolpert und dachte, sie könnte ein Exposé über Kleinstadt-Sport und Politik schreiben. »Ich bin mir immer noch nicht sicher, warum er so besorgt war, in seinem Namen zu spenden. Er hat auch Alibis für beide Morde, es sei denn, er hat jemand anderen angeheuert.«

»Marcus wollte sich nicht mit Richter Grey anlegen, der in der Vergangenheit die Sporteinrichtung in erster Linie finanziert hatte, weshalb sie nach seiner Familie benannt ist. Stanton kandidiert bei der nächsten Wahl auch als Bürgermeister. Er wollte, dass alles blitzsauber aussieht. Er ist kein Mörder. Wenn die Leute dachten, er würde den Scout oder mich bestechen, damit sein Stiefsohn in die Major League kommt, würden sie ihn niemals ins Amt wählen«, sagte Coach Oliver.

»Sie würden ihm wahrscheinlich auch seine Rolle als Stadtrat entziehen. Ist das absolut alles, was Sie wissen? Sie haben schon mehrmals gelogen«, sagte ich mit einem finsteren Blick. So aalglatt wie er zuvor war, habe ich ihm diesmal geglaubt.

»Ja, Marcus kann mir nichts mehr anhaben, jetzt wo Abby und Lorraine nicht mehr da sind. Ich habe nichts zu verlieren. Er wird nichts verraten, da es auch ihn schaden würde«, antwortete Coach Oliver, als er mich zur Tür führte. »Ich muss mich fertig machen. Mein Kumpel kommt vorbei, um Jordan spielen zu sehen, da Myriam Striker nicht aus seiner akademischen Bewährungszeit entlassen wird. Zumindest kann ich einem der Spieler eine Chance geben. Da Jordan endlich seine Chance bekommt, wird mir Dekan Terry vielleicht keine bösen Blicke mehr zuwerfen und sich nicht in das heutige Spiel einmischen.«

Ich blieb auf dem Flur kurz stehen. »Warten Sie, was haben Sie gesagt?«

»Dekan Terry hat im vergangenen Jahr an allen Spielen teilgenommen. Sie hat immer verärgert über meine Interaktionen mit Jordan geschaut«, antwortete Coach Oliver. »Es ist, als ob sie möchte, dass ich ihn bevorzugen solle, nur weil sie seine Tante ist. Ich habe die Spiele der Frauen so satt.« Als er schließlich die Tür schloss, stand ich noch fassungsloser im Flur, als ich angekommen war.

Wenn der Neffe von Dekan Terry die Chance hätte, der Startpitcher des Teams zu sein, um so vom Talentsucher bemerkt zu werden, wie sehr würde sie hinter den Kulissen manipulieren, um sicherzustellen, dass niemand diese Gelegenheit verpasst? Versuchte Dekan Terry, es so aussehen zu lassen, als würde Striker betrügen oder seine Noten ändern, damit er auf Bewährung gesetzt würde? Ich verließ den Grey Sports Complex und ging auf der Suche nach Connor zum BCS-Büro. Ich wollte, dass er bei mir ist, wenn ich Sheriff Montague anrief, aber er war nicht da. Ein studentischer Mitarbeiter funkte Connor an, der angab, dass er in einer Stunde mit den Sicherheitskontrollen auf dem Spielfeld fertig sei. Ich hatte geplant, ihn um halb zwölf in der Nähe der Hotdog-Bude an der Westseite der Tribüne zu treffen.

Ich ging in die Cafeteria, um eine Tasse Kaffee zu kaufen, und loggte mich in das Studentensystem ein, um die Kontaktinformationen von Carla und Striker abzurufen. Ich musste mich vor Spielbeginn mit beiden treffen, um so viel wie möglich über ihre tatsächlichen Aktivitäten in der Nacht von Abbys Ermordung zu erfahren. Striker nahm meinen Anruf entgegen und teilte mir mit, dass er seinen Wohnheimraum verlasse und auf dem Weg zum Spielfeld sei, um sich mit Coach Oliver zu treffen. Obwohl er immer noch nicht am Spiel teilnehmen durfte, musste Striker seine Mannschaftskameraden unterstützen und sich im Bullpen aufwärmen, falls sich an seiner Bewährung etwas ändern sollte. Ich bat ihn um ein Treffen mit mir um Viertel nach elf, bevor sein Training begann. Als er zustimmte und auflegte, versuchte ich, Carla zu erreichen, aber sie ging nicht an ihr Telefon im Wohnheim. Ich musste es noch einmal versuchen, nachdem ich Connor und Striker auf dem Feld getroffen hatte.

Ich blätterte meine E-Mails durch, hatte aber nichts von Myriam oder Siobhan, was bedeutete, dass ich Carlas Handschrift noch nicht mit der Notiz vergleichen konnte, die wir im Büro von Coach Oliver gefunden hatten. Ich verließ die Cafeteria und begann meinen Spaziergang über den

Nordcampus in Richtung Baseballfeld. Ich nahm den längeren Weg, da ich noch einige Minuten Zeit hatte, bevor es Zeit war, Striker zu treffen. Ein paar Schritte, nachdem ich an den letzten akademischen Gebäuden vorbeigekommen war, hörte ich, wie mein Name gerufen wurde. Ich drehte mich um und sah aus der Ferne Dekan Terry auf mich zu joggen. Ich sah mich um und erkannte, dass ich mich auf der anderen Seite des Campus befand, nicht weit entfernt von anderen Gebäuden. Es war ein Spaziergang von einer halben Meile bis zum Parkplatz des Sportplatzes, was bedeutete, dass ich mit Dekan Terry zu lange allein sein würde. Obwohl ich mich verteidigen konnte, waren bereits zwei Frauen getötet worden. Ich hatte mich möglicherweise zu nahe an den Mörder herangewagt.

»Dekan Terry, was bringt Sie hierher? Es ist ein wenig abseits des Weges, um zum Grey Field zu gelangen«, sagte ich und hielt einige Meter Abstand. Alles, was ich erfahren hatte, könnte ein Zufall sein, sagte ich zu mir selbst.

»Oh, ich machte mich bereit, dem Spiel beizuwohnen. Es wird ein wichtiges Spiel werden«, sagte sie. Dekan Terry war etwas außer Atem, weil sie versuchte, mich einzuholen. Ihre Stirn war gerunzelt. Sie zog ihre Unterlippe in den Mund. »Dann sah ich Sie vorbeigehen, und na ja, ich musste Ihnen folgen.«

»Ja, großes Spiel. Ich hätte Sie nie für einen großen Sportfan gehalten. Damals, als ich Student war, schien das nicht zu Ihren Schwerpunkten zu gehören.« Ich dachte, ich tanze um das Thema herum, um zu sehen, was sie sagen würde, bevor ich direkte Fragen stelle.

»Ich weiß, ich auch nicht«, sagte sie und streckte dann eine Hand aus, um meinen Ellbogen zu greifen. »Ich glaube, Sie und ich müssen reden. Haben Sie ein paar Minuten Zeit, um mit mir in mein Büro zu kommen?«

»Ähm, nicht wirklich. Ich habe ein paar Leuten gesagt, dass ich sie im Grey Field treffen würde. Ich möchte sie nicht unnötig auf mich warten lassen.« Ich hatte versucht wegzutreten, aber ihr Griff war zu fest.

Dekan Terry atmete tief durch. »Ich weiß, dass Sie wissen, Kellan. Ich brauche ein paar Minuten Ihrer Zeit.«

War sie im Begriff zu gestehen? Oder einen Weg finden, mich alleine zum Schweigen zu bringen? »Ich bin mir nicht sicher, wovon Sie sprechen. Vielleicht könnten wir uns auf dem Sportplatz unterhalten, wenn ich fertig bin? Direktor Hawkins erwartet mich jede Minute.« Ich dachte, die Erwähnung seines Namens würde sie in Schach halten, wenn sie irgendetwas versuchen würde. Der verärgerte und distanzierte Blick, den sie mir zuwarf, gefiel mir nicht.

»Wir können später noch weiter plaudern, aber es wird kein Rumgeeier, Kellan. Der Stiftungsrat hat mich nicht zur Nachfolgerin Ihres Vaters gewählt. Ihr Vater deutete an, dass ich bis nach der Ankündigung am Montag mit niemandem darüber sprechen könne, außer mit dem Kuratorium und Ihnen. Ich schätze, das bedeutet, dass Sie auch über die Erweiterungspläne Bescheid wissen. Sie sagten mir, ich sollte mich geehrt fühlen, dass ich gebeten wurde, eine größere Rolle in der neuen Braxton University zu übernehmen. Irgendein Trostpreis, hm?«

Da wurde mir klar, dass Dekan Terry mich nicht daran hinderte, über ihre Rolle bei den Notenänderungen oder einen der Morde zu sprechen. »Oh, ich wusste nicht, dass sie die Präsidentschaft an den anderen Kandidaten vergeben haben. Ich dachte, sie würden Sie wählen.« Ich wusste nicht genau, was vor sich ging, aber ich hatte das Gefühl, dass es besser war, auf ihrer guten Seite zu bleiben. »Es tut mir so leid. Wissen Sie, für wen sie sich entschieden haben?«

»Das tue ich nicht. Sie wollten es mir nicht sagen. Vielen Dank für Ihr Verständnis. Ich war neulich verärgert, als ich herausfand, dass ich ihre zweite Wahl war. Als ich Sie traf, dachte ich wirklich, sie würden mir die Stelle anbieten. Als ich danach in mein Büro zurückkam, war ich eine echte Hexe.

Ich muss daran denken, mich nächste Woche bei allen zu entschuldigen, die mich etwas hitzig erlebt haben.«

Das Gespräch, das ich mit den Studentinnen und Studenten belauscht hatte, machte jetzt Sinn. Ich hatte das Gefühl, dass ich vielleicht ein paar Fragen über Jordan stellen könnte, ohne zu viel Misstrauen zu erwecken. »Ich habe gehört, dass Ihr Neffe heute pitchen wird. Sie müssen aufgeregt sein.«

Dekan Terry nickte. »Ja, ich bin stolz darauf, wie gut er das gemacht hat. Ich habe ein schlechtes Gewissen, dass Striker immer noch auf Bewährung ist. Ich habe heute sogar versucht, Myriam davon zu überzeugen, dass es keine Beweise dafür gibt, dass Striker an den Notenänderungen beteiligt war. Wir vermuten zwar, dass seine Prüfung nicht sein eigenes Werk ist, aber Braxton hat nicht genügend Beweise, um ihn zu suspendieren. Sie wollte sich nicht rühren. Diese Frau ist ein Stück Arbeit.«

»Wollen Sie damit sagen, dass Sie Striker nicht auf akademische Bewährung setzen wollten? Ich nahm an, dass Sie mit Myriam übereinstimmten.« Ich war froh, dass sie offen zugab, dass Jordan ihr Neffe ist, aber ihre Unterstützung für Striker verwirrte mich.

»Nein, ich drängte darauf, eine Untersuchung und gründliche Analyse durchzuführen, aber das hat lange genug gedauert«, antwortete sie. »Ohne Striker in der Mannschaft ist Coach Oliver wesentlich härter zu Jordan als sonst. Ich ziehe es vor, wenn er seinen Fokus zwischen beiden aufteilen kann. Ich weiß, dass der Coach versucht, sie stärker zu machen, aber er ist ein Monster, wenn es darum geht, sie anzuschreien und sie so hart zu bearbeiten.«

»Deshalb haben Sie Coach Oliver böse Blicke zugeworfen?«

Dekan Terry erklärte, sie hätte nie geglaubt, dass Jordan in der Highschool eine Chance hätte, in die Major League zu kommen. Er war ein eingebildeter Junge, der wenig Disziplin hatte. In den letzten Jahren sah sie schließlich, wie er bewies, was für ein guter Pitcher er war. Damals begann sie, sich stärker für seine Baseballkarriere zu interessieren und ihre Einstellung zum Sport im Allgemeinen in Braxton zu ändern. Coach Oliver mochte es nicht, dass sie sich auf seinem Rasen einmischte, und er verstand ihre Absichten, sich noch mehr in die Abläufe seiner Abteilung zu verstricken, falsch.

»Wow, ich wünschte, ich hätte einiges davon früher gewusst. Ich hätte nie gedacht, dass Sie seine Tante sind. Übrigens, haben Sie Jordan am Abend der Party meines Vaters besucht? Jordan erwähnte, dass Sie vorbeigekommen sind«, sagte ich zögerlich.

»Ja, ich hatte vergessen, dass ich die Party verlassen hatte, um ihm etwas Mut zu machen. Er war erst ein paar Minuten vor meinem Eintreffen um neun Uhr nach Hause gekommen. Er hatte eine Verabredung gehabt und hatte gerade das Zimmer des Mädchens verlassen«, antwortete sie. Wenn das stimmte, dann bestätigten Carla und Dekan Terry sein Alibi. Dekan Terry hätte Zeit gehabt, die Party zu verlassen, Abby zu töten und dann Jordan zu besuchen, aber das schien nicht wahrscheinlich.

»Wie verlief Ihr Selbstverteidigungskurs? Ich wollte irgendwann einen nehmen«, sagte ich. Sie würde wahrscheinlich nicht verstehen, warum ich fragte, aber es könnte die offenen Fragen mit ihrem Alibi abschließen.

»Ich habe es nicht geschafft. Ich wurde in ein dringendes Gespräch mit Ihrem Vater verwickelt und kam zu spät. An der Tür hing ein Schild, auf dem stand, dass ich nicht zu spät kommen durfte, also ging ich zurück ins Büro«, sagte sie. Da ich wusste, dass das die Verwirrung aufklärte und wahrscheinlich bedeutete, dass Dekan Terry keine Mörderin war, wünschte ich ihr Erfolg in ihrer erweiterten Rolle in Braxton. Ich wich dem Gespräch darüber aus, warum ich etwas über die Pläne für die neue Universität gewusst hatte, da sie nicht wissen musste, ob ich an dem Projekt teilnehmen würde. Während ihre Erklärungen kleine Zweifel an ihrer Schuld hätten aufkommen lassen können, sie als Mörderin in Betracht zu ziehen, fühlte sich nicht richtig an. Mir fehlte etwas, aber ich konnte nicht den Durchbruch finden, den ich brauchte. Als ich erleichtert aufatmend in Richtung Baseballfeld ging, da ich nicht das dritte Mordopfer gewesen war, klingelte mein Telefon. Es war Myriam.

»Ich bin es nicht gewohnt, an einem Samstag mit einer weiteren wichtigen College-Angelegenheit vorgeladen zu werden, Mr. Ayrwick. Ich hätte gedacht, wenn Ihr Vater heute Morgen den Blogger identifiziert hätte, wären Sie damit beschäftigt, herauszufinden, worum es da ging. Sicherlich haben Sie einen guten Grund, mich zu stören?«

Myriam wusste, wer der Blogger war. »Mein Vater hat noch keine Namen genannt. Ich werde ihn sicher bald wieder fragen.«

»Es war Abby. Anscheinend hatte sie ihn wegen der Spenden unter Druck gesetzt, aber er hatte nicht alles zusammengefügt, bis Sie anfingen, Fragen darüber zu stellen, wer beschlossen hatte, die ganze neue Technologie im Grey Sports Complex zu installieren. Sie war eine klassische Närrin, die Shakespeares Hoftrotteln würdig war.«

»Wie hat Abby diesen letzten Artikel nach ihrem Tod gepostet?« Es passte nicht zusammen.

»Es war das allerletzte, was sie tat. Sie hatte den Blog geschrieben, während sie auf der Pensionierungsparty herumlief, ihn für den nächsten Tag eingestellt und ging dann zurück in ihr Büro. Ich überprüfte die Datums- und Zeitstempel und bestätigte, dass er zuletzt um acht Uhr gespeichert wurde.«

»Woher wissen Sie das?«, fragte ich.

»Als ich die Materialien aus ihrem Büro erhielt, fand ich ihren Benutzernamen und ihr Passwort für den Blog. Ich versuchte, mich anzumelden, und es funktionierte. Sobald ich bestätigt hatte, dass es ihr Konto war, konnte ich alle Beiträge sehen. Da habe ich Ihren Vater, Connor, und den Sheriff darüber informiert.« Myriam klang in ihrer Erklärung sehr selbstgefällig.

Myriams Neuigkeiten erklärten zum richtigen Zeitpunkt, warum mein Vater heute Morgen so beschäftigt war. »Ich bitte um Entschuldigung. Ich habe Sie nur wegen einer dringenden Polizeiangelegenheit kontaktiert. Ich brauche eine Kopie einiger Klausuren, die Siobhan mit nach Hause genommen hat, um sie ins Benotungssystem hochladen zu können.«

»Sie sind ziemlich besessen von Noten. Waren Sie ein miserabler Student, als Sie Braxton besuchten? Ist es eine Stärkung des Selbstvertrauens, darauf hinzuweisen, wenn an den Noten eines Schülers herumgepfuscht wurde?«

Da sie das Thema zur Sprache brachte, beschloss ich, nach einem Status der von ihr durchgeführten Analyse zu fragen. »Dekan Terry sagte, sie habe empfohlen, die Untersuchung abzuschließen und Striker heute spielen zu lassen.«

»Mr. Ayrwick, ich habe alles an Dekan Mulligan übergeben. Alle Mitglieder des Ausschusses haben sich vor einer Stunde dazu geäußert. Es wird am Montag eine Entscheidung getroffen werden. Es tut mir leid, dass dies bedeutet, dass Ihr kleiner Freund Craig Magee heute nicht spielen kann. Es gibt mehr im Leben, als ein paar Stunden lang einen Ball zu werfen.«

»Ich weiß Ihre Offenheit zu schätzen, ich werde es mir merken«, sagte ich höflich. »Und Siobhans Nummer?«

'Daß aller Giftqualm, den die Sonn' aufsaugt. Aus Sumpf, Moor, Pfuhl, auf Prosper fall' und mach' ihn. Siech durch und durch!' sagte Myriam knurrend.

»Sicherlich vergleichen Sie mich nicht mit einem Insekt oder einer Krankheit. Ist das das treffendste Zitat, das Ihnen einfiel, Myriam?« Sie rasselte die Telefonnummer herunter und legte auf, ohne sich zu verabschieden.

23

Auf dem Weg zum Sportplatz erwiderte Siobhan meinen Anruf und sagte: »Es tut mir leid, dass ich Ihre E-Mail verpasst habe, Kellan. Ich war so beschäftigt mit den Zwillingen und dem Scannen aller Prüfungen, dass ich mein Konto nicht überprüft hatte.«

»Keine Sorge, ich verstehe. Wenn es nicht wichtig wäre, hätte ich Sie über das Wochenende nicht belästigt«, antwortete ich.

Siobhan sagte mir, sie würde sich wieder online einloggen, wenn sie am Abend nach Hause käme, um mir eine Kopie ihrer Prüfung per E-Mail zu schicken. Als ich sie fragte, wie ihr Zeitplan für die nächsten Wochen aussah, erwähnte sie, dass sie eine Aushilfskraft eingestellt hätten, um einzuspringen, solange alles mit der Suche nach einem neuen Vorsitzenden der Abteilung geklärt sei. »Ich werde an drei Vormittagen in der Woche vor Ort sein, um in der Zwischenzeit bei der Umstellung zu helfen. Ich werde auch die studentischen Mitarbeiter bitten, ein paar zusätzliche Stunden zu arbeiten. Ich bin sicher, dass sie das Geld gut gebrauchen können, da Ihr Vater die Ausgaben für die kurze

Zeit genehmigt hat.« Siobhan legte mich kurz in die Warteschleife, als eines der Babys weinte.

Ich hatte die studentischen Hilfskräfte in der Kommunikationsabteilung vergessen, bis Siobhan sie erwähnte. Als sie zurückkam, fragte ich: »Ich traf einen der Mitarbeiter, Bridget. Ich glaube nicht, dass ich den Anderen kenne.«

»Ja, ich bin nicht überrascht. Bridget ist fantastisch, sehr enthusiastisch. Ich war nicht allzu erfreut, als sie mir letztes Semester das andere Mädchen zugewiesen haben. Sie kommt immer zu spät und hat kaum gearbeitet.«

»Warum haben Sie nicht um eine Umbesetzung gebeten? Oder sie gefeuert?« Es erschien mir logisch. Ich mochte mich in den nächsten Wochen lieber nicht mit jemandem beschäftigen müssen, der inkompetent ist, während ich Abbys Kurse unterrichte.

»Carla wird man nicht feuern. Können Sie sich die Wut von Richter Grey vorstellen, wenn ich seine Enkelin zu Fall brächte? Das könnte mich meinen Job kosten, Kellan.« Siobhan lachte laut auf, bevor sie hinzufügte: »Und mit zwei Kleinen zu Hause ist das keine Option.«

Wow! Wie konnte ich diese Tatsache übersehen? Ich legte bei Siobhan auf, schaute auf die Uhr und eilte los, um Striker zu treffen. Er stand an der Seitenlinie und lehnte an die Unterstandswand, als ich im Baseballstadion von Grey Field ankam. Da er angezogen und bereit war, in seinem Trikot zu starten, traute ich mich nicht, ihm zu sagen, dass er nach Myriams aktuellem Stand keine Chance hatte, im heutigen Spiel zu spielen. Ich fühlte mich schrecklich, dass ich ihm diese Information vorenthalten hatte, aber zu wissen, dass seine jetzige oder frühere Freundin die Person sein könnte, die Abby und Lorraine getötet hat, erschien mir viel schlimmer.

»Hey Striker, wie läuft das Aufwärmen?«, fragte ich.

Striker versuchte zu lächeln, trotz der Weigerung seines

Gesichts, sich zu fügen. »Ich bin gut in Form. Ein Teil von mir möchte nach Hause gehen, aber der Coach lässt mich nicht gehen. Er sagt, ich müsse dem Scout zeigen, dass ich ein Kandidat bin.«

»Er hat Recht, wissen Sie. Ich bin sicher, der Scout hat schon früher Studenten gesehen, die mit der akademischen Bewährung zu kämpfen hatten. Er sorgt sich um Ihre Pitching-Konsistenz und Ihre Einstellung auf dem Spielfeld. Nicht das, was der Dekan über die Ergebnisse einer Prüfung sagt«, fügte ich hinzu und fühlte meine Schwäche für den Jungen, der mich daran erinnerte, ihm einen Schubs zu geben. Ich hoffte, dass er sich nicht als der Mörder entpuppte.

»Ich verstehe nicht, was mit diesem Test passiert ist. Sie wollen mir die Arbeit nicht zeigen, aber Dr. Castle sagt, sie habe Grund zu der Annahme, dass die Version, die sie benotet hat, nicht meine war. Wie ist das möglich?«

Ich bat Striker, genau zu präzisieren, woran er sich zum Zeitpunkt der Prüfung erinnerte. Striker erklärte, dass Professorin Monroe versprochen hatte, die Prüfung am Wochenende zu benoten und ihm in der darauf folgenden Woche vor dem nächsten Training Bescheid zu geben. Dann hörte er, dass sie die Stufen hinuntergefallen war, und alle suchten nach den Prüfungen. Coach Oliver rief ihn letzten Freitagnachmittag an, um ihm zu sagen, dass er ein 'B+' bekommen habe, was bedeute, dass er am Spiel teilnehmen könne. Bei der Pep-Rallye waren alle begeistert, dass er noch spielen konnte. Dann berief Dekan Mulligan diese Woche eine Sitzung ein und sagte ihm, es bestünde Verdacht, ob es tatsächlich seine Testergebnisse seien. Ich hatte keinen Grund, Dekan Mulligan zu verdächtigen, aber ich sollte seine Alibis überprüfen, sobald ich die Gelegenheit dazu hatte.

»Ich treffe mich am Montag noch einmal mit dem Dekan, um mir die Prüfung anzusehen, von der sie sagen, sie sei nicht von mir«, fügte Striker hinzu. »Mein Stiefvater wird mich umbringen, wenn ich es nicht in die Major League schaffe.«

»Ich bin sicher, sie werden es bald herausfinden. Ich werde sehen, ob ich dem Treffen beiwohnen kann. Würde das helfen?«

Striker nickte. »Sie haben das wirklich cool gemacht. Ich wünschte, Sie wären die ganze Zeit mein Professor gewesen.«

Alle wollten mich in diesen Tagen in Braxton haben. »Striker, ich muss Ihnen eine heikle Frage stellen. Ich würde nicht fragen, wenn ich keinen guten Grund hätte, aber ich muss Ihnen etwas Vertrauliches mitteilen. Kann ich darauf vertrauen, dass Sie mit niemandem sonst darüber sprechen?«

»Ja. Im Moment sind Sie die einzige Person auf meiner Seite. Natürlich beantworte ich alles, was Sie wollen«, antwortete Striker.

Ich fragte Striker, warum er an dem Tag, an dem Lorraine starb, gegangen und ins Fitnesscenter zurückgekehrt war. Er erklärte, er wollte nicht in der Nähe von Jordan sein, erwähnte dann, dass ihn ein paar Leute in der Sauna gesehen hätten und bestätigen könnten, dass er dort war, bis er wieder zurückging, um sein Training zu beenden. Wenn nötig, würde ich das später überprüfen. »Haben Sie jemals Notizen erhalten oder gefunden, die Ihnen beim Bestehen Ihrer Kurse geholfen haben, damit Sie in der Baseballmannschaft spielen konnten? Oder hat Coach Oliver Ihnen jemals davon erzählt?« Ich zögerte, etwas zu enthüllen, was der Sheriff nicht gerne weitergegeben hätte, aber ich dachte, es könnte mir wertvolle Erkenntnisse bringen.

Striker zog sich mit einem schockierten Gesichtsausdruck zurück. »Notizen? Wie E-Mails oder Textnachrichten?«

»Nicht genau. Vielleicht ein Stück Papier, das an Ihr Schließfach im Grey Sports Complex geklebt wurde? Oder etwas mit der Post?«

»Nö. Ich habe keine Ahnung, wovon Sie reden, Mann. Hat jemand gesagt, ich hätte es?«

»Niemand hat gesagt, dass Sie etwas getan haben, Striker. Ich versuche, ein paar Teile eines sehr merkwürdigen Puzzles zusammenzufügen. Sie kennen also niemanden, der sich an Ihren Noten zu schaffen gemacht hat, der Ihnen gesagt hat, dass er etwas getan hat, oder der Ihnen mitgeteilt hat, dass Sie es verdient hätten, an den Baseballspielen teilzunehmen?«

»Im Ernst, ich habe absolut keine Ahnung. Dies stellt sich als ein schreckliches Abschlussjahr heraus. Erstens kann ich nicht Baseball spielen. Dann verlässt Carla mich. Ich will einfach nur nach Hause gehen.«

»Was meinst du damit, dass Carla Sie abgeschossen hat? Sind das die Frauenprobleme, die Sie Anfang der Woche hatten?«

»Ich kann nicht glauben, dass ich mich in sie verliebt hatte. Letzte Woche gab es viele Frauenprobleme!«

»Was meinen Sie damit, Striker?« Alarmglocken läuteten, aber ich konnte nicht herausfinden, warum.

»Ich kann es Ihnen auch genauso gut sagen. Sie ist diejenige, die schlecht dasteht, nicht ich.« Striker trat in den Dreck und ein paar Staubhaufen, die von uns geweht wurden. »Carla war nur wegen des Scouts an mir interessiert. Als sie dachte, ich hätte eine Chance, in die Major League zu kommen, warf sie sich im letzten Semester auf mich. Sie und mein Stiefvater drängten mich immer wieder, es besser zu machen, damit ich einen großen Vertrag bekommen konnte. Aber sobald ich auf akademische Bewährung gesetzt wurde und der Scout anderswo zu suchen schien, begann Carla, sich zu distanzieren.«

»Ich bin nicht überrascht. Ich muss zugeben, dass ich von ihr kein positives Bild bekommen habe, als ich Sie beide zusammen beim Spiel letzte Woche oder im Klassenzimmer diese Woche gesehen habe. Sie ist sehr kokett zu anderen Jungs.«

»Ich war von allem zu sehr abgelenkt. Ich habe es nicht bemerkt. Deshalb habe ich Sie letzte Woche darüber angelogen, wo sie und ich in der Nacht, in der Professorin Monroe starb, waren. Carla und ich hatten ein paar Drinks im Studentenwohnheim, aber es war viel später, als ich sagte. Ich war die meiste Zeit der Nacht im Fitnesscenter. Wir trafen uns um halb zehn.«

»Ich verstehe nicht, warum Sie das nicht sagen konnten, als ich fragte«, sagte ich und erkannte, dass Carla viel verdächtiger erschien.

»Ich wollte ihr nicht vor Ihnen widersprechen, da wir uns schon die ganze Zeit gestritten haben. Ich dachte, wenn ich ihr zustimme, würde sie nicht wieder etwas anfangen. Sie sagte mir, dass sie sagte, wir seien zusammen, weil alle anfingen zu sagen, der Tod der Professorin sei kein Unfall gewesen. Sie wollte nicht, dass jemand denkt, ich hätte die Frau wegen meiner schlechten Noten getötet. Ich schätze, Carla wollte nur vertuschen, dass sie mich an diesem Abend mit Jordan betrogen hat«, sagte Striker.

»Ich glaube, Sie haben teilweise recht. Wann hat sie mit Ihnen Schluss gemacht?«

»Als ich wieder auf Bewährung gesetzt wurde und nicht für den Scout spielen konnte, sagte Carla mir, dass sie Raum bräuchte, um darüber nachzudenken, ob sie mit jemandem zusammen sein könnte, der im Verdacht stand, zu betrügen.«

Aufgrund der Nachrichten von Striker hatten weder er noch Carla ein vollständiges Alibi während des Zeitfensters, in dem Abby getötet wurde. Striker erklärte, der Kratzer an seinem Arm stamme von Carla, als sie einen Streit darüber hatten, dass er wieder auf akademische Bewährung gesetzt wurde. Er war froh, dass er sich nicht mit Carlas häufigen körperlichen Angriffen auseinandersetzen musste, wenn es nicht nach ihrem Willen ging. Nachdem er zum Unterstand gegangen war, ging ich zum Hotdog-Stand in der Nähe der West-Tribüne und fand Connor. »Kannst du für das heutige Spiel Entwarnung geben?«

»Ja, wir sind gut aufgestellt. Mit zwei Morden auf dem Campus bin ich vorsichtiger als sonst.«

»Ich muss zugeben, dass es hier ein wenig an Sicherheit zu mangeln scheint. Ich will dich damit nicht beleidigen, aber es scheint, als könne jeder in die akademischen Gebäude hinein- und hinausgehen, wie er will. Der Grey Sports Complex verfügt nur an wenigen Stellen über Sicherheitskameras und Kartenlesegeräte. Noten oder Prüfungsergebnisse werden geändert.« Ich war das Risiko eingegangen, dass es Connor verärgern würde, aber es musste gesagt werden.

»Du hast völlig Recht. Das ist zum Teil der Grund, warum dein Vater mich eingestellt hat. Der vorherige Direktor war bei den Protokollen etwas zu lasch geworden. Angesichts der vielen Schießereien an Schulen und Universitäten gab es auch eine beträchtliche Anzahl von Änderungen bei den Anforderungen an die nationale Sicherheit im Umfeld von Hochschulen und Universitäten. Wir haben einen Zweijahresplan, um alles auf den neuesten Stand zu bringen.«

»Du hast eine Menge Arbeit vor dir.«

»Ich bin froh, dass ich deine Hilfe habe, Kellan. Pass nur auf, wie stark du dich einmischst. Ich war in der Vergangenheit schon in einige schreckliche Kriege verwickelt. Ich möchte nicht, dass du dich in die Schusslinie begibst. Worüber wolltest du mit mir sprechen?«

Ich informierte Connor über alle meine Gespräche. Während er den Sheriff anrief, sah ich mich im Stadion um. Bridget unterhielt sich mit Dekan Terry auf der Tribüne in der Nähe der dritten Baseline. Sie hatte heute wieder den riesigen grünen Parka an, aber zu ihrer Verteidigung hatte die Temperatur schnell zu sinken begonnen. Im jüngsten Wetterbericht war von einem weiteren Schneesturm aus dem Norden in den kommenden Tagen die Rede. Er setzte wahrscheinlich früher ein, als sie erwartet hatten. Ich scannte die Menschenmenge auf der Suche nach jemand anderem, den ich kannte. Nana D war ein paar Reihen hinter ihnen und sprach mit Marcus Stanton. Ich sah ihnen einige Minuten lang zu, wie sie miteinander sprachen, und im Laufe der Zeit wurde ihre Diskussion immer lebhafter. Als das Spiel begann, hatte der Stadtrat sein Tablett mit Pommes Frites auf den Boden geworfen und stürmte die Stufen zum Ausgang hinauf.

Dann rief Derek an, um mir die Ergebnisse seines großen Treffens mit den Verantwortlichen mitzuteilen. Sie waren mit seinen Plänen für die zweite Staffel nicht zufrieden. Anstatt ihm noch eine Chance zu geben, haben sie ihn gefeuert. Während Derek bereits einen anderen Job gefunden hatte, riet er mir, mich auf Neuigkeiten aus dem Sender über meine Zukunft vorzubereiten. Jordan pitchte während des gesamten Innings, während ich mich zwang, Dereks Neuigkeiten zu ignorieren. Da wir die Heimmannschaft waren und im neunten Inning vorne lagen, als die Millner Coyotes in der zweiten Halbzeit keine weiteren Läufe holten, war das Spiel vorbei. Die Bears hatten in dieser Saison bisher beide Spiele gewonnen, und das Publikum war vor Begeisterung ganz aus dem Häuschen. Dekan Terry jubelte, Nana D tanzte eine Art Moon Dance, und Jordan wurde von seinen Mannschaftskameraden vom Pitching Mound getragen. Das war genau das, was der Campus brauchte, um sich von den Morduntersuchungen abzulenken.

Als sich die Veranstaltung dem Ende zuneigte und die Fans zu den Partys nach dem Spiel auf den Parkplatz zurückkehrten, riefen Connor und ich den Sheriff an, um unsere letzten Neuigkeiten bekannt zu geben. Wir suchten nach einem ruhigen Platz im Stadion und fanden einen Tisch unter einer überdachten Markise, an dem kaum jemand geblieben war.

»Ich weiß Ihre Hilfe zu schätzen, Connor. Wir verbrachten eine weitere Runde hier auf dem Revier, um die Alibis aller Personen zu überprüfen, die beim Betreten oder Verlassen des Grey Sports Complex registriert wurden. Officer Flatman wird heute Abend eine Kopie in Ihrem Büro abgeben, um einen letzten Vergleich vorzunehmen, um zu sehen, was nicht stimmt.«

»Wie steht es mit Carla Grey? Können Sie sich erinnern, ob sie dabei war? Jetzt, da wir wissen, dass sie über ihren Aufenthaltsort in der Nacht, in der Abby starb, gelogen hat, steht sie ganz oben auf der Liste«, sagte ich, unfähig, mich davon abzuhalten. Connor hatte mich gebeten, nicht zu sprechen, aber ich konnte meinen Mund einfach nicht halten.

»Ja, sie stand auf dieser Liste, junger Ayrwick, ebenso wie mindestens sechs oder sieben andere Personen, die in der Nacht von Abbys Mord vielleicht oder vielleicht auch nicht über Alibis verfügten. Es ist nicht so einfach, alles mit Querverweisen zu versehen, wie es sich anhört. Ich möchte auch nicht den Zorn von Richter Grey oder Stadtrat Stanton auf mich ziehen, wenn wir keinen wasserdichten Beweis gegen einen der beiden Studenten haben.«

Connor meldete sich mit den Worten: »Also, April, wie wollen Sie das Gespräch mit der Verdächtigen handhaben?«

»Ich denke, unsere beste Chance ist es, Carla dazu zu bringen, sich mit mir zu treffen. Wenn sie denkt, es ginge um ihre letzte Prüfung oder um etwas, das mit dem Unterricht zu tun hat, könnte sie ausrutschen, wenn ich ein paar Fragen zu den Nächten der Morde stelle.« Sie hatte etwas zu verbergen. Ich konnte es fühlen. Nana D würde sagen, es sei ein sechster Sinn, der nur bei den Danbys vorhanden ist, aber ich war mir da nicht so sicher. Ich war gut darin, Menschen zu lesen, die etwas zu verbergen hatten.

»Ich stimme zu, dass es besser wäre, wenn Sie Carla nach ihrem Dating-Leben oder danach fragen würden, was sie tut, während sie in der Kommunikationsabteilung arbeitet. Und sie würde auch nicht zu ihrem Großvater laufen, weil Sie um ein Treffen gebeten haben«, antwortete Sheriff Montague.

»Genau, und genau deshalb...«

»Aber,« fuhr sie fort, »die Überprüfung ihres Alibis für

beide Nächte ist etwas, mit dem sich mein Büro befassen sollte. Ich bin bereit zuzugeben, dass Direktor Hawkins im Rahmen einer Überprüfung der Zugangskontrolle auf dem Campus auch diese Frage stellen könnte. Ich schlage dir einen Deal vor. Während ihr beide mit ihr sprecht, möchte ich anwesend sein. Ich werde in der Nähe sitzen und zuhören, so dass ich euch aufhalten kann, wenn ihr irgendetwas tut, um meinen Fall zu ruinieren.«

Connor versuchte zu sprechen, aber ich unterbrach ihn. »Connor war früher Polizist. Ich bin sicher, er ist qualifiziert, mein Gespräch mit Carla so zu führen, dass es Ihrem Fall nicht schadet.«

»Das ist nicht mein Punkt. Es geht hier um meinen Allerwertesten. Wenn etwas schiefgeht, werde ich dafür verantwortlich gemacht, zugelassen zu haben, dass Sie das getan haben«, sagte der Sheriff. »Ich möchte nicht beschuldigt werden, eine Zeugin reingelegt zu haben und sie dann nicht verhaften zu können.«

»Wollen Sie damit sagen, dass Sie mir nicht vertrauen?«, neckte ich sie.

»Ich würde Ihnen nicht trauen, wenn Sie der letzte Mensch auf diesem Planeten wären und ich Ihre Hilfe zum Überleben bräuchte. Lieber lasse ich die Zombies mein Fleisch bei lebendigem Leib fressen, als mich an Sie zu wenden. Ich gebe der Sache nur eine Chance, weil Connor dabei sein wird.«

Ich hörte deutlich das unausstehliche Gelächter von Officer Flatman im Hintergrund. Connor hatte den Anstand, seines zu unterdrücken. Ich hatte sie dabei erwischt, wie sie ihn wieder Connor nannte. Diese Professionalität kam und ging wie der gefälschte britische Akzent meiner Tante Deirdre. Sie war vor Jahren nach Großbritannien gezogen und berüchtigt dafür, dass sie ihn immer dann benutzte, wenn er ihr zum Vorteil gereichte, aber als sie zu trinken begann, war er mit Sicherheit verschwunden.

Nachdem wir alle unsere Zugeständnisse gemacht hatten, war geplant, Carla einzuladen, mich am nächsten Morgen in der Big Beanery zu treffen, um ihre Semesterarbeit zu besprechen. Während ich ihre Nummer wählte, erhielt Connor einen weiteren Anruf und ging weg. Nachdem Carla abgenommen hatte, erwähnte ich, dass ich mich mit ihr über die bevorstehende Arbeit treffen wollte. »Mein Terminkalender für nächste Woche ist voll, und ich weiß, dass es sehr kurzfristig ist, Carla. Ich hatte gehofft, dass es Ihnen vielleicht nichts ausmachen würde, sich morgen zu treffen.«

»Sicher, würde zehn Uhr gehen? Ich kann nur dreißig Minuten bleiben. Normalerweise treffe ich meinen Großvater sonntags zum Brunch, aber er wohnt an der Millionärsmeile, die nicht allzu weit entfernt ist.«

»Das ist fantastisch. Bringen Sie alle Aufzeichnungen mit, die Sie vielleicht geschrieben haben. Das wird uns helfen, den vollständigen Entwurf für Ihre Arbeit fertigzustellen. Ich weiß das zu schätzen.«

»Gern geschehen. Es ist immer schwer, nein zu einem süßen Kerl zu sagen«, antwortete sie in einem kätzchenhaften Ton.

Ich hatte nur das eine Mal außerhalb des Unterrichts mit ihr gesprochen, aber diese Art des direkten Flirts mit mir hatte ich noch nie zuvor aufgeschnappt. Benahm sie sich wirklich so gegenüber ihrem Professor? Ich dachte, ich würde vielleicht erst einmal die Sache auf sich beruhen lassen.

»Ausgezeichnet, Miss Grey. Wir sehen uns morgen.« Ich legte ängstlich auf, um Connor von dem Anruf zu erzählen. Als er an den Tisch zurückkehrte, bemerkte ich seinen verwirrten Gesichtsausdruck. »Was ist los?«

»Du wirst nie glauben, was das war.«

»Nun, spann mich nicht auf die Folter. Raus damit«, antwortete ich. Wäre es Nana D, die ein anderes Spiel spielte, oder mein Vater, der Ärger machen wollte, würde ich vor Frustration schreien.

»Die Belegschaft des Colleges war dabei, den Schreibtisch deines Vaters aus dem Lager zu holen. Da heute alle beim Spiel waren, beendeten sie den Umzug, so dass er am Montag sein Büro zurückhaben konnte.«

»Wow, faszinierend. Wer hätte gedacht, dass ein Büroumzug dich so in Ekstase versetzen würde?«

»Hör auf mit dem Sarkasmus, Mann. Sie stießen den Schreibtisch versehentlich in den Handlauf, als sie die Stufen hinaufgingen. Sie konnten sich nicht festhalten, und er rutschte die Treppe hinunter.«

»Oh, nein. Nicht sein antiker Mahagoni-Schreibtisch. Der, den er vor Jahren bei der historischen Auktion gefunden hat?«

»Ja.« Connor schüttelte den Kopf hin und her und erinnerte mich dann daran, dass mein Vater darum gebeten hatte, dass sein Schreibtisch ins Lager verlegt werden sollte, nachdem der Sheriff den Zugang zu den oberen Stockwerken der Diamond Hall gesperrt hatte. Nachdem der Sheriff den Schreibtisch am nächsten Tag kurz überprüft hatte, gab sie Braxtons Einrichtungsabteilung grünes Licht, um die Möbel einzulagern. Heute war der letzte Umzug zurück in sein Post-Renovierungsbüro.

»Ähm, okay... was hat dich jetzt so entnervt?« Ich erkundigte mich besorgt darüber, was er sagen könnte.

»Spielt dein Vater Klarinette als eines seiner Hobbys, Kellan?«

Ich wusste, die Antwort war nein. Aber ich erinnerte mich auch daran, dass Bridgets Klarinette vor zwei Wochen verschwunden war. »Hatte sie Blut an ihr?«

»Genau das werde ich jetzt auschecken«, sagte Connor.

24

Nachdem Connor abgeflogen war, um sich mit der Facility-Crew zu treffen, kehrte ich zur Diamond Hall zurück, um meine Aktentasche zu holen und die E-Mails herunterzuladen, die Siobhan geschickt hatte. Als ich das Foto des Zettels, den wir im Büro von Coach Oliver gefunden hatten, mit der Handschrift auf Carlas Quiz verglichen habe, waren einige der Buchstaben fast identisch, aber ein paar auf Carlas Papier waren viel verschlungener und größer. Ich brauchte Connors hoch entwickeltes Sicherheitssystem, um sicher zu sein, aber er war damit beschäftigt, die Entdeckung der potenziellen Mordwaffe zu überprüfen. Er schickte mir eine Nachricht, dass die Klarinette zwar etwas beschädigt war, aber das könnte vom Sturz und nicht vom Schlag auf Abby herrühren. Das Team des Sheriffs hatte das Instrument mitgenommen und würde über Nacht einige Tests durchführen. Er würde mich am nächsten Tag informieren, bevor wir uns mit Carla Grey trafen.

Ich ging nach Hause und fand meinen Vater in seinem Arbeitszimmer eingeschlossen und nicht in der Lage zu sprechen. Sheriff Montague war bereits da drin. Ich wagte es nicht, dieses Gespräch zu unterbrechen, so sehr ich auch gerne Mäuschen gespielt hätte. Obwohl ich glaubte, dass es eine vernünftige Erklärung für die Anwesenheit der fehlenden Klarinette in seinem Schreibtisch geben musste, wusste ich, dass mein Vater nicht mehr in der Lage war, befragt zu werden, nachdem sein geliebtes antikes Möbelstück zerstört worden war. Als ich hörte, wie der Sheriff ging, sprach ich mit meiner Mutter, die mich bat, die Sache über Nacht ruhen zu lassen.

Ich vergewisserte mich bei Cecilia, dass Emma aufgeregt war, mit dem Packen für ihre Reise zu beginnen. Ich rief Nana D an, um sie über die letzten Neuigkeiten zu informieren, und machte Pläne, irgendwann am nächsten Tag vorbeizukommen. Wir einigten uns auf einen späten Brunch, da sie mir etwas Wichtiges über eine Entscheidung mitzuteilen hatte, die sie getroffen hatte. Wollte sie sich endlich ganz aus Danby Landing zurückziehen? Während die meisten Mitarbeiter sich um die alltäglichen Aufgaben kümmerten, ging sie immer noch zum täglichen Bauernmarkt, entschied, was jedes Jahr angebaut werden sollte, und fand Wege, alles, was sie auf dem Land hatte, wiederzuverwenden und zu recyceln, um zum Schutz der Erde beizutragen. Ihr letzter Schwerpunkt war eine Studie über Kompostierung gewesen, und obwohl ich ihre Bemühungen lobte, empfahl ich ihr bei meinem letzten Besuch, den Haufen weiter von der Hintertür wegzubringen. Es war nicht der angenehmste aller Gerüche, und egal, wie gut sie backte, er konnte nicht übermäßig süße oder faule Früchte überwältigen.

Ich fand auch Zeit, um nach Restaurants zu suchen, und wählte eines aus, das ich für eine perfekte Kulisse in der Nähe des Flussufers hielt, damit Maggie und ich am Dienstagabend zu Abend essen konnten. Ich bestätigte einen Termin mit ihr und legte eine Reservierung fest, wobei ich noch überlegte, ob es für zwei oder drei Personen sein sollte. Wenn ich Emma mitbrächte, würde das das Gespräch viel einfacher und leichter machen, aber es würde auch bedeuten, dass Maggie und ich die Zeit damit verbringen würden, uns wieder kennenzulernen, anstatt darüber zu diskutieren, was mit Connor vor sich geht oder nicht. Als ich die Decke auf dem Bett hochzog, schloss ich meine Augen und bereitete mich auf mein Gespräch mit Carla am nächsten Morgen vor.

»Wütend. Das ist das einzige Wort, das mir im Moment einfällt«, sagte mein Vater, während er am Sonntagmorgen mit den Fäusten auf etwas in der Küche einschlug. »Ich werde einen Spezialisten finden müssen, um diesen Schreibtisch zu reparieren, und das wird Wochen, wenn nicht Monate dauern. Was soll ich jetzt tun, Violet?«

Ich hatte in den letzten Minuten vor der Tür im Flur gestanden und hörte mir ihre zunehmend angespannte Meinungsverschiedenheit an, während ich darüber nachdachte, ob ich zwanglos hineingehen und sie überraschen oder einen anständigen Lärm machen sollte, so dass sie wussten, dass ich gerade eintreten wollte.

Ich beschloss, so zu tun, als ob ich mir den Zeh an der Küchentür gestoßen hätte, und einen großen Auftritt zu machen, als ob ich Schmerzen hätte. Dadurch würde ich mich besser fühlen, wenn ich ihre Unterhaltung unterbrechen und sie sich schnell abkühlen lassen würde, so dass ihr Streit nicht peinlich war. Soweit ich es beurteilen konnte, wollte meine Mutter, dass mein Vater einen Anwalt engagiert, aber er bestand darauf, dass er nichts zu verbergen hatte.

»Autsch! Ohne Kaffee kann ich nichts tun. Warum laufe ich immer in Dinge hinein?« Ich wimmerte und zuckte zusammen, als ich die Küche betrat. Der Raum war übermäßig kühl, als ich zur Kaffeemaschine humpelte, um mir eine Tasse einzuschenken, und Guten Morgen sagte.

»Du musst vorsichtiger sein, Schatz«, sagte meine Mutter, als sie an der Hintertür stand und in den Hinterhof starrte. »Und zieh dir Schuhe an. Dann wirst du dich nicht verletzen.«

Ich nickte und stimmte ihr zu. »Wie war der Abend für alle?«

»Ich fahre nach Braxton. Ich muss mir den Schaden selbst ansehen und herausfinden, ob es Hoffnung auf eine Reparatur gibt«, sagte mein Vater, als er die Küche verließ.

»Er ist ein bisschen mürrisch, was?«, sagte ich, während ich im Schrank herumstöberte und nach etwas zu essen suchte.

»Dein Vater weigert sich, zu akzeptieren, dass Sheriff Montague hinter ihm her ist. Und er will bei den Ermittlungen nicht mit ihr zusammenarbeiten.« Meine Mutter setzte sich in die Frühstücksecke und seufzte.

»Was ist passiert?« Ich strich die Himbeermarmelade von Nana D auf einen Maismuffin und nahm einen riesigen Bissen.

»Dein Vater hatte es satt, zwischen den Renovierungen, dem Umzug und dem eventuellen Auszug nach seinem Ausscheiden aus dem Präsidentenamt Büros hin und herzuschieben. Er sagte ihnen, sie sollten seinen Schreibtisch einlagern, bis er eine endgültige Entscheidung über ein paar Dinge getroffen habe. Er war besorgt, dass ihm etwas zustoßen könnte, sobald sich herausstellt, wie leicht es für einen Mörder ist, auf dem Campus herumzuschleichen. Nichts Unheimliches.«

»Und die Klarinette?«, fragte ich höflich. »Ich nehme an, nur wenige Leute wussten von diesem geheimen Paneel?«

»Lorraine wusste es, aber seine beste Vermutung ist, dass jemand Spielchen spielt, indem er Dinge versteckt. Er weiß nicht, wie jemand davon erfahren haben konnte«, antwortete meine Mutter mit zunehmender Verzweiflung. »Das muss ein Ende haben, Kellan.«

»Ich weiß, Mom. Es waren harte zwei Wochen. Ich habe einen kleinen Versuchsaufbau, der helfen könnte, die Sache bald zum Abschluss zu bringen. Ich bin sicher, Dad sagt die Wahrheit. Der Sheriff wird es bald herausfinden.« Ich wusste, dass die Diskussion mit Carla heute Morgen fruchtbar sein würde, und ich hoffte, dass sich bis zum Ende des Tages alles zusammenfügen würde.

»Ich weiß das zu schätzen, Kellan. Ich muss mich für die Kirche fertig machen.« Meine Mutter küsste mich auf die Wange und schlurfte mit einer Schwere, die mein Herz verletzte, aus der Küche.

Eine Stunde später, nachdem ich schnell gelaufen und geduscht hatte, fuhr ich auf den Parkplatz bei der Big Beanery. Ich machte Connor ausfindig, damit wir unsere Aufzeichnungen vergleichen konnten.

»Es war kein Blut auf der Klarinette.« Die Angst in Connors Stimme war beunruhigend.

»Ich verstehe nicht. Bedeutet das, dass das nicht die Mordwaffe ist? Ist das alles ein Zufall?«, sagte ich. Es musste eine logische Erklärung geben, aber sie war für mich nicht offensichtlich.

»Es könnte eine ganze Reihe von Gründen geben. Vielleicht hat der Mörder sie abgewischt und dort versteckt, weil er dachte, jemand würde die verlorene Klarinette entdecken und annehmen, dass es sich um einen Scherz handelte.« Connor schüttelte den Kopf und atmete tief durch. »Der Sheriff hat mir noch nicht alles gesagt.«

»Es gab auch diese Diebstähle. Ich nehme an, es könnte in keinem Zusammenhang mit den Morden stehen«, fügte ich hinzu und schaute dann auf meine Uhr. »Carla wird in zehn Minuten hier sein. Wo ist April?«

»Eine kleine Planänderung. *Sheriff Montague* stieß heute Morgen auf einige zusätzliche Beweise und wollte diese überprüfen. Sie hat Officer Flatman damit beauftragt, uns zu überwachen.« Connor zeigte auf die Ecke, in der ein Mann mit Schneemütze und riesigem, wuscheligem Pullover saß. »Siehst du ihn?«

Es dauerte eine Minute, aber schließlich erkannte ich ihn in seiner Verkleidung. Officer Flatman sah aus wie ein gewöhnlicher Stammgast der Big Beanery, der an einem Sonntagmorgen eine Tasse Kaffee trank und Zeitung las. »Okay. Ich denke, es ist ein gutes Zeichen, dass sie Vertrauen in uns hat.«

»Sie hat Vertrauen in mich. Ich habe die ausdrückliche Anweisung, dich zum Schweigen zu bringen, wenn du Carla gegenüber irgendwelche Grenzen überschreitest«, sagte Connor in einem autoritären Ton. »Zwing mich nicht, Gewalt gegen dich anzuwenden, wenn ich muss.«

Ich quittierte seinen Sarkasmus, dann führte ich Connor aus dem Café, damit er nach Carlas Ankunft einen Auftritt machen konnte. Ich bestellte eine Tasse Kaffee an der Theke und ging dann zu dem Tisch in der Nähe der Ecke hinter Officer Flatman. »Wie ist der Artikel über das Kreuzstricken?«, flüsterte ich ihm zu, während ich mich hinsetzte.

»Halten Sie die Klappe, Mr. Ayrwick. Sie ist gerade hereingekommen«, antwortete er.

Carla winkte Hallo und kam vorbei. Als sie einen schweren Wintermantel auszog, sagte ich ihr, sie solle eine Bestellung an der Kasse aufgeben, und sie würden es zusammen mit meiner in ein paar Minuten liefern. Während ich auf sie wartete, vermutete ich, dass ihr eher konservativer, dunkler Rock und ihr langärmeliger, babyblauer Pullover bei einem Brunch mit ihrem Großvater nicht anders zu erwarten waren. Die Perlen, die sanft um ihren Hals hüpften, als sie zum Tisch zurückging, waren eine noch schönere Note. Vielleicht hatte ich es in der Familie Ayrwick gar nicht so schlecht.

»Danke, dass Sie meinen Kaffee gekauft haben, Professor Ayrwick.«

»Das ist das Mindeste, was ich tun konnte, um Sie zu bitten, sich an einem Sonntagmorgen zu treffen«, antwortete ich, als sie mir gegenüber saß. »Wie fanden Sie das gestrige Spiel? Sie waren sicher sauer, dass Striker nicht gepitched hat.«

Ein Lächeln bildete sich auf ihren Lippen. »Nein, Striker hatte seine Chance, aber die hat er verpatzt. Ich bin jetzt mit Jordan zusammen. Gestern war er fantastisch. Ich bin sicher, dass der Scout für ihn einen Platz in der Major League finden wird.«

Aus ihrer Tasse stieg eine Spur von Dampf auf. Als er sich in der Nähe ihrer Wange verflüchtigte, überlegte ich, wie ich sie dazu bringen könnte, über das Baseballteam zu sprechen, bis Connor ankam. Für jemanden, der zwei Morde begangen haben könnte, schien sie entspannt zu sein. »Oh, das habe ich wohl missverstanden. Mir war nicht klar, dass es zwischen Ihnen beiden zu Ende ging. Es tut mir leid.«

»Nicht nötig. Er war nicht der richtige Typ für mich. Ich möchte mit jemandem zusammen sein, der eine Zukunft hat. Jemand, der meinen Großvater beeindrucken kann«, sagte sie. Carlas Hand reichte ein Stück weit über den Tisch und näher an meine Kaffeetasse.

»Ich denke, das erklärt, warum ich Sie und Jordan diese Woche ein paar Mal zusammen im... ähm... Diner gesehen habe.« Es war eine unangenehme Art und Weise für einen Professor zu erwähnen, dass er seine Studenten beim Knutschen beobachtet hat, und es ging mich auch nichts an, aber es würde sie dazu bringen, mir mehr zu erzählen. Als ich meinen Becher in die Hand nahm, legte Carla ihre Hand auf meine.

»Oh, das... ja, wir haben gerade angefangen, uns zu verabreden. Sie wissen ja, wie das ist. Manchmal denke ich, dass ich vielleicht mit jemandem zusammen sein sollte, der etwas älter und etablierter ist.« Carla lächelte mich an und drückte meine Hand.

Ich zog mich schnell zurück und täuschte ein Gähnen vor, so dass sie meine Hand nicht berührte. Sie hat eindeutig mit mir geflirtet, während sie mir gleichzeitig erzählte, dass sie Striker für Jordan abserviert hatte. »Sie sind noch so jung. Ich kann mir vorstellen, dass es viele Dinge gibt, die Sie eines Tages erforschen wollen. Es muss ein Schock gewesen sein, als Striker wieder auf Bewährung gesetzt wurde. Ich werde versuchen, ihm nächste Woche zu helfen, wenn er sich mit Dekan Mulligan trifft.«

Mein Telefon vibrierte. Als ich auf den Bildschirm schaute, war es Nana D. Ich konnte den Anruf nicht entgegennehmen und schickte ihn auf die Mailbox. Ich würde später den Zorn spüren, aber das hier war wichtiger. Irgendwann würde sie es verstehen.

»Jemand muss ihm helfen. Ich habe versucht, mit ihm zu lernen, aber Schularbeiten sind nicht sein Ding, wissen Sie?«, sagte sie und klopfte mit einem Finger gegen ihre Schläfe. »Aber ich sehe doch, dass Sie...«

Glücklicherweise unterbrach Connor. »Kellan, Miss Grey, zwei der Leute, nach denen ich gesucht habe.«

»Hallo, Connor. Was können wir für dich tun?« fragte ich. Carla drehte sich in seine Richtung und lächelte.

»Ich versuche, einige Befragungen von Personen durchzuführen, die sich am Tag des Unfalls von Lorraine Candito in der Nähe des Grey Sports Complex befanden. Ich habe mich gefragt, ob ich Ihnen beiden ein paar Fragen stellen könnte. Es sollte nur ein paar Minuten dauern.« Connor war sehr geschmeidig und machte deutlich, warum er in den Sicherheitsbereich gegangen war.

»Sicher, aber wir haben nicht viel Zeit. Carla und ich gehen ihre Semesterarbeit durch, und sie trifft sich in wenigen Minuten mit Richter Grey.«

Nachdem er einen Stuhl herangezogen hatte, schaute Connor zuerst Carla an. »Ich mache es schnell. Sie betraten das Gebäude also gegen Viertel vor fünf, was die

Sicherheitskamera aufnahm. Erinnern Sie sich, Mrs. Candito gesehen zu haben? Ich versuche herauszufinden, ob jemand weiß, in was für einer Stimmung sie gewesen sein könnte. Vielleicht war sie traurig oder verärgert, und das führte zu ihrer Entscheidung, so drastische Maßnahmen zu ergreifen.«

Carla schüttelte den Kopf und öffnete die Augen weit. »Es ist so schrecklich, aber ich habe gehört, dass es vielleicht kein Selbstmord war. Ist an diesem Gerücht etwas Wahres dran?«

»Ich bin mir nicht sicher, was der Sheriff denkt. Ich versuche, einen Zeitrahmen zu finden, für den Fall, dass Braxton etwas hätte tun können. Können Sie die Zeiten klären, zu denen Sie vor Ort waren? Ich nehme an, Sie haben sie nicht zufällig gesehen?«

»Nö. Mal sehen... Ich lief die Indoorbahn eine Stunde lang von fünf bis sechs. Ich machte mich frisch und ging gegen halb sieben zum Gebäude des Studentenwerks, um meine Post zu überprüfen, und traf mich dann mit meinem Freund Jordan. Haben wir Sie nicht gegen viertel vor sieben an der Kabelbahnstation gesehen, Professor Ayrwick?« Carla antwortete, indem sie aus ihrer Tasse nippte und sich in ihrem Stuhl zurücklehnte.

»Ja, ich dachte, ich hätte Sie gesehen, aber ich konnte nicht anhalten, da ich auf dem Weg zu Lorraine war. Ich vermute, Sie haben sie nicht gesehen, was?«

»Ich hätte sie gegrüßt und ihr geholfen, wenn sie verärgert gewesen wäre. Ich habe mit ihr in der Diamond Hall gearbeitet«, sagte Carla, die über den Tod von Lorraine traurig schien, nicht wie jemand, der sie hätte töten können.

Mein Telefon vibrierte mit einem weiteren Anruf von Nana D. Ich schickte es wieder auf die Mailbox. Hoffentlich erinnert sie sich daran, dass ich heute Morgen ein wichtiges Treffen hatte, und ruft nicht mehr so bald an. Wenn nicht, würde ich das Gerät ausschalten, bis wir fertig sind.

Connor tat so, als würde er mir ein paar Fragen stellen, und sagte dann: »Ich weiß das zu schätzen. Damit wären zwei weitere Personen auf meiner Liste gestrichen. Könnten Sie uns sonst noch etwas mitteilen, Miss Grey?«

»Das glaube ich nicht. Ich sollte das Gespräch mit Professor Ayrwick über meine Semesterarbeit beenden.« Sie holte ein neues Exemplar aus ihrer Tasche und legte es auf den Tisch. »Es gibt ein paar Änderungen in Bezug auf Hitchcocks frühe Filme zu besprechen.«

Ich bemerkte, dass es am Rand einen Haufen handgeschriebener Notizen hatte. Ich schaute zu Connor auf, der lächelte. »Oh, das ist großartig. Ich hätte auch ein paar Ideen für Sie.«

Connor unterbrach. »Kann ich einen Blick darauf werfen? Ich bin ein großer Hitchcock-Fan. Worum geht es in Ihrer Arbeit?«

Während Carla ein paar Dinge erklärte, tat Connor so, als ob er etwas auf seinem Telefon überprüfen wollte. Ich wusste, dass er die Bilder der Notizen, die wir gefunden hatten, öffnete. Er sah zu mir auf und schüttelte schnell den Kopf. Ich war mir nicht sicher, was er meinte, und hob verwirrt die Augen.

»Es sieht aus, als hätten Sie hier einen tollen Entwurf«, sagte Connor, während er sein Telefon weglegte. »Ich glaube, er entsprach nicht meinen Erwartungen an das, worüber ich dachte, dass Sie darüber schreiben würden, aber ich bin sicher, Sie werden es gut machen.«

Er versuchte mir zu sagen, dass die Handschrift nicht übereinstimmte. Ich befürchtete, sie könnte klug genug gewesen sein, ihre Handschrift auf den Notizen zu verschleiern. »Nun, ich nehme an, du hast alles, was du brauchst, Connor? Kann ich sonst noch etwas tun, um dir zu helfen?«

Mein Telefon vibrierte wieder. Diesmal war es eine Textnachricht von Nana D.

Nana D: *Ruf mich bitte so bald wie möglich an, sonst prügle* *ich dich später dumm und dämlich. Ich habe etwas gefunden. Entscheidend.*

Die Dringlichkeit von Nana D hätte alles bedeuten können, von einer geheimen Episode von 'Myth Busters' bis zu einem neuen Rezept für deutschen Schokoladenkuchen. Ich würde sie zurückrufen, sobald ich mit Carla fertig wäre.

Da Connor wegging, konnte ich Carla ein paar Tipps für die Arbeit geben und diese Scharade beenden. Wir hatten absolut nichts erfahren, außer dass sie wahrscheinlich nicht des Mordes schuldig war. Schuldig, Striker an der Nase herumgeführt und ihn für eine potenziell bessere Gelegenheit fallen gelassen zu haben. Schuldig, mit jedem möglichen Mann zu flirten. Aber es gab kaum einen Grund für sie, sich an einem Notenbetrug zu beteiligen. Sie wollte einfach nur einen Mann finden, der ihren Großvater beeindrucken konnte, und zog mich sogar in Erwägung, nicht, dass es dafür eine Chance gäbe.

»Nein, ich werde alle wissen lassen, was ich heute herausgefunden habe, und in mein Büro zurückkehren. Ich melde mich, wenn ich noch etwas brauche«, sagte Connor, bevor er zur Tür hinausging.

Officer Flatman ging ein paar Sekunden später, um Notizen zu vergleichen, bevor sie Sheriff Montague auf den neuesten Stand brachten. Ich wandte mich an Carla. »Nun, das war seltsam. Worüber sprachen wir, bevor er vorbeikam?«

»Ich meinte, jemand müsse Striker beim Lernen helfen. Und dass ich froh war, Ihre Hilfe bei meiner Arbeit zu haben«, antwortete Carla und griff wieder nach meiner Hand. Zum Glück war ich zu schnell und konnte meine Kaffeetasse greifen.

»Ich kann mir vorstellen, dass Striker die Nachricht von der Trennung nicht gut aufgenommen hat, hm?« Ich musste sie davon abhalten, mit mir zu flirten. Wenn sie über Striker sprechen würde, würde sie sich vielleicht irgendwann schuldig fühlen für das, was sie getan hat.

»Er ist ein großer Junge. Er kann auf sich selbst aufpassen. Ich bin sicher, dass die Mädchen für ihn Schlange stehen werden. Apropos Mädchen, die für jemanden Schlange stehen...«

Wenn ich das nicht im Keim ersticken würde, hätte ich ein großes Problem. »Miss Grey, ich muss Ihnen bewusst machen, dass Ihr Versuch, heute noch einmal mit mir zu flirten, nicht etwas ist, das ich erwidern kann. Sie sind eine meiner Studentinnen, und ich mache es mir zur Politik, mich niemals in irgendeine Art von persönlicher Beziehung zu ihnen einzumischen. Es ist auch gegen Braxtons Verhaltensregeln...«

»Oh, entspannen Sie sich, Professor Ayrwick. Ich spiele doch nur. Mädchen flirten die ganze Zeit. Wenn Sie wüssten, was ich ertragen musste, um sie in der Vergangenheit von Striker fernzuhalten. Die Besessenheit, die eine von ihnen hatte! So lächerlich.«

»Wie meinen Sie das?«, fragte ich. Vielleicht waren Connor und Officer Flatman zu früh gegangen.

»Ach, dieses eine Mädchen ist schon ewig in ihn verliebt. Sie geht zu seinen Spielen und starrt ihn die ganze Zeit an. Es ist unheimlich, wenn Sie mich fragen«, sagte Carla und steckte die Semesterarbeit in ihre Tasche. »Sie hat ihn gestern beim Spiel angemacht und sah mit der Antwort von Striker nicht glücklich aus. Ich sah, wie sie sich während des siebten Innings unterhielten. Er musste sie praktisch wegschubsen, damit sie ihn in Ruhe lässt.«

»Wissen Sie, wer sie ist?«, bat ich Carla, verzweifelt herauszufinden, was sie wusste. Das wäre der große Durchbruch in dem Fall gewesen, den ich brauchte.

»Ja, ich arbeite mit ihr. Sie tut immer so, als gäbe es mich nicht und würde absichtlich vergessen, mir zu sagen, was ich für die Professoren tun soll. Hören Sie, ich muss meinen

Großvater treffen. Vielleicht können wir uns noch einmal unterhalten?«

»Warten Sie. Sie reden doch nicht etwa von Siobhan, oder?«

»Auf keinen Fall! Bridget Colton ist die in Striker verliebte Spinnerin.«

25

M ein Gehirn lief auf Hochtouren und trug all die
Informationen zusammen, die ich in den letzten
Tagen gesammelt hatte. Ich konnte nicht
glauben, wie offensichtlich es gewesen war. »Sagen Sie mir
alles, was Sie wissen.«

»Sie schleicht sich immer in sein Zimmer, um mit ihm zu
reden. Sie hätte Jordan und mich fast zusammen erwischt, als
wir in der Nacht, in der Professorin Monroe starb, vom Kino
zurückkamen.«

»Was meinen Sie damit? Wo haben Sie sie gesehen?« Ich
spürte, wie mein Herz raste, als sich alles zusammenfügte.

»Jordan setzte mich an meinem Wohnheim ab und wollte
mich gerade zum Abschied küssen. Bridget kam auf den Flur
gerannt und sah völlig ausgeflippt aus. Ich dachte, sie hätte
uns gesehen, als sie ihr Klarinettenetui fallen ließ. Ich erinnere
mich, wie ich lachte, als ich bemerkte, dass sie eine der neuen
Baseballjacken trug. Sie sollten erst in der darauf folgenden
Woche im Schulbuchladen für die neue Saison zum Verkauf
angeboten werden, und schon hatte sie einen Weg gefunden,
eine zu kaufen. Das ist eine besessene Frau!«

Nana D rief noch einmal bei mir an, und aus schierem

Schock drückte ich die Annahmetaste. »Ich kann nicht reden...«

»Kellan, ich habe versucht, dich zu erreichen. Warum hast du nicht abgenommen?« Nana D klang verärgert.

»Ich bin mit einer Studentin zusammen. Kann ich dich zurückrufen?« Ich versuchte, Carla davon abzuhalten, ihren Mantel anzuziehen.

»Nein. Das ist wichtig. Ich habe etwas gefunden«, schrie Nana D.

Carla warf ihre Büchertasche über ihre Schulter und winkte mir zu. »Professor Ayrwick, ich muss gehen. Ich komme zu spät, und mein Großvater wird wütend werden.«

»Nein, warten Sie«, flüsterte ich Carla zu.

»Nana D, warte, bitte.«

»Kellan, ich war gerade dabei, den Komposthaufen zu säubern, nachdem du mir die Leviten über den Geruch gelesen hast. Ich glaube, ich habe die Waffe gefunden, mit der Abby getötet wurde«, schrie Nana D. »Bitte komm so schnell wie möglich hierher.«

Mir sackte der Magen in die Kniekehlen, weil ich wusste, dass es die ganze Zeit Bridget gewesen sein musste. Sie arbeitete in der Kommunikationsabteilung. Sie war in Striker verknallt. Sie behauptete, ihre Klarinette sei gestohlen worden. »Okay, Nana D, gib mir ein paar Minuten. Leg noch nicht auf.«

Ich wandte mich an Carla. »Vielleicht rufe ich Sie bald an. Würden Sie bitte ans Telefon gehen? Ich muss wissen, ob Sie sich noch an etwas anderes über Bridget erinnern können.«

»Das ist alles, was mir einfällt, aber sicher.« Als Carla mir in meiner freien Hand ihre Handynummer aufschrieb, begann mein Verstand vor Zusammenhängen zu explodieren.

Als Carla ging, hörte ich Nana D am Telefon sprechen, dann Lärm. »Bridget, was machst du...«

»Was geht hier vor sich?«, schrie ich in Panik.

Ein paar Sekunden später hörte ich Nana D sagen: »Lass

uns nichts überstürzen, meine Liebe. Wir können das ausdiskutieren.« Dann ein Freizeichen. Bridget muss hereingekommen sein und gesehen haben, was Nana D im Komposthaufen entdeckt hatte.

Ich schnappte mir meine Jacke und rief Connor an, um ihm zu sagen, was ich herausgefunden hatte. Er würde den Sheriff anrufen und uns in Danby Landing treffen. Ich fuhr so schnell ich konnte, um meine Oma zu retten. Wenn ihr etwas zustoßen würde, wüsste ich nicht, was ich mit mir anfangen sollte. Ich liebte meine Eltern, aber das Band und die Verbindung, die ich zu Nana D aufgebaut hatte, würde immer das sein, was ich am meisten fühlte. Einige Wochen nach Francescas Beerdigung tauchte sie in Los Angeles auf und schlug in unserem kleinen Haus mit drei Schlafzimmern ihr Lager auf, um auf Emma und mich aufzupassen, bis wir bereit waren, ein neues Leben allein zu beginnen. In den ersten Tagen hatte Nana D Emma unterhalten und ihr das Kochen beigebracht. Es gab Tage, an denen ich nicht einmal das Schlafzimmer verlassen konnte. Der Gedanke, dass Nana D in Bridgets Lügengespinst gefangen war, war zu viel für mich.

Ich trat auf die Bremse und schaltete die Zündung des Jeeps aus. Ich machte mir nicht einmal die Mühe, die Tür zu schließen, und raste stattdessen in das Haus von Nana D. Als ich ankam, hörte ich sie in der Küche reden. Ich blieb kurz in der Tür stehen, als ich bemerkte, wie Bridget Nana D in der Nähe der hinteren Arbeitsfläche ein Messer vor die Nase hielt.

»Bitte tun Sie ihr nicht weh, Bridget. Wir kriegen das schon hin«, sagte ich mit wenig verbliebenem Atem.

»Es tut mir so leid. Ich will ihr nicht wehtun«, antwortete Bridget. Tränen liefen ihr über die Wangen mit echter Angst und Sorge um das, was sie tat. Sie muss gewusst haben, dass sie die Kontrolle verlor.

»Warum sagen Sie uns nicht, was passiert ist? Nana D ist

eine großartige Zuhörerin. Sie hat mir immer geholfen, Dinge zu verstehen.« Ich musste sie am Reden halten, bis Connor oder der Sheriff eintraf. Je mehr Leute sie aufhalten konnten, desto besser.

»Es ist einfach passiert. Ich wollte sie nie töten. Sie müssen mir glauben.« Bridget zog mit einer Hand ihren Griff um die Taille von Nana D fest, während die andere Hand das Messer gegen die Kehle von Nana D drückte.

»Sprechen Sie von Professorin Monroe oder von Lorraine?«, fragte ich.

Bridget schloss ihre Augen und biss sich auf die Lippe. »Professorin Monroe erwischte mich an diesem Abend dabei, wie ich die Testergebnisse von Striker in ihrem Notenbuch änderte. Ich habe versucht, ihm zu helfen. Ich liebte ihn. Ich wollte, dass er bei dem Spiel mitspielt, damit der Scout ihn wählt.«

»Erzählen Sie uns, was passiert ist, Bridget. Erzählen Sie mir, was Sie gedacht haben.« Ich habe Nana D ein wenig kämpfen sehen, aber sie sah relativ ruhig aus, weil sie als Geisel festgehalten wurde.

»Ich war so wütend, als sie ihn letztes Semester im Stich gelassen hatte. Ich hatte seine Note schon einmal geändert, aber irgendwie hatte sie es mitbekommen und nahm an, dass sie den Fehler gemacht hatte. Ich dachte, wenn ich seine Note nur noch ein einziges Mal für diese erste Prüfung ändern könnte, würde er im Eröffnungsspiel mitspielen dürfen. Ich dachte nicht, dass jemand den Wechsel erst viel später entdecken würde. Bis dahin hätte Striker den Scout beeindruckt, und alles wäre vorbei gewesen.« Bridget zog Nana D näher heran, und die Spitze der Klinge stieß gegen die kleine Einbuchtung in der Nähe der Luftröhre von Nana D.

»Ich habe das Original 'F' im Notenbuch gesehen. Was haben Sie getan, um die Änderungen vorzunehmen?«

Bridget erklärte, sie sei am Abend der

Pensionierungsparty vorbeigekommen, um die Note der Prüfung zu ändern, sei aber durch die Jacke abgelenkt worden, die Coach Oliver für Lorraine abgegeben hatte. Sie zog sie an und tat so, als hätte Striker ihr die Jacke gegeben, als wäre sie seine Freundin. »Ich hatte eine leere Kopie der Prüfung und kopierte einige seiner Antworten, dann änderte ich einige ab, um sicherzustellen, dass es so aussah, als hätte er ein 'B+' anstelle des 'F'. Ich hatte die neue Version bereits wieder in den Ordner gelegt, damit Lorraine sie in das Studentensystem eingeben konnte. Ich war gerade dabei, die Note im Notenheft von Professor Monroe zu ändern, als sie mich in ihrem Büro fand.« Bridget schluckte tief verinnerlichend den Schmerz über das nochmalige Durchleben ihres Verbrechens.

Sie hatte das Szenario noch nicht ganz durchdacht. Selbst wenn Abby sie in dieser Nacht nicht erwischt hätte, hätte sie es schließlich bemerkt, wenn sie die Noten in das Studentensystem eingegeben hätte. Bridget wusste nicht, dass Abby niemals jemand anderem Zugang zu ihren Unterrichtsmaterialien oder den Prüfungen und Arbeiten der Studenten gewährte.

»Es ist okay, Schatz«, beruhigte Nana D. »Du wolltest deinem Freund Striker helfen. Ist das alles?«

»Ja, am Anfang war er immer so nett zu mir. Ich hasste es, wie Carla Grey ihn behandelte. Sie ist so ein gemeines Mädchen. Ich dachte, er würde es eines Tages merken und sie abservieren. Glücklich, dass ich ihm geholfen habe. Ich habe ihm all diese Zettel hinterlassen, aber er sagte mir gestern, dass er sie nie bekommen hat.«

Coach Oliver hatte Striker absichtlich ein paar Notizen vorenthalten, so dass er nie beschuldigt werden konnte, zu wissen, was vor sich ging. Ich lobte die Bemühungen des Coachs, die Spieler zu schützen, aber wenn er es jemandem erzählt hätte, wäre nichts davon außer Kontrolle geraten. »Was geschah, als Professorin Monroe Sie in ihrem Büro fand?« Als ich näher kam, packte Bridget Nana D enger um die Taille.

»Sie war sehr wütend und beschuldigte mich, mit Coach Oliver und Stadtrat Stanton zusammengearbeitet zu haben, um den Scout zu bestechen. Ich hatte keine Ahnung, wovon sie sprach. Professorin Monroe nahm den Hörer ab, um den Sicherheitsdienst auf dem Campus anzurufen. Ich flippte aus. Ich wollte keinen Ärger bekommen und sagte ihr, dass ich es nicht mehr tun würde. Aber sie wollte nicht auf mich hören. Sie sagte, ich müsse bestraft werden, und dass sie dafür sorgen würde.«

»Haben Sie ihr da etwas angetan?«, fragte ich, während ich aus dem Augenwinkel bemerkte, wie sich Sheriff Montague der Hintertür näherte. Sie hielt ihren Finger an die Lippen und nickte zur Seite. Ich nahm an, das bedeutete, dass sie Verstärkung dabei hatte.

»Professorin Monroe begann, zu wählen. Ich stieß sie weg, um sie aufzuhalten. Wir kämpften ein paar Minuten lang, und da zerriss sie die Jacke, die ich Lorraine gestohlen hatte. Sie muss Angst gehabt und versucht haben, wegzulaufen. Ich folgte ihr in den Flur und flehte sie an, mir noch eine Chance zu geben, aber sie wollte nicht auf mich hören. Als sie die Hintertreppe hinunterging, überkam mich etwas«, schrie Bridget. »Ich habe sonst niemanden, und sie wollte mir das einzige nehmen, was mir noch geblieben war.«

»Was meinst du?«, fragte Nana D und griff nach etwas hinter ihr auf der Arbeitsplatte.

»Meine Eltern sind tot. Ich habe keine richtigen Freunde. Ich hatte nur Striker und das College. Professorin Monroe hätte über das, was ich getan hatte, geplaudert. Ich würde rausgeschmissen werden. Ich schnappte mir diese blöde Trophäe von Lorraines Schreibtisch und rannte ihr hinterher. Ich schlug ihr auf den Kopf und dachte, ich müsse sie aufhalten, dann fiel sie die Treppe hinunter.«

Als Bridget weinend zusammenbrach, schlich sich Sheriff

Montague durch die Tür. Nana D konnte einen Kirschkuchen erreichen, den sie auf der Arbeitsplatte zum Abkühlen gestellt hatte. Als Bridget merkte, was vor sich ging, schlug Nana D ihr den Kuchen ins Gesicht. Sheriff Montague griff sie an. Während des Tumults ergriff ich das Messer aus Bridgets Hand und wich zurück.

Officer Flatman stürmte durch die Vordertür und legte Bridget Handschellen an. Connor rannte durch die Hintertür. Ich umarmte Nana D, die endlich wieder atmen konnte.

Sheriff Montague sagte: »Wir haben ihr Geständnis zum Mord an Abby Monroe. Wir müssen nur noch herausfinden, was mit Lorraine Candito passiert ist.«

»Wie geht es weiter?« Ich fühlte mich schlecht, weil ich wusste, dass Bridget verzweifelt war und niemanden hatte, der sie unterstützte. Ich war wütend, dass sie jemanden getötet hatte, der mir sehr viel bedeutete, aber das würde Lorraine nicht zurückbringen.

»Ich werde sie mitnehmen. Sie darf nicht sprechen, bis ihr Anwalt eintrifft. Wenn sie sich keinen leisten kann, wird der Bezirk einen Pflichtverteidiger ernennen«, antwortete der Sheriff.

»Für mich gibt es jetzt keine Hoffnung mehr. Ich dachte, Striker würde mir endlich eine Chance geben, jetzt, wo es mit ihm und Carla vorbei ist. Aber er hat mich gestern beim Spiel abgewiesen. Ich habe niemanden mehr und kann Ihnen genauso gut alles erzählen«, flüsterte Bridget. Officer Flatman hatte sie durch die Hintertür hinausgeführt, um ihr die Miranda-Rechte vorzulesen, als sie ihn stoppte.

»Du solltest auf einen Anwalt warten«, antwortete Nana D, die immer noch jemanden schützen wollte, den sie in den letzten Wochen lieb gewonnen hatte. »Ich bin enttäuscht von dir, aber bring dich nicht in noch größere Schwierigkeiten, Liebes.«

Bridget weigerte sich, darauf zu warten, dass ihr Anwalt die Einzelheiten erklärt. Alles ergab Sinn, als ich die ganze

Geschichte gehört hatte. Nachdem Abby die Treppe hinuntergefallen war, geriet Bridget in Panik. Sie hörte Lorraine und Coach Oliver vor der Tür reden und eilte die Treppe hinauf, um die Waffe zu verstecken. Das erste, was sie finden konnte, war ihr Klarinettenkoffer. Sie erinnerte sich daran, dass Lorraine eine Flasche Whiskey für meinen Vater hinter einer Geheimtür in seinem Schreibtisch versteckt hatte, also ging sie in den dritten Stock und stellte ihre Klarinette an deren Stelle. Dann legte sie die Trophäe, der in Größe und Form der Klarinette sehr ähnlich war, in den Koffer und versteckte ihn oben.

Als Lorraine nach der Entdeckung von Abbys Leiche hinauslief, ging Bridget mit ihrem Klarinettenkoffer weg, in der Annahme, sie könne am nächsten Morgen für die eigentliche Klarinette zurückkommen. Sie eilte über den Campus und zurück in ihr Wohnheimzimmer, wo sie sich selbst davon überzeugte, dass alles in Ordnung sein würde und dass alle denken würden, Professor Monroe sei die Treppe hinuntergefallen und habe sich den Kopf gestoßen. Sie hatte nicht gedacht, dass die Trophäe eine Wunde und Metallstücke auf dem Körper hinterlassen würde. Am nächsten Morgen ging sie zurück, um ihn zu holen, sah aber das ganze Polizeiband und konnte nicht in das Gebäude gelangen. Sie packte die Trophäe in ihren Rucksack und ging zu ihrer Musikstunde mit Nana D, wo sie darum bat, sich die Klarinette von Nana D auszuleihen. Als der Unterricht vorbei war, warf sie die Trophäe auf den Boden des Komposthaufens, weil sie dachte, niemand würde sie finden, und wenn sie sie jemals finden würden, könnte sie nicht mit ihr in Verbindung gebracht werden.

»Und ich vermute, als Sie zurückgingen, um die Klarinette zu holen, haben Sie sie als verloren gemeldet?«, sagte ich.

»Ich dachte, jeder würde einfach annehmen, dass mir jemand einen Streich gespielt hat oder dass ein Dieb einen

Haufen Dinge aus dem Gebäude mitgenommen hat«, schrie Bridget.

Nachdem der Sheriff den Tod von Professorin Monroe öffentlich als Unfall angesehen hatte, dachte Bridget, sie sei damit davongekommen. Obwohl sie sich schrecklich fühlte, konnte sie nichts anderes tun, als schließlich die Klarinette zu finden und zu sagen, sie sei ihr zurückgegeben worden. Bridget erklärte dann, was mit Lorraine geschehen war. Als Striker auf akademische Bewährung gesetzt wurde, nachdem wir herausgefunden hatten, dass seine Prüfung eine Fälschung war, ging Bridget zum Grey Sports Complex, um ihm und Coach Oliver eine weitere Nachricht zu hinterlassen, in der sie sagte, dass sie das wieder in Ordnung bringen würde. Während Lorraine in der Umkleidekabine war, legte Bridget den Zettel auf den Schreibtisch und verließ sein Büro. Sie ging gerade den Flur hinunter, als Lorraine plötzlich ins Büro zurückkam.

»Du hast dich im Konferenzraum versteckt und mein Gespräch mit Lorraine belauscht?«, sagte ich und erkannte, dass Jordan Bridget wahrscheinlich nur um ein oder zwei Minuten verpasst haben musste.

»Ich dachte, ich wäre erwischt worden. Es war so heiß da drin, dass ich das Fenster öffnen musste. Ich konnte das Licht nicht einschalten. Da stieß ich gegen den Tisch und die Stühle. Lorraine muss die Geräusche gehört haben, nachdem sie bei Ihnen aufgelegt hatte und in den Raum kam«, sagte Bridget.

»Haben Sie sie aus dem Fenster gestoßen?«, fragte ich in der Hoffnung, dass Bridget nicht so grausam gewesen sein konnte.

»Nein, es war ein Unfall. Lorraine kam auf mich zu, als ich in der Nähe des Fensters war. Wir kämpften in der Dunkelheit. Als ich sie schubste, um zu versuchen, wegzukommen, fiel sie durch das Fenster. Ich wollte sie nicht töten.« Bridget klagte und versuchte, ihr Gesicht zu bedecken, aber Officer Flatman hielt ihre Hände fest zusammen.

»Bridget war einer der letzten Namen auf meiner Liste, die untersucht werden sollten. Ich stellte eine Verbindung her zwischen der fehlenden Jacke, dem Betreten des Grey Sports Complex durch Bridget kurz vor dem Zeitfenster des Mordes und ihrer Arbeit in der Diamond Hall. Dann kam alles zusammen, besonders nachdem ich heute Morgen mit Dr. Castle gesprochen hatte. Deshalb konnte ich Sie nicht in der Big Beanery treffen«, sagte Sheriff Montague.

»Myriam wusste, dass Bridget für die Morde verantwortlich war?«

»Nein, Bridgets Name tauchte immer wieder in verschiedenen Gesprächen auf, nachdem Dr. Castle die betrügerische Prüfung bekannt gegeben hatte. Dr. Castle zog einige andere Papiere von Studenten aus verschiedenen Klassen und dachte, sie hätte eine Übereinstimmung mit dem manipulierten Papier gefunden. Ich glaube nicht, dass sie Bridget mehr verdächtigte, als ab und zu ein paar Noten zu ändern.«

Als der Großteil ihres Teams abgereist war, kam Sheriff Montague auf mich zu. »Sie haben heute gute Arbeit geleistet, junger Ayrwick. Officer Flatman ließ mich wissen, dass Sie heute Morgen alle meine Regeln befolgt haben. Ich danke Ihnen.«

»Gern geschehen. Ich hätte nie erwartet, dass Carla etwas darüber preisgeben würde, dass Bridget mit Striker flirtet. Nachdem Connor und Officer Flatman gegangen waren, dachte ich, wir würden das Gespräch über ihre Prüfung beenden. Ich hatte Glück.«

»Was meinen Sie damit?«, fragte der Sheriff. »Ich bin nicht sicher, ob ich das verstehe.«

»Carla fing an, mit mir zu flirten. Ich fragte sie aus und sie machte eine Bemerkung darüber, dass Mädchen die ganze

Zeit flirten«, sagte ich und dachte daran, wie Sheriff Montague kürzlich mit Connor gesprochen hatte.

»Nicht alle Mädchen verhalten sich wie Carla Grey, junger Ayrwick. Einige sind viel subtiler, wenn sie an einem Mann interessiert sind.« Sheriff Montague sah Connor kurz an und wandte sich dann wieder mir zu.

Ich glaube nicht, dass Connor das bemerkt hat. Wenn er es tat, ließ er es sich nicht anmerken. »Das würde ich gern glauben. Als sie ein Mädchen erwähnte, das mit Striker flirtete, stellte ich noch mehr Fragen, und da passte dann alles zusammen.«

»Es ist gut, dass Sie an der Spitze Ihres Spiels standen, junger Ayrwick. Das Büro des Sheriffs von Wharton County ist dankbar für Ihre unaufgeforderte Hilfe, aber ich werde Sie in Zukunft daran erinnern, sich aus meinen Ermittlungen herauszuhalten. Wie Sie feststellen können, bin ich mehr als fähig, die Dinge allein zu lösen.« Sheriff Montague bat Connor, sie nach draußen zu begleiten, damit sie ein paar Dinge besprechen konnten.

Der Sheriff hätte zwar in den gleichen vierundzwanzig Stunden wie ich herausfinden können, dass es Bridget war, aber es wäre nicht möglich gewesen, wenn ich nicht nach alternativen Verdächtigen gesucht und das Problem mit den Noten entdeckt hätte. Aber ich würde nie wieder Anerkennung dafür bekommen. Ich müsste mich mit ihrem kleinen Zugeständnis zufriedengeben, als sie sagte, das Sheriff-Büro von Wharton County sei dankbar für meine unaufgeforderten Dienste.

Als ich sah, wie die Mordwaffe eingetütet und beschriftet wurde, brannte mir die Brust, als ich mich an das Gespräch erinnerte, von dem Lorraine Anfang der Woche gesprochen hatte. Ich hatte vergessen, wie viel ich Lorraine am Tag, nachdem ich die Trophäe für meine Arbeit an der ersten Staffel von *'Dark Reality'* verloren hatte, am Telefon erzählt hatte. Ich hatte meinen Vater angerufen, um zu offenbaren, dass Derek gewonnen hatte, nicht ich, weil ich dachte, es wäre einfacher, es von mir zu hören als von irgendjemand anderem. Er war nicht erreichbar, und ich hatte mich bei Lorraine darüber ausgelassen, dass die ganze Sache genau um Thanksgiving herum passierte. Normalerweise bin ich an diesem Feiertag nicht ich selbst und habe es schwer, meine Emotionen unter Kontrolle zu halten. Lorraine war am Telefon sehr lieb. Sie sagte mir, ich sei der einzige Grund, weshalb sie sich die Sendung anschaue, und sie habe es verdient, diesen fiesen Derek, wie hieß er noch, zu übertreffen. Es sah so aus, als hätte sie eine exakte Nachbildung des Awards mit meinem Namen anfertigen lassen. Ich schätze das Gefühl, weil ich wusste, wie sehr ich die Frau vermissen würde.

Nana D ging es gut, sie war nur etwas aufgewühlt. Sie hatte Tee gebrüht und Zimtbrötchen aufgetaut, während der Sheriff und ich uns unterhielten. »Den Kirschkuchen, den ich gebacken habe, werden wir wohl nicht mehr essen können!« Ich lachte, weil ich wusste, dass es in meiner Zukunft noch mehr geben würde. Nachdem alle anderen gegangen waren, sagte Nana D: »Mit College-Mädchen zu flirten passt nicht zu dir, Kellan. Ich dachte, ich hätte dich besser erzogen.«

»Was? Du warst diejenige, die versucht hat, mich mit Bridget zu verkuppeln. Letztes Mal war es eine zweimalige Bigamistin, jetzt ist es eine zweifache Mörderin«, jammerte ich. Mit welchem Bein musste sie aufgestanden sein?

»Pish. Das habe ich nie getan. Ich wusste die ganze Zeit, dass Bridget Ärger bedeutet, und deshalb habe ich euch zusammengeschubst. Ich dachte, du würdest es vielleicht irgendwann herausfinden, aber du bist immer noch etwas schwer von Begriff, mein Brillanter. Vielleicht beim nächsten Mal.« Nana D überprüfte ihre Zimtbrötchen und sagte, sie seien fertig.

Ich rollte mit den Augen nach ihr. »Fürs Protokoll: Ich würde mich nie für jemanden wie Carla Grey interessieren.«

»Ich hoffe sicher nicht, Kellan. Die Dinge sind bereits dabei, hässlich genug für unsere Familie zu werden«. Auf dem Gesicht von Nana D bildete sich ein verschlagenes Lächeln. »Keine schlechten Verbindungen mehr, bitte. Wir haben noch etwas zu erledigen.«

»Was hast du nun schon wieder getan?«

»Ich hörte ein Gerücht, dass Stadtrat Stanton plant, bei der bevorstehenden Wahl seine Kandidatur als Bürgermeister von Wharton County bekannt zu geben«, antwortete sie. »Seine Rolle in all diesen Verbrechen war der letzte Strohhalm.«

»Ja, und was ist damit?« Ich konnte spüren, wie mein Inneres zu zittern begann. Sie würde doch nicht…

»Er taugt nichts. Jemand muss diesem Mann die Stirn bieten.«

»Was genau bedeutet das, Nana D?« Das kann sie unmöglich.

»Ich habe ein paar Leute in der Stadt befragt, und na ja...«

»Nana D, das kannst du nicht!«

»Oh, aber ich kann. Ich habe eine Pressekonferenz geplant, eine Stunde früher als seine morgige.« Sie schlug sich auf die Hüfte und begann zu tanzen. »Los geht's. Komm und hilf mir, etwas auszusuchen, dass ich bei meiner großen Neuigkeit tragen sollte! Bürgermeisterin Seraphina Danby klingt gut, nicht wahr?«

26

D en Rest des Sonntagnachmittags verbrachte ich damit, Fragen des Sheriffs zu beantworten, die gesamte Angelegenheit mit Eleanor noch einmal durchzugehen und mich auf den Unterricht am Montag vorzubereiten. Wir mussten allen auf dem Campus die Wahrheit sagen, aber das musste warten, bis die Abteilung für Öffentlichkeitsarbeit alle Details für ihre Pressemitteilung geklärt hatte. Ich schlief früh ein und dachte, ich hätte genug schockierende Nachrichten erhalten, da ich entdeckt hatte, dass Bridget die Mörderin war, und erfuhr von der Entscheidung von Nana D, als Bürgermeisterin von Wharton County zu kandidieren. Hätte ich es nicht gewusst, wäre Montag der Tag gewesen, an dem mich die schockierenden Enthüllungen über den Rand gedrängt hätten.

Am Vormittag beendete ich meinen ersten Kurs zum Thema Broadcasting. Ich stimmte nur einem Einjahresvertrag zu, mit der Möglichkeit, noch einmal neu zu verhandeln. Ich konnte immer noch nicht sicher sein, wie gut mein Vater und ich zusammenarbeiten würden, aber ich fühlte mich wohl genug, um es zu versuchen, da das College es niemandem erlauben würde, direkt für seinen Ehepartner oder ein

Familienmitglied zu arbeiten. Ich konnte nur für meinen Vater bei der Umwandlung in die Braxton University arbeiten, weil jemand zwischen uns stehen würde, sobald sie mehr Personal einstellen würden. Und ich brauchte diesen Vermittler verzweifelt, bis ich vom Fernsehsender über meine Zukunft bei *'Dark Reality'* erfuhr. Sie sagten, ich solle zwei Wochen warten, während sie über mein Schicksal entschieden.

Zwischen den Unterrichtsstunden sprach ich mit Alton Monroe, um die Einzelheiten für die Beerdigung von Lorraine Ende der Woche zu bestätigen. Wir hatten uns zusammengetan, um einen besonderen Gedenkgottesdienst für eine Frau zusammenzustellen, die wir beide sehr vermissen würden. Lorraine war für mich wie eine Tante gewesen, was mir bewusst machte, wie sehr ich in den letzten Jahren den Kontakt zu meiner Familie verloren hatte. Ich versprach mir selbst, einen besseren Job zu machen und mit allen in häufigem Kontakt zu bleiben, sogar ein Familientreffen in jenem Sommer zu organisieren.

Als ich mich das letzte Mal erkundigte, wollte sich das Kuratorium mit dem neuen Präsidenten treffen, um zu entscheiden, ob gegen Coach Oliver wegen seiner Rolle beim Verbergen von Informationen und der Irreführung von Braxton während der Gespräche mit dem Scout der Major League Baseball formell vorgegangen werden sollte oder nicht. Unglücklicherweise für Striker und Jordan verhinderten die unethischen Aspekte, wie der Scout auf dem Campus landete, dass ihnen über die Organisation der Major League Baseball Verträge angeboten wurden, um einem der Teams beizutreten. Als dies geschah, verließ Carla Jordan und war bereits auf der Suche nach ihrem nächsten Opfer. Striker und Jordan sagten mir beide, dass sie sich darauf konzentrierten, das Semester mit hocherhobenem Kopf und einem Gebet zu beenden, um in die Minor League aufgenommen zu werden.

Die Pressekonferenz von Nana D enthüllte dem gesamten Bezirk ihre Kandidatur für das Amt des Bürgermeisters von Wharton County. Ich konnte im Fernsehen mehrere Menschen sehen, darunter auch Eustacia Paddington, die johlend und brüllend auftraten. Ich hoffte, dass dies bedeutete, dass ihr Krieg um Lindsey Endicott auf Eis gelegt war, oder dass sie zumindest planten, sich wie zwei zivilisierte Senioren zu verhalten, die um die Aufmerksamkeit des Mannes wetteiferten. Nana D versprach allen, wenn sie gewählt würde, würde es große Veränderungen geben. Mehr Arbeitsplätze. Weniger Bürokratie. Keine fragwürdigen Geschäfte mehr hinter den Kulissen. Und sonntags kostenloses Eis im Wellington Park. Ich konnte beim besten Willen nicht verstehen, warum, aber ihr letztes Versprechen erregte alle am meisten.

Ich meldete mich bei Connor, um herauszufinden, was mit Bridget Colton passieren würde, nachdem sie ihre einzigartige Perspektive zur Umsetzung einer akademischen Kurve innerhalb von Braxtons Benotungssystem für Studenten entwickelt hatte.

»Sie wurde wegen beider Morde angeklagt. Auf der Grundlage aller Beweise und auf Antrag ihres Pflichtverteidigers wird Bridget zur weiteren Analyse in der psychiatrischen Abteilung des Wharton County General Hospital inhaftiert«, antwortete er, während der Anruf auf Lautsprecher geschaltet war. Sheriff Montague sprach im Hintergrund, was bedeutete, dass sie beim BCS-Büro anhielt, um ihn zu besuchen.

»Danke, Connor. Ohne dich hätte ich das Problem nicht gelöst«, antwortete ich laut, in der Hoffnung, dass der Sheriff es auch hören würde. Ich konnte nicht anders. Irgendwie würde ich den Sheriff mit eindeutig liebenswertem Sarkasmus für mich gewinnen. »Es ist gut, dass wir das Büro des Sheriffs von Wharton County in Schach gehalten haben, was?«

»Hören Sie, junger Ayrwick, noch so ein Kommentar, und ich verhafte Sie wegen…«

»Wofür, Sheriff? Dass ich die Wahrheit sage?«, antwortete ich mit einem rüpelhaften Lachen, als ich die Frau neckte.

»Versuchen Sie es mit unsittlicher Entblößung. Connor erzählte die Geschichte von einem bestimmten Paar lila Spitzenhöschen…«

»Okay, Waffenstillstand. Ich bin fertig!«, sagte ich, die Niederlage akzeptierend. Es gab keinen Grund, sich auf dieses Gespräch einzulassen. Ich würde Connor mal die Meinung geigen müssen, dafür dass er ihr diese kleine Peinlichkeit erzählt hatte.

Nachdem wir aufgelegt hatten, ging ich zum Pick-Me-Up-Diner rüber, um mit meiner Schwester ein schnelles Mittagessen einzunehmen. Als ich dort ankam, hing vorne ein großes Schild, auf dem *'Now Under New Management'* stand. Ein kurzer Moment der Sorge schlich sich in mich hinein und ich fragte mich, ob dies bedeutete, dass Eleanor ihren Job verlieren würde.

Als ich die Tür schloss, klingelte die Glocke über mir, und sie kam angerannt. »Wir haben diese Woche für ein paar Tage geschlossen… oh, du bist es«, rief meine Schwester.

Wenn sie noch da war, war es ein gutes Zeichen, dass Eleanor ihren Job nicht verloren hatte. »Was ist hier los?«

Eleanor lächelte mich an. »Nun, es scheint, dass mein ehemaliger Chef nach dreißig Jahren nicht mehr im Diner-Geschäft tätig sein wollte. Er und seine Frau beschlossen, sich zur Ruhe zu setzen und nach Florida zu ziehen.«

»Hast du die neuen Eigentümer kennengelernt?« Warum hatte sie mir bei unseren letzten Begegnungen oder Gesprächen nichts darüber erzählt? Der Laden war leer, und in der Nähe der Küche wurde gebaut.

Maggie verließ die Küche in einem Jeansanzug und mit einem knallgelben Bauarbeiterhelm. Eine ordentliche Menge

Staub von Rigipsplatten bedeckte ihren linken Arm und ihr linkes Bein. »Kellan, was machst du hier?«

Als ich Maggie so angezogen sah, brach in meinem Körper eine Flut von Aufregung aus. Es war das erste Mal seit Francesca, die bei dem Autounfall ums Leben kam, dass ich tatsächlich eine echte körperliche Reaktion hatte, als ich eine andere Frau mehr als nur als Freundin betrachtete.

»Ich schätze, man kann es nicht mehr geheim halten, Eleanor«, antwortete Maggie.

Nachdem sie beide fertig gelacht hatten, erklärte meine Schwester, dass Maggie Anfang der Woche im Diner vorbeigeschaut hatte, um etwas zu essen. Eines führte zum anderen, und sie hatten an diesem Nachmittag zwei Geschäfte abgeschlossen. Die Besitzer hatten Eleanor gefragt, ob sie das Diner von ihnen kaufen wolle, aber sie konnte es sich nicht leisten, es allein zu tun. Maggie hatte den Ort schon immer gemocht und dachte, es könnte ein lustiges Abenteuer sein, ein Risiko einzugehen. Beide hatten genug Geld gespart, um die Kosten zu teilen, sprachen mit einer örtlichen Bank über einen Kredit und entschieden sich, gemeinsam ins Geschäft einzusteigen. Eleanor würde den Ort von Tag zu Tag leiten, und Maggie würde eher eine stille Teilhaberin sein, die aushilft, wenn sie Zeit von der Memorial Library weg hatte. Das andere Geschäft, das sie an diesem Tag machten, betraf Connor. Eleanor und Maggie waren sich einig, dass sie zuerst Freunde waren, und wenn Connor sie beide zu einem Date ausführen wollte, könnten sie einen Weg finden, dies kurzfristig zu akzeptieren. Keiner von beiden würde sich in die Beziehung des anderen einmischen, aber sobald er eine Entscheidung getroffen hätte, würden sie die Entscheidung respektieren.

Das war eine Katastrophe, die nur darauf wartete, einzutreten! Es ist eine Sache, mit einem Freund ins Geschäft zu gehen. Man mag ein paar Kämpfe haben, aber normalerweise gibt es einen Weg, die Spannung zu überwinden. Fügt man das Drama hinzu, dass beide Frauen mit demselben Mann ausgehen, dann könnte Braxton zum Zentrum des Dritten Weltkriegs werden. Ich wusste es besser, als zu versuchen, es ihnen auszureden, also gratulierte ich ihnen einfach, bestätigte, dass Eleanor immer noch Cecilia treffen würde, um Emma abzuholen, und hörte mir ihre Renovierungspläne an.

Als sie damit fertig waren, mir von dem neuen Diner zu erzählen, musste ich zurück auf den Campus, um meinen letzten Kurs vor der großen Ankündigung über den neuen Präsidenten zu unterrichten. Auf dem Rückweg wurde mir klar, dass es nicht nur bedeutete, dass Maggie und Eleanor mit demselben Mann zusammen waren, sondern auch, dass Connor und ich möglicherweise mit derselben Frau zusammen sein würden. Ich hatte immer noch nicht entschieden, ob mein Abendessen mit Maggie eine offizielle Verabredung oder ein entspanntes Essen mit einem Freund sein würde, aber ich wusste, dass meine alten Gefühle aufgewühlt worden waren.

Als ob das nicht schon genug war, um meinen Nachmittag zu ruinieren, hatte ich auch kein Mittagessen aus meinem kleinen Ausflug zum Pick-Me-Up-Diner herausbekommen. Ich nahm eine Tüte mit Salt & Vinegar Chips aus dem Snack-Automaten und schob sie mir schnell in den Mund. Was hatte ich mir angetan? Was auch immer es war, ich konnte nicht abgelenkt werden, als die Studentinnen und Studenten begannen, sich im Vorlesungssaal für meine letzte Vorlesung des Tages einzurichten. Drei Stunden später versammelte sich die gesamte Schule in Paddington's Play House für die große Ankündigung. Mein Vater hatte für mich einen Platz an der Bühne reserviert, da sowohl seine neue Rolle als auch meine bekannt gemacht werden sollte. Ich sah mich nach meiner Mutter um, aber sie war in einem Gespräch mit Dekan Terry beschäftigt. Ich vermutete, dass mein Vater sie bat, den Dekan abzulenken, da sie verärgert darüber sein würde, dass sie nicht die neue Präsidentin von Braxton werden würde.

Als ich endlich in der ersten Reihe ankam, traf ich Myriam. Sie war wie aus dem Ei gepellt gekleidet und hatte das breiteste Grinsen auf ihrem Gesicht. Ich dachte wirklich, sie käme gerade vom Schönheitschirurgen. Plötzlich spürte ich ein Zittern in meinem Bauch, dass sie zur neuen Präsidentin ernannt werden würde, aber ich war mir sicher, dass es eine Kandidatin von außen war, die letztendlich das herausragende Amt erhalten hatte.

»Guten Tag, Myriam. Sie sehen ganz aufgeregt aus, hier zu sein«, sagte ich in der Hoffnung, das Gespräch zivilisiert zu halten. Ich hatte in den letzten Tagen genug mit ihr gesprochen, um ein Leben lang zu überdauern. Ich wollte auch nicht ihre Entdeckung von Bridgets hinterhältiger Rolle bei den Notenänderungen zur Sprache bringen.

»Kellan, ich habe nicht erwartet, Sie heute hier zu sehen. Ich dachte, Sie würden nur für ein paar Wochen hier bleiben. Da der neue Vorsitzende der Kommunikationsabteilung ausgewählt wurde, bin ich sicher, dass wir in den nächsten Tagen einen Ersatz für Abby finden werden, und Sie können dann wieder nach Los Angeles zurückkehren.« Als Myriam zu Ende sprach, schloss sich die Göttin, die ich bei Abbys Beerdigung getroffen hatte, ihrer Seite an.

»Es ist Kellan, nicht wahr?«, fragte Ursula mit einem Funkeln in den Augen.

Ich fühlte mich nicht so sehr von ihr angezogen, sondern war von ihrer Eleganz und ihrer Haltung beeindruckt. Ich hatte Ehrfurcht vor dem, was ich vermutete, so nahe an der Perfektion, wie ein Mensch nur sein kann. »Ja, und Sie sind Ursula Power. Ich habe Sie Anfang der Woche auf Abbys Beerdigung getroffen. Ich bin etwas überrascht, Sie heute hier zu sehen.« Es sei denn, sie wäre unsere neue Abteilungsvorsitzende, was sie sowohl zu Myriams als auch zu meinem Chef machen würde. Interessante Theorie.

»Ursula ist meine Frau, Kellan. Ich dachte, Ihr Vater hätte Ihnen das bereits gesagt«, antwortete Myriam. Ihr Lächeln wurde noch größer, nicht dass ich dachte, dass so etwas angesichts der Elastizität des Mundes eines Menschen auch nur im Entferntesten möglich wäre. Andererseits war sie zum Teil ein Monster.

Wow! Ich hätte nie gedacht, dass Myriam und Ursula ein Paar sind. Eine Miesepeterin und eine Göttin. Wenn Ursula die Frau von Myriam war, dann könnte sie auf keinen Fall auch die neue Vorsitzende der Abteilung sein. Ich habe immer noch nicht verstanden, warum sie bei der großen Sitzung meines Vaters anwesend war. Gerade als ich antworten wollte, bat jemand auf der Bühne alle, Platz zu nehmen, damit der Präsident mit seiner Rede beginnen konnte. Ich lehnte mich zu Myriam hinüber, während wir saßen. »Wissen Sie, wer unser neuer Abteilungsvorsitzender ist?«

»Ja.«

»Werden Sie diese Neuigkeit mit mir teilen?« *Es ist falsch, eine Frau zu schlagen. Sogar Myriam Castle.*»Ich bin Ihr neuer Chef *auf Zeit*, Kellan«, antwortete Myriam mit einem finsteren Gesichtsausdruck.

Ich konnte nichts anderes tun, als in meinem Sitz zu versinken und bei dem Gedanken an meine neue Bienenkönigin in der Ritze verschwinden zu wollen. Mit der neuen Braxton University würde ich nicht nur meinem Vater für alles gehorchen müssen, sondern während ich an der bestehenden Hochschule Kurse unterrichtete, hätte Myriam die Kontrolle über alles, was ich tat.

Mein Vater griff zum Mikrofon und begann seine Rede. Nachdem er uns für unser Erscheinen gedankt hatte, erzählte er allen, dass der Stiftungsrat eine lange und mühsame Suche nach einem neuen Präsidenten hinter sich hatte. Er erwähnte, es sei ein knappes Rennen gewesen, und der Zweitplatzierte sei ein erstaunlicher und brillanter Kandidat gewesen, aber sie hätten schließlich jemand anderen gewählt, um die Führung als Braxtons nächsten Oberbefehlshaber zu übernehmen. »Es ist mir eine Ehre, unsere neue Präsidentin, Ursula Power, zu begrüßen, die...«

Jetzt verstand ich, warum sie hier war. Nicht als Myriams Frau. Nicht als neues Fakultätsmitglied. Sondern als neue Leiterin des Kollegiums. Selbst als Myriam zur Leiterin der Kommunikationsabteilung befördert wurde, berichtete Myriam immer noch an Dekan Mulligan als Dekanin der Akademiker, so dass sie nicht gegen irgendwelche Richtlinien verstieß. Letztendlich berichtete der Dekan dem Präsidenten und dem Kuratorium, was bedeutete, dass es auf dieser Ebene weniger Bedenken bezüglich der Beziehungen zwischen den Menschen gab. Ich blendete die Rede meines Vaters aus, während ich über alle Auswirkungen der in Braxton stattfindenden Veränderungen nachdachte. Als ich wieder wachsam war, bekam ich Wind von seinem Themenwechsel auf der Bühne.

»Und es ist mir eine große Freude, anzukündigen, wer mit mir an der Leitung der neuen Braxton University arbeiten wird. Bitte kommen Sie auf die Bühne, Professor Kellan Ayrwick und Dekan Fern Terry«, sagte mein Vater.

Als ich aufstand, bemerkte ich, wie Myriams entsetzlich nervtötendes Grinsen endlich nachließ. Ich fand die Kraft, mich Dekan Terry anzuschließen, und gemeinsam marschierten wir die Stufen der Bühne hinauf und stellten uns der Menge. Alles, woran ich in diesem Moment denken konnte, war, dass ich mich viel zu tief in den dummen, lächerlichen Fehler eines Umzugs zurück nach Braxton verstrickt hatte. Wie konnte sich in nur zwei Wochen so viel ändern? Zuerst nahm Dekan Terry das Mikrofon in die Hand und teilte ihre Aufregung über Braxtons zukünftige Ausrichtung mit. »Manchmal gibt einem das Leben Zitronen. Und dann sagt einem jeder, man solle Limonade machen. Aber ich mag keine Limonade. Normalerweise ist sie zu süß.

Ein anderes Mal ist sie zu sauer. Wenn das Leben mir einen zitronengroßen Curveball zuwirft, werfe ich ihn direkt zurück ins Universum und vergesse ihn. So ähnlich wie unser bemerkenswertes Baseballteam, das in diesem Jahr bisher alle Spiele gewonnen hat. Die Misserfolge des letzten Jahres sind die Siege dieses Jahres. Ich habe unendlich viele Pläne für den Ausbau unserer erstaunlichen Institution, und nichts wird uns daran hindern, Größe zu erlangen.«

Ich bewunderte ihre Fähigkeit, sich am Riemen zu reißen und trotz anfänglicher Rückschläge vorwärts zu stapfen. Sollte ich mich an sie wenden, um zu erfahren, wie ich mit meiner alten, mürrischen Spitfire-Zitrone, besser bekannt als Dr. Myriam Castle, umgehen soll? Hatte mich Dekan Terry dazu motiviert, etwas Limonade zu mischen und sie über meinen zum Feind gewordenen Boss zu gießen? Als ich mir die Möglichkeiten vorstellte, reichte sie mir das Mikrofon. *Bitte, das durfte ich nicht verkacken!*

»Ich fühle mich geehrt, hier zu sein. Bevor ich etwas sage, lassen Sie mich das Offensichtliche aus dem Weg räumen, ja? Sie denken wahrscheinlich... *Nicht noch ein spießiger Ayrwick, der die Show in Braxton leitet. Sie sind wie nervige Kaninchen, die überall auftauchen...*« Ich ertappte meine beiden Eltern dabei, wie sie mich mit dem Blick der Angst anstarrten und ihre Mienen verzehrten. Dann hörte ich Gelächter aus der Menge. »Oder sind Sie vielleicht besorgt, dass ich mich für diese neue Rolle nicht ganz engagieren würde? Lassen Sie mich Ihnen versichern, dass ich Entscheidungen nicht aus einer Laune heraus treffe, und ich sage nie Nein zu einer Herausforderung. Wie könnte ich sonst als mittleres Kind von Wesley und Violet Ayrwick überleben?«

Meine Mutter hielt meinen Vater zurück, als er sich der Mitte der Bühne näherte. Ich nickte ihm zu und flüsterte »Vertrau mir«, was ihn in Schach zu halten schien. »Meine Eltern gaben mir all ihre Stärken, und ich bin zuversichtlich, dass ich von den Besten gelernt habe. Ich freue mich darauf,

Ihnen allen zu dienen, wenn wir Dekan Terrys Zitronen nehmen und sie an den Bordstein kicken.« Der Saal brach in stürmischem Applaus aus, und für einen Moment fühlte ich mich trotz allem, was in den letzten Tagen geschehen war oder was ich verloren hatte, wie auf dem Gipfel der Welt.

Nachdem die Ankündigungen beendet waren, trat ich hinter die Bühne, um einen Moment für mich allein zu haben. Ich wollte bleiben, um mit ein paar Leuten zu sprechen, aber Emma würde jede Minute eintreffen, und sie war genau das, was ich brauchte, um mich besser zu fühlen und wieder zur Normalität zurückzufinden. Ich hörte mein Telefon vibrieren und holte es aus meiner Tasche. Es war Eleanor.

»Hey, bitte sag mir, dass Emma hier ist und dass mit der Welt wieder alles in Ordnung ist«, sagte ich.

»Ja, aber wir haben ein Problem, Kellan.«

»Was ist los?« Ich machte mir Sorgen, dass es Emma nicht gut ging oder dass Cecilia wegen des verlängerten Aufenthalts in Braxton Schwierigkeiten hatte. Ich betrat eine Garderobe hinter der Bühne, um das Gespräch besser hören zu können.

»Ich bin mir nicht ganz sicher, wie ich das sagen soll«, antwortete Eleanor.

»Raus damit. Wenn es um meine Tochter geht, halte mich nicht mit der Spannung hin.« Eleanor konnte manchmal übermäßig dramatisch sein. Ich hatte heute schon genug durchgemacht.

»Sie ist nicht allein.«

»Wie meinst du das?«, fragte ich und versuchte, den wachsenden Ärger mit meiner Schwester einzudämmen.

»Francesca ist auch hier. Es scheint, dass deine tote Frau vielleicht doch nicht so tot ist.«

ÜBER DEN AUTOR

James ist mein richtiger Vorname, aber die meisten Leute nennen mich Jay. Ich lebe in New York City, bin auf Long Island aufgewachsen und habe das Moravian College mit einem Abschluss in englischer Literatur abgeschlossen. Fünfzehn Jahre lang habe ich eine Technologiekarriere im Einzelhandel, im Sport, in den Medien und in der Unterhaltungsindustrie aufgebaut. Meine Arbeit machte mir Spaß, aber die Leidenschaft für Bücher und Geschichten hatte viel zu lange gefehlt. Ich bin ein gefräßiger Leser in meinen Lieblingsgenres (Thriller, Suspense, Zeitgenössisches, Mystery und historische Belletristik), denn Bücher entführen mich in eine andere Welt, in der ich in so viele fantastische Kulturen und Orte eintauchen kann. Ich bin ein begeisterter Genealoge, der hofft, alle deutschen, schottischen, irischen und britischen Dörfer zu besuchen, aus denen meine Vorfahren im 18. und 19. Jahrhundert ausgewandert sind. Ich schreibe einen täglichen Blog und veröffentliche Buchbesprechungen zu allem, was ich bei ThisIsMyTruthNow lese, über WordPress.

Das Schreiben war ein Teil meines Lebens, ebenso wie mein Herz, mein Geist und mein Körper. Ich beschloss, meiner Leidenschaft nachzugehen, indem ich die Kreativität in meinem Kopf entstaubte und Entwürfe für mehrere Romane verfasste. Ich merkte schnell, dass ich wieder in meinem Element war und mit jedem Tag glücklicher und lebensfroher wurde. Als ich das erste Buch, 'Watching Glass Shattering', fertig gestellt hatte, wusste ich, dass ich wieder über meine Leidenschaft gestolpert war und mir plötzlich den ganzen Tag lang Charaktere, Handlungen und Schauplätze ausdachte. Meinen zweiten Roman, 'Vaterfigur', wählte ich durch eine Umfrage in meinem Blog aus, bei der jeder für seine Lieblingshandlung und Charakterzusammenfassungen stimmen konnte. Mein Ziel beim Schreiben ist es, mit Lesern in Verbindung zu treten, die Teil großartiger Geschichten sein wollen und die gerne mit Autoren interagieren. Um ein starkes Bild von mir zu bekommen, sehen Sie sich meine Autoren-Website oder meinen Blog an. Sie ist voller Humor und Exzentrizität, und ich teile meine Verbindungen mit allen, denen ich folge – alles in der Hoffnung, ein Netzwerk von Freunden auf der ganzen Welt aufzubauen.

Lightning Source UK Ltd.
Milton Keynes UK
UKHW020023160221
378843UK00012B/1353/J

9 781034 425168